JN015382

新歳時記

ポケット版

平井照敏 編

河出書房新社

凡例

一、季を春・夏・秋・冬の四季に新年を加えて五つに区分し、春・夏・秋・冬・新年の五分冊とした。

一、歳時記においては、春は立春の日より立夏の前日まで、夏は立夏の日より立秋の前日まで、秋は立秋の日より立冬の前日まで、冬は立冬の日より立春の前日までとするのが通例であり、本歳時記もそれにしたがう。この四季の区分は、陰暦の月では、大略、春＝一月・二月・三月、夏＝四月・五月・六月、秋＝七月・八月・九月、冬＝十月・十一月・十二月ということになり、陽暦の月では、大略、春＝二月・三月・四月、夏＝五月・六月・七月、秋＝八月・九月・十月、冬＝十一月・十二月・一月ということになる。以上はきわめてまぎらわしいが、明確に解説するよう努めた。

一、新年は、正月に関係のある季題をあつめた部分だが、一月はじめという正月の位置のために、冬または春とまぎらわしい季題が生じた。これらはその都度、配置に最善を尽した。また、旧正月は陽暦の二月にあたり春と考えられるものだが、正月とのつながりを考えて新年に含めた。

一、各項目は、季題名、読み方、傍題名、季題解説、本意（ほい）、例句の順序で書かれている。本歳時記の特色となるのが「本意（ほい）」の項で、その季題の歴史の上でもっとも中心的なものとされてきた意味を示し、古典句の代表例をあげている。

一、例句は近代俳句・現代俳句の中からひろく採集したが、例句中、季題の特徴をもっともよくあらわしていると思われる一句に＊を付した。これも本歳時記の特色である。

一、各巻の巻末には五十音順索引を付した。なお新年の部の巻末には、行事・忌日一覧表、二十四節気七十二候表、総索引を加えた。

目次

地理

行事

植物

補遺

本文カット　立花志津子

新歳時記

（秋）

時候

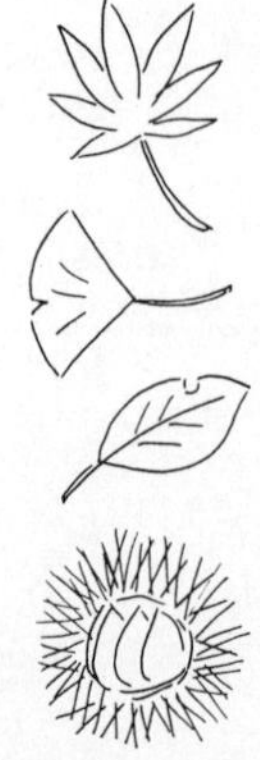

秋（あき）

少皞（せうかう）　蓐収（じよくしう）　白蔵　金商　明景（めいけい）　朗景　白帝　素秋　高秋　商秋　西皎（せいけう）　金秋
爽節　凜秋　西侯　収成（しうせい）　爽籟（さうらい）　三秋　九秋

俳句では立秋から立冬の前日までが秋である。すなわち八月八日頃（立秋）から十一月八日頃（立冬）の前日までのことで、だいたい、陽暦八月、九月、十月にあたるといってよい。しかし、気象や日常生活では、九月、十月、十一月を秋としていて、この方が実際的である感じがある。三秋は初秋、仲秋、晩秋を言い、九秋は秋の九十日間（九旬）のことを言う。〈本意〉秋は、空が高く澄み上り、木々が紅葉し、穀物がとれる時である。「あき」という名はしたがって、開き、明らかから来たとも、緋（あき）（木々の紅葉をさす）から来たとも、飽（あき）（穀物の豊作）から来たとも言われている。その反面、秋は、露、身にしむ風、長夜、野分、月など、ものさびしくあわれなところを本意としていて、万物零落し、枯れしぼむ季節でもある。芭蕉の句に「秋十年（ととせ）却って江戸を指す故郷」「送られつ送りつ果ては木曾の秋」「寂しさや須磨に勝ちたる浜の秋」「此の秋は何で年よる雲に鳥」などの秀作があり、蕪村の「身の秋や今宵をしのぶ翌も有り」、白雄の「階ひと歩ひと歩に秋のけしきかな」など、物思わせる秋をうたうものが多い。

地の底の秋見とどけし子芋かな　長谷川零余子
＊くろがねの秋の風鈴鳴りにけり　飯田　蛇笏
誰彼もあらず一天自尊の秋　同
鯉も老いこの寺も古り幾秋ぞ　高浜　年尾
大根おろし妙義の秋に似たるかな　伊東　極浦
古白とは秋につけたる名なるべし　夏目　漱石
十棹とはあらぬ渡舟や水の秋　松本たかし
此石に秋の光陰矢のごとし　川端　茅舎
我子病めば死は軽からず医師の秋　石島雉子郎
秋の航一大紺円盤の中　中村草田男
槇の空秋押移りゐたりけり　石田　波郷
蛇消えて唐招提寺裏秋暗し　秋元不死男

石の上に秋の鬼ゐて火を焚けり　富沢赤黄男
きしきしときしきしと秋の玻璃を拭く　三橋　鷹女
顔出せば鞍馬の闇よ秋の宿　大野　林火
山の墓香煙雲のごとき秋　西島　麦南
しのびよる死の手が秋の西東　中川　宋淵
満目の秋到らんと音絶えし　飯田　龍太
秋の旅住む地を求めゆくごとく　同
むさし野の秋は白雲よりととのふ　上村　占魚
錦秋の谺の中に禽死す　榎本　虎山
黒き牛秋を視つめてゐたりけり　倉田　素商
黒を着て秋の女と言はれけり　岩崎　照子
秋の寺華やぐはたゞ死の時のみ　有馬　朗人

初秋(はつあき)　初秋(しょしゅう)　新秋　孟秋　早秋　首秋　上秋　秋初め　秋浅し

秋のはじめで、八月頃をいう。まだ暑いがときどきふっと涼しさや影の変化を感ずることがあって、秋がはじまっているのがわかる。とくに朝夕に、また夜に秋らしさがはっきりと動いている。北国や高原では、秋の進み方が早い。〈本意〉「きのふの空に変る気色もあらねど、吹く風もひやりと今朝は身に知られ、よだるかりし手足も立ち、おほひきさるまぶたも昼寝を忘れ、草の朝露も夕の虫の音も、やうやうさびしさの幼なだちと聞きなされ、桐も柳も一葉に舟出する池の心ばへなどもつらぬ」と『山の井』にある。秋の目立たぬ気配の動きが眼目である。芭蕉の「初秋や海も青田の一みどり」、樗堂の「水りんとして初秋のかきつばた」など、初秋の世界のひきしまった感じをとらえている。

初秋や軽き病に買ひ薬　高浜　虚子
初秋や眼覚めて被る夜のもの　吉野左衛門
*冷え冷えと闇のさだまる初秋かな　飯田　蛇笏
秋口の星みどりなる獄の上　同
初秋やほのかにしぶきりんご食む　久保より江
初秋の蝗つかめば柔かき　芥川龍之介
初秋や抱く子によべの天瓜粉　大谷碧雲居
秋口のこんにやく畑の峠かな　阿波野青畝
壺の塩甕の水など秋はじめ　長谷川双魚
初秋の火をいきいきと山の奥　柴田白葉女
新秋の草食みて牛つや〱し　長沢　鴨水
新秋や両耳立てし筑波山　皆川　東水

文月（ふみづき）　ふづき　文披月（ふみひらき）　七夕月　女郎花月　秋初月（はづき）　涼月　親月　蘭月　盆秋

陰暦七月の異称である。陽暦でいうと、八月上旬から九月上旬にあたる。旧の七夕や盂蘭盆会などがおこなわれ、残暑の中に秋の気配が動き出す頃である。〈本意〉文月というのは、『奥儀抄』の、棚機にかすとて文どもひらくゆえ、「ふみひらきづき」というのを略したという説が有力だが、穂含み月、穂見月の略という農耕に関係づける考え方もある。ともかく文月の中心に七夕のイメージが宿ることは歴史的に大切なことであった。芭蕉に「文月や六日も常の夜には似ず」、其角に「文月やひとりはほしき娘の子」があるのもその思いのあらわれである。

文月の梶の実あかき御山かな　富安　風生
葛原に風立ち易き文月かな　北野石龍子
文月のまばたき涙乾かして　石井　里風
文月の沼面鈍らす日を雲に　石川　桂郎

＊文月や蛾がでてあそぶ黄色い繭　萩原　麦草　　文月の終りの湖や雨駈けて　星野麦丘人
文月や砂丘のかげに湖青し　岩田　潔　　文月や眦濡れて子を宿す　秋山　卓三

八月（はちぐわつ）

陽暦による月の名称。八月七日、又は八日が立秋で、俳句では夏から秋にかわる月になる。立秋以前は天候がよく、登山によいが、立秋以後になると、山も涼しくなり、海水浴も下火になる。台風の発生も多く、土用波が立つ。暑さのピークのある月だが、下旬になると冷たい日があることもある。渡り鳥の去来する月でもある。花火、盆踊りは夜のたのしみであり、蟬の声が油蟬、法師蟬、ひぐらしと変ってひびく季節である。〈本意〉夏の盛りでありながら、まさに絶頂を越えたところがあって、秋への移りが次第に感じられてくる月である。

＊八月の雨に蕎麦咲く高地かな　杉田　久女

八月の桜落葉を掃けるかな　富安　風生

礁打つ浪に八月傷むかな　秋元不死男

日焼あせ八月の日もとぶごとし　能村登四郎

八月や馬首かがやきて陽が睡る　飯田　龍太八月の炉あり祭のもの煮ゆる　木村　蕪城

八月の雀ばかりの関址かな　柏　禎

八月の落莫として明るけれ　杉本　幽鳥

八月の根室の宿の火桶かな　鈴木茯苓子

八月や闇の渚のはしり浪　松本　北嶺

立秋（りつしう）　秋立つ　秋来る　秋に入る　秋を迎ふ　今朝の秋　今日の秋

陽暦八月七日か八日で、二十四気の一つ。この頃の暑さはピークで、立秋を過ぎれば次第に気温がさがりはじめる。しかしまだまだ暑さのさかりは続くわけで、残暑に苦しむわけである。実質的には夏だが、どことなく秋の気配がすこしずつ感じられるようになる。今朝の秋は立秋の朝をいう。朝はさすがに秋らしい様子が感じられる。今日の秋はややあいまいであまり使わない。

〈本意〉『古今集』の藤原敏行の「秋立つ日詠める」、「秋来ぬと目にはさやかに見えねども風の音にぞ驚かれぬる」などの歌があらわすこころが立秋の本意で、秋のかすかな気配を感ずる感覚や、また、立秋の日という定まりがよびおこす秋意が思われる。『古今集』にはさらに、「木の間より漏り来る月のかげ見れば心づくしの秋は来にけり」という歌もある。俳句でも、その心を、「そよりともせいで秋たつ事かいの」（鬼貫）「秋立つやたてかけてある竹箒」（荷兮）「温泉の底に我足見ゆるけさの秋」（蕪村）「秋たつや何におどろく陰陽師」（同）「秋立つや素湯香しき施薬院」（同）「夕やけや人の中より秋の立つ」（一茶）などとあらわしている。

今朝秋のよべを惜みし灯かな　大須賀乙字
秋立つと出て見る門やうすら闇　村上　鬼城
今朝秋や見入る鏡に親の顔　同
秋立つとしきりに栗鼠のわたりけり　久保田万太郎
燕も蟬もたしかに秋立ちぬ　塩谷　鵜平
＊秋たつや川瀬にまじる風の音　飯田　蛇笏
鶴かうかうと夢を横ぎれりけさの秋　中　勘助
秋立つやこつこつと越す跨線橋　大野　林火
人声のうしろより来て秋立つか　加藤　楸邨
桃食べて体が匂ふ今朝の秋　殿村菟絲子
秋立つと仏こひしき深大寺　石橋　秀野
立秋の大日輪に歩み入る　中川　宋淵
泳ぎつく魚の白さよ今朝の秋　同
立秋の欅高枝にヘッセ死す　森　澄雄
立秋の鏡の中に風が吹く　橋本　寅男
木の葉鯵干して秋立つ廂かな　吉川　鬼洗
秋来なばと待ちしいのちの際も見ゆ　奈良　鹿郎
秋来ぬと思ひをふかむ炊ぎ水　伊藤　雪女
地に垂るる十六ささげ秋立てり　岩田　はつ
秋立ちぬ夕日あたる木あたらぬ木　中村　苑子
立秋の機音とこそききにけり　石井貫木子
使徒となる心さだまり秋に入る　石田　雪江

道赤く奥州街道秋立つも　阿部　冬樹　　臥す足の重し熱しと秋立ちぬ　久保田晴朗

残暑（ざんしょ）　残る暑さ　秋暑し　秋の暑さ　秋暑

立秋をすぎたあとの暑さで、涼しい時や日があるので、余計にこたえる暑さである。八月や九月に最高気温の日が出ることもある。〈本意〉涼しい朝夕があるので暑さのもどりが耐えがたく思われるそんな暑さである。気温の高さに加えて、心理的にも暑さがたかまる。「牛部屋に蚊の声闇き残暑かな」（芭蕉）「かまきりの虚空をにらむ残暑かな」（北枝）などの句があった。

*口紅の玉虫いろに残暑かな　飯田　蛇笏
蝶つまめば恐しき貌の秋暑し　渡辺　水巴
牛堀でうなぎくひたる残暑かな　久保田万太郎
青々と夕空澄みて残暑かな　日野　草城
残暑とはかかる日のこと庭を掃く　星野　立子
秋暑し叔父の墓標は見当らず　徳川　夢声
塩田てふ秋暑きものへりの道　富安　風生
秋暑しにはとり交る人の前　大野　林火秋暑く道に落せる聴診器　高橋　馬相
秋あつし亀甲泥をのせて這ふ　横山　白虹
秋暑し駅出て行方戸惑ふも　石塚　友二
運河暗し秋暑捨つべきところなく　大谷碧雲居
咲きのぼる秋暑の胡麻に鳥蝶　西島　麦南
秋暑き日々を送りぬ日々おなじく　相馬　遷子
基地残暑沖に固まる雲不安　田中　鬼骨
浅草の蕎麦もどぜうも残暑かな　山本　蓬郎

秋めく（あきめく）　秋じみる　秋づく

まだ残暑のきびしいさなかだが、四辺のものがどことなく秋らしくなってきたという感じを言うわけである。〈本意〉客観的な、具体的な証拠のある秋ではなく、主観的、感覚的な、秋らしさである。そうした感覚に日本人はとくにすぐれている。

書肆の灯にそぞろ読む書も秋めけり　杉田　久女
大阪に曳き来し影も秋めきぬ　加藤　楸邨
秋づくと昆虫の翅想はるる　石田　波郷
篝木に秋めく霧の一夜かな　西島　麦南
*栃の葉の裂けて秋めき亘りけり　石塚　友二
秋めきて白桃を食ふ横臥せに　森　澄雄

けつまづくピエロ秋めく裏通り　笹岡　峠
秋めける灯に蟹赤き屋台店　山形　勝峰
秋めくや売り急ぐものを並べけり　神谷　節子
街角の秋めく風につまづきぬ　福海　一幹
秋めくや人の袂にとまる蝶　吉田　洋一
秋めくや日の中を風通り過ぐ　芹沢　雪江

新涼（しんりやう）

新に涼し　初めて涼し　秋涼し　秋涼　爽涼　初涼　涼新た

秋になって感ずる涼しさのことで、それゆえ、新涼という。涼しだけでは夏の暑さの中で味わう涼しさで、新涼とは別のもの。〈本意〉「秋になりて涼しき心をいふなり」と『改正月令博物筌』にある。「秋来ぬと思ひもあへず朝げより初めて涼し蟬の羽衣」（『新拾遺集』）の歌が知られている。芭蕉の句にも「秋涼し手毎にむけや瓜茄子」がある。

*新涼の月こそかかれ槇柱　高浜　虚子
爽涼と焼岳あらふ雲の渦　水原秋桜子
新涼や白きてのひらあしのうら　川端　茅舎
新涼の身にそふ灯かげありにけり　久保田万太郎
新涼の咽喉透き通り水下る　西東　三鬼
新涼の水の浮べしあひるかな　安住　敦

新涼の剃刀触るゝ頰たかく　西島　麦南
新涼の画を見る女画の女　福田　蓼汀
新涼のいのちしづかに蝶交む　松村　蒼石
新涼の甕に描かれし魚泳ぐ　川本　臥風
新涼や尾にも塩ふる焼肴　鈴木真砂女
新涼や白粥を煮る塩加減　久米はじめ

砂踏めば海のひろさの秋涼し　佐藤　尋雪
新涼の匂ひは薄荷畠かな　由山　滋子
新涼の山に対へる木椅子かな　水田　清子
新涼や掌のくぼにある化粧水　高山　夕美

二百十日（にひやくとをか）　二百二十日　厄日　前七日（まへなぬか）

立春から数えて二百十日目にあたる日で、九月一日か二日をいう。その十日後が二百二十日である。また二百十日の七日前を前七日といった。この頃には大風がおこりやすく、ちょうど稲の開花期のため、農家は風をおそれて厄日とした。大風は主として台風によるものだが、八月二十八日、九月十七日、九月二十六日などが過去に台風襲来の多かった日となっている。〈本意〉『年浪草』では、二百十日は中稲（なかて）の花盛りの頃、二百二十日は晩稲の花盛りの頃とし、この頃大風雨があり、稲の花を枯らすので、風雨を忌むと記している。一六三四年の『全流舟軍之巻』から二百十日のことが言われはじめた。明暦二年、伊勢暦の暦注に記され、貞享三年からは官暦にものるようになった。

二百二十日眼鏡が飛んで恐しや　高浜　虚子
青空の雨おほつぶに厄日来る　木津　柳芽
移り行く二百二十日の群鴉　同
傾きて二百十日の学童よ　秋沢　猛
このまどゐしづかに二百二十日かな　富安　風生
咳かなし二百十日の卵に血　片平　天城
たらちねと湯にゐる二百十日かな　中川　宋淵
たゞ鰡の釣れに釣れたる厄日かな　河原　白朝
曇るまゝ二百十日を忘じけり　島田　青峰
大厄日金魚逆立つことしきり　村上　岱南
*ひら〳〵と猫が乳呑む厄日かな　秋元不死男
おほぞらは桔梗色の厄日かな　糟谷　青梢
吹き白むことを欅も厄日空　皆吉　爽雨

仲秋（ちゅうしゅう）　秋半ば

三秋の中の月で、陰暦八月、陽暦ではほぼ九月にあたる。〈本意〉仲秋のはじめはまだ夏らしい気候だが、半ばから終りにかけてはすっかり秋らしくなり、名月もひときわさえる。そして露の季節に入ってゆくことになる。本格的な秋のさだまるときである。

*仲秋や月明かに人老いし　高浜　虚子
仲秋の月の面を降る葉かな　野村　喜舟
仲秋や夕日の岡の鱗雲　村上　鬼城
仲秋や土間に掛けたる山刀　原　石鼎
仲秋や赤き衣の楽人等　高野　素十
仲秋を花園のものみな高し　山口　青邨
仲秋や漁火は月より遠くして　山口　誓子
仲秋や雲のうへなる雲流れ　岸　風三楼
仲秋や母に明るき仏の灯　西島　麦南
死相得しことにはふれず秋なかば　中川　宋淵
瓦職人仲秋の空一人で占め　福岡　浪子
仲秋や蟬の穴まで澄みきつて　遠藤　正年

葉月（はづき）　月見月　秋風月　木染月（こそめづき）　紅染月　萩月　燕去月　雁来月（がんらいづき）　壮月　桂月（けいげつ）

陰暦八月の異称。陽暦の九月上旬から十月上旬にあたる。葉月となぜ言うかについては諸説あり、葉落月、雁の初来月（はつきづき）、あるいは穂張り月などから来たなどと言われている。定説はないが、名月の月、稲のとりいれの月である。〈本意〉「名にしおはば秋のなかばの空晴れて光ことなる月を見るかな」（長明）、あるいは「萩の葉も露吹き乱す音よりや身にしみそめし秋風の月」（定家）などの歌のあらわす、秋風の名月の月である。「朝ぼらけ鳴く音寒けき初雁の葉月の空に秋風ぞ吹く」（真昭法師）の歌もあるが、秋らしい月である。

＊葉月なる竪縞あらし男富士　富安　風生
胡桃樹の天蓋あをき葉月かな　同
わが葉月世を疎めども故はなし　日野　草城
沖波の兎のごとし葉月了ゆ　小沢　萩雨
蛾の色に似て蝶なれや葉月過ぐ　軽部烏頭子
那智の滝葉月の空に懸りける　加藤不二也
奔放に雲をぬぎすて葉月富士　宮下　翠舟
よどみなく葉月の蝉の鳴きにけり　高橋　去舟
峡の温泉の星見にきたる葉月かな　今川　青風
舌捲いて乳吸ふ仔牛葉月雲　中島　斌雄

九月（くぐわつ）

現行暦でいう九月の月で、二百十日、二百二十日を含み、台風が多いときである。この月の台風上陸の平均数は一・四個である。長雨もあるが、月見、彼岸のあと、いかにも秋らしくなる。秋の七草も咲く。〈本意〉台風の月というが、やはり名月の月が中心で、秋らしさが定まる月である。

＊陶枕のかたきを得たる九月かな　安住　敦
アカシヤに囁く風も九月とよ　石塚　友二
オリオンを九月の深夜見るかなしさ　相馬　遷子
黒揚羽九月の樹間透きとほり　飯田　龍太
河口の月巨いなる九月かな　石原　次郎
甦る学校町の九月かな　竹田　哲
燈台守に九月の空の澄み来にけり　鈴木　鵬于
九月はや白をさみしきいろとなす　工藤久仁年

八朔（はっさく）

陰暦八月朔日の略称である。陽暦では九月初旬にあたる。八朔の祝がおこなわれる日で、農家では穀物の実るのを予祝する。昼寝をやめ夜業をはじめる日でもあった。武家・公家・遊里などでもそれぞれに行事をおこなった。〈本意〉「八朔や在所は鯖の刻み物」（野坡）「八朔と節句を添て月二夜」（浪化）「八朔や扨明日よりは二日月」（蕪村）などの古句があり、生活に夏から秋の変化の節目をつける日であった。

八朔のでむしころげ落ちにけり　安住　敦
八朔や夜なべはじめの芋の汁　寺崎　清子
八朔や櫝が売れし祝酒　後藤　是山
八朔や吹きこぼれたる小豆飯　渡辺　大年
八朔や遠き記憶のいくさの日　成瀬桜桃子
*八朔や赤き雨降る蕎麦畑　藤原　款冬
浄め塩打って八朔相撲かな　蔵内明鏡子
八朔や日は炎えながら秋の風　竹尾　梅鳩
農捨ててなほ八朔の飯を炊く　阿部　湖風
八朔やあかつきかけてつよき雷　新保　旦子

秋彼岸（あきひがん）　後（のち）の彼岸

秋分（九月二十三日頃）を中日とする一週間で、春の彼岸を単に「彼岸」というのに対して言う。墓参などの仏事をする。この頃から暑さは去り、涼しさがまさる。夜長の感じもつのりだす。〈本意〉「暑さ寒さも彼岸まで」「秋の日はつるべ落とし」などの表現がはっきりわかる気候の変り目である。お墓参りがまず連想される。

秋彼岸にも忌日にも遅れしが　高浜　虚子
病人のかたはらに来る秋彼岸　広瀬　町子
*南無秋の彼岸の入日赤々と　宮部寸七翁
一塊の石にも供華や秋彼岸　伊能　松並
地の罅によべの雨滲む秋彼岸　岡本　眸
かみそりのひやりと置かる秋彼岸　小松　栄子
玉の如き日を賜れり秋彼岸　日美　井雪
濡れつづく母の爪革秋彼岸　中村　明子

晩秋（ばんしゅう）

初秋にたいして晩秋という。秋深し、暮の秋、暮秋ともいうが、晩秋より限定された感じがある。〈本意〉初秋、仲秋、晩秋とわかれる秋のおわり近くの時期で、ゆく秋の名残りを惜しむときということになる。さびしげな感じがただよう。

*晩秋の園燃ゆるものみな余燼　山口　青邨
晩秋の貨車にこくりと馬の首　原　コウ子
晩秋や山越えて来し人の顔　中川　宋淵
晩秋の水に色あり深さあり　小寺　正三
独房に釦おとして秋終る　秋元不死男
晩秋や山いただきの電柱も　細見　綾子
晩秋や両掌に挟む犬の貌　滝　春一
生きざまの流浪にも似て秋暮るる　鈴木真砂女
やがて来る者に晩秋の椅子一つ　有馬　朗人
晩秋の葉洩れ日兄弟だけの言葉　佐藤　真次

長月（ながつき）

菊月　菊咲月　菊の秋　色どる月　梢の秋　寝覚月　小田刈月　玄月

陰暦九月の異称で、陽暦では十月上旬から十一月上旬にあたる。夜長月というのを略したという。菊、紅葉、後の月など見どころも多く、深まりゆく秋にいつか秋の終りを名残り惜しく感ずる。〈本意〉夜の長さをおぼえる月、また秋の末の月という気持である。「取り集めたること」(『徒然草』)の多い、秋の末である。「さびしさは鴫立つ暮の露しげみ袖うち払ふ小田刈りの月」(顕昭)の歌のさびしさが漂う。一茶に「長月の空色袷きたりけり」「菊月や外山は雪の上日和」の句がある。

*子等に試験なき菊月のわれ愉し　能村登四郎
菊月の俗用多きうらみかな　折井　愚哉

長月やみやこのなかの黍の丈　松村　巨湫なが月の一樹かたむく星明り　柴田白葉女長月の竹をかむりし草家かな　増田　龍雨長月の今日のひと日の紅を恋ふ　池内友次郎

十月（じふぐわつ）

現行暦の十月である。前半には秋霖（あきづゆ）のため雨つづきが多く、後半には晴天がもどるが、周期的に変るようになって、雨のあと冷たく秋がふかまってゆく。北国では初霜や初雪、初氷がはじまり、稲刈り、茸狩り、紅葉狩りなどがたけなわになる。〈本意〉陰暦で十月といえば冬になるが、陽暦の十月は仲秋である。収穫のときだが、凋落の予感をただよわすところのある月である。

芒原十月の雲流れけり　松浦　為王　　行く鳥に十月の空高まりし　羽村　野石
蜂死して十月の峰天聳（そそ）る　山口　誓子　　十月の樹相ととのふ水明り　柴田白葉女
十月や顳顬さやに秋刀魚食ふ　石田　波郷　　＊物の音散りあつまりて十月へ　黒川　路子
十月の路上父の手つめたかり　三谷　昭　　十月といふ朴の葉のよごれかな　田口土之子
十月の浪はくだけず夜光虫　軽部烏頭子　　十月や畑の茄子みな尻まろし　古川　芋蔓
眼鏡はづして病む十月の風の中　森　澄雄　　十月の明るさ踏んで小松原　鷲谷七菜子
十月や二夜の琴を聞くことも　葛田きみ女　　十月の電車忘れし帽子のる　相沢　静思

秋の朝（あきのあさ）　秋暁（しうげう）　秋のあかつき　秋の夜明

まだ残暑があっても、立秋をすぎると朝晩はどことなくさわやかになる。その朝を言うわけである。だんだん秋が深くなってきて、昼間も涼しくなると、だんだん朝寒になってくる。朝早くに焦点をしぼると秋暁となるが、これは春暁にあわせた新しい季語。霧たちこめ、鵙(もず)が叫ぶような情景である。〈本意〉秋の朝は秋暁より明るくなった時刻の感じで、朝日もさわやかに露を輝かせ、風もさわやかに流れる。

桑の葉に秋の朝雲定まらず　原　月舟
＊秋の晨(あさ)嶺々雲を野に流す　荒尾　夕春
秋朝や痛がりとかす縺れ髪　杉田　久女
飯の香の睫毛に触るゝ秋の朝　青山　光歩
秋暁の行きかふは皆修行僧　大野　林火
秋暁の枝の影さしくる蚊帳に　松村　巨湫
秋暁や胸に明けゆくものの影　加藤　楸邨
漁りの灯秋あかつきの江にかへる　明比ゆき子

秋の昼(あきのひる)

秋の昼間で、秋が立ってもしばらくは残暑がつづくが、しだいに昼もさわやかになり、やがて昼にも寒い感じになってくる。〈本意〉本来春昼にたいして作られた季語で、まだ十分熟してはいない。秋の昼のさわやかで透明感のある、ややさびしげな感じが焦点である。

秋の昼一基の墓のかすみたる　飯田　蛇笏
種蒔くひと居ても消えても秋の昼　同
＊秋の昼月夜のやうに木かげする　松村　巨湫
不動明王女われゐて秋まひる　石橋　秀野
秋昼や海鳥ありく捨廓　中川　宋淵
びいどろの花器からつぽの秋まひる　楠本　憲吉
カステラが胃に落ちてゆく秋の昼　大野　林火
浸り居れば温泉壺影なき秋真昼　林　徹三
秋昼のひとり歩きに父の音　飯田　龍太
二月堂に草ひばり聞く秋の昼　町田しげき

秋の暮(あきのくれ)

秋の夕暮　秋の夕　つるべ落し

れどきだけに使う。ただし、春の暮の方は、逆に季節の終りのことは暮の秋という。〈本意〉「小倉山麓の野辺の花薄ほのかに見ゆる秋の夕暮」（『和漢朗詠集』）「さりともと思ふ心も虫の音も弱りはてぬる秋の暮かな」（俊成、『千載集』）のように、秋の夕暮と暮秋の両方に使われてきたが、今は秋の夕暮にまとまっている。昏はやきこと、淋しきことが中心になっている。芭蕉に「枯枝に烏のとまりたるや秋の暮」「死にもせぬ旅寝の果よ秋の暮」「此の道や行く人なしに秋の暮」、荷兮に「秋の暮いよ〳〵かるくなる身かな」、蕪村に「去年より又淋しいぞ秋のくれ」「門を出れば我も行く人秋のくれ」「秋の夕べ袂して鏡拭くをんな」、几董に「かなしさに魚喰ふ秋のゆふべかな」、大魯に「われが身に故郷ふたつ秋の暮」、一茶に「青空に指で字をかく秋の暮」などの秀句がある。多くは秋日暮だが、暮秋ともとれるものもある。

秋の日暮れのことで、秋の終りのことではない。古来この両方に使われてきたが、今では日暮れどきだけに使う。ただし、春の暮の方は、逆に季節の終りとして使われ、のち、季節の終りと春の日暮れの両方に用いられてきた。

山門をぎいと鎖すや秋の暮　正岡　子規
日のくれと子供が言ひて秋の暮　高浜　虚子
一人湯に行けば一人や秋の暮　岡本　松浜
秋の暮水のやうなる酒二合　村上　鬼城
さみしさに早飯食ふや秋の暮　同
うなぎ屋の二階にゐるや秋の暮　大場白水郎
大木を見つゝ閉す戸や秋の暮　飯田　蛇笏
釣瓶落しといへど光芒しづかなり　水原秋桜子
秋の暮山脈いづこへか帰る　山口　誓子

秋の暮まだ眼が見えて鴉飛ぶ　同
＊秋の暮大魚の骨を海が引く　西東　三鬼
秋の暮川の向ふに子守歌　秋元不死男
はたとわが妻とゆき逢ふ秋の暮　加藤　楸邨
マンホールの底より声す秋の暮　同
秋の暮業火となりて秬は燃ゆ　石田　波郷
秋の暮溲罎泉のこゑをなす　同
西天に引かれて歩む秋の暮　相馬　遷子
胸先に黒き富士立つ秋の暮　橋本多佳子

秋の暮跳びつく犬の美しき　佐野青陽人
百方に借ある如し秋の暮　石塚　友二
秋の暮醬油のしづく血の色に　田淵　ひで
秋の暮馬の目猫の目皆恋ひし　尾形不二子
眼をとぢて白紙のごとき秋夕べ　奥　きく
縄と縄つなぎ持ち去る秋の暮　三橋　敏雄

秋の暮柱時計の内部まで　同
がまぐちに狸化けたり秋の暮　龍岡　晋
足もとはもうまつくらや秋の暮　草間　時彦
秋の暮大きな貌の牛に遇ふ　児玉　南草
秋の暮鴉赤子のこゑして止む　田中　灯京
泣けば子が何故に泣くかと秋の暮　野見山ひふみ

秋の夜（あきのよる）　夜半の秋　秋の宵　宵の秋

秋の日はみじかく、夜はながい。日の暮れが秋の宵、それから秋の夜になる。虫の声がきこえ、月の光、灯火、雨音なども秋の静かなさびしさをそそる。夜半の秋というと、ふけわたった秋の夜の感じである。〈本意〉「ものあはれなる余情に作るべし」と『栞草』にあるが、秋のこころを代表するものが秋の夜である。『古今集』にも「いつはとは時は分かねど秋の夜ぞもの思ふことの限りなりける」とある。古句にも、「秋の夜を打ち崩したる話かな」（芭蕉）「枕上秋の夜を守る刀かな」（蕪村）「秋の夜を小鍋の鯲（とぜう）音すなり」（白雄）「秋の夜や旅の男の針仕事」（一茶）などがある。

あはあはと一日終へつ宵の秋　阿部　次郎
秋の夜の人懐しき焼林檎　永井　龍男
秋の夜を生れて間なきものと寝る　山口　誓子
秋の夜や紅茶をくゞる銀の匙　日野　草城
秋の夜の海かき回し出帆す　西東　三鬼

秋の夜の燐寸の火色さす畳　加藤　楸邨
秋の夜や書淫まさしく子に伝はり　平畑　静塔
アベマリヤ秋夜をねまる子がいへり　橋本多佳子
秋夜火と燃ゆる思を鶴の上　石田　波郷
*秋の夜の憤ろしき何々ぞ　同

亡き父の秋夜濡れたる机拭く　飯田　龍太
風通る秋夜の庭を掃くごとく　榎本　虎山
秋の夜や膝の子にわが温められ　福永　耕二
秋の夜の馬を看護りぬ貨車の中　稲葉　光堂
子にみやげなき秋の夜の肩ぐるま　能村登四郎
秋の夜のオルガン鳴れり受洗堂　下村ひろし

夜長（よなが）　夜永　長き夜

実際に夜の長いのは冬で、短日長夜だが、秋の夜を長く感ずるのは、短夜の夏のあとなので、相対的につよく感ずるのである。読書や夜なべ仕事のときである。〈本意〉「今造る久邇の京（みやこ）に秋の夜の長きに独り寝るが苦しさ」（大伴家持）と『万葉集』にもある。「秋分昼夜等しく、初めて夜の長きをおぼえて、夏の短夜に対して、秋を長夜とするものか」と『年浪草』にある。「山鳥の枝踏かゆる夜長哉」（蕪村）「長き夜や目覚むるたびに我老いぬ」（樗良）「永き夜や目覚めても我がかげばかり」（闌更）などの古句がある。さびしさ、物思わせるとき、静けさなどの気持がこもる。

*父母の夜長くおはし給ふらん　高浜　虚子
夜長人耶蘇をけなして帰りけり　前田　普羅
襖絵の鴉夜長を躍り居る　原　石鼎
漁火の灯る夜長は沖にあり　池内たけし
一燈を残し夜長の仕事終ふ　高浜　年尾
にせものときまりし壺の夜長かな　木下　夕爾
手枕のしびれて覚めてしんと夜長　篠原　梵
狂女なりしを召使はれて夜長し　平畑　静塔
先に寝し顔のかなしき夜長の灯　殿村菟絲子
凡夫わが妻の足揉む夜長かな　樋口玉蹊子
鍋の耳しづかに山の夜長来る　村越　化石
蛇酒のとろりと澄んで来る夜長　中島　杏子
長き夜のすでに一睡したるあと　井沢　正江
又一人湯に立ちゆくや長き夜　山田　昌子
ながき夜の紐をこぼせる乱れ籠　服部　京女
長き夜や妻にしたがふ事もあり　伊奈　秀嶺

燈がひとつ夜長の谷をのぞかしむ　宮津　昭彦

長き夜や妻子に分つ耳ふたつ　日月をさむ

冷やか

ひややか　ひゆる　ひやひや　下冷　秋冷　朝冷　雨びえ

秋になって感ずる冷え冷えした感じで、朝夕や雨のときにふと感じたり、石や板の間・畳に感じたりする。秋が実感される。つめたしといえば冬になる。〈本意〉秋さむきことで初秋に使われてきた。芭蕉に「ひやひやと壁をふまへて昼寝かな」、一茶に「よりかかる度に冷つく柱かな」がある。

手で顔を撫づれば鼻の冷たさよ　高浜　虚子
ひや／＼と積木が上に海見ゆる　河東碧梧桐
紫陽花に秋冷いたる信濃かな　杉田　久女
冷かやふところ紙の白きより　上川井梨葉
秋冷の瀬音いよ／＼響きけり　日野　草城
あな冷やか狐が狐舎にひとつづつ　水原秋桜子
国分寺二つの森の冷やかに　高野　素十
＊冷かに壺をおきたり何も插さず　安住　敦
冷かに目の奥を歩みゐたりけり　加藤　楸邨
脚冷えて靴をひそかにうち鳴らす　同
冷やかにただ一言の美しき　橋本　鶏二
いつの間の峡のいり日ぞ肩冷ゆる　及川　貞
火の山にたましひ冷ゆるまで遊ぶ　野見山朱鳥
宵冷えに烏賊の身切れば光りけり　中川　宋淵
秋冷の黒牛に幹直立す　飯田　龍太
ひややかに夜は地を送り鰯雲　同
月の出は何時も冷やか戦あるに　香西　照雄
高原の冷えしみとほる細身の銃　藤井　亘
冷かに眼鏡の似合ふ妻となりぬ　村尾菩薩子
海光に耐へ秋冷の鯖ひらく　西矢　籟史

爽やか

さわ（は）やか　爽気（さうき）　秋爽　爽涼　さやけし　さやか

秋は空気がすんで、さっぱりと快い季節である。風景もはっきりと見え、ひきしまるような感じである。健康な感じもあり爽快である。〈本意〉「説文に云、爽は明なり」(『滑稽雑談』)とも、「増韻に曰、爽は清快なり。〈さはやか〉は、すなはち清く快きの義なり」(『年浪草』)ともいう。秋のはっきりした快い感じを季語にしたもの。

＊爽かにあれば耳さへ明かに　高浜　虚子
爽に日の縦の町横の町　松瀬　青々
ミシン踏みまた爽やかにミシン踏む　渋沢　秀雄
爽かや寝顔に笑顔別に在り　池内友次郎
仔馬爽か力のいれ処ばかりの身　中村草田男
爽やかに投げる枕を受けて寝る　秋元不死男
爽かに振舞ふ吾子をふと見たり　星野　立子
爽かや掌に据ゑまつる北魏仏　加藤　楸邨
爽かに流るる雲へ歩くなり　同
水櫛の朝さわやかに厨ごと　西島　麦南
爽かに牧場のをとめ皆男装　滝　春一
爽かにマリア讃美の稿起す　景山　筍吉
水音の爽やかに抜け棚田の空　中村行一郎
爽やかに身内の骨のどこか鳴る　横山　衣子
爽かや一児得て髭濃くなれり　木附沢麦青
病人の拭きころがされ爽かに　浜地　潮香
爽かや流るるものを水といふ　村松ひろし
さわやかに児にしのがる丈くらべ　北村　千春

秋麗（あきうらら）　秋麗（しゅうれい）　秋澄む　秋気　秋気澄む

秋の晴天のうららかさをいう。春の麗かになぞらえて言う。まだ新しい季語である。〈本意〉秋高しが天のひろやかさを言うのにたいして、天地に光が満ちる感じを言う。ただ春の麗かにたいして、秋ゆえの透明な、澄んだ印象がある。

秋澄むやまのあたりなる八ヶ岳　五百木飄亭
奥入瀬の水に樹にたつ秋気かな　吉田　冬葉
阿蘇の牛道に寝てゐて秋うらら　大久保橙青
＊にはとりのとぶかまへせりあきうらら　樋口　游魚

天上の声の聞かるゝ秋うらら　野田別天楼
好日のわけても杉の空澄む日　石塚　友二
仏掌の上の虚空や秋麗ら　町田しげき
秋麗の極みに蜘蛛の遊び糸　高田　秋仁
秋うらら水かげろふの水屋敷　広瀬　釣仙
秋麗のトランペットの一人かな　佐藤　朝子
秋麗の女は木椅子男は立ち　早乙女一郎
秋うらら後戻りして寄る本屋　武永　江邨

身に入む　みにしむ　身に沁む

秋が深まるころから風の冷たさが身にしみわたるように思われてくる。心境的なひびきのある季語である。〈本意〉本来身にしみとおって痛切に感ずることで、恋しさやものあわれなどに使われていた。このとき季感とは無縁のものだったが、次第に秋風に恋の思いを托してうたうようになって、「夕されば野べの秋風身にしみて鶉鳴くなり深草の里」（俊成、『千載集』）がうまれた。ここから秋風のつめたさと、秋のあわれと、人の世のあわれが重ねあわされて、自然と人生のさびしさを身体で感じとる使い方のことばになった。芭蕉の「野ざらしを心に風のしむ身かな」、蕪村の「身にしむや亡き妻の櫛を閨に踏む」が知られる。

身に入めば天井は垂れ壁は立つ　佐藤　漾人
身に入むや疎林すけつつ奈良見ゆる　森川　暁水
書き進み語が生きてゆき身にぞ入む　池内友次郎
さり気なく聞いて身にしむ話かな　富安　風生
*佇めば身にしむ水のひかりかな　久保田万太郎
身に沁みて死にき遺子は謗らるゝ　加藤　楸邨
身に入むや立枯松も鳴り出でゝ　石塚　友二
身に入みるてふ一言をききにけり　橋本　鶏二
身に入むや隠れ礁より浪ひびく　山口　草堂
身に沁むやひらがなのみの母の文　牛尾　澄子
身に入みて目鼻かなしき卵売　中条　明
妻の忌の身に入む雨の降り出しぬ　三谷　貞雄

漸寒（ややさむ）　やや寒し　漸（やうやく）寒し　秋寒　秋寒し　秋小寒　うそ寒

晩秋になって感ずる寒さで、なんとなくさむい感じである。秋寒は半ばすぎて感ずる秋の寒さで、気温がさがってきた秋を、客観的な感じでいう。うそ寒は、漸寒と同じだが、心理的なちがいがあり、気持がこもっている。そぞろ寒になると、坐りなおし、襟をかきあわせるような感じになる。〈本意〉「朝ぼらけ荻の上葉の露見ればややはだ寒し秋の初風」（曾禰好忠、『新古今集』）のように、秋の本番になって、気温がさがりはじめた感じをいろいろに言う。秋寒は客観的だが、やや寒、うそ寒は、肌身に感ずる形で言ったもの。うそ寒の方が気持がこもる。

*やゝ寒や日のあるうちに帰るべし　高浜　虚子
うそ寒の身をおしつける机かな　渡辺　水巴
うそ寒や耳うすければ運うすく　野村　喜舟
うそ寒や障子の穴を覗く猫　富田　木歩
やや寒の壁に無髯の耶蘇の像　中村草田男
うそ寒きラヂオや麺麭を焦がしけり　石田　波郷
手すさびの壁塗る秋の寒さかな　中川　宋淵
うそ寒く読み終へぬ雨月物語　高橋淡路女
朝餉なる小蕪がにほふやや寒く　及川　貞
うそ寒うあけびの蔓の絡みあふ　渡辺　桂子
うそ寒や山下りて来し馬の顔　大岩吟公子
うそ寒の水銀玉となりたがる　和田　悟朗
やや寒く投薬を待つなべて老　関口あつ子
秋寒くなりゆく竹を愛すなり　角免　栄児

そぞろ寒（そぞろさむ）

やや寒・冷やか、よりももっと強く身体にひびく寒さである。坐り直して襟をかき合わせるような感じである。〈本意〉『温故日録』には、「身の毛だつことなり」といい、悪寒（そぞろさむし）という語もあてである。「琴の音のことぢにむせぶ夕暮は毛もいよ立ちぬすずろ寒さに」（俊頼）という歌もある。すずろもそぞろも同じである。ぞくっとするような寒さである。

そぞろ寒鶏の骨打つ台所　武田　寅彦
四つ生んで三つ死ぬ狗やそぞろ寒　大谷　句仏
そぞろ寒茄子の白きをちぎりけり　島田九万字
裁かるる悪にはあらねどそぞろ寒　富安　風生
そぞろ寒兄妹の床敷きならべ　安住　敦
＊言葉尻風にとられしそぞろ寒　関根　牧草
髪結うて急ぎ戻るやそゞろ寒　下田　実花
ポストまで百歩ばかりのそぞろ寒　竹内　しげ
銭出して水買ふ巴里のそぞろ寒　石鼎　兼輔
そぞろ寒膝抱いて人の話聞く　松崎鉄之介

肌寒　はださむ　肌寒き　はた寒

夜の寒さ、雨の寒さはもとよりのことだが昼間も寒い感じである。寒暖寒暖と交互になって気候は動くがその寒の時である。気温が平年より下のような場合である。〈本意〉「秋風のやや肌寒く吹くなべに荻の上葉の音ぞ悲しき」（基俊、『新古今集』）の歌や、「野分たちて、にはかに膚寒き夕暮のほど、常よりも思し出づること多くて、靫負の命婦といふをつかはす」（『源氏物語』桐壺）のように、秋風や夕暮のぞくっとするような寒さを体感的に言う。芭蕉の「湯の名残今宵は肌の寒からむ」は、そうした感じをうまくとらえている。

肌寒や会する人のやゝ遅し　高浜　虚子
夜半につく船を上るや肌寒み　河東碧梧桐
肌寒の闇の煙草は深くすふ　木村　赤風
肌寒の内にうごきし恋かとも　松瀬　青々
肌寒やうすれ日のさす窓障子　星野　麦人
＊肌寒と言葉交せばこと足りぬ　星野　立子
肌寒や小鍛冶の店に刃物買ふ　日野　草城
肌寒し石に雨降る夜の音　野間　臾柳

肌寒や桑枯れいそぐ風の音　大村のと子
肌寒のこゝろにたのむ福の神　川上　梨屋肌寒の日記や恋を知りゐし子よ　国政十方城
肌寒や雲をぬぎゆく朝の恵那　巽　恵津子

朝寒　あさざむ　朝寒し

秋のおわり頃には、一日の最低気温が朝になり、それが涼しの段階をこえてさがるので、朝寒ということになる。曇っている日より晴れ上った日の方が多いが、日のあたるところにひとりでに出ていってしまう。〈本意〉「雁鳴きて寒きあしたの露ならし立田の山をもみだすものは」(『後撰集』)の歌のように、晩秋の紅葉をつくりだすつめたさである。朝の一時的な寒さだが、冬の近きをしらせる。

*朝寒や日あたる臼に鶏の居る　大須賀乙字　　朝寒や歯磨匂ふ妻の口　日野　草城
朝寒や柱に映る竈の火　佐藤　紅緑　　朝寒の撫づれば犬の咽喉ぼとけ　中村草田男
朝寒や生きたる骨を動かさず　夏目　漱石　　朝寒や花より赤き蓼の茎　内藤　吐天
朝寒や幹をはなるる竹の皮　室生　犀星　　松風や朝寒顔の小鯵売り　村山　古郷
朝寒の噴井が眼鏡くもらしぬ　臼田　亜浪　　朝寒の大き足音牛乳来る　沢木　欣一
出勤簿朝寒の顔来ては去る　石田　海市　　くちびるを出て朝寒のこゑとなる　能村登四郎
朝寒の潮来夜来の鹿島かな　高野　素十　　朝寒や妻病んで皿かく多し　遠藤とみじ

夜寒　よさむ　宵寒

秋も深まり、朝寒よりさらにひやりとする寒さである。手が冷えてきたり、息が白く見えるような思いのする頃である。〈本意〉西行の歌にいう「きりぎりす夜寒に秋のなるままに弱るか声の遠ざかりゆく」の頃である。芭蕉の「病雁の夜さむに落ちて旅寝かな」、蕪村の「欠け欠けて月もなくなる夜寒かな」「壁隣りものごとつかす夜さむかな」、几董の「咳く人に素湯まゐらする夜寒かな」、一茶の「たばこ盆足で尋ぬる夜寒かな」「次の間の灯で飯を喰ふ夜寒哉」などの句も知られる。寂寥、あわれを感じさせる冬近き頃である。

母と二人妹をまつ夜寒かな　正岡　子規
夜さむし顎を埋むるばかりなり　高浜　虚子
糸車泣くよに廻る夜寒かな　岡本　松浜
夜寒しと言うて命を惜むなり　後藤　夜半
鯛の骨たたみにひらふ夜寒かな　室生　犀星
こほろぎにしのびよらるる夜寒かな　吉田　冬葉
枕辺に眼鏡を外す夜寒かな　山口　誓子
人を送り夜寒の帽を深くせり　加藤　楸邨
宵寒の背中を吾子のつたひあるく　篠原　梵
*あはれ子の夜寒の床の引けば寄る　中村　汀女
子へ買ふ焼栗(マロン)夜寒は夜の女らも　中島　斌雄
人と馬親しみ合へる夜寒かな　中川　宋淵
二人子よ夜寒の枕寄せねむり　古沢　太穂
蠟燭の尻に穴なき夜寒かな　龍岡　晋
奥蝦夷の夜寒の街のひろ〳〵と　春日　其鹿
夜寒かな堅田の小海老桶に見て　森　澄雄
夜を寒み海辺の町に祭ありし　内藤　吐天
駅下りて闇にまぎれし人夜寒　麻田　椎花

すさまじ　冷(すさ)まじ

晩秋のつめたい、凄まじい感じをいう。まだ冬の寒さでもなく、冷やかでもないが、秋冷のつよい感じをいう。〈本意〉もともとはすさぶ、すさむから出たことばで、どんどん勢いのままに物事が進むことを言った。それを『枕草子』はすさまじきものと言って、きらった。鎌倉時代にはじめてすきまをもれる風の寒さ、杯に残る酒の冷たさをあらわすようになり、秋のものとされるようになる。冷たさ、荒涼、凄然を含めた意味となった。

冷まじき句と思ひしが胸を患む　岡本　圭岳
山畑に月すさまじくなりにけり　原　石鼎
杉の月冷まじければ寝の難き　富安　風生
冷まじき激流を詠み来しは誰ぞ　石田　波郷
生きの身の妻との間すさまじき　石塚　友二
*流木や白鳥の白冷まじく　殿村菟絲子
冷まじき細指ばかり暮れ残り　神田喜久子
冷まじく暮れて木霊も居らざりき　下村　槐太
冷まじや人の門出て夜の顔　草間　時彦
思ひますさまじければすぐ返す　相馬　遷子

秋深し（あきふかし）　秋闌ける　秋さぶ　深秋　秋更くる　秋深む

冬になる直前の時期で、自然も、思いも、ものがなしく、過去がなつかしい感じがする。〈本意〉「秋深くなりにけらしなきりぎりす床のあたりに声聞ゆなり」（花山院）と『千載集』にあるが、そうしたさびしくかなしい感じがある。芭蕉の「秋深き隣は何をする人ぞ」も、その思いにつながるものであろう。

*深秋といふことのあり人も亦　高浜　虚子
彼一語我一語秋深みかも　同
秋ふかく枯木にまじる鹿の脚　松瀬　青々
下駄の音ころんと一つ秋深し　富安　風生
走る蟻ことしの秋も深むらし　山口　誓子
行く程のうちにも秋の深まるか　佐藤　漾人
秋深しピアノに映る葉鶏頭　松本たかし
秋深き夜の太柱朱に塗らる　加藤　楸邨
秋ふかき日ざしの中を来し風なり　篠原　梵
秋深き石の小臼のおきどころ　中川　宋淵
秋深し泉に己が鼻写る　沢木　欣一
秋深し石に還りし石仏　福田　蓼汀
秋深く細き袋の茶を買へり　青池　秀二
日輪にひゞく風鈴秋深む　岸　秋渓子

秋深きもののうちなる枕かな　矢田　喜堂
秋深し道まつすぐに森に入る　岩見　静々
秋深き音生むために歩き出す　岡本　眸
ひと雨がことりと秋を深めけり　木村　敏子

暮の秋（くれのあき）　暮秋

秋の季節のおわり頃のことをいう。秋の暮は秋の日暮れのことである。この二つが混同されたが、混同は秋の暮に関してで、季節と日の両方に使われることがあった。暮の秋の方は混同なく、季節についてだけ用いられた。〈本意〉秋を惜しむ、秋の名残り、冬を待つ、冬隣るというような気持で、旧九月中頃から晦日までを指した。芭蕉の「髭風を吹いて暮秋歎ずるは誰が子ぞ」「松風や軒をめぐつて秋暮れぬ」、蕪村の「いささかなおひめ乞はれぬ暮の秋」などが知られる。

*能すみし面の衰へ暮の秋　高浜　虚子
船に乗れば陸（くが）情あり暮の秋　同
女房をたよりに老うや暮の秋　村上　鬼城
華やぎてわれここにあり暮の秋　原　石鼎
建て急ぐとんとん葺や暮の秋　石塚　友二
村はみな欅を門とし暮の秋　皆吉　爽雨
ゆきずりの寺に僧なき暮秋かな　八幡城太郎
返り咲く紫紺のあやめ暮の秋　福田　蓼汀
来ぬバスを待つも一人や暮の秋　北岡　文子

行秋（ゆくあき）　秋暮るる　秋の別　秋の名残　秋の限　秋の行方　残る秋　秋の末

秋のすぎさる頃のこと。草木も枯れはじめ風もつめたく日が短くなって火がほしくなるときである。去りゆく秋を惜しむ気持があり、さびしさがあるが、春とはちがい、ものおもいにふけるようになる。〈本意〉「行く秋の形見なるべき紅葉（もみちば）もあすは時雨と降りや紛はむ」（兼宗）と『新古今集』にあるが、季節の境い目のときである。「秋より後」とか、「秋よりはなほ寒き」とかと、そのニュアンスをさまざまに言う。芭蕉に「行秋や手をひろげたる栗のいが」「蛤のふたみに別れ行く秋ぞ」、太祇に「行く秋や抱けば身に添ふ膝がしら」、召波に「長き藻も秋行く筋や水の底」、一茶に「天広く地ひろく秋もゆく秋ぞ」などの句がある。さびしい内省のときという感じがある。無常感、万物流転感が湧く。

行秋の鴉も飛んでしまひけり　正岡　子規
行く秋や博多の帯の解け易き　夏目　漱石
行秋や机離るる膝がしら　小沢　碧童
ゆく秋の不二に雲なき日なりけり　久保田万太郎
行秋の朝な朝なの日田の霧　高野　素十
ゆく秋のわれにあつまる異族の目　中川　宋淵
あか〳〵と灯して秋の行く夜かな　大森　桐明
行く秋の噴煙そらにほしいまゝ　篠原　鳳作
＊ゆく秋やふくみて水のやはらかき　石橋　秀野
逝く秋の豆腐が軽し舌の上　坂巻しげ子
行秋のあしおとのごと雨きたる　岩田　幸子
甲斐駒に秋去る雲の重くあり　福田甲子雄
秋行くや枯色の牛磨かれて　青柳志解樹
梟笛吹かうよ深みゆく秋を　川井　玉枝

秋惜む（あきをしむ）

秋が過ぎゆくのを惜しむ気持である。客観的に述べれば行く秋となるが、それを感情をこめて主観的にいえば秋惜むとなる。春秋ともに惜むという言い方があるが、その中では惜春の方がよく使われる。〈本意〉「なべて世の惜しさにそへて惜しむかな秋より後の秋の限りを」（前太政大臣）と『新古今集』にある。「戸を叩く狸と秋を惜みけり」（蕪村）「石女（うまずめ）と暮れゆく秋を惜みけり」（召波）など、何かに寄せて秋を惜しむ型が多い。

高原の秋惜しむ火や土蜂焼く　飯田　蛇笏
＊ながき橋わたりて秋を惜しむかな　長倉　閑山
川に出て舟あり乗りて秋惜しむ　上村　占魚
ゆふぐれの風頬にあり秋惜しむ　若月　瑞峰

冬近し（ふゆちかし）　冬隣　冬隣る　冬を隣る　冬を待つ

秋もおわり近く、冬がすぐそこにあるときである。冬のくらさ、きびしさが圧迫感となって迫ってくる気がする。冬を待つというのは、春を待つのとはちがい、期待感ではなくて冬支度の気持である。何となくあわただしいときである。〈本意〉晩秋の冬の近さをあらわすのに、客観的に述べると冬近し、もっと身にひきつけていうと冬隣、冬を待つとなる。その頃になると、日ざしも弱くなるので、ひとりでにその感じになる。切迫した、おびえのような、緊張した気持がある。

出羽平稲架をほどきて冬を待つ　富安　風生
冬近き廂をふかく住みなせる　同
＊蟷螂の反りかへり見る冬近き　山口　青邨
蓼科は被く雲かも冬隣　石田　波郷
くらがりへ人の消えゆく冬隣　角川　源義
押入の奥にさす日や冬隣　草間　時彦
冬を待つ河原の石のひとつひとつ　相馬　遷子
夕づつにまつ毛澄みゆく冬よ来よ　千代田葛彦
顔洗ふ水のかたさよ冬隣　手嶋　千尋
洋芹の緑かたまり冬隣　古賀まり子
白猫のみるみる穢れ冬隣　福永　耕二
冬近し厚きプラトン書の余白　有馬　朗人

九月尽（くぐわつじん）　秋尽く

陰暦の九月晦日で、陽暦だと十一月初旬となる。翌日からは冬なので、秋の最後の一日を惜しむ気持がつよい。和歌では「今はの秋、今日のみの秋、今宵ばかりの秋、暁の鐘を限り、夜もすがら惜しむ」などの言葉で九月尽の心を表現した。三月尽とともに愛惜の気持で言われる。〈本意〉『後拾遺集』に、「九月尽日惜シム秋ヲ心をよめる」「九月尽日終夜惜レ秋心をよめる」などとあり、秋の最後の日に秋を惜しむ気持をあらわす。春秋に限り、三月尽、九月尽という。暁台の「九月尽遙に能登の岬かな」はよい句である。

九月尽日許六拝去来先生几下　高浜　虚子
少年の商才かなし九月尽　楠本　憲吉
*雨降れば暮るる速さよ九月尽　杉田　久女
山が荒れ熊が荒れつつ秋終る　相生垣瓜人
雲表に山々ならび九月尽　福田　蓼汀
九月尽まぶしきものを一日見ず　和田　祥子
かんがふる一机の光九月尽　森　澄雄
真昼野に焚く火透きたり九月尽　富田　直治

天文

秋の日　あきのひ　秋の朝日　秋の夕日　秋日射　秋日影　秋の入日　秋没日

秋の一日とともに秋の太陽をもいう。太陽は秋分の日以後南半球に行き、日の暮れが早く急になる。秋の日の釣瓶落しである。秋の日はからっと晴れ、物音がよく聞こえる。空気がかわいていて、日ざしはつよいが、しんは冷たい。〈本意〉「村雲に影さだまらぬ秋の日の移りやすくも暮るるころかな」と『風雅集』にあるが、日影うすく暮れやすいことが本意とされている。

戦死報秋の日くれてきたりけり　飯田　蛇笏
白壁にかくも淋しき秋日かな　前田　普羅
ひややけき空気に秋日さしゐるも　山口　誓子
秋没日松は花よりくれなゐに　同
*鶏頭に秋の日のいろきまりけり　久保田万太郎
沓掛や秋日にのびる馬の顔　室生　犀生
秋の日や牛も友得て前掻きぬ　中村草田男
亡き友肩に手をのするごと秋日ぬくし　同
病みぬればたゞに真白き秋日かな　五十崎古郷
羅漢みな秋日失せゆく目が凄惨　加藤　楸邨
秋日落ち海は俄かに力あり　五十嵐播水
秋の日や凭るべきものにわが孤独　木下　夕爾
向日葵の秋日の蕊となりにけり　西島　麦南
白豚や秋日に透いて耳血色　杉田　久女
黒潮に秋陽たゆたひねむりけり　中川　宋淵
水底の草にも秋の日ざしかな　高橋淡路女
めぐりくる秋の日ざしに子の忌あり　松村　蒼石
秋日芝生むしろ淡淡吾等居し　細見　綾子

児の墓に秋日の母の影法師　浜井武之助
墳の中滅法赤き秋日さす　佐野まもる
競馬場しづかに秋の陽をみたす　吉田　文吉
秋の日が終る抽斗をしめるやうに　有馬　朗人
秋の日の貌のごとくに石畳　吉田　鴻司
秋の日の琺瑯の歯が抜かれけり　平井　照敏

秋晴（あきばれ）　秋の晴　秋日和　菊日和　綿日和

よく晴れて秋の空が澄みわたることである。秋日和も同様だが、秋晴より風のないおだやかな感じがつよい。秋晴の場合には風があってもよい。このときは日本が移動性高気圧におおわれたときで、空気がかわきさわやかである。この高気圧は東にうごき、秋晴はあまり長続きしない。秋日和は十月に多い。〈本意〉秋晴は近代の季語のようで、古くは秋日和が使われたようである。「栃の実のこぼるる秋の日和かな」（斗栗）のようなのどやかな句が多い。秋晴では「秋晴れて凌雲閣の人小さし」（子規）のような展望の大きな句が多いようである。こちらの方が語感がつよくからっと青い。

秋晴や心ゆるさば曇るべし　高浜　虚子
秋晴の少し曇りしかと思ふ　同
秋晴や網戸に松葉刺りある　野村　喜舟
岩群の皆仏界や秋日和　内藤　吐天
秋晴の運動会をしてゐるよ　富安　風生
秋晴れて日常茶飯尊とけれ　徳川　夢声
秋晴や花のごとくにさるをがせ　田村　木国
頁繰る如く秋晴今日も亦　星野　立子
秋晴れて鷗も眉毛あるごとし　川端　茅舎
*秋晴のどこかに杖を忘れけり　松本たかし
秋晴や友もそれぐ祖母を持ち　中村草田男
秋晴の麺麭食こぼす膝あはれ　石田　波郷
仏像は金（かね）の冷たさ秋日和　山口波津女
秋晴を夜までたまひて誕生日　同
僧となり母を訪ふべき秋日和　中川　宋淵
秋晴や断崖のわれ突き落せ　北　山河

山峡に字一つづゝ秋晴るゝ　相馬遷子
秋晴の釘打つ希望あるごとし　細川加賀
刻々に大秋晴となるごとし　皆吉爽雨
秋晴れや生死一重の影法師　長迫貞女
秋晴や夫がゐさうな家の中　岡本眸
秋晴のいづこに聖地かくるるや　平井照敏

秋の声（あきのこゑ）　秋声

もの音、ものの気配に秋をききつけるのである。心で感じとる秋の声である。しみじみと心にひびく。〈本意〉「萩の葉にかはりし風の秋の声やがて野分の露くだくなり」（定家）という歌があるが、物にふれて、さびしく凄き声である。蕪村に「帛（きぬ）を裂く琵琶の流れや秋の声」、嘯山に「さゞ浪やあやしき迄に秋の声」などとある。どんなものにもある秋のひびきである。

秋の声間の襖をすこし開け　長谷川かな女
*遠風か夜空に満つる秋の声　阿部次郎
大瀑布ひとすぢ秋の声を添ふ　篠田悌二郎
寺掃けば日に日にふかし秋の声　中川宋淵
見返れば山暮れてをり秋の声　八幡城太郎
秋声にそばたつ耳のおのづから　軽部烏頭子
秋声を聴けり古曲に似たりけり　相生垣瓜人
秋声は何れの窓に多からむ　同
秋声を聴けり人語にあらざりし　長倉閑山
めつむりて聴く秋声や楢林　同
ことごとく文にしてなほ秋の声　赤松蕙子
秋の声帯まき締むるわが身より　大竹きみ江

秋の空（あきのそら）　秋空　秋天　旻天（びんてん）　きなげつ

秋の空は澄みわたって、山々が近く見え、風景もしまって見える。秋のはじめは秋霖の時があり、やがて晴れあがって秋の空となる。台風期がおわると、とくに澄みきった美しい空になる。

清浄でさびしい。〈本意〉「おほかたの秋の空だに侘びしきに物思ひそふる君にもあるかな」（右近）と『後撰集』にある。さびしく美しい空である。「によつぽりと秋の空なる不尽の山」（鬼貫）「秋の空尾の上の杉に離れたり」（其角）「上行くと下くる雲や秋の天」（凡兆）「秋の空昨日や鶴を放ちたる」（蕪村）「遠山やしづかに見ゆる秋の空」（闌更）など、秋天の高さ、清澄さをあらわしている

秋空を二つに断てり椎大樹　高浜　虚子
秋天にわれがぐん〳〵ぐん〳〵と　同
*秋天に赤き筋ある如くなり　同
秋空へ大きな硝子窓一つ　星野　立子
富士秋天墓は小さく死は易し　中村草田男
秋天や峡をたのみて峡に生く　加藤　楸邨
耕せり大秋天を鏡とし　西東　三鬼
秋天を開いて塔の建ちにけり　中川　宋淵
秋空に富士の孤高の犯されず　細木芒角星
秋の空わが身に夜の匂ひなく　飯田　龍太
二峰相親しむごとし秋の空　橋本　鶏二
野を馳くる仔馬の足の秋天に　及川あまき
石工に四角な秋の天ありぬ　坂本　俳星
大玻璃戸拭き秋天を拭いてをり　上野　泰
人の死へ秋天限りなく蒼し　渡辺もりを
目薬をさせばくもりぬ秋の空　宮下　翠舟

秋高し（あきたかし）　秋高　天高し　空高し

秋は空気が澄み、空がいよいよ高く感じられる。空の雲も上層雲が出て、より高い感じになる。十月、とくに十月下旬の晴れのつづく頃の空の印象である。〈本意〉「秋高くして塞馬肥ゆ」（杜審言）という詩句があり、秋高ということばもある。天高く馬肥ゆの天高しもよく用いられる。爽快感がある。

天高し雲行くままに我も行く　高浜虚子
*痩馬のあはれ機嫌や秋高し　村上鬼城
秋高し綱は気球をつなぎとめ　菅　裸馬
秋高し空より青き南部富士　山口青邨
わが庭の真中に立てば天高し　同
天高し屋根に跨がる子を見たり　太田鴻村
天高し往くべき途をいざ往かん　景山筍吉
天高く師の足あとを拾ひけり　中川宋淵
天高しポプラは並ぶこと喜ぶ　納漠の夢
叡山といふ言葉さへ秋高し　小原弘幹
天高し花束のごと子を抱けば　山崎和賀流
天高し昨日の画布に今日も描く　相生垣秋津

秋の雲（あきのくも）　秋雲（あきぐも）　秋雲（しゅううん）

鰯雲や鯖雲のような巻積雲が多く、高空に小さくつらなり変化してゆくのはいかにも秋らしい、さびしく、郷愁をそそるところがある。〈本意〉澄んだ秋空に高くかかる雲で、たえず現われ消えてゆく。丈草に「ねばりなき空にはしるや秋の雲」、暁台に「あら海や浪をはなれて秋の雲」がある。一茶の「夕暮れや鬼の出さうな秋の雲」は、暗い、あやしげな色の雲である。嵐や冬の近いおそろしい感じの雲もある。

秋の雲しろ〴〵として夜に入りし　飯田蛇笏
*秋の雲みづひきぐさにとほきかな　久保田万太郎
抛りあげしままに停まる秋の雲　富安風生
停りてほぐれつつあり秋の雲　高野素十
松の幹人を倚らしむ秋の雲　山口青邨
ある朝の浮かべる秋の雲なりけり　安住　敦
指うづき秋の雲わきやまぬかな　加藤楸邨
見つゝ消ゆ雲あり秋の雲の中　皆吉爽雨
秋雲の下そこはかと人住めり　角川源義
秋の雲立志伝みな家を捨つ　上田五千石
秋の雲ロダンのヨハネ何指すや　棚橋玲泉女
栄転も母には別離秋の雲　中村稔子

鰯雲（いわしぐも）　鱗雲　鯖雲（さばぐも）

巻積雲のことで、小さい雲片が小石のように並び集まり、規則的にさざ波のようで、白くうすい。はなればなれになっていることもついていることもある。広がり方は小さいことも全天のこともある。高空に出て、鰯が群れるように見えるので鰯雲、鱗のように見えるので鱗雲、さばの斑紋のように見えるので鯖雲などと呼ぶ。雨になりやすく、鰯がよくとれるという。秋鯖の漁期でもある。〈本意〉「秋天、鰯まづ寄らんとする時、一片の白雲あり。その雲、段々として、波のごとし。これを鰯雲といふ」と『栞草』にあるが、名前に味があり、句に愛用される季題である。変化が速いが、秋を代表する美しい雲である。

鰯雲日和いよ〳〵定まりぬ　高浜　虚子
いわし雲大いなる瀬をさかのぼる　飯田　蛇笏
松島の上にひろごり鰯雲　田村　木国
鰯雲昼のままなる月夜かな　鈴木　花蓑
＊鰯雲こゝろの波の末消えて　水原秋桜子
鰯雲個々一切事地上にあり　中村草田男
妻がゐて子がゐて孤独いわし雲　安住　敦
鰯雲甕担がれてうごき出す　石田　波郷
鰯雲ひろがりひろがり創痛む　同
鰯雲人に告ぐべきことならず　加藤　楸邨
鰯雲予感おほむねあざむかず　軽部烏頭子
人中に遺児うつくしく鰯雲　石原　舟月
葬られてしまひしものに鰯雲　中川　宋淵
鰯雲動くよ塔を見てあれば　山口波津女
いわし雲城の石垣猫下り来　森　澄雄
鰯雲日かげは水の音迅く　飯田　龍太
孤児たちに清潔な夜の鰯雲　佐藤　鬼房
鰯雲桶屋は桶の中にゐる　龍岡　晋
いわし雲おのれ偽ることは難し　稲垣きくの
をさなごに言葉教える鱗雲　横山　房子
豆腐二丁はなれて沈みいわし雲　酒井　鱒吉
鰯雲子は消ゴムで母を消す　平井　照敏

月（つき）

月の桂　月の兎　玉兎　玉蟾（ぎょくせん）　嫦娥（じゃうが）　孀娥（さうが）　月待ち　朝の月　昼の月　薄月
夜半の月　月蝕　月の暈（かさ）　月の輪　月の出　月の入　月渡る　月夜　月光
月影　月下　月代（つきしろ）　月白　初月（はつづき）　二日月　三日月　弦月　夕月夜　宵月

花と並んで美の中心におかれるもの。春と秋を代表する。月は四季いずれにもあるが、とくに秋の月が清明であるため、秋を月の季節とする。月の満ち欠けによって、陰暦が定められたが、俳句でもそれに従って詠むことがある。陰暦八月朔日は黒い月だが、二日月、三日月、弓張月と光を得て大きくなって満月になり、また欠けて有明月になり、黒い月になる。朔日の月を新月といい、新月から弦月（五日目）頃までの宵月の夜を夕月夜という。夕方出た月は夜には沈んでしまうので夕月という。月白は月の出る前の空のほの白い明るさをいう。〈本意〉「わが背子が插頭（かざし）の萩に置く露をさやかに見よと月は照るらし」（『万葉集』）「月見れば千々にものこそ悲しけれわが身ひとつの秋にはあらねど」（大江千里、『古今集』）「木の間より漏り来る月の影見れば心づくしの秋は来にけり」（『古今六帖』）などの歌以来秋の美しいものの頂点におかれ、さびしさ、物思い、ものがなしい情感などの気持のこもるものとされてきた。芭蕉に「月はやし梢は雨を持ちながら」「義仲の寝覚の山か月悲し」「月清し遊行の持てる砂の上」「其のままよ月もたのまじ伊吹山」「秋もはやぱらつく雨に月の形」など、其角に「闇の夜は吉原ばかり月夜かな」、許六に「芋を煮る鍋の中まで月夜かな」、越人に「山寺に米つくほどの月夜かな」、蕪村に「月天心貧しき町を通りけり」「椀久も狂ひ出で来よ夜半の月」、几董に「とび魚の飛ぶ夜隈なき月夜かな」などの秀句がある。歴史の厚味のある代表季題中の代表。

ある僧の月も待たずに帰りけり　正岡　子規
ふるさとの月の港を過(よぎ)るのみ　高浜　虚子
子規逝くや十七日の月明に　同
はなやぎて月の面にかゝる雲　同
月さして一間の家でありにけり　村上　鬼城
月に行く漱石妻を忘れたり　夏目　漱石
月光にぶつかつて行く山路かな　渡辺　水巴
船の名の月に読まるゝ港かな　日野　草城
月明や山彦湖をかへし来る　水原秋桜子
やうやくに月のあゆみの迅さかな　軽部烏頭子
月光のおもたからずや長き髪　篠原　鳳作
*月明の宙に出で行き遊びけり　山口　誓子
東京駅大時計に似た月が出た　池内友次郎
灯を消すや心崖なす月の前　加藤　楸邨
徐々に徐々に月下の俘虜として進む　平畑　静塔
月落ちてちゝろは海の中に鳴く　横山　白虹
月明の畝あそばせてありしかな　永田　耕衣
少年が犬に笛聴かせをる月夜　富田　木歩
月光にいのち死にゆくひとと寝る　橋本多佳子
父がつけしわが名立子や月を仰ぐ　星野　立子
月光に泛べる骨のやさしさよ　飯田　龍太

月の中透きとほる身をもたずして　桂　信子
つひに子を生まざりし月仰ぐかな　稲垣きくの
長き髪束ねて月に佇てるかな　成瀬桜桃子
患者皆南枕に月を浴ぶ　染谷　十蒙
葛の葉や月のおもてにひるがへる　田子　水鴨
月の面の割るるばかりに照らしをり　荻野あき江
わが影を月の築地に吸はしむる　小林　月史
検温の間も月移るおそろしき　桜井　博道
なにもかも月もひん曲つてけつかる　栗林一石路
子といくは亡き夫といく月真澄　竹下しづの女
月の人のひとりとならむ車椅子　角川　源義
風立ちて月光の坂ひらひらす　大野　林火
幽明の境の尾根を月照らす　福田　蓼汀
月明のいづこか悪事なしをらむ　岸　風三楼
母声の木霊が帰る月下かな　杉本　雷造
月明に畦といふこの細きもの　林　翔
農夫われ来世は月をたがやさむ　蛭田　大艸
月代の濃くなりまさり月に消ぬ　篠原　梵
黒い手帖へしるす良心二日月　森田　林泉
三日月や子にのこすべきなにもなし　白い　郷峰
新月や瀬をはなれゆく渓の音　岸　秋渓子

盆の月（ぼんのつき）

盂蘭盆の夜の月であり、陰暦七月十五日、名月のちょうど一と月前の満月である。〈本意〉まだ暑さの名残りがあり、精霊棚には灯籠がともっているので、独特の雰囲気の月である。「勘当の母にあふ夜や盆の月」（蓼太）「浴（ゆあみ）して我が身となりぬ盆の月」（一茶）の句のように、特別な親しみと哀感、せつなさの湧く月といえる。

此月の満れば盆の月夜かな　高浜　虚子
盆の月ひかりを雲にわかちけり　久保田万太郎
＊盆の月拝みて老妓座につきし　高野　素十
むさゝびのとびし吉野の盆の月　同
胡桃の葉透かし明るし盆の月　山口　青邨
盆の月翳けゆき母の忌も過ぎぬ　五十嵐播水
盆の月遙けきことは子にも言はず　松村　蒼石
悪玉の笑へり赫き盆の月　石原　八束
生れたるのみのふるさと盆の月　大橋　敦子
小豆煮る火のとろとろと盆の月　青木　喜久
生くる二人に鬼灯ほどの盆の月　村越　化石
盆の月父亡く母に遠く住む　筒本れい子
金泥を海に流せり盆の月　沢木　欣一
膝頭老いゆく盆の月明り　戸川　稲村

待宵（まつよひ）

待宵の月　小望月　待宵影　十四夜月

名月の前の日の宵のこと。つまり陰暦八月十四日の宵のこと。そしてその夜の月のこと。名月、即ち十五夜の望月に少し足りないということで小望月という。〈本意〉本来は人を待つ宵のほどというこころだったが、のち、「翌（あす）の夜の晴れ曇りはかりがたければ、まず今宵、月を賞するなり。待とは、翌の夜の月を待つ義なるべし」（『栞草』）という意味にかわった。支考の句に「待つ宵はまだいそがしき月見かな」、蕪村の句に「待宵や女主に女客」とある。月を待つ気持だが、まだどこかあわただしい。

待宵の雲のゆるびて来りけり　久保田万太郎
＊待宵を終に雨来し梢かな　大谷　句仏
激浪のいろほのめくや小望月　山口　青邨
待宵やがや〳〵と子等夕餐せる　西村白雲郷
待宵の四山(よも)霧ふかき外厠　西島　麦南
待宵や飛石幾つ先の関　松岡　凡草
待宵の明日もこの道通りたし　若林　宏子
待宵やしばらく広き家の中　増田　龍雨
待宵のこほろぎありく畳かな　中西　泗汀
待宵や藁焼ける火を田に残し　古内　一吐
待宵やけもののごとく葎立ち　佐藤明日香
待宵のひかりの中に壺を置く　古賀まり子

名月(めいげつ)　明月　満月　望月　今日の月　月今宵　三五(さんご)の月　三五夜　十五夜　芋名月

陰暦八月十五日の夜の満月である。仲秋の名月といい、一年中でもっとも尊重される満月である。ちょうどこの頃は空気も澄み、月の光も明るく爽快である。天候も安定し、秋草、露、虫の声なども絶好のとりあわせものとなる。南中の高さもちょうどよい。穂芒をさし、芋・栗・枝豆・団子などを供えてこの夜の月を祭る。また、この月の光で針に糸を通せると裁縫が上達するとか、この夜糸瓜をしぼった水は肌を美しくするとかいう。望月というのは、満月と入り日が同じ時刻にむかい合って相望むところから名づけられた。十五は三掛ける五だから、十五夜のことを三五夜ともいう。明月、今日の月、月今宵は月をほめたたえることば。芋名月は、供え物の代表が新芋だからである。〈本意〉雪月花というように、日本人の美意識の代表的な季物であり、秋の美の代表である。「三五夜中ノ新月ノ色、二千里ノ外ノ故人ノ心」(『和漢朗詠集』)とか、「月ごとに見る月なれどこの月の今宵の月に似る月ぞなき」（天暦御歌、『後撰集』）とかといわれ、その清光爽涼の美はくらべるものがないが、また仲秋の景物としてもの思わせるところを含んでいる。古典に名句は数多く、厚い伝統の蓄積を感ずる。芭蕉に「名月や池をめぐりて夜もすがら」「名月や北国日和定めなき」「名月や門に指し来る潮頭」「名月の花かと見えて棉畠」「三井寺の門たたかばやけふの月」など、其角に「名月や畳の上に松の影」、嵐雪に「名月や烟はひ行く水の上」、蕪村に「名月や神泉苑の魚躍る」「月今宵あるじの翁舞ひ出でよ」「盗人の首領歌よむけふの月」、樗良に「名月や只うつくしくすみわたる」、蓼太に「名月や汐満ち来ればさざれ蟹」、一茶に「名月をとつてくれろと泣く子かな」などがある。

けふの月長いすゝきを活けにけり　阿波野青畝
背負はれて名月拝す垣の外　富田木歩
名月や雲の上ふむ影法師　中川宋淵
名月にならびて黝き仏たち　同
名月や格子あるかに療養所　石田波郷
満月よ黒髪の子を吾も生まむ　三橋敏雄
満月の冴えてみちびく家路あり　飯田龍太
白桃や満月はやゝ曇りをり　森澄雄
名月の竹竿細く緊りをり　山田晩水
明月や子を失ひし乳棄つる　山下陽弘
箸添へてまづ名月に供ふべし　加藤覚範
名月やうす桃色の猫の舌　西村冨美子

明月や舟を放てば空に入る　幸田露伴
満月に金炎え立ちし銀杏かな　川端茅舎
名月や屋台の鮨の美しき　小沢碧童
*十五夜の雲のあそびてかぎりなし　後藤夜半
今日の月すこしく欠けてありと思ふ　同
望月のふと歪みしと見しはいかに　富安風生
望の月わがしはぶきも照らさるる　日野草城
乳房にああ満月のおもたさよ　富沢赤黄男
十五夜に手足ただしく眠らんと　西東三鬼
手を拍つて大満月の牛を追ふ　平畑静塔
満月の鳥獣戯画や入りつ出でつ　加藤楸邨
名月やむかし名妓のもの語り　堀内敬三

竹林は妊るごとし望の夜　高木方日呂
満月の屋根に子の歯を祀りけり　福田甲子雄
牛の仔の望のひかりに顔を出す　稲田　草男
満月や盥の湯を蹴る赤子の足　横山　芦石

良夜（りやうや）　良宵　佳宵

月の良い夜のことを言い、主として十五夜のことを指す。八月十五日、九月十三日の夜である。
〈本意〉『後赤壁賦』に「月白く風清し。この良夜をいかんせん」とあり、『徒然草』に「八月十五日、九月十三日は、婁宿（ろうしゅく）なり。この宿、清明なるゆゑに、月を翫ぶに良夜とす」とある。名月の傍題になる。

どの家もまだ起きてゐる良夜かな　宮田　重雄
籬の上を船の灯のゆく良夜かな　五十嵐播水
ふくろふの口（く）ごもり鳴ける良夜かな　水原秋桜子
蓮の中羽搏つものある良夜かな　同
人それ〴〵書を読んでゐる良夜かな　山口　青邨
*我庭の良夜の薄湧く如し　松本たかし
谷戸谷戸に友どち住みて良夜かな　永井　龍男
稲原に良夜の濤はきくべかり　石田　波郷
この良夜海に在らむと漕ぎ出づる　佐野まもる
生涯にかゝる良夜の幾度か　福田　蓼汀
椎茸の耳立てゝゐる良夜かな　渡辺　桂子
栂を出てあそぶ良夜の白蛾あり　飯田　龍太
窯中にわが白磁成る良夜かな　県　多須良
子の木馬良夜の庭に濡れてをり　大塚　麓
鳩舎より羽毛が昇りゆき良夜　鷹羽　狩行
蝦が身を細らすといふ良夜かな　川井　玉枝
床の間に置きて良夜の旅鞄　轡田　進
水口に田の神在す良夜かな　藤原　款冬

無月（むげつ）　仲秋無月　曇る名月　月の雲

十五夜の晩に曇ってしまって、せっかくの名月が見えないことである。ただ空がどこか明るく感じられる。月は見えないが名月の夜であることが十分に意識されているのである。〈本意〉「月見れば影なく雲に包まれて今夜ならずは闇に見えまし」と『山家集』にある。「曇れる十五夜」をうたったもので、見えぬ月を心に思いえがき、どこか明るさを感じている気持なのである。

滑川海よりつゞく無月かな　久保田万太郎
*山濤や無月の空の底明り　志田　素琴
たづさふる手のあたゝかき無月かな　日野　草城
いくたびか無月の庭に出でにけり　富安　風生
間をおいて無月の浪の白きのみ　同
淡き霧無月の槻をおほふらし　水原秋桜子
笛の音の美しかりし無月かな　高野　素十
舟底を無月の波のたたく音　木村　蕪城
大寺に池掘ってある無月かな　中川　宋淵
会議終ふ無月の椅子のさまざまに　鴇田日出夫
子等何度出ても無月の空ばかり　川本　征矢
火を焚けば火のうつくしき無月かな　栗生　純夫
浅草の空が明るき無月かな　高橋　春灯
無月とてこの静かさを迎へけり　羽村　野石

雨月（うげつ）　雨名月　雨夜の月　雨の月　月の雨

名月の夜に雨が降り、月が見られないことである。月影がうっすらと見えるところが考えられている。したがって、雨が小やみしたり、空がかすかに明るくなったり、月かげがほのみえたりする情景となる。〈本意〉無月の一種で、雨のために名月が見られないのだが、名月のこころがのこっていて、月かげが見えがくれするような情感をもこめている。

月の雨こらへ切れずに大降りに　高浜　虚子
*月の雨ふるだけふると降りにけり　久保田万太郎
焼岳の淡しや月を隠す雨　水原秋桜子
のそと来る雨月の傘を立てかけて　山口　青邨

うなぎ笊ころがしてある雨月かな　安住　敦
くらがりに炭火たばしる雨月かな　石田　波郷
胸もとに雨月あかりを漂はせ　平畑　静塔
雨月かな人にやさしくすることも　山田みづえ
夜もすがら雨名月の瀬音かな　佐藤　竹門
暗きより潮押しのぼる雨月かな　村沢　夏風
墨すれば今宵雨月の香ありけり　村林　星汀
女傘さして出でたる雨月かな　加藤　霞村

十六夜（いざよひ）　十六夜の月　いざよふ月　既望（きばう）

陰暦八月十六日の夜のことで、かつまたその夜の月のことをいう。それをいざよいと呼ぶのは、十六夜の月は、日没に上る十五夜の月より三十分おくれて、ためらうように上るためである。右側がわずかに欠けはじめている。望（もち）の月を過ぎたために既望という。〈本意〉「いざよふ」とは、「ためらふ」の意味。望月よりおくれてためらいながら上る、というこころである。やはり十五夜の名月を中心に考え、それが過ぎたことをさびしむ気持である。芭蕉に「十六夜もまだ更科の郡かな」「十六夜はわづかに闇の初かな」がある。

深山の風にうつろふ既望かな　飯田　蛇笏
十六夜や溲瓶かがやく縁の端　日野　草城
十六夜の雲深ければ五位わたる　山口　青邨
十六夜といふ名を持ちて月昇る　星野　立子
十六夜の雨の日記をつけにけり　五所平之助
十六夜の妻は離れて眠りをり　石川　桂郎
いざよひの薄雲情あるごとく　西島　麦南
十六夜や繚乱として秋ざくら　遠藤　梧逸
十六夜のこの明るさに何言はむ　山崎　為人
*十六夜やちひさくなりし琴の爪　鷲谷七菜子
十六夜や夫の睡れる掌の巨き　長谷川貴枝
十六夜のいくつも橋を渡りけり　西山　誠
十六夜の草木の丈にまぎれけり　村沢　夏風
十六夜の水鳴る方はまだ暗し　村松ひろし

立待月（たちまちづき）　立待　十七夜　既生魄（きせいはく）

陰暦八月十七日の月のこと。月の出は満月をすぎるとだんだんおそくなる。前夜より三十一分おくれ、六時二十二分になる。それを立って待っているというのである。〈本意〉月を待つ心をあらわすおもしろいことばである。だんだんおそくなる月の出を、「立ちやすらひて待つ心」でいう。立っていて待てる程度におそく出る月である。一茶に「さらぬだに月に立待つ総嫁（そうか）かな」の句がある。

暈ひろき立待月やねこじやらし　水原秋桜子
文鎮の紅水晶や十七夜　籏こと
*古き沼立待月を上げにけり　富安風生
立待の庭の明りをたのみ寝る　角田拾翠
立待月咄すほどなくさし亘り　阿波野青畝
姨捨の立待月を待ち得たり　潮原みつる
立待月露けき石を照しそむ　片桐美江

居待月（ゐまちづき）　座待月（ゐまちづき）　居待の月　十八夜の月

陰暦八月十八日の月のこと。立待月よりさらにおくれること三十四分して上るので、それをすわって待つのだという。〈本意〉『万葉集』にも「座（ゐ）待月」として出てくる古いおもしろいことば。立待よりはまた少し遅く出るので、居て（座して）待つの意味である。

*暗がりをともなひ上る居待月　後藤夜半
山月や居待といふもいと更けて　水原秋桜子
居待月芙蓉はすでに眠りけり　安住敦
居待月はなやぎもなく待ちにけり　石田波郷
脇息のありて即ち居待月　京極杞陽
居待月泉かがやきそめにけり　山田梵雨
居待月しとねをうつす程もなく　中村三山
田の面に靄しづめたる居待月　阿部ひろし

寝待月　寝待の月　寝待　臥待月　臥待の月　臥待

陰暦八月十九日の月であり、居待月よりさらに三十九分おくれて出る。それで寝て待って見る月の意味でこの名がある。〈本意〉「秋の夜のひとり寝待の月影に身を吹きとほす庭の秋風」という歌が『新撰六帖』にある。『源氏物語』には正月十九日の月にも用いられているから、八月とは限られていなかった。それが連・俳では秋に限られるようになった。秋の情感も加わることになる。

水嵩増す川の凄さよ寝待月　大谷　句仏
寝待月ほのかに竹の奥を染め　林　蓬生
寝待月雨来ていねし後知らず　水原秋桜子
寝待月灯のいろに似ていでにけり　五十崎古郷
*月代も淋しき寝待月なりし　高浜　年尾
寝待月子を眠らせて妻と出づ　福永　耕二
寝待月雲より落ちて照らしけり　阿波野青畝
寝待月美しければ妻を待つ　立花ひかる
臥待月隣りの異人館早寝　松崎鉄之介

更待月　更待の月　亥中の月　廿日亥中　二十日の月　二十日月

陰暦八月二十日の月のこと。寝待月よりさらに四十五分おくれて出る月で、ふけて待つ月ということ。午後十時の亥の正刻に出る月という気持で亥中の月ともいう。半ば欠けて下弦に近く、光もよわい月である。〈本意〉『新勅撰集』に「あま小舟はつかの月の山の端にいさよふまでも見えぬ君かな」（家隆）という歌があるが、いつまでも出ぬ月を恋の歌に利用している。光もよわよわしくなっていて、名月の名残りも尽きかかる気持である。

更待やキャバレーの灯は宵ながら　石塚　友二　＊二十日月瞳のかたき子に木菟呼ばむ　橋本　義憲
男の子得ぬ今宵更待酒汲まな　同　更待や階きしませて寝にのぼる　稲垣きくの

宵闇　よひやみ　夕闇

十五夜のあと、月の出は日々におそくなり、二十日をすぎると、夜中でなければ出なくなる。それまでの長い闇のことをいう。〈本意〉名月を待つ心の名残りのひびく語で、長い宵の闇に、月との対照を感じ、月の出を待った思いが思いかえされる。気持のこもる語。

宵闇やポストあるべき此辺り　数藤　五城　＊宵闇の牛の温みとすれちがふ　細川　加賀
宵闇の水うごきたる落葉かな　渡辺　水巴　宵闇の人舟曳きてゆきしなり　木津　柳芽
宵闇や盲し如く暮の道　松本たかし　宵闇を袋につめて乞食かな　神生　彩史
この山の宵闇つづき鞍馬あり　大野　林火　宵闇を流れし水と町に入る　榎本冬一郎

後の月　のちのつき　十三夜　名残の月　月の名残　二夜の月　後の名月　豆名月　栗名月

陰暦九月十三夜の月である。名月の八月十五夜にたいし後の月といい、前者を芋名月というのにたいして、豆名月、栗名月といって枝豆や栗をそなえる。両方をあわせて二夜の月という。この両方の片方を見ないのを片見月といい、十五夜を見たら十三夜も見るものとした。十三夜は日本で宇多法星がはじめた行事である。この頃は陽暦では十月の半ばで、寒くもありものさびしくもあって、月光も冴えてくる。名月とはかなり印象のちがう月見である。〈本意〉「九月十三夜は……名月の納めなれば、夜を残す入り方を恨み、常にも似ず月の名残を慕ふ心ばへなどすべし」と『山の井』にあり、月の美しい秋の納めの月見ということになる。芭蕉に「夜竊かに虫は月下の栗を穿つ」「木曾の痩せもまだなほらぬに後の月」、千代女に「川音の町へ出づるや後の月」、蕪村に「かじか煮る宿に泊りつ後の月」「三井寺に緞子の夜着や後の月」などがある。やや冷え冷えと見る月で、結局は名月の名残りの気持といえよう。

大皿に蟹のけむりぬ十三夜　村上　鬼城
万太郎が勲章下げし十三夜　長谷川かな女
*目つむれば蔵王権現後の月　阿波野青畝
芭蕉まだ破れずにあり後の月　五十嵐播水
水の音さぶしかりけり後の月　日野　草城
すさまじくなりきし芒十三夜　大橋桜坡子
麻薬うてば十三夜月遁走す　石田　波郷
りりとのみりりとのみ虫十三夜　皆吉　爽雨
蓑虫の糸の長さや十三夜　谷野　予志
十三夜みごもらぬ妻したがへて　志摩芳次郎

十三夜胸の温みが指伝ふ　殿村菟絲子
胸さびしゆゑにあかるき十三夜　石原　八束
波は手を虚空にあげて十三夜　同
水甕の肌いきいきと後の月　星野麦丘人
淀むことしらぬ流れや後の月　柏崎　要次
そのなかに笛つかまつる十三夜　青木　敏彦
犬の尾に冷たき土間の十三夜　横山　万兆
後の月養鶏千羽めつむるも　上田五千石
振りむけばみんなひよつとこ十三夜　山口　澄子
十三夜柊の花香り出す　吉見　春子

星月夜（ほしづきよ）　ほしづくよ　星明り

よく晴れた秋の夜は星空が明るくて、まるで月夜のように思えるのをいう。空がよく澄んで、星の輝きが明るいのである。仲秋以後は天の川が天頂にかかりその輝きがめざましい。〈本意〉『篗纑輪』に「闇に星の多く明るきをいふなり。ただ秋季なり。月のことにはあらず」とある。

「星月夜さびしきものに風の音」（楓橋）という句のように、明るくとも、秋のさびしさのにじむ美しさをいう。

われの星燃えてをるなり星月夜　高浜　虚子
子のこのみ今シューベルト星月夜　京極　杞陽
星月夜生駒を越えて肩冷ゆる　沢木　欣一
星月夜白き市門のあらびあ海　角川　源義
*寝に戻るのみの鎌倉星月夜　志摩芳次郎
母逝きし通夜の裏戸の星月夜　角田ともえ
星月夜小銭遣ひて妻充てり　細川　加賀
中尊寺一山くらき星月夜　佐藤　棘矢
鯉はねて足もとゆらぐ星月夜　相馬　遷子
吊したる箒に秋の星ちかく　波多野爽波
星涼し樅のふれあふ音かさね　星野麦丘人
星月夜ひとりの刻は沖を見る　高橋　淑子

天の川（あまのがは）　銀河　明河　星河　銀漢　銀浪

無数の星が密集して川のように空をとりまいている。一年中見えるが、春は低く地平に沿い、冬は高いが光がよわい。夏から秋にかけて、おきあがり、仲秋には北から南にのび、夜がふけると西の方へ向う。銀の砂のように美しく、七夕とも結びついて星合の伝統となっている。〈本意〉「天の河相向き立ちてわが恋ひし君来ますなり紐解き設（ま）けな」（山上憶良、『万葉集』）「秋風の吹きにし日より久方の天の河原に立たぬ日はなし」（『古今集』）などの歌があり、美しさと星合の七夕伝説とが結びついてイメージされている。芭蕉の「荒海や佐渡に横たふ天の川」、惟然の「更け行くや水田の上の天の川」、白雄の「天の川星より上に見ゆるかな」、一茶の「うつくしや障子の穴の天の川」などが知られている。

北国の庇は長し天の川　正岡　子規
天の川の下に天智天皇と臣虚子と　高浜　虚子

虚子一人銀河と共に西へ行く　同
別るるや夢一筋の天の川　夏目漱石
天の川人の世も灯に美しき　沼波瓊音
草原や夜々に濃くなる天の川　臼田亜浪
子規遠く虚子また遠し天の川　阿部みどり女
子を負うて肩のかろさや天の川　竹下しづの女
銀河より聞かむエホバのひとりごと　阿波野青畝
木曾川の奈落に見たる銀河かな　松本たかし
*妻二タ夜あらず二タ夜の天の川　中村草田男
妻の目に涙あふれ来天の川　加藤楸邨
天の川怒濤のごとし人の死へ　同
遠く病めば銀河は長し清瀬村　石田波郷
修院へ入る娘と仰ぐ天の川　景山筍吉
天の川真夜中すぎし出船かな　中川宋淵
けふありて銀河をくぐりわかれけり　秋元不死男
天の川柱のごとく見て眠る　沢木欣一
星花のごとく銀河は幹のごと　野見山朱鳥
ちちははに遠く銀河に近く棲む　上村占魚
天の川逢ひては生きむこと誓ふ　鷲谷七菜子
妻と寝て銀漢の尾に父母ゐます　鷹羽狩行
天の川山のかたちの闇匂ふ　河合未光
鳴門より奔湍なして天の川　町垣鳴海
銀河濃く城羽ばたかんばかりなり　城佑三
銀河より降りくるものを待ちゐたり　嶋田麻紀
大銀河量感ひたと頬に濃し　大野紫陽
乳足りて息やはらかし天の川　石塚悦朗

流星（りうせい）　流れ星　夜這星（よばひぼし）

一年中見られるが、秋は空が澄んでいるので見えやすい。夜半をすぎると多くなる。流星の本体は無数の砂粒のようなもので、空間を走り、大気に突入、摩擦で高温になって白熱し、光の筋をひく。燃えきれず地上に落ちたものが隕石、星糞である。〈本意〉古くは婚星（よばひぼし）、夜這星といわれ、すでに『枕草子』などにも出ている。凶事異変などや願い事などに結びつけて考えられた。美しい秋の夜の光景である。

星一つ命燃えつつ流れけり　高浜　虚子
星飛ぶや寝ねし我家へ帰りつく　篠原　温亭
北の星とびはじめたり親不知　阿波野青畝
＊死がちかし星をくぐりて星流る　山口　誓子
星流る疑ふこともなく生きて　山口　青邨
流星の針のこぼるるごとくにも　同
ふるさとももの傾きて流れ星　中村草田男
星飛ぶや掌の中の手のやはらかく　不破　博
流星を追ふ両の臂燃しながら　佐藤　鬼房
西に遠国北に遠国星流る　佐野まもる
星流る天にも亡ぶものがあり　谷端　秀治
天網をいくたびもぬけ流れ星　佐藤礼以子

秋風（あきかぜ）　秋の風　金風（きんぷう）　爽籟（そうらい）　風爽（さや）か

秋の風は西南から西の風で、だんだん冷たさを加えてゆく。五行の金にあてて金風、色では素風（白い風）という。夏と冬の季節風の替り目にある風だが、大陸方面からの風であることが肌で感じとれる。愁の風、また万物を零落させる風、猒（あき）の風などと感じとってきた。〈本意〉秋の風ははげしく荒い風、また身にしみてあわれを添えるようにも詠むとされている。秋気は清らかだが、万物を凋落させる風で、涼風、悲風などともいわれる。芭蕉に「秋風や藪も畠も不破の関」「秋風に折れて悲しき桑の杖」「義朝の心に似たり秋の風」「身にしみて大根からし秋の風」「物言へば唇寒し秋の風」「あかあかと日は難面（つれなく）も秋の風」「塚も動け我が泣く声は秋の風」「石山の石より白し秋の風」などの秀句があり、曾良に「終宵秋風聞くやうらの山」、許六に「十団子も小粒になりぬ秋の風」、杉風に「がつくりとぬけ初むる歯や秋の風」、蕪村に「秋風にちるや卒都婆の鉋屑」「唐黍のおどろきやすし秋の風」、几董に「ささ濁る水のうへゆく秋の風」、召波に「子の貌に秋かぜ白し天瓜粉」、一茶に「秋風やむしりたがりし赤い花」「日の暮れや人の貌より秋の風」「淋しさに飯をくふなり秋の風」などがある。近世から現代にいたるまで俳人が集中的に作ってきた季題である。

秋風や眼中のもの皆俳句　高浜虚子
来てみれば長谷は秋風ばかりなり　夏目漱石
秋風や屠られに行く牛の尻　同
秋風や水に落ちたる空のいろ　久保田万太郎
秋風や甲羅をあます膳の蟹　芥川龍之介
死骸（なきがら）や秋風かよふ鼻の穴　飯田蛇笏
竈火赫つとただ秋風の妻をみる　同
*秋風や模様のちがふ皿二つ　原石鼎
ひとすぢの秋風なりし蚊遣香　渡辺水巴
ラヂオつと消され秋風残りけり　星野立子
横町に横町のあり秋の風　渋沢秀雄
妻病めり秋風門をひらく音　水原秋桜子
吊橋や百歩の宙の秋の風　同
ひもじきとき鉄の匂ひの秋の風　山口誓子
草に斬られし血のうつくしや秋の風　畑耕一
秋風やふたゝび職を替へんとし　安住敦
秋の風箸おきて妻何を泣くや　同
蚊帳出づる地獄の顔に秋の風　加藤楸邨
吹きおこる秋風鶴をあゆましむ　石田波郷
秋の風万の禱を汝一人に　同
秋風や粥をすすりて塩の味　青柳菁々
秋風や殺すにたらぬ人ひとり　西島麦南
秋風や水より淡き魚のひれ　三橋鷹女
馬の貌秋風既に立ちゐたり　沢木欣一
でで虫が桑で吹かるる秋の風　細見綾子
阿蘇山頂がらんどうなり秋の風　野見山朱鳥
秋風や書かねば言葉消えやすし　同
仰臥こそ終の形の秋の風　同
秋風や己に肉なきかたつむり　勝又一透
ゆで玉子むき秋風の貌うつる　大槻紀奴夫
秋風やわが表札の女文字　鷲谷七菜子
秋風や妻に秘めたる借すこし　塚本烏城

初嵐（はつあらし）

秋のはじめに吹くつよい風で、陰暦七月末から八月中旬頃までの風について言う。野分ほどでなくその前駆の風で、あらい風である。畑嵐ともいうが、これは畑の唐黍などを吹きさらすのでいう。〈本意〉初秋の末から仲秋の中頃までの風で、嵐というのは山気、朝夕に山から吹く風のことをいう。その風に秋を感ずるわけである。

*空をとぶ鴉いびつや初嵐　高浜　虚子
雨雲の切れ間の藍や初嵐　野村　喜舟
足の出る夜着の裾より初嵐　寺田　寅彦
鳥舎の鶏ぬれてふくるる初嵐　大谷　句仏
初嵐馬を芒に放ち見ん　佐藤　紅緑
初嵐多忙はむしろいさぎよく　大野　林火
初嵐して人の機嫌はとれませぬ　三橋　鷹女
初嵐水颯々と声放つ　大竹　孤悠
初嵐きりりと締めて黄なる帯　小松崎爽青
にはとりのたたら踏みけり初嵐　飴山　実

野分（のわき）　野わけ　野分立つ　野分波　野分雲　野分跡　野分晴　夕野分

野分きの風の省略した形で、野分けともいう。野の草を吹きわける風のことで、秋に吹く強風である。草をたおし垣根をたおして吹きすぎる。雨が降ることもあるが、台風とはちがい、風が主体になる。〈本意〉『源氏物語』の「野分だちて肌寒き夕暮のほど」や、『枕草子』『徒然草』の野分の日や朝があわれにおかしいというところなどが知られているが、野分の吹く最中よりすぎたあとの荒れた景色にすさびを見て、あわれやおかしの感情を抱いたようである。春夏とちがう荒れのさびしさに冬の前の季節を感じている。芭蕉に「芭蕉野分して盥に雨を聞く夜かな」「吹き飛ばす石は浅間の野分かな」、蕪村に「鳥羽殿へ五六騎いそぐ野分かな」、一茶に「寝むしろや野分に吹かす足のうら」などの秀句がある。

我が声の吹き戻さるる野分かな　内藤　鳴雪
＊大いなるものが過ぎ行く野分かな　高浜　虚子
抱き起す萩と吹かるる野分かな　河東碧梧桐
野分して蟷螂を窓に吹き入るる　夏目　漱石
淋しさや野分やむ時海の音　松根東洋城
山川の水裂けて飛ぶ野分かな　村上　鬼城
野分していよ〳〵遠き入日かな　日野　草城
大入日野分の藪へ轟然と　松本たかし
野分して芭蕉は窓を平手打つ　川端　茅舎
野分雲夕焼しつゝ走り居り　高浜　年尾
白墨の手を洗ひをる野分かな　中村草田男
吹かれ来し野分の蜂にさゝれけり　星野　立子
野分してしづかにも熱いでにけり　芝　不器男
頭のみ見えて雀が野分中　橋本多佳子
野分の戸妻に追はるる如くなり　石田　波郷
顔出せば鵙迸る野分かな　同
野分中つかみて墓を洗ひをり　同
死ねば野分生きてゐしかば争へり　加藤　楸邨
靴の釘石もて曲ぐる野分中　秋元不死男
海女潜る上を走れる野分波　野見山朱鳥
野分後の野の道青きものもなし　石塚　友二
月あかき野分やこころ父に寄る　森　澄雄
胸の湿布替えいるひまも聴く野分　田川飛旅子
野分に咳き涙に似たるものこぼす　斎藤　空華
皿沈め野分の泉底明るむ　筒井　節子
野分してあらがふおのれ信じらる　平井　照敏

颱風（たいふう）

台風　颶風（ぐふう）　颱風圏　颱風裡　颱風禍　颱風眼（たいふうのめ）

熱帯性低気圧で、空気の渦巻である。熱帯で発生し、北西に移動、台湾と小笠原の間を通り、向きを北東に変える。八月には西日本をおそい、九月からは近畿、関東をおそう傾向がある。二百十日、二百二十日前後にもっとも多く、台風シーズンである。台風は夏秋が多い。台風が過ぎると秋晴となる。〈本意〉大正時代から季題になった。日本では夏秋ともに多く、とくに漁師にはおそろしい風であった。津波もともない、大きな被害の出る災害の風であった。

颱風の北進し来る恵那(えな)山の月　松本たかし
台風の去つて玄海灘の月　中村吉右衛門
颱風のいちじつ飯の火も焚かず　森川　暁水
このままに颱風となりゆくらしき　後藤　夜半
颱風に吹かれ吹かれつ投函す　石田　波郷
颱風の息づく雨は篠つけり　西島　麦南
*颱風の心支ふべき灯を点ず　加藤　楸邨
颱風をきし足拭けどしめりとれず　川島彷徨子
台風が木犀の香を払拭す　相生垣瓜人
洋傘ひろげ台風の尖すでに感ず　近藤馬込子
台風の蜂の巣おもて蜂の満つ　新津香芽代
台風の報刻々と産気づく　大場思草花
颱風あとかかるところに子の風車　清水万里子
台風に迷走といふ語ありけり　久永雁水荘

芋嵐(いもあらし)　黍嵐

さといもの葉に吹く強い秋風で、葉裏をみせてゆれる。黍嵐も同様、黍の穂に吹く風で、穂がなびき、葉がふれて強い音をたてる。〈本意〉阿波野青畝の「案山子翁あち見こち見や芋嵐」で知れわたった季語で、黍嵐同様、ややとぼけた野趣のある、いかにも俳句的な風の名前である。

芋嵐土手ゆく人馬吹きさます　菅　裸馬
航空の尾灯急がす芋嵐　秋元不死男
黍嵐教師休暇をただ眠る　大野　林火
*一高へ径の傾く芋嵐　石田　波郷
雀らの乗つてはしれり芋嵐　同
芋嵐あてどなければ去りがたく　三谷　昭
黍嵐わが門野川より低き　宮下　翠舟
童顔の教師なりけり黍嵐　星野麦丘人
夜は森の家の燈見ゆる芋嵐　目迫　秩父
赤ん坊の揺れて泣けり黍嵐　雨宮きぬよ

雁渡(かりわたし)　青北風(あをぎた)

北風で、雁がわたってくる頃に吹く。九月から十月頃である。はじめ雨がきたあとよく晴れわたって吹く風である。夏の名残りも去って、海も空もあおあおとする感じになる。〈本意〉もともとは漁夫のことばである。伊勢の国の鳥羽、伊豆の国などの船詞で陰暦八月の風を青北風、または雁渡と呼んだと『物類称呼』にある。駿遠で「青げた」という。長崎県五島、壱岐の青北風は十月頃の北風で、波が高く数日間出漁できない。

*雁渡し歳月が研ぐ黒き巌　大野　林火
雁渡し病むもみじかく教師死す　能村登四郎
雁渡し佇みて吾れ晩年へ　村越　化石
雁渡し山脈力集め合ふ　同
青北風や目のさまよへば巌ばかり　岸田　稚魚
雁渡し死なせてならぬ人ひとり　岩井　三青
ふるさとのありて帰らず雁わたし　那須　乙郎
めつむれば怒濤の暗さ雁渡し　福永　耕二
雁渡し北見青透く薄荷飴　文挟夫佐恵
雁渡し手が出て閉まる蔵の窓　徳丸　峻二
青北風や墓地に迫りし山と海　井上　豊
青北風や齢木の葉をつむごとし　佐藤　春子

秋の雨(あきのあめ)　秋雨(あきさめ)　秋黴雨(あきこさめ)　秋黴雨(あきついり)　秋霖(しゅうりん)　後の村雨　豆花雨

秋には雨が多く、九月中旬から十月半ばにかけて長雨が降り秋霖ともいう。うそざむくさびしい感じで、沈んだ気分である。〈本意〉「秋の雨に濡れつつをれば賤しけど吾妹(わぎも)が屋戸し思ほゆるかも」（『万葉集』）「散らぬより木の葉に通ふ寝覚めかな風にむら立つ秋の夜の雨」（後鳥羽院、『夫木和歌抄』）のようにさびしき物思いをさそう風情に用いられてきたが、春の雨（春雨）ほどに尊重されないできた。丈草に「松の葉の地に立ちならぶ秋の雨」、蕪村に「鼬啼いて離宮に暮るる秋の雨」「秋雨や水底の草を蹈みわたる」、一茶に「馬の子の故郷はなるる秋の雨」があり知られる。

眼鏡越しに秋雨見つつ傘作り　高浜　虚子
秋雨や線路の多き駅につく　中村草田男
秋雨や夕餉の箸の手くらがり　永井　荷風
＊秋雨の瓦斯が飛びつく燐寸かな　中村　汀女
蕎麦よりも湯葉の香のまづ秋の雨　久保田万太郎
秋雨や赤鉛筆で速達と　星野　立子
秋雨やよごれて歩く盲犬　村上　鬼城
訪ふときは病むとき秋の雨降れり　大野　林火
踏切の燈にあつまれる秋の雨　山口　誓子
秋霖の夕焼ほのと飛燕見ゆ　西島　麦南
菓子やれば日々来る犬や秋の雨　富田　木歩
秋霖に紙の飛行機出てゆきぬ　安部健二郎
秋雨やほかほか出来し御仏飯　高野　素十
秋の雨カレーライスを駅の前　阿片　瓢郎

秋時雨（あきしぐれ）

時雨というと冬の季節に多いが、晩秋に降るものをいう。山近くで、晴れているのに思いがけず雨が降り、すぐまた晴れる。わびしいひとときの雨である。〈本意〉「をしむらむ人の心を知らぬ間に秋の時雨と身ぞふりにける」（兼覧王、『古今集』）などとあり、秋の末のわびしい、すさまじい、時雨である。

＊秋時雨ぼそ〳〵寒し楽しまず　富安　風生
にはとりも歩めば音す秋しぐれ　磯貝碧蹄館
秋しぐれいつもの親子すゞめかな　久保田万太郎
犬にのみ許す心や秋時雨　草間　時彦
百姓に翳の思ひや秋しぐれ　飯田　龍太
木曾馬の耳すこし立ち秋しぐれ　鷲谷七菜子
秋しぐれみやげの玩具ぬらしけり　新保　且子
夜の木場の筏溜りや秋しぐれ　星野麦丘人

富士の初雪（ふじのはつゆき）

富士山頂では七月八月にも雪が降るので、終雪と初雪がはっきりしないので、その年の日平均気温の最も高かった日（高極日）以前の降雪をその年の終雪とし、高極日以後初めての降雪をその年の初雪としている。それによると平年の初雪日は九月六日、遅くともだいたい九月二十日すぎには初雪が降る。〈本意〉「不尽の嶺に降り置く雪は六月（みなづき）の十五日（もち）に消（け）ぬればその夜降りけり」と『万葉集』にある。旧の六月頃に降るものとされていた。富士の新雪に気候の移り、季節の推移を感じているのである。秋の深まりを感ずるのである。

浮み出て初雪の不二歪みなし　菅　裸馬　遠富士の初雪父母の墓洗ふ　依田由基人
不二初雪蚕（こ）を終へし窓開かれて　金子　潮　＊直ぐ消えし富士の初雪空の紺　森田　游水

稲妻（いなづま）　稲光　稲の殿（との）　いねつるみ　いなつるび　いなたま

秋の夜、はるかな空に電光が走ることがある。稲妻で、遠いために雷鳴がきこえてこない。稲光で稲が実るのだといい、稲の妻と考えて稲妻という。稲光といえば雑、稲妻といえば秋になる。〈本意〉「稲妻の光の間にも忘れじと云ひしは人のことにぞありける」と『古今六帖』にある。宵の闇、稲の殿、光、照らすなどとあわせて用いられた。稲光が稲を実らせるわけではないが、雷電現象の多い年は豊作といわれているところに関係があろう。芭蕉に「稲妻や顔のところが薄の穂」「稲妻や闇の方行く五位の声」、其角に「いなづまやきのふは東けふは西」、去来に「稲妻のかきまぜて行く闇夜かな」、蕪村に「いなづまや堅田泊りの宵の空」などの秀作がある。

懐かしき遠稲妻や膝の上　高浜　虚子
稲妻や耳なし山の峰はづれ　河東碧梧桐
稲妻や二振り三振り海の上　松根東洋城
稲妻や湯船に人は玉の如　寺田　寅彦
美しき稲妻したり与謝の海　山口　青邨
もろこしの葉にたらたらと稲光　富安　風生
くらがりの手足を照らすいなびかり　山口　誓子
稲妻の最中に訪はれルオーの論　加藤　楸邨
*稲妻のほしいままなり明日あるなり　石田　波郷
稲妻の座うつりしつゝ仏たち　中川　宋淵

稲妻のゆたかなる夜も寝べきころ　中村　汀女
かばふとは頼ることなり稲妻す　同
いなづまを負ひし一瞬の顔なりき　橋本多佳子
いなびかり北よりすれば北を見る　同
遠稲妻照らせる雲に国ありや　香西　照雄
つゝぬけに稲妻はしるわが家かな　川上　梨屋
稲妻やまつくらがりの大江山　広野　宣子
猫捨ててもどれば北の稲妻す　岩田　幽汀
いさぎよき天の剝落いなびかり　苅谷　敬一
わが白磁生れて稲妻走りけり　県　多須良

秋の虹（あきのにじ）　秋虹

虹といえば夏で、夕立のあとなど、色あざやかに見える。これにたいして、色も淡く、消えやすいのが秋の虹で、どことなく哀れである。〈本意〉淡く消えやすいところが秋の虹の眼目で、そこに独特の哀感がある。

秋の虹ほのくらく樹をはなれけり　飯田　蛇笏
びつしりの羊歯の真上の秋の虹　大野　林火
*秋虹の片根は街に立つしづけさ　原田　種茅
秋虹の消ゆるにはやし回転扉　白石　水可
秋の虹森を出づれば消えてなき　青池　秀二
秋の虹うすしぽこぽこ湖畔馬車　森　総彦

秋の夕焼　あきのゆふやけ　秋夕焼

夕焼は夏で、いかにもはげしい強烈なものだが、秋の夕焼は、それほどはげしくもなく、また短かい。それがまた独特の美しさや寂しさをかもし出すのだろう。美しく淡いもので、よい句材である。〈本意〉夏の強烈な夕焼の衰えたものとして、寂しさや哀感をかもし出すものになる。

秋夕焼旅愁といはむには淡し　富安　風生
秋夕映の海より来たり鮃の死　森　澄雄
渤海の秋夕焼やすじをはる　加藤　楸邨
妻の刻いつもときいろ秋夕焼　野口　大輔
＊鷺たかし秋夕焼に透きとほり　軽部烏頭子
仏壇ある家の奥まで秋夕焼　柴田白葉女
秋夕映森はマラソン吐き続け　井上　宗雄
秋夕焼不二の黒さを残しけり　三木　十柿

霧　きり　朝霧　夕霧　夜霧　山霧　海霧（ガス）　狭霧　霧襖　野霧　霧雨　濃霧　霧の海　霧の雫

秋、移動性高気圧におおわれているとき、夜の放射冷却によって気温がさがると霧が生ずる。盆地などには冷えた空気がたまりやすいので特に多い。場所によって、山霧、海霧、盆地霧、都市霧とよぶ。海霧はガスといい、北海道太平洋岸、千島に生じ、船の航行に危険な障害となる。都市のスモッグは晩秋以後に生じ、東京では濃煙霧であって霧ではない。〈本意〉春、夏にもあるが、秋の霧がもっとも中心のもの。霧立つ、霧こむる、霧隔つ、霧渡る、霧晴るるなど、霧の籬にかくれへだてられるところがよくうたわれてきた。心の晴れぬことを胸の霧、心の霧といった。芭蕉に「霧しぐれ富士を見ぬ日ぞ面白き」、一茶に「牛もうもうと霧から出たりけり」「宵明や浅間の霧が膳をはふ」、蒼虬に「魚さげて霧の垣根をめぐりけり」がある。

霧黄なる市に動くや影法師　夏目　漱石
霧雨に奈良漬食ふも別れかな　小宮　豊隆
マッチの火肩にあふれぬ霧の中　畑　耕一
霧終に音たてて降る旭かな　原　石鼎
霧を透す日ざしこの世のものならず　菅　裸馬
朝ぎりや紫動く牧の牛　同
*白樺を幽かに霧のゆく音か　水原秋桜子
霧こめて山に一人の生終る　山口　誓子
屋根屋根の霧教会の塔へ行く　池内友次郎
ランプ売るひとつランプを霧にともし　安住　敦
ピカソ見る人を見てをり霧なき日　中川　宋淵
一本のマッチをすれば湖は霧　富沢赤黄男
霧を見る莨の灰を海におとし　横山　白虹
霧月夜美しくして一夜ぎり　橋本多佳子
情死とはかく蒼からむ夜霧の笹　長谷川秋子
海底にあをき魚死ぬ霧月夜　篠田悌二郎
さやうなら霧の彼方も深き霧　三橋　鷹女
四百の段の室生寺霧はやし　石原　八束
霧積の霧に曇りし月夜かな　上村　占魚
霧の村石を投ら(ほう)らば父母散らん　金子　兜太
朝霧を舟ぬけて青空となる　須藤　紫楼
霧に別れ人のかたちをなくしゆけり　近藤馬込子
水筒のろろんと鳴りて霧の中　福田　蓼汀
霧吹けり朝のミルクを飲みむせぶ　石田　波郷
月山といへ一切の霧の中　岸　風三楼
肩抱けば霧の香まとふかなしさよ　稲垣きくの

露(つゆ)

白露　朝露　夕露　夜露　初露　上露　下露　露の玉　露けし　露葎(つゆむぐら)　芋の露　露の世

露は、夜晴れていて風のないとき、放射冷却によって地面が冷えると、それに接する空気が冷えて、含まれている水蒸気が水滴になるものである。秋に多いので秋の季題になっている。一面に降り、しぐれのように見えるので露時雨という。〈本意〉『古今集』に「啼き渡る雁の涙や落ちつらむ物思ふ宿の萩の上の露」とあるが、涙の露、白露、露けきなどの思いにかかわる用例とともに、消ゆる、徒(あだ)なるのようなはかなさの一面も重要である。情感の深さにひびくとともに、むなしいところがうたわれる。芭蕉に「露とくとく試みに浮世すすがばや」「今日よりや書付消さん笠の露」、蕪村に「しら露やさつ男の胸毛ぬるるほど」、一茶に「露の世は露の世ながらさりながら」などがあり、知られている。

病牀の我に露ちる思ひあり　正岡　子規
露今宵生るゝものと死ぬものと　岡本　松浜
芋の露連山影を正うす　飯田　蛇笏
蔓踏んで一山の露動きけり　原　石鼎
疾くゆるく露流れ居る木膚かな　西山　泊雲
露の道高野の僧と共に行く　池内たけし
露けさの弥撒のをはりはひざまづく　水原秋桜子
巨杉の露の日筋を十方に　高野　素十
水引の紅にふれても露けしや　山口　青邨
落ちかゝる葉先の露の大いさよ　星野　立子
線香の一本高く露けしや　同
*金剛の露ひとつぶや石の上　川端　茅舎
白露に阿吽の旭さしにけり　同
露散るや提灯の字のこんばんは　同
露の花圃天主(デウス)を祈るもの来る　山口　誓子

ショパン弾き了へたるままの露万朶　中村草田男
露の野やふとかはせみを見失ふ　五十崎古郷
露燦々胸に手組めり祈るごと　石田　波郷
猫と生れ人間と生れ露に歩す　加藤　楸邨
露踏んで相聞の句をつくらばや　京極　杞陽
満願の涼しき露をならべけり　中川　宋淵
露の中つむじ二つを子が戴く　橋本多佳子
露の夜の一つのことば待たれけり　柴田白葉女
露の土踏んで脚透くおもひあり　飯田　龍太
幾万の露けき石とわれひとり　白石　蒼羽
白露や死んでゆく日も帯締めて　三橋　鷹女
白露の瞳はかなしみの鈴をふる　石原　八束
露の戸を敲(たた)く風あり草木染　桂　信子
白露の世尊寺(せそんじ)道をつくりをり　大峯あきら

露寒（つゆさむ）　露寒し　露霜寒し

十一月になると、露の降りる日の間に霜の降りる日がまじり、露もそぞろに寒い思いになる。〈本意〉晩秋の露も結んで霜となろうとするので、露も寒くおぼえるため露寒しというわけである。太祇に「竹縁もいま露さむし酒のあと」の句がある。

露寒のこの淋しさのゆゑ知らず　富安　風生
露寒や凜々しきことは美しき　同
*露寒や乳房ぽちりと犬の胸　秋元不死男
露寒し縷々とラジオの「尋ねびと」　伊丹三樹彦
露寒や空気の抜けし車椅子　森　総彦
露寒や死ねと囁く夜の汐　鈴木真砂女
露寒や告げ得ぬことを身に溜めて　鷲谷七菜子
露寒や廊下に映る太柱　福地　果山

露霜（つゆじも）　水霜　秋の霜

晩秋の露が凍ってうすく霜になったもので、露霜、水霜の名前がある。霜の降りるのは冬だが、北国では立冬前から早霜が降る。これが秋の霜である。農作物をいためることが多い。〈本意〉露霜、水霜は気象用語ではなく、気象用語では凍露があるが、文芸などでの通用語であるといえる。古くから、露に霜の置いたもの、露の結んで霜となったものなどといわれてきた。いずれにしても、しのびよる冬をあらわす現象をとらえているわけである。

露霜に体温うつる傍えの児　長谷川かな女
つゆじもに冷えてはぬるむ通草かな　芝　不器男
*つゆじもの鳥がありく流離かな　加藤　楸邨
露霜に卵摑みて歩きをり　石田　波郷
露霜や死まで黒髪大切に　橋本多佳子
露霜の紅さして母残りけり　岸田　稚魚

水霜の絵硝子ユダを容れにけり　長谷川双魚
秋の霜老いは胎児に似て眠る　長谷川朝風

水霜と思ふ深息したりけり　草間時彦
水霜の忘れ鎌をば拾ひけり　和田暖泡

地理

秋の山（あきのやま）　秋山　秋嶺　秋の峰　山澄む　山粧ふ（よそほ）　粧ふ山　山疲る

秋は空気が澄んでいるので、山が明るく近く見えるが、その上、紅葉（黄葉）もはじまってひときわ美しく見える。〈本意〉『万葉集』にある「春は萌え夏は緑に、くれなゐの綵色（しみいろ）に見ゆる秋の山かも」（二一七七番）のように、山は四季それぞれに美しいが、秋はとくにはなやかで明るく、それでいてどこかさびしげなところをもっている。春は山笑ふ、夏は山滴る、秋は山粧ふ、冬は山眠るである。

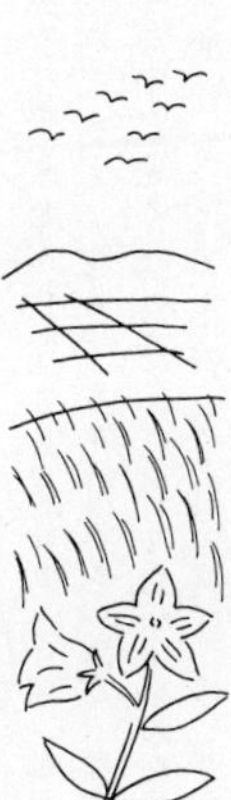

大滝を北へ落すや秋の山　夏目　漱石
一片づつ雲をかぶれり秋の山　長谷川かな女
秋山や影むらさきに瘤二つ　水原秋桜子
わがあとに径もつき来る秋の山　富安　風生
*鳥獣のごとくたのしや秋の山　山口　青邨
山の秋葛蔓引けば引きかへす　皆吉　爽雨
駈け下る我を石追ふ秋の山　大橋桜坡子
火を噴きてあと静かなり山の秋　橋本　鶏二
秋山を越えきて寝るや水のごとく　高橋　馬相
秋山の襞を見てゐる別れかな　沢木　欣一
秋山に遊ぶや宙を運ばれて　山口波津女
神と人逢ふ秋嶺の絶巓に　福田　蓼汀
秋嶽ののび極まりてとゞまれり　飯田　龍太
故郷去る秋山に墓一つ増やし　伊丹三樹彦

秋の野（あきのの）　秋郊（しゅうこう）　秋野　秋の原

秋の野は、さまざまな花が咲きみだれており、虫が鳴き、風がめぐっている、さわやかな美しい野である。〈本意〉山上憶良は「秋の野に咲きたる花を指折り（および）かき数ふれば七種（ななくさ）の花」とその多彩さをうたうが、またさびしく荒れはじめてくる野でもある。

*東塔の見ゆるかぎりの秋野行く　前田　普羅
江戸川を一筋入れて大秋野　上川井梨葉
秋の野に溝とび踰えてたのしきろ　山口　誓子
秋郊の葛の葉といふ小さき駅　川端　茅舎
秋の野の葬ひ果てし真昼かな　中川　宋淵
後れゐて一人がたのし野路の秋　植田　浜子
秋の野辺はかなき菓子のよく売るゝ　同
草もやす白き匂ひや野路の秋　向井　治郎

花野（はなの）　花野原　花野道　花野風

八月、九月の、秋草の咲きみちた野である。ひろびろとした自然の野で、高原や北海道の原野を考えるべきである。〈本意〉「村雨の晴るる日影に秋草の花野の露や染めてほすらむ」（大江貞重）と『玉葉集』にあるが、やはり咲き乱れる花のにぎやかさが中心で、それに秋のさびしさがどこかこめられている。

浅間山前掛山と花野ゆく　高浜　虚子
雨の花野来しが母屋に長居せり　中塚　響也
風向きに硫黄の匂ふ花野かな　野村　喜舟
岐れてもまた岐れても花野みち　富安　風生
*大阿蘇の浮びいでたる花野かな　野村　泊月
また山が遠くなりゆく花野かな　大橋桜坡子
天渺々笑ひたくなりし花野かな　渡辺　水巴
観世音おはす花野の十字路　川端　茅舎

ふところに入日の冷ゆる花野かな　金尾梅の門
満面に花野の入日計に向ふ　石原　舟月
別れの一歩花野溢れて楽のごとし　加藤　楸邨
墓と共に花野に隠れゐたかりしに　橋本多佳子
野の水となりて花野を奔るなり　谷野　予志
過去未来つなぐ花野に旅立てり　島　みえ
神隠るごとく花野に母がゐる　橋本美代子
花野馬車降りるは野上弥生子なり　松本　澄江
監獄の中の花野はかなしかりき　梅田　幸子
知らぬ犬が後ついてくる花野哉　鵜沢　四丁

秋の田（あきのた）　稲田　早稲田　わさ田　晩田田（おくてだ）　稲熱田（いもちだ）　山田　田色づく　田の色

熟して穂を垂れた稲の田をいう。穂ずれの音、穂の実り色、小道のせばまり、まさに秋の田園の明るいゆたかな光景である。「田の色」というのは、成熟した稲の間に、青い稲やさらに遅れた稲が点在する、実りの遅速をあらわす色合いをいう。〈本意〉稲の穂の成熟、刈り入れが近づき、鳴子、案山子など、秋の田園のゆたかさと、これから始まる忙しさとの嬉しく入りまじる光景である。

秋の田の只中石の鳥居暮る　山口　誓子
稲熱田の一枚昏るゝ風の中　星野麦丘人
秋の田にものを落して晩鴉過ぐ　同
秋の田のいづれの道をかへらむか　葛山たけし
*秋の田の大和を雷の鳴りわたる　下村　槐太
晩稲田の色濃き雨に故郷あり　宮津　昭彦

刈田（かりた）　刈田原　刈田道　刈田面（づら）

稲を刈ったあとの田のこと。稲がまだあった時とちがって、急にひろびろとして、子供も中で遊ぶことを許されたりする。切株がのこり、水があったりして、どこかがらんとさびしい。〈本意〉鬼貫に「去るほどにうちひらきたる刈田かな」、一茶に「待ちかねて雁の下りたる刈田かな」があるが、ひろびろとして、どこか気の抜けた、さびしげな田であるといえよう。

道暮れて右も左も刈田かな　日野　草城
*滑りつゝ鷺の踏みこむ刈田かな　渡辺　白泉
刈田昏れ角力放送持ちあるく　秋元不死男
鶏むしる男に見られ刈田行く　大野　林火
剛直にみちのくの虹刈田より　森　澄雄
刈田の子とんぼがへりをして遊ぶ　白川　朝帆
もの問ふと奈良の刈田へはいりゆく　飴山　実
夜明けには刈田の足型動きだせ　佐藤　鬼房
人の囲む火が闇に見ゆ刈田ならむ　井上　宗雄
刈田帰る手振れば疲れ癒ゆる如し　米田　一穂

穭田（ひつぢだ）

ひつじは、稲を刈りとった切株にまた出てくる茎のこと。それが田一面に生じているのが穭田である。この茎にも花が咲いたり、貧弱な実を結ぶことがある。〈本意〉播種によらず生ずる稲が穭で、多くは秕（しいな）（実のない籾（もみ））である。「老いて世にあるかひもなきひつぢ田の霜をいただく身とぞなりぬる」と『新千載集』にあるが、やはり本物でないわびしい印象の田である。

*穭田に我家の鶏の遠きかな　高浜　虚子
穭田は人通らねば泣きに来し　高野　素十
穭田の水の太陽げに円し　西東　三鬼
穭田に溢れて沼の水暗し　石塚　友二
穭田の風伸びゐたり鶏の胸　進藤　一考
穭田の青む幾枚こころ弱し　赤西　愛二
ひつぢ田にあふるる川は最上川　村山　古郷
ひつぢ田に夜火事の鶏の散乱す　岩田　昌寿
穭田のしぐるるときの音もなし　長谷川浪々子
穭田を牛帰り来る平等寺　竹内　一笑

落し水（おとしみづ）　田水を落す　堰外す（せきはづす）

稲が熟し、稲を刈りとる前には水が不要となるので、稲刈りのひと月ほど前に水を落す。畦の水口には、わら束をつめてあるので、そのわら束を抜くのである。田をかわかして刈入れにそなえる。〈本意〉田のみのる時、田にたくわえた水を切り落すことで、これによって稲がよくみのるというが、稲の刈入れの手順の一つになる。山の段畑などの落し水のおもしろさ、音の興味などが中心になる。

木津川に終に落ちゆく水ならん　高浜　虚子
落し水静かにきけば二つとも　西山　泊雲
稲妻に水落しゐる男かな　村上　鬼城
提灯のうるし光りの水落とす　中村　若沙
峡の田の暗きに鳴れり落し水　吉良　蘇月
田の水の吃々と落つ霧の中　小芝　潮子
暗き夜のなほくらき辺に落し水　木下　夕爾
荒海へ千枚の田の水落とす　下村　非文
＊落し水身ぬちを抜けてゆきにけり　萩原　麦草
落されて水の遍歴はじまれり　水口　郁子
落し水老鶏はやき眠りかな　大嶽　青児
落し水いよいよ空を濃くしたり　境入　笙太

秋の水（あきのみづ）　秋水

秋のさまざまな水の総称である。川や池の水、井戸や器の水、どんな水でもよいが、みな澄んでひややかな感じである。〈本意〉三尺の秋水といって、名刀の比喩にするが、そのように澄んだ水である。秋の水はもっぱら澄む心にするという。暁台に「秋の水心の上を流るなり」、蝶夢に「鯉飛んで後に音なし秋の水」がある。

坂急に鳴る秋水を顧みる　高浜　虚子
秋水に林のごとき藻草かな　富安　風生
秋水の動くともなく動きけり　伊志井　寛
*十棹とはあらぬ渡しや水の秋　松本たかし
身のまはり更けてきこゆる秋の水　日野　草城
みずすまし遊ばせ秋の水へこむ　西東　三鬼
秋の水母の眼色に似てふかし　細谷　源二
むきむきに立つ白鷺や秋の水　大森さなみ
秋水のほそまり分校見えて来る　兼田　楮
落口にしばられてゆく秋の水　鎌居　千代

水澄む（みづすむ）

秋は水が澄んで、底にある石までよく見えるようになる。空気も澄み、水も澄んで、秋は高く清らかである。〈本意〉秋の水の傍題ともいえるが、秋の水の本意は清く澄むところにあり、それをあらわした季語である。

*さゞなみをたゝみて水の澄みにけり　久保田万太郎
水澄めば太古の蠑螈底を這ふ　山口　青邨
水澄むやとんばうの影ゆくばかり　星野　立子
澄む水のおのれをりをりうちふるひ　皆吉　爽雨
水澄むや人はつれなくうつくしく　柴田白葉女
水澄みて恋をする瞳がよくのぞく　加藤知世子
のぞく顔とらへては水澄みにけり　杉崎　保則
水澄みて四方に関ある甲斐の国　飯田　龍太
かなしきまでに水澄みをりぬ早寝せむ　岡本　眸
杉山の日昏れよく澄む水のこゑ　石井　一舟

秋の川（あきのかは）　秋江（しうかう）

秋の川の水は澄んでひややかに見え、秋の青空や鰯雲をよく映して、秋の行方をあざやかにえがき出す。紅葉の川、赤蜻蛉のとぶ川、障子を洗う川、落鮎を釣る川など、さまざまな情景がある。〈本意〉澄んで清らかにひややかに流れる川である。「秋江」も「秋の川」の意。

物浸けて即ち水尾や秋の川　高浜　虚子
秋の川真白な石を拾ひけり　夏目　漱石
*見るかぎり同じ速さの秋の川　山口　誓子
吾に近き波はいそげり秋の川　橋本多佳子
秋川に泳ぎしもののすぐ消えし　中川　宋淵
秋江に沿ひゆき蔵書売らんとす　森川　暁水
少年が愛す窪地の秋の川　細見　綾子
秋の川紙のごとくに流れをり　入江　雪子
秋の水もつれし糸の解けたるごと　福田甲子雄
秋の川首伸べて鳴く夕べの牛　広瀬　直人

秋出水（あきでみづ）　洪水　水見舞

秋は台風や集中豪雨の季節で、河川の水がふえ、堤防を決壊させたり橋を流したりして、村や田畑を水流の下に埋めることが多い。出水とだけいえば梅雨時のものを指す。〈本意〉台風シーズンの洪水のことで、明治以後にあらわれる季題。「森の中に出水押し行く秋の雲」（碧梧桐）は明治三十一年の句。

柵の上に腰かけ居るや秋出水　高浜　虚子
臼一つ救ひあげけり秋出水　籾山　梓月
鶏頭の門まで来たり秋出水　富安　風生
百花園もとより浸り秋出水　久保田万太郎
*踏切を流れ退く秋出水　橋本多佳子
学校へ舟でかよふや秋出水　加藤　覚範
ふところの親の位牌や秋出水　三宅　応人
泥の荷の上に教科書秋出水　加藤　義明
流れよる枕わびしや秋出水　武原　はん
秋出水真ん中のみが空映す　岡村天錦章

秋の海（あきのうみ）　秋の波　秋濤　秋の浜　秋の浜辺

秋の海は澄んでさわやかである。波も浜辺も夏より清澄で、ややさびしい感じである。空気が澄んで晴れているので、それが海にもよけい清澄な印象を与えるのである。凪いでいるときは静かな海だが、波は夏より高い。浜辺も人影がなく、うちすてられた感じで、さびしい。〈本意〉秋の特色のつよい海で、澄んでいるが、さびしい感じのある海である。

*秋の海たゝみ〳〵て火の国へ　高浜　虚子
秋渚揉まるるものは円味持つ　貞弘　衛
犬ころも沙にねてきく秋の海　内藤　吐天
秋の淡海かすみ誰にもたよりせず　森　澄雄
秋の海木の間に見えてはろかなり　安住　敦
秋海の巨船灯ともす淋しいから　岡部六弥太
秋の浪見て来し下駄を脱ぎちらし　同
東尋坊遠ざかりたる秋の海　赤松　柳史
秋の海真青き虹のたちのぼる　中川　宋淵
父の手を離さぬ幼女秋の海　西尾　一
展覧会の屑を積み出す秋の海　渡辺　春蕨
矢狭間より昔の秋の海見ゆる　文挾夫佐恵

秋の潮（あきのしほ）　秋潮（しうてう）

秋潮は澄んでいるが、その満ち干きにはどことなくさびしさがこもっている。春潮と同じく干満の差が大きい。人の気のない海岸で眺めていると、夏のにぎやかさと一変した様子に強い印象を受ける。〈本意〉春潮にたいする言い方で、澄んでいるが、さびしさがこもる。

秋潮音なし物を支へし力瘤も　中村草田男
*秋潮に漂ふものも去りゆきし　中村　汀女
わかれんと秋の夜潮の音もなし　加藤　楸邨
漂へるものひとつなき秋の潮　樋口玉蹊子

秋潮へ心泳がす捨煙草　吉田鴻司
秋汐の何も残さず引くことよ　内海千鶴子
秋汐に透きとほる死やショパン鳴る　文挟夫佐恵
秋潮や海女には海女の好む唄　五所平之助
秋濤の已れ巻き込む白さかな　上山永晃
秋の潮あひるの川へ遡る　柳沢子零女

初潮（はつしほ）　葉月潮（はづきじほ）　望の潮（もちのしほ）　秋の大潮

陰暦八月十五日、満月の大潮の満潮をいう。満月（望）のころは潮の干満が大きくなり、大潮をおこすが、春秋の彼岸のころは、それがもっとも大きい。初潮、葉月潮、望の潮などと呼ぶ。川口や入江などでは、初潮に押しあげられてくる浮遊物や魚などが目立つ。〈本意〉「大汐なり。八月望にきはまるなり」と『鷹の白尾』にいうが、一年でもっとも大きな満潮になる。名月とかさなる海の力強い光景となる。葉月潮がなまったともいう。

初潮に沈みて深き四ッ手かな　高浜虚子
*初汐や裾ひろがりに酒匂川　小杉余子
初汐や猫歩みなく草月夜　渡辺未灰
浅く浮いて沈みし魚や葉月汐　日野草城
葉月潮海は千筋の紺に澄み　中村草田男
波の引く奈落のみどり葉月潮　中村将晴
初潮に鵜の黒耀の絶ゆるなし　遠山壺中
望の潮しづかに湛へ舟溜　大橋越央子
葉月潮よせてよるぶし奪ひ去る　関口あつ子
初潮やひそかに鰡の刎ねし音　鈴木真砂女

不知火（しらぬひ）　竜灯

有明海と八代海の沖合いに陰暦七月晦日ごろの深夜にあらわれる怪火で、「千灯万火明滅離合」と形容されるように、海上に光点がひろがる。不知火というのは、わけのわからぬ火ということ。

景行天皇が筑紫巡行の際八月朔日早暁にこれを見、尋ねられたが、その主を知らないという答えから「しらぬひ」が筑紫の枕詞となった。今日では漁火の蜃気楼現象と考えられている。陰暦七月晦日前後の大潮の日には潮が大きく引いて貝をとるのに都合がよいので、灯火をもって干潟で作業した。夜干潟は冷えるが、空気と海水との温度差のために、密度のちがう空気の塊が風でうごき、灯火を不規則に屈折させるので、貝を掘る一漁火が無数にうごき離合するように見えるのだという。風雨があると不知火はあらわれない。〈本意〉「八つ近きころに、はるか向かうに、波を離れて赤き色の火一つ見ゆ。しばらくして、その火左右に分かれて三つになるやうに見えしが、それよりおひおひに出るほどに、海上わたり四五里が間に、百千の数を知らず」と『東西遊記』にある奇観がむかしはわけがわからず、不知火といい、竜灯といって神秘に思ったわけである。

不知火の見えぬ芒にうづくまり　杉田　久女
船まつや不知火の海蝗とび　橋本多佳子
不知火を待つ銀漢の鮮かに　渡辺　安山
不知火の夜を繚乱と炎えつづく　牧野　麦刃
不知火の燃ゆらむ有明海眠れず　村瀬さつき
不知火を見るべく旅のひとりなる　吉武　玲子
不知火を故郷に持てり枇杷をむく　栗木　麦生
＊不知火の退く如く失せにける　江崎　潮春
不知火の海あり古き廓あり　八尾　修

生活

休暇明(きうかあけ)　休暇果つ　二学期　秋学期

九月はじめに夏休みがおわり、秋の学期がはじまる。大学などはもうすこしあとになる。夏休みもあきて、学校が恋しくなる頃ではあるが、夏のゆるんだ生活が抜けず、緊張感のある学校生活に慣れるまでに少し時間がかかる。〈本意〉夏休みがおわり、秋の学期のはじまる変り目で、学校のなつかしさと、きびしい緊張感とをとりもどす、生活のきりかえの時である。

＊友死すと掲示してあり休暇明　上村　占魚
ふりいでし雨の水輪よ休暇果つ　木下　夕爾
また元の家の秩序や休暇明　徳永夏川女
鉄棒を雲遠ながれ休暇明け　河内　凡生
桃食ふやきらきらきらと休暇果つ　森　澄雄
女教師に縁談二つ休暇明け　角田　拾翠

運動会(うんどうくわい)　秋季大運動会

春にもおこなわれるが、秋の方がよりふさわしい季節である。空は高く、澄みわたっていて、その下で駈けたり、跳んだりするのは、きわめて健康的である。〈本意〉日本では、明治七年から、海軍兵学寮でおこなわれたという。はじめ競闘遊戯会と言ったが、大学などで運動会の名で、

おこなわれるようになり、余興的なものも加わるようになった。会社や工場などでもおこなうようになった。健康のためスポーツのたのしみと記録のため、ますますさかんになっている。

＊運動会庭の平(たひら)を天に向け　山口　誓子
孫とはこれか総身「小さき運動会」　中村草田男
精神科運動会天あけひろげ　平畑　静塔
運動会少女の腿の百聖し　秋元不死男
運動会嶺より絶えず雲の使者　辻田　克巳
運動会昔も今も椅子並ぶ　横山佳世子
運動会どこかにあつて風に聞ゆ　稲葉　緑風
子を走らす運動会後の線の上　矢島　渚男
運動会授乳の母をはづかしがる　草間　時彦
他人の如く運動会の妻踊る　富田　直治

夜学(やがく)　夜学生　夜学子　夜学校　夜習

昼間働いて夜、学校の夜間部（定時制）に通学している人がいる。苦学と昔言ったが、勤労学生である。また、秋は灯下親しむ候という勉強のしやすい季節で、夜、勉強や読書に集中する人が多い。この両方の内容をふくんだことばである。〈本意〉夜の学校、夜の一人での勉強という二つの意味があるが、秋の夜長の静けさが勉強にふさわしいことを中心においた季語である。

夜学すすむ教師の声の低きまま　高浜　虚子
＊悲しさはいつも酒気ある夜学の師　同
女子夜学生鮮白靴下期せず競ふ　中村草田男
音もなく星の燃えゐる夜学かな　橋本　鶏二
ややありて遠き夜学の灯も消えぬ　谷野　予志
門燈に夜学子本をひらきすぐ　皆吉　爽雨
縁日を実はぬけきし夜学かな　荻野忠治郎
くらがりへ教師消え去る夜学かな　木村　蕪城
夜学生顔昏くして水を飲む　岩崎　健一
一つ灯に賢兄愚弟夜学かな　小林　寂無
住込の二階にかへる夜学かな　長倉　閑山
夜学生麺麭買ふ大き闇負ひて　森本　柿郷

毛見（けみ）　検見　毛見の衆　毛見の前　毛見迎　毛見の日　毛見の賂（まかな）ひ　検見立（だて）　坪刈（つぼがり）

徳川時代の年貢徴収法で、税額を決めるための資料として、田の刈りとらぬ稲（立毛（たちげ）という）を実地検分した。定期的な毛見のほか、水害や旱、また虫の害などによる減免の申請もおこなわれた。毛見の日は村役人や農民が一様に緊張して毛見の役人を迎えた。検見立は毛見のために刈りのこす二間四方の稲のこと。今日の坪刈の四倍。毛見の賂いは、当日役人を接待すること。
〈本意〉「晩秋、懸吏先だちて田地立毛の善悪を巡検す。これを〝毛見〟といふ。草を謂ひて毛といふ。ゆゑに、稲いなだ刈穫ざるをもまた、立毛といふ」と『日次紀事』にある。今はその習俗はおこなわれないが、地主の小作地巡回や坪刈の方法にあたる。

力なく毛見のすみたる田を眺め　高浜　虚子
毛見のあとより一人出て先に立つ　高野　素十
頑に庄屋の筆や毛見の帳　長谷川零余子
毛見一語老のおもてのくもりたる　阿波野青畝
＊箸すてゝ毛見を迎へに走るなり　松瀬　青々
刈りやめて毛見に願ひの一走り　古川　迷水

秋袷（あきあはせ）　後の袷　秋の袷

秋冷をおぼえてとりだして着る袷のことである。袷というと初夏に綿入れをぬいで軽やかに着るのだが、秋袷は逆な感じで、綿入れを着る前に着て、ひっそりとしている。〈本意〉「端午に至りて布袗（かたびら）を用ふ。九月朔日また袷を用ふ。重陽以後、褻衣（わたいれ）を用ふ。けだしこれ、士庶人の通礼なり」と『和漢三才図会』にある。庶民の着る、身に添うた思いのあるものである。

＊仕立てたる秋の袷の盲縞　高浜　虚子
つつましや秋の袷の膝頭　同
秋袷酔ふとしもなく酔ひにけり　久保田万太郎
秋袷育ちがものをいひにけり　同
日本の女に秋の袷あり　石塚　友二
人は憂を包むやうにも秋袷　細見　綾子
父が着てわが着て古りし秋袷　新村　寒花
百姓になれず了はんぬ秋袷　高橋鏡太郎
子とあれば日は早し秋袷　鈴木真砂女
秋袷夫なきものに不貞なし　同
秋袷この矢絣も古りしこと　小島千世女
秋袷夫にたやすく涙見す　花谷　和子
秋袷激しき性は死ぬ日まで　稲垣きくの
胸もとへ闇ゆるやかに秋袷　坂巻　純子

新酒（しんしゅ）　今年酒　早稲酒　新走（あらばしり）　利酒（ききざけ）　聞酒（もんしゅ）　新酒糟（しんしゅかす）

今年新しくつくった酒のことをいう。もともとは新米でつくり神に供えたものだが、今日では年内に醸造されるのは濁酒（どぶろく）だけである。酒造家は新米を買いこみ、杜氏・蔵人（くろうど）・米搗き男を雇って、米をしらげさせて蒸し、麴と水を加えて醱酵させ、蒸し米をさらに一度、二度と加えてゆく。十分醱酵したものを袋に入れてしぼる。これが新酒だが、これが売られるのは新春以後のことになる。だが俳句では秋の季のものとしている。〈本意〉「新酒、秋月に新穀すでに成り、これを醸し、旬を経ずしてこれを酙む。その性、淡薄にして、その気烈しく、ただ頭面に酔を発す」云々と『滑稽雑談』にある。その年の新米で作り神に供えたものだから、こくはなくとも、新しい、初穂の酒としてのめでたさがある。「我もらじ新酒は人の醒めやすき」（嵐雪）「父が酔ひ家の新酒のうれしさに」（召波）がある。

二三人くらがりに飲む新酒かな　村上　鬼城
目しひ目をしばたゝき酔ふ新酒かな　阿波野青畝
明き灯に新酒の酔の発しけり　日野　草城
＊新酒よし蜂の子も可ならずとせず　富安　風生

肘張りて新酒をかばふかに飲むよ　中村草田男
人が酔ふ新酒に遠くゐたりけり　加藤楸邨
今年酒鯖もほどよくしまりけり　片山鶏頭子
甘海老のとろりとあまき今年酒　同
新酒の栓息噴く如く抜かれけり　長野多禰子
ぐいのみといふ言葉好き新走り　中田品女

濁り酒（にごりざけ）　どぶろく　濁酒（だくしゅ）　醅（もろみ）　醪（もろみ）　諸味　酴醾漉（どびろく）　中汲

濁り酒をふつうどぶろくといい、それぞれ自家で作っていたものであった。作り方は多く一度仕込みであり、飯に麹を加えて醱酵させ、甘酒から辛酒にかわってから飲むのである。酒の自醸が明治の半ばに禁止されるが、密造は戦争期などにさかんにおこなわれた。杉の若葉、やえむぐら、むくげの花などの陰干しにつくかびを種にして麹を作り、飯に入れて醱酵させたのである。

〈本意〉酒の熟してまだ漉（こ）さぬ前の滓のまじったもの（もろみ）、また、もろみを漉してまだ清（す）まない白酒のようなもの（中汲）をいう。味は常の酒よりきつくて、美味だといわれている。酒の原点のようなものである。

老の頬に紅潮（さ）すや濁り酒　高浜虚子
*味噌可なり菜漬妙なり濁り酒　坂本四方太
どびろくやゑうておろしゝ尻からげ　阿波野青畝
どぶろくにゑうて身を投ぐ大地あり　森川暁水
酔うて泣くことのよろしき濁酒かな　岩谷山梔子
濁酒や酔うて掌をやるぼんのくぼ　石田波郷
どびろくは片口を以て呑むべかり　纐纈寒郎
濁り酒歌の牧水おもひけり　大北穆
濁り酒農家の茶碗どれにも疵　木村赤風
どびろくに破戒の汚名ほしいまま　山上荷亭

猿酒（さるざけ）　ましら酒

猿が秋に山ぶどうやあけびなどの木の実をとって木のうろや岩のくぼみにたくわえておいたものが、雨水とまざり、醱酵して、よい味の酒になるのだという。狩人やきこりが偶然めぐりあうものというが、風味がよい酒だといわれている。〈本意〉「猴（さる）、菓（このみ）を取りて山中樹木の虚（うろ）、あるいは嵓腹（がんふく）の凹（くぼか）なる所に貯へ置き、数日の後、熟して酒のごとく、味ははなはだ甘美なり。これを猿酒といふ。猟者往々見て、竊（ぬす）み食す」と『栞草』にある。空想的な季題だが、山の味わいのこもるもの。

猿酒は夜毎の月に澄みぬらん　佐藤　紅緑
深山寺の飼猿酒をかもしけり　島田　青峰
猿酒かかんばせを打つ滴あり　阿波野青畝
＊猿酒に消ゆる小雪もありぬべし　秋元不死男

猿酒やむささびの恋夜もすがら　西山千賀子
猿酒の微醺を嘆じゐたりけり　秋山　卓三
猿酒をきいて来りし懸巣かも　和田　祥子
鼻に落ちしは猿酒の雫かな　吉田　愛子

古酒（こしゅ）　ふるざけ

新酒が出てきてもまだ残っている去年の酒のことをいう。日本酒は夏をこえると酸化しやすいので、火入れをしたり、全部のんでしまうようにした。〈本意〉西洋の酒は、葡萄酒のように、古いほどよいものとされているが、日本酒では、新酒を尊び、古い酒は飲みつくしてしまう。酸化して味が悪くなるためでもある。

＊古酒の酔とまれといふに帰りけり　星野　麦人
秋風に中々古酒の酔長し　松根東洋城

古酒香ばし先生客を愛すれば　村上　霽月
＊酔へば足る新酒否まず古酒辞せず　三溝　沙美

新米（しんまい） 今年米（ごめ） 早稲の飯 古米 わさ米

今年収穫したばかりの米のこと。地方からの早場米は九月下旬に出て十月初旬に出まわる。新米をたいた御飯は味がよい。新米が出ると、去年の米は古米となる。〈本意〉「和俗また五穀の新熟のものを、通じて新米と称す」と『滑稽雑談』にある。新しくとれた米はめでたいもので、秋祭もこの新米で祝った。新米を初穂として神社や寺にささげる風習が各地にある。

新米のかほり鉋のよく研げて　高村光太郎
しやもじざわり上々新米炊き上る　野村　親二
どの家も新米積みて炉火燃えて　高野　素十
新米の俵締むれば直立す　宇治　春壺
＊新米といふよろこびのかすかなり　飯田　龍太
美しき俵となりぬ今年米　遠藤　韮城
一握の新米のぬくみ掌のぬくみ　吉田北舟子
新米のつめたさを掌より流す　川本　臥風

夜食（やしょく）

夜業や夜なべのあと、空腹をおぼえるので軽い食事をする。雑炊、あるいはさといも・じゃがいも・さつまいも、えだ豆のゆでたもの、餅・そば・うどん・だんご・かやくめしなどを食べることが多かった。夜泣きうどん、うどんの出前も夜業と関係がある。〈本意〉夜業は大正頃まで多く続けられ、夜食もそれに関係があった。家で作って食べるのが本来の形だったが、ほかで作ったものを食べるようになって、夜食を作ることはなくなってゆく。夜食をたべるような夜業もすくなくなっている。

面やつれしてがつ〳〵と夜食かな　高浜　虚子
膝もとにいとどの跳ねる夜食かな　森川　暁水
ほほばれるかほを見あひて夜食かな　同
帽置いて田舎駅長夜食かな　池内友次郎
かりそめに衣たるモデルの夜食かな　日野　草城
末子が食べし小鯛の裏を母夜食　中村草田男
*舌嚙むなど夜食はつねにかなしくて　佐野まもる
焼にぎりかぐはしかりし夜食かな　三宅清三郎
夜食たのし女は女坐りして　金盛仁平舎
歯にあてて夜食の丼厚きかな　菊地　龍三

松茸飯（まつたけめし）　茸飯（きのこめし）

松茸をきざみ、酒と塩をふりかけておき、御飯が吹いてきたら入れて、むらして炊きあげる。松茸と油揚げを甘からく煮て、御飯の火を細めてから入れることもある。香りと歯ざわりがよく、いろいろの炊きこみ御飯の中で最上のものである。秋の季節の代表的食品といえる。〈本意〉「茸めし」として江戸時代から季題になっている。坂本四方太に「有之哉松茸飯に豆腐汁」の句があるが、秋のもっとも香気あふれる上品な食事である。

取敢へず松茸飯を焚くとせん　高浜　虚子
*平凡な日々のある日のきのこ飯　日野　草城
上段の間に落ちつかぬ茸飯　八木　北斗
夜の見晴し耳ひくひくときのこ飯　西垣　脩
在りし日の父の小膝やきのこ飯　石塚　友二
肩の凝り松茸飯を炊きつゝも　宍戸富美子

零余子飯（ぬかごめし）　むかごめし

ぬかごを炊きこんだ御飯のこと。やまいも、ながいも、やまといもなどのつるの節についた小芋がぬかごで、根の芋とは別のもの。炒って塩をふったり、油で炒り煮にしたりして食べる。土のにおいのある独特のものだが、美味とはいえない。〈本意〉ぬかごは救荒食物として大切にされてきたが、独特のひなびた味のもので、風味をなつかしむ食物であるといえる。

*寂しくばたらふく食しねむかご飯　日野　草城
野分あとの腹あたためむぬかご汁　原　石鼎
むかご飯民話後半妻に継がす　目迫　秩父
黙々と夫が喰ひをりぬかごめし　加藤知世子
ぬかごめし病みて笑はぬ日が積り　竹中九十九樹
歯にふれてほのかなる香や零余子飯　松岡　刻積
羅漢ども見て来たる夜のぬかご飯　木村　三男
ブラジルは世界の田舎むかご飯　佐藤　念腹
零余子飯わが誕生日忘れられ　石田あき子
零余子飯つやつやと炊け母恋し　栗間　耿史

栗飯（くりめし）　栗おこは

新栗のからや渋皮をとり、塩、醬油を少し入れて米をたく。小粒の栗を使い、ごろんと炊きこむのがよい。東北地方ではおこわ（糯米（もちごめ）を蒸籠（せいろ）でむしたもの）に新栗を入れて、秋祭を祝う。〈本意〉秋の味覚を代表する食物の一つ。かおりがよい上に、御飯の中から顔を出す栗が、ゆたかに、心たのしい。

栗飯によんでもらひし月夜かな　島田　青峰
栗飯のほくりほくりと食まれけり　太田　鴻村
栗飯のまつたき栗にめぐりあふ　日野　草城
*栗飯にする栗剝いてをりしかな　安住　敦
栗飯や忘じて遠き母の顔　岸　風三楼
髪切つて母老いにけり栗の飯　松島　千代
栗飯を子が食ひ散す散させよ　石川　桂郎
栗御飯炊くうつくしき火を育て　高山きく代
栗飯やあはあは煙る山の形　大井戸　辿
栗飯や夜は山から霧が来る　宇山　薫風

柚味噌　ゆみそ　ゆずみそ　柚釜　柚味噌釜

味噌に味つけをした中に柚子の表皮をすってまぜあわせる。これが柚味噌、柚子味噌である。柚釜というのは、柚子の頂のところをふたのように切りとり、中の果肉をとり去って、代りに果肉の汁をまぜた味噌を詰め、ふたをして火にかけると、柚子の香りが味噌に移って美味。酔客のよろこぶもの。ふろふき大根に柚味噌をつけて食べるのは冬の料理である。〈本意〉柚子の香りを利用した料理の一つで、味わい香美、食を推し、胃を健するのによいといわれる。

柚味噌にさら〳〵まゐる茶漬かな　高浜　虚子
醍醐味を舌打つ僧の柚味噌かな　菅原　師竹
＊母亡ければ悲しみに焼く柚味噌かな　中塚一碧楼
柚子味噌の底となりたるめでたさよ　佐野青陽人
海老活きてひそみしさまの柚釜かな　水原秋桜子
柚子釜の葉を焦さんと焔かな　皆吉　爽雨
柚子味噌のある限り貧何ものぞ　石塚　友二
柚子味噌をなめつつきのふ今日の酒　片山鶏頭子

干柿　ほしがき　甘干（あまぼし）　吊し柿　釣柿　ころ柿　白柿

渋柿の皮をむいて吊り、日に干したもの。いろいろの方法があり、串柿は竹や木の串でさしてほしたもの、吊し柿は縄につるして干したもの、甘干しは弱い火でいぶしたり、日でかわかしたものである。ころ柿は一個ずつ作ったもの。白い粉をふかせることが干柿つくりの大切な技術。〈本意〉柿は渋がとれ、また甘くなり砂糖の代用の甘味料になり、酢もとれる。そのような柿を保存食品とするために、干柿を作った。日本の秋の田園風景の一つに干柿がある。

吊し柿すだれなしつつ窓を占む　和地　清
吊し柿作りて老婆いつまで生く　長井　哀耳
干柿を軒に奥美濃雪を見ず　塩谷　小鵜
甘柿の粉を吹く風の北となる　梅田　久子
軒端より起れる恵那や柿を干す　大橋桜坡子
干柿や同じ日向に猫がゐて　榎本　虎山
干柿の緞帳山に対しけり　百合山羽公
＊夜空より外しきたりぬ吊し柿　八木林之助
吊し柿老い相つどふごとくなり　田中　灯京
串柿や老いてやまざる独語癖　上野　可空

菊膾（きくなます）

菊の花びらをゆで、三杯酢やからしあえで食べる料理。食用にする菊は黄菊（阿房宮）と化白（かしろ）（桃色で花びらが袋になっている）で、前者は岩手県ほか全国で、後者は新潟県、山形県の一部だけで作られる。酢を入れてゆでるとあかくなり、意外なほど歯ざわりと風味がよいので、「思いのほか」（新潟）とか「もってのほか」（山形）とよばれる。〈本意〉芭蕉にも「蝶も来て酢を吸ふ菊の酢和へかな」とあり、邪気をはらうといわれる菊は、また風味のよい食物になる。北国の保存食にもなり、岩手の菊のりは黄菊を蒸して乾燥したもの、もどして使う。

菊膾淡き一夜の人なりし　佐藤惣之助
菊なます色をまじへて美しく　高浜　年尾
菊なます風邪の夕餉を床のうへ　及川　貞
八十の母が来て居り菊膾　向笠　和子
＊烱るごと老い給ふ母菊膾　山田みづえ
紅のさす花びらもあり菊膾　竹内　千花

薯蕷汁（とろろじる）　とろろ　いも汁　むぎとろ

自然薯はやまいもともいい、山に自生し、ながいも、やまといもは畑で作る。これらのとろろいもをおろし金ですり、すり鉢でよくつぶし、煮出し汁を加えてすりのばしたものである。葱、大根おろし、青のりを薬味にしてあつい米飯や麦飯にかけてたべる。麦飯にかけたむぎとろは、のどをするする通るので江戸っ子に好まれたもの。〈本意〉とろ汁や麦とろは市井風流の食べもので、俳諧風の味といえる。芭蕉の「梅若葉鞠子の宿のとろろ汁」もその一例を示す。

とろ汁吾に齢の高さなし　山口　誓子
*むぎとろや櫟の枝のこまやかに　石川　桂郎
老斑とは死の斑とろとろとろろ汁　加藤かけい
凡庸の病まぬが取り柄とろろ汁　塩川　星嵐
くらくなる山に急かれてとろゝ飯　百合山羽公
とろろ摺ぬ足腰強き余生かな　三宅　三穂

衣被（きぬかつぎ）　里いもむし

里芋を皮がついたままでゆでたもので、八月十五夜の芋名月にはこれを供える。皮をむいて塩をつけて食べるが、関東ではとくに好まれたもの。〈本意〉皮のついた里芋を衣被とは、まことに俳句らしい洒落たよび名である。その口当りのよさを、関東人はとくに好んだ。

雨夜きて仏の前のきぬかつぎ　大野　林火
衣被優しきことを云はれをり　赤坂　友子
子にうつす故里なまり衣被　石橋　秀野
衣被病む目いつまで遊ばしむ　小坂　順子
夜ふかしの口さみしさに衣被　片山鶏頭子
無事なものだけ食べてをりきぬかつぎ　中村　伸郎
*きぬかつぎ月より白したふべかり　村井四四三女
きぬかつぎ指先立てて食うべけり　草間　時彦

新蕎麦（しんそば）　走り蕎麦

秋にまだ青みの残るそばを早く刈りとり、十分熟さない実で作った手打ちそばである。山国の走りの食物で珍客などをもてなしてよろこばれる。〈本意〉「蕎麦は七月に種を下して、八九月に実のる。しかれども、未熟なり。この時において、関東・北越などには、その茎にあるものを振り落し、あるいは焙炉にて乾して、磨りて麪とす。ことのほか風味よろし。これを新蕎麦と称し、あるいは振ひ蕎麦と称す。武州の諸家、ことにこれを賞し、その采地の土民に課して、秋月一日も早きをもって賞翫とす」と『滑稽雑談』にある。走りの珍味で、ローカル色のある食物。京都大阪にはないという。

新蕎麦に満月近くなりしかな　長谷川かな女
鴨騒ぎ新蕎麦笊にあたゝかし　水原秋桜子
新蕎麦を嗅ぎてもの憂し猫の目は　殿村菟絲子
新蕎麦や夕照りのダムまなかひに　星野麦丘人
新蕎麦や雨後の日輪のれん透く　菅　裸馬
*新蕎麦や着馴れしものをひとつ着て　石川　桂郎
新蕎麦や杉冷えしるき坊の月　吉田　冬葉
客を得て打つ新蕎麦や妻籠宿　松本二三女

新豆腐（しんどうふ）

今年とれたての大豆で作った豆腐である。早生ならお盆すぎに収穫できる。〈本意〉豆腐屋の新豆腐より自家製のかたい新豆腐を味わうと秋の気分が深く感じられる。山の湯の宿などであればひときわである。

そのかみの恋女房や新豆腐　日野　草城
僧堂の飯の白さよ新豆腐　水原秋桜子
はからずも雨の蘇州の新豆腐　加藤　楸邨
新豆腐倉の壁より白きかな　杉山　飛雨
*火にかけて水鳴る鍋や新豆腐　原　月舟
新豆腐茗荷の子には事欠かず　安住　敦
家うちによき噴井あり新豆腐　野村多賀子
菜刀の腹にてすくふ新豆腐　池田　耳風

芋茎（ずゐき）　芋殻

芋の小粒な里芋の一種蓮芋（白芋）のこと。芋の部分でなく、葉柄を食用にする。葉柄は長さ一メートルから五メートルになり、苦くもなく淡泊な味なので、煮たりゆでたりして食べる。汁の実にも使う。熊本名産の肥後ずいきは知られているが葉柄の皮をむいて水でさらしかわかしたもの。〈本意〉夢窓国師の「いもの葉に置く白露のたまらぬはこれや随喜の涙なるらん」からその名が来ているというが、家の惣菜として重宝なもの。「取跡や淋しく見えしずいき畑」という如柳の句がある。

*母が切る芋茎は水をためてをり　萩原　麦草
ずゐき食ふのみ薩摩言葉に取巻かれ　本宮銑太郎
四人の手よりもよごれ芋茎剝く　村上　冬燕
膳に芋茎五十回忌は祝ぎのごと　皆吉　爽雨
山国の日のつめたさのずゐき干す　長谷川素逝
宿坊の深き廂や芋茎干す　塚田かをる
戸隠へ子を巫女にあげ芋茎干す　宮下　翠舟
芋茎洗ふ泉に水輪ひろげつつ　手島　靖一

秋の灯（あきのひ）　秋灯（しゅうとう）　秋ともし

秋の夜ともす電灯などは澄んでいて清明である。夜の大気が澄んでいるためであろう。その灯がなつかしく、本を読むのにももっともふさわしいが、一家の団欒の灯もしずかに落ちついてしっくりしている。〈本意〉春の灯というとつややかだが、秋の灯というと澄明で対照的である。灯下親しむ候で、落ちついて、読書などに集中する静かさのある灯である。

秋の灯の糸瓜の尻に映りけり　正岡　子規
＊秋灯や夫婦互に無き如く　高浜　虚子
秋灯を明うせよ秋灯を明うせよ　星野　立子
秋灯寄せ子へひらがなの便り書く　五木田浩水
量られて茄子の小泣きす秋灯　石川　桂郎
針穴に集まるこころ秋灯　中垣　成子
秋灯の流しに蛸の墨袋　横山　房子
秋灯下ひらく写楽のきらゝ摺　岡村　一郎
泣きに来し部屋の秋灯明かりき　田畑美穂子
秋燈や置きし眼鏡の影も眼鏡　新谷　林香

灯火親しむ（とうくわしたしむ）　灯下親し　読書の秋

韓退之の「燈火稍可ㇾ親」という詩句から出た季題で、「燈火親しむ」が正しいが、近年は「燈下親し」と使われることが多い。秋のさわやかな澄んだ夜気に、読書がいかにもふさわしい。秋の夜も長い。〈本意〉最近になって用いられるようになった季題のようで、「相侍りて燈火親しむ机かな」（冬草）という句が大正十五年刊の『算修歳事記』に収められている。

＊火虫さへ燈下親しむべくなりぬ　高浜　虚子
英語姫にかなはぬ燈下親しめり　富安　風生
燈火親し草稿の燈にぬくむさへ　大野　林火
既知未知の人生燈火親しけれ　西島　麦南
やうやくに燈火親しく蛾もこまか　皆吉　爽雨
燈火親し声かけて子の部屋に入る　細川　加賀
海を見て来し夜の燈火親しめり　山崎ひさを
燈火親しもの影のみな智慧持つごと　宮津　昭彦
燈火親し古書むつかしくおもしろく　岡本　孝人
秋の燈に乳のむ吾児の指が透く　坂井志芸流

秋の蚊帳（あきのかや）　幮（かや）の果　幮の名残　幮の別れ　幮仕舞ふ

秋になっても蚊を防ぐために蚊帳をつる。九月頃までつるが、その頃になると、暑くるしかった蚊帳もさらさらとさわやかにゆらぐようになり、蚊もいなくなってくる。蚊帳がうるさくなってくると蚊帳をつらなくなり、蚊帳の別れ、蚊帳の果となり、蚊帳を干してしまうようになる。〈本意〉同じ蚊帳が季節によって、暑くるしかったり、さわやかになったり、邪魔になったりする。蚊帳の使いおさめの頃のさらさらした、邪魔になりかけた蚊帳である。

蚊帳もまた別るることのかなしけれ　山口　青邨
風孕む幮も別れのあしたかな　林原　耒井
＊次の間の燈のさしてゐる秋の蚊帳　大野　林火
別れ蚊帳真白き繭ぞつきゐたる　加藤　楸邨
よみかきの灯ともす幮のなごりかな　西島　麦南
ふるさとの名残の蚊帳に父と寝る　橋本　花風
いちじくのいつまで青き別れ蚊帳　細川　加賀
音もなく妻は入り来む秋の蚊帳　村沢　夏風
秋の蚊帳まさをく病軽からず　依田由基人
秋蚊帳の干さるるみどり天に富士　村越　化石
秋の蚊帳よく眠る母と寝たりけり　大場白水郎
母へ垂る真水のごとし秋の蚊帳　坂巻　純子
秋蚊帳を堤防に干し拡げあり　岩崎　健一
秋の蚊帳ふたことみこと言つて寝る　田原　陽子

秋簾（あきすだれ）　簾名残　簾納む　簾はづす

夏の名残りが去り、涼しくめっきり秋らしくなり、窓もしめるようになると、簾をはずしてしまうようになる。しまい忘れた裏窓の簾などはよごれてみすぼらしい感じになる。夏の家具もしまうことになる。〈本意〉夏から秋の転換期の、夏の名残りのもののそぐわなくなってしまった印象をとらえる季語になる。名残りの風情の十分なものである。

何もかも秋の簾も新しき　五十嵐播水
一枚の秋の簾を出でざりき　石田　波郷
秋簾訪ひ来し人の声をきく　橋本多佳子
一枚に透けし一幹秋すだれ　皆吉　爽雨

秋すだれ素顔さやかに人に逢ふ　柴田白葉女
灯して秋の簾をおろしけり　藤田　耕雪
＊秋簾きりりとまいて静かかな　森　岩雄
秋簾悪事覆ふが如垂らす　末次　雨城
秋簾家事を忘るる齢あり　服部　嵐翠
秋簾身を折るやうに巻かれけり　長谷川秋子
山の音来てゐる秋の簾かな　小林　康治
死神に呼ばれて覚めし秋すだれ　稲垣きくの
秋簾はづして何か失ひし　成田　芳枝
声とどく距たりにゐて秋簾　鷲谷七菜子

秋扇（あきあふぎ）　秋扇（しうせん）　秋の団扇（うちは）

秋になっても残暑の折などに扇や団扇を使う。その扇や団扇のことをいう。使われなくなってまだしまい忘れておいてある扇や団扇のこともいう。時節はずれのわびしいものである。〈本意〉「扇置く」「捨て扇」「忘れ扇」などのことで、そこにつよく秋を意識していることば。夏の必需品である扇が秋になってそぐわなくなる感じが捉えられているわけである。

＊口紅のあとをとゞめて秋扇　岡本　松浜
掃きとりて花屑かろき秋うちは　西島　麦南
秋扇や高浪きこゆ静けさに　水原秋桜子
秋扇もてなし薄く帰したり　佐野　美智
秋扇や生れながらに能役者　松本たかし
亡き妻の秋の扇を開き見る　佐藤　漾人
花よりも鳥美しき秋扇　後藤　夜半
穢れなく秋の扇となりにけり　飯沼　萱生
板の如き帯にさされぬ秋扇　杉田　久女
火へ投げて秋の扇面匂ひけり　岡本　眸
杉高し秋扇もて幹打てば　皆吉　爽雨
法要の朱扇も秋の扇かな　渡辺　大円

扇置く（あふぎおく）　団扇（うちは）置く　捨て扇　捨て団扇　忘れ扇　忘れ団扇　団扇仕舞ふ

残暑の日などに扇を持っていったりするが、夏のときと違って、置き忘れてきたり、手にしなかったりすることが多い。来年のために扇や団扇をしまったり、使いふるしを捨てたりして片づける。〈本意〉「手もたゆく鳴らす扇の置き所忘るばかりに秋風ぞ吹く」（相模）という歌が『新古今集』にある。風が冷やかになるゆえに「置く」というので、風が含まれることばである。芭蕉の『おくのほそ道』所収の句、「物書きて扇引きさく余波(なごり)かな」は、扇の別れと人の別れが懸けてある句。

障子しめて忘れ団扇となりにけり　長谷川零余子
女名の文字も拙き捨扇　片岡　奈王
そのまゝに忘れ扇となりしこと　高浜　年尾
時蔵の忘れ扇でありにけり　大岡　龍男
*しづかなる男の怒り扇置く　西島　麦南
石段に忘れ扇や鳳来寺　岡田　耿陽
捨つるべき扇を愛でて東京へ　中川　宋淵
かの忘れ扇を返すべく忘れ　下村　梅子

菊枕(きくまくら)　菊の枕　幽人枕(いうじんちん)

菊の花を干し、それを枕の中に入れたものである。老人が用い、頭痛をなおし目をはっきりさせる効能があるという。菊は野菊を用い、俗にイヌギクと呼ぶ黄色の花の菊を使うという。〈本意〉菊は邪気をはらうというので、頭をのせる枕に入れて、用いた。九月九日の重陽の日に花をつむものとされる。

明日よりは病忘れて菊枕　高浜　虚子
野に摘みし菊も少しや菊枕　橋本　鶏二
白妙の菊の枕を縫ひ上げし　杉田　久女
好み縫ふ房は水いろ菊枕　高橋淡路女
菊枕ぐんぐん鄙くる夜々の月　京極　杜藻
年寄りし姉妹となりぬ菊枕　星野　立子

遠く住む母と揃ひの菊枕　大島民郎
夢淡き齢となれり菊枕　鷹野清子
保育器の吾子にあてがふ菊枕　小橋里水
菊枕山に音なき日なりけり　山田三四郎

行水名残（ぎやうずいなごり）　行水の果

たらいに湯や水を入れて行水をし、汗をながしてきたが、秋風が立ってくると、毎日の行水もだんだん間遠くなってきて、やがてやめるようになる。行水では冷えるようになり浴槽に入りたくなるのである。〈本意〉行水していてもひえびえして、すぐおわりにしてしまう秋のはじめの様子である。

癰（よう）病みし人も行水名残かな　河東碧梧桐
五位鳴いてそゞろ行水名残かな　同
＊行水の名残鳴きけり法師蟬　小沢碧童
行水の名残りや月も七日過ぎ　大須賀乙字
行水の名残りの左右の膝を折る　皆吉爽雨
行水の名残に更くる灯かな　佐々木綾華

障子洗ふ（しやうじあらふ）　障子の貼替

古い障子をはりかえるために、洗って紙をはがし、乾かしてから貼る。川のなか、沼や池、海など、手近かの水中にひたしておいてから紙をはがす。〈本意〉冬仕度の一つとして古くからおこなわれてきたことで、たわしでごしごしこする。冬近きことを知らせる行事である。

＊山川のあをさに洗ふ障子かな　吉岡禅寺洞
青空に障子を上げて洗ひけり　山口青邨
をちかたの洗ひ障子や日に燦と　山口誓子
蜑びとの海に障子を洗ふころ　同
障子洗ふ代々の瀬戸片沈（かけ）む川に　中村草田男
吉野川洗ひ障子の赤はだか　平畑静塔

突きさして障子を洗ふ水すめり　萩原　麦草　洗ひたる障子ばかりの暮色かな　五所平之助

障子貼る（しやうじはる）

紙をはがし洗ってかわかした障子に、新しい紙をはる。冬を迎える仕度の一つである。〈本意〉冬仕度で、はりかえた障子はまことに明るくすがすがしい。そうした気持の一新もあって、毎年おこなわれる。

カナリヤの箱の障子も貼りやりぬ　野村　喜舟　銀行のたった二枚の障子貼る　横溝　養三
*貼り替へし障子の内に一ト間あり　池内たけし　話しつつ妻隠れゆく障子貼　白岩　三郎
貼替へて障子に桟のなきところ　河野　静雲　障子貼る一枚の海残りけり　戸川　稲村
貼り残したる障子あり熟睡する　山口波津女　障子貼ってその明るさに誰も居らぬ　塘　柊風
貼り了へし障子の内に坐りけり　志水　圭志　真白さに児の手ためらふ新障子　山口あさ子
障子貼り替えて貯えあるごとし　桜井　柳城　時に刷毛刃物をくはへ障子貼　内野たくま
貼り替へし障子の中に寝過しぬ　菖蒲　あや　障子貼って古紙焚けば暮るるかな　加納　流笳

風炉の名残（ふろのなごり）

風炉名残　名残の茶　名残月

陰暦十月の亥の日に炉をひらき、風炉をかたづける。それで、風炉の季節のおわりを惜しんで名残りの茶事がもよおされる。十月がとくに名残月とよばれる。侘び一色の茶会で、咲き残りの野の花を床の花とする。やつれ風炉、傷のある茶入、茶碗などを用いて侘びの趣向を立てる。〈本意〉風炉の名残りの茶事は江戸中期ごろから起ったといわれるが、風炉への愛惜の心をつくす代表的な茶会となっている。

小蕪(かぶら)の汁も出されて風炉名残　松瀬　青々
夕影に水屋暗さや風炉名残　桜木　俊晃
＊一杓に湯気の白さよ風炉名残　井沢　正江
師が亡くて名残の風炉の灰ならす　佐野　美智

松手入(まつていれ)

十月頃、松は新しい葉が伸び、古い葉が赤くなって落ちるので、古葉をとり、樹形をととのえ、来年の芽を整備する。まつくいむしをふせぐ菰を幹にまいたりもする。〈本意〉松手入はむずかしいというが、松の古葉をとり去り、新葉と芽をきちんとする仕事で、終るとさっぱりした庭になる。

まうけものしたる天気の松手入　久保田万太郎
＊松手入たゞ一つある日を負うて　山口　青邨
いろいろの雲流れくる松手入　同
松手入しかけてありて庭しぐれ　富安　風生
松手入せし家あらん闇にほふ　中村草田男
松手入高きに夕陽負ひて居り　越智　協子
手入すみゐし一乗寺下り松　後藤比奈夫
きら〳〵と松葉が落ちる松手入　星野　立子
松手入れする声落ちる枝落ちる　辻田　克巳
だんだんに松となりゆく松手入　藤原　涼下

冬支度(ふゆじたく)

秋のおわり頃にはじめる冬の用意のためのいろいろの仕事である。ふとんの手入れ、冬着の用意、屋根やひさしの修理、燃料の用意や薪割りなど、それぞれの地方に必要なものがある。〈本意〉雪国の冬支度には大がかりなものがあり真剣な作業にもなるが、多くの地方では、年の暮も近づくため、心せかれてどこか楽しい気分もある。

縁よりも高く藁積み冬支度　高浜　虚子
綿の値も女のむねに冬支度　松瀬　青々
＊この冬をここに越すべき冬仕度　富安　風生
嶺の襞のふかさまさりぬ冬支度　徳永　岑子
病むわれが核の家族や冬支度　今村　俊三

厨まで棉屑ちらし冬仕度　八反田かすみ
肩こるをおぼえて十年冬支度　星野　立子
禅院のあつけらかんと冬支度　中川　宋淵
吾が影にふとたち返る冬支度　萩尾　楯子
冬支度ヌードの写真寒さうな　前田野生子

秋耕（しうかう）　秋起し

稲を刈ったあと鋤きおこす荒起こしがあり、これを行うと冬のあいだ土がよく風化して肥える。来年の作業も楽になってよい。裏作のために耕して麦や菜種、そら豆をまく地方もある。このどちらも秋耕という。〈本意〉秋に田や畑を耕すことで、この頃は耕耘機の利用が多い。稲刈りのあと冬までの作業である。耕して放っておくことも、何かを蒔いて裏作にすることもある。春の季語「耕す」が明るく活動的なイメージであるのに比べ、「秋耕」は静かで物さびしい雰囲気である。

ばさ／＼と秋耕の手の乾きけり　飯田　蛇笏
秋耕のいちまいの田をうらがへす　長谷川素逝
牛もろとも崖に影して秋耕す　大野　林火
秋耕や牛のふぐりはきらきらと　加藤　楸邨

秋耕の夜の手に辞書の紙うすし　平畑　静塔
＊秋耕のつぶさに移る日影かな　松村　蒼石
離宮裏秋耕もまたしづかなり　丸山　哲郎
秋耕のひとりに遠きひとりあり　田村　了咲

添水（そうづ）　僧都　兎鼓（うさぎつづみ）　添水唐臼（そうづからうす）　迫（さこ）の太郎　ばつたんこ

竹筒の中央に支点をつくり、一方を削って水がたまるようにした装置である。水がたまって重くなると竹がさがり水が流れ出て軽くなり、はね上る。すると他端が急にさがり、石や金を打って大きな音をたてる。この音によって山田を荒らす鳥や獣を追いはらうのである。小さいものは音をたのしむために設けた。また、杵を仕掛け、米やひえをつくものもあり、これを添水唐臼という。添水と呼ぶことばは鎌倉時代から起った。僧都とも書いて、看経しながら鉦をたたく僧都に見たてる。そこから玄賓僧都がこの装置を工夫したという説も生まれた。「山田守るそほづの身こそあはれなれ秋果てぬれば訪ふ人もなし」という歌を詠んでいるためである。九州では兎鼓とか左近太郎とかと呼ばれ、山口でさこんたともいい、またなまって迫の太郎ともいわれていた。

〈本意〉「田の面に立てる驚かしをいふ」（『色葉和歌集』）などといい、案山子と意味をかさねて考えられたこともあったが、鎌倉時代から「椀のごとくの器を水の落つる処へ置く。かの器に水あたりて鳴る、その音にて、田畑を荒らす生類の恐るる驚かしなり」（『清鉋』）と、水の装置とはっきり区別して言われるようになった。水による、しゃれた動物おどしである。

添水かけて木々からび行く響かな　大須賀乙字
水引の長きが濡るゝ僧都かな　池上不二子
＊添水鳴ると気のつきしより添水鳴る　西山　誠
闇ふかく添水は己が音を待つ　有働　亨
添水鳴る遠ざかり来てあきらかに　清崎敏郎
京鹿の子咲くと添水のはずみけり　佐野青陽人
闇中に声あるものは添水かな　山中北渚
ふるさとや添水かけたる道の端　吉田冬葉
あれ聞けと尼のかけたる添水かな　前川舟居
詩仙堂花なき庭の添水かな　貞永金市

添水聴く宮城道雄も居て今宵　竹尾　夜畔　　敷きくれし円座つめたき添水かな　荒木　法子
見えてゐて添水の音の聞えけり　松尾いはほ

案山子（かがし）　捨案山子　遠案山子

竹とか藁を用いて人形を作り、古い着物や洋服を着せて、田や畑に立てて、鳥などをおどすもの。古いものでは蓑笠を着せ、弓矢を持たせた。かがしと濁るのが正しい。語源が「嗅がし」だからである。もとは鳥獣の毛や肉を焼いて、その臭いで鳥獣を追いはらったのである。地方名など多く、引板、鳴子などとともにおどろかしの仕掛けの一つとなっている。地方により農神として大切にするところがある。〈本意〉田畑の収穫を鳥獣からまもる仕掛けで、嗅がしから出たことば。古名は曾富騰で、「少毘古那神を顕はし白せし謂はゆる久延毘古は、今者に山田の曾富騰といふぞ。この神は、足は行かねども、尽に天の下の事を知れる神なり」と『古事記』にある。この「そほど」は「そほづ」に変り、案山子と添水の二つにわかれて用いられてゆく。そめ、しめ、とぼし、鳥おどし、がんおどし、鳥かがしなどと各地で使われている。蕪村に「水落ちて細脛高きかがしかな」の句がある。

*案山子たつれば群雀空にしづまらず　飯田　蛇笏
吾行けば共に歩みぬ遠案山子　中野　三允
案山子運べば人を抱ける心あり　篠原　温亭
案山子翁あち見こち見や芋嵐　阿波野青畝
夕空のなごみわたれる案山子かな　富安　風生
倒れたる案山子の顔の上に天　西東　三鬼
胸うすき案山子舁がれゆきにけり　只野　柯舟
案山子相知らず新顔ばかりにて　天野莫秋子
抱へゆく不出来の案山子見られけり　松藤　夏山
かの案山子もっとも睨みきかせをり　河野　白村

鳴子（なるこ）　鳴竿　鳴子縄　鳴子綱　鳴子引　鳴子番　引板（ひきいた）　ひきた　ひた

板に竹の管を四五本糸でつけ、これを田の上に幾つもつりさげ、縄で遠くから引いて音をたてて鳥を追う。番人がいて時々これを引く。鳴子番、鳴子引という。山田や山畑では夜引いて鹿や猪を追う。引板、ひきた、ひたともいう。竿の上に鳴子をつけたものを鳴竿という。〈本意〉「衣手に水渋（みしぶ）つくまで植ゑし田を引板（ひきた）わが延（は）へ守れる若し」（『万葉集』）「いつしかとそともの鳴子いそぎ引き小田の稲穂のかほるなりけり」（『夫木和歌抄』）の歌からは、収穫を得るまでの労苦が伝わってくる。収穫のゆたかさが目前にある思いの季語である。

から／＼と鳴子の音の空に消え　高浜　虚子
引かで鳴る夜の鳴子の淋しさよ　夏目　漱石
稲穂浪鳴子進むが如くなり　島村　元
嫁入の行列囃せ鳴子引け　島田　青峰
鳴子引く翁芭蕉翁に似て　山口　青邨
*鳴子引けば全山の露さかだちに　池上浩山人
あきつとぶひかり薄れつ夕鳴子　西島　麦南
鳴子鳴る魞に入日の燃ゆるとき　竹中　春男

鳥威し（とりおどし）　おどろかし

田や畑に穀物がみのる頃、荒らしにくる鳥たちを追いはらうために工夫したいろいろの仕掛けのこと。音のする鳴子や威銃もそうだが、案山子、からすの翼、赤いきれ、光るものなど、形や色でおどろかす。糸をはりめぐらしたり、凧のようなものを宙に吊ったり、いろいろのものがある。〈本意〉秋の収穫を損なわぬための方法である。威す側の気持とともに、上手下手や、性質なども見えてしまうことになる。

＊鳥おどしこれより秋のまことかな　小杉　余子　山風にもまるゝ影や鳥おどし　西島　麦南
鳥威し簡単にして旅に立つ　高野　素十　地声にて聖母農園鳥威す　平畑　静塔
鳥威し皆ひるがへり虚子が行く　同　結び目だらけにて鳥威しの糸　加倉井秋を
鳥おどし動いてをるや谷戸淋し　松本たかし　金銀紙炎のごとし鳥威し　加納　流笳
母恋し赤き小切の鳥威　秋元不死男　嫁が吊る贄の鴉の鳥威し　榎本冬一郎

威銃（おどしじゅう）　威銃（おどしづつ）　猪（しし）おどし

実りちかい稲田の雀や獣をおいはらうために打つ銃で、空弾である。鳴子の音、あるいは、鉄筒の中でカーバイトを爆発させた音などを使って追いはらうこともある。〈本意〉とりいれを少しでも豊かにするための工夫の一つである。農民の熱心な願いがこもる。

威し銃たあん〳〵と露の空　田村　木国　威し銃山国を出ぬ雀らに　竹鼻瑠璃男
強引に没日とゞめて威し銃　百合山羽公　怺へゐしごとくに威し銃鳴れり　古内　一吐
威し銃おろかにも二発目をうつ　橋本多佳子　威し銃一発一発づつ鳴れり　井口　宗明
＊威し銃最後の威し滲みとほる　宮里　流史　びんびんと空が鳴るなり威し銃　飴山　実

鹿火屋（かびや）　鹿小屋（ししごや）　鹿火屋守

山の田や畑を鹿や猪からまもるため、作られた小屋で、火を焚いたり、くさいものをくすぶらしたり、叫んだり、板を叩いたりした。〈本意〉「山田に猪・鹿のつく所に、小さき家を作りて、塵埃何くれの臭きものに火をくゆらし、煙を立てて鹿をやらひやると心得べし」と『栞草』にある。原石鼎の「淋しさに……」の句によって急に注目された季題である。

＊淋しさにまた銅鑼うつや鹿火屋守　原　石鼎
燃えいづる鹿火にそれ〴〵うかぶ稲架　皆吉　爽雨
鹿火屋守天の深きに老いんとす　上甲　平谷
なほいぶる昨日の鹿火を焚きつぎぬ　増田　樟風
雨の打つ鹿火屋ひそひそ解きすすむ　瀬川　芹子
出水して鹿火屋を仮の家とせり　本宮　鼎三
鹿火屋守太郎と呼ぶは犬なりし　宝田　麦青
奥祖谷の夜霧に灯る鹿火屋かな　稲荷　島人

鹿垣（ししがき）　猪垣（ししがき）　猪垣（ゐがき）

山の田畑は鹿や猪によって秋に大きな被害をこうむることが多かった。これを防ぐために作られたものが鹿垣で、山と田畑の間に石垣や土手を築いたり、堀を作ったりした。所々に人の出入りする門を作り、猪門などと言った。〈本意〉秋のとりいれを確実にするための山村の工夫である。大変な労力をかけた。

＊鹿垣の門鎖し居る男かな　原　石鼎
鹿垣や奈良もはしなる雑司町　吉住白鳳子
蚕笊（こざる）もて猪垣結へり衣文（そぶみ）村　松本たかし
鹿垣に小鳥群れゐる日和かな　古川　芋蔓
谿更けて猪番の灯をとがらしぬ　佐野　鬼人
鹿垣のはしる縦横無尽かな　館野　翔鶴
猪垣のこころもとなく組まれあり　小坂　蛍泉
猪垣の内石垣の上に住む　藤田　雅子

稲刈（いねかり）　稲刈る　田刈　小田刈　夜田刈　夜刈（よがり）　陸稲刈（をかぼ）　鎌はじめ　稲束　稲舟

最近では田植えが四月末から五月初め、稲刈りは早場米で八月末におこなわれる。ビニールを利用する保温苗しろの効果である。晩稲も十一月中旬に稲刈りがおわる。稲刈機が発達し脱穀まで一度におえてしまう。鎌一つの稲刈はすくなくなってきた。月夜の夜刈、稲車、稲馬、稲舟による運搬、稲架かけなどは過去のものになりつつある。〈本意〉日本でもっとも重要視される収穫の仕事である。八月末から十一月中旬、とくに十月頃の晴れた天候でのさわやかな鎌音であった。いそがしさとともに、にぎやかなよろこびの祭気分もあった。

たそがれて馬おとなしや稲を積む　原　石鼎
稲つむや痩馬あはれふんばりぬ　村上　鬼城
*刈る程に山風のたつ晩稲かな　飯田　蛇笏
立山に初雪降れり稲を刈る　前田　普羅
稲刈つて飛鳥の道のさびしさよ　日野　草城
暴風雨くる夜の人ごゑは晩稲刈　加藤　楸邨
水稲を刈るがかなしとなげきつゝ　軽部烏頭子
稲を刈る妙義は空を刻み暮れ　皆吉　爽雨
水浸く稲陰(ほと)まで浸し農婦刈る　沢木　欣一
稲を刈る夜はしらたまの女体にて　平畑　静塔
太陽に泥手あげ稲刈り進む　落合　水尾
孕れば腰立て勝ちに稲を刈る　福田　紀伊
田より夕日を引き剝すごと稲を刈る　細谷　源二
稲刈の海に出るまで雄物川　森　澄雄
疲れ来て田舟にすがる深田刈　吉良　蘇月
砂利みちの夜がいきいきと稲車　山田　公一

稲架(はざ)　はさ　稲架(いなか)　稲木(いなぎ)　稲城(いなぎ)　田母木(たもぎ)　稲棒(ぼっち)

刈りとった稲を干すためのもので、田の中に作ったり畦に作ったりする。地方によってそれぞれ形がきまっていて、立ち木に竹や丸太を結びつけたり、竹を組んで作ったり、一本の棒のまわりにぐるっと掛けたりする。〈本意〉稲を干すためのものだが、秋のとりいれをあきらかに示してもいて、秋の壮観ともいえる。

稲架かけて飛騨は隠れぬ渡り鳥　前田　普羅
＊稲架の上に乳房ならびに故郷の山　富安　風生
稲架の間に燈台ともる能登の果　水原秋桜子
稲架解けばすなはち千曲奔騰す　栗生　純夫
古竹は古竹の音稲架を解く　高野　素十
杭稲架の幾千万や陸奥の雨　石塚　友二
稲架終へて夫より一歩おくれ蹤く　西村　公鳳
夜の稲架の甘き香を子の寝床まで　細見　綾子
影の磐梯踏みしめ踏みしめ高稲架組む　加藤知世子
群稲棒（むればっち）一揆のごとく雨に佇つ　角川　源義
村に映画月光の稲架夜もほてる　藤本　寿秋
稲架が立つ因幡の赫き土にして　辻岡　紀川
稲架の隙遠く白きは日本海　梅沢和記男
稲架はずす追つかけ降りの日雨中　丸山　二渓

稲扱（いねこき）　稲打　脱穀　稲扱筵

稲の穂から籾をこぎとること。稲扱き、扱き落としという。むかしは千歯稲扱が使われ、穂を歯にかけて引いておとしたが、今は回転式稲扱機が使われ、さらには刈りとりから脱穀まで一度にしてしまう機械まで利用されるようになって、農村風景も一変してきた。もとは庭や田で、家族総出で忙しく働いたものである。〈本意〉稲のとり入れ作業の一過程で、いよいよ籾がとれる作業だけに、忙しさの中にあるゆたかな明るさがある。

稲扱機音し暮天にはばからず　山口　誓子
＊ふくやかな乳に稲扱く力かな　川端　茅舎
稲扱くや夕暮明りあるかぎり　池内たけし
稲扱器高鳴る音は空にあり　五十嵐播水
稲扱くや水牛水にねむるなり　加藤　楸邨
稲扱くや越の夕焼ひろごりぬ　渡辺笑鬼郎
脱穀の大空にある高笑ひ　府中　菊弟
脱穀の塵より生えて棒の足　竹田　青雨
脱穀音のつながる中を往診す　山口　遠
稲こきて藁となりたる軽さ投ぐ　吉野　義子

籾　もみ　籾干す　籾筵　籾殻焼く

稲の穂から扱きおとした実が籾で、殻をかぶっている。保存するためには籾のまま俵につめておくが(籾俵という)、米にするには、籾をよく日に干し、籾摺機にかけたり土臼でひいたりして、玄米と籾殻にわける。籾殻は籾糠、またはすくもというが、保温、被覆に用い、灰をとる。〈本意〉米をとる作業の一段階で出るもので、殻のついた米である。昔は籾摺りがつらい作業で、身体じゅう籾ぼこりでかゆくなったりした。とり入れどきの苦しさの一象徴のようなところがある。

＊籾かゆし大和をとめは帯を解く　阿波野青畝
老いし母怒濤を前に籾平す　西東　三鬼
籾量る少女梢を陽が急ぐ　飯田　龍太
籾干して家に入りてもひとりかな　及川　貞
籾干すや母はこまめに日に浸る　香取佳世子
籾莚憑きくる雲をにくみけり　木下　夕爾
籾山に月出て雀うふいし　新田　祐久
煙突立て籾殻山は内に燃ゆ　美濃　真澄
籾殻火犬近寄りて見てゐたり　山口波津女
陽当りに仔犬繋がれ籾乾く　大野　愛子

籾摺　もみすり　籾磨　籾摺臼　籾臼　籾引　臼挽　籾摺歌　籾殻

稲扱きのあと、とれた籾を筵に干し、籾蔵にたくわえておき、冬になってから籾摺りをした。昔は土臼で摺ったが、最低七人の人力が必要だった。今は動力籾摺機によって、たやすく玄米が得られるが、昔は明け方から日の暮れまで働いても十石の玄米を摺るだけだった。大変なので春摺り、土用摺りとわけて摺ることもあった。〈本意〉本来、つらい、大変な作業で、農民の苦労の一つの代表のような作業だった。年貢米や小作米を仕上げるため、たえずきこえていた籾摺りの音は、米どころの憂鬱な音であった。

籾すりの月になるまで音すなり　河東碧梧桐
家々の籾すり歌や月更けぬ　数藤　五城
＊籾摺ってやわらかき闇鶏沈め　小野里迷蝶
籾摺埃母が丸き背最も溜め　石井よしを
籾磨の埃に立たす二の鳥居　木村　蕪城
籾すりのあかりさす藪通りけり　正田　雨青

豊年（ほうねん）　出来秋（できあき）　豊作

旱魃のとき、台風のときを、無事にのりきり、稲が順調に開花すると、豊作がたしかになり、稲は弓なりに傾いた様子になる。昔から、畝取り、すなわち一畝に一俵（四斗）、一反で四石とれることを豊作の目安に考えた。<本意>豊作は農民の喜びの最大のもので、村をあげて祝い、神社に神輿を新調したり、鳥居を建てたりした。最近では、品種改良や農耕技術の発達、耕地改良などによって、豊凶の差はすくなくなり、豊作を喜ぶ気持はうすれてくるようになった。

豊かなる年の落穂を祝ひけり　河東碧梧桐
豊年や湖へ神輿の金すすむ　西東　三鬼
豊年や切手を載せて舌甘し　秋元不死男
＊家染めて豊年の藁焚ける火か　大野　林火
豊年や明治トンネル口すすけ　平畑　静塔
豊年や楤は楤とし枝展ぐ　石塚　友二
豊年や汽車の火の粉の美しき　沢木　欣一
隧道を出て豊年の無限大　清水　昇子
豊年の田へいきいきと声発す　彦根伊波穂
豊年や尾越の鴨の見ゆるとき　森　澄雄
鶏鳴の空豊年の息とのへ　福田甲子雄
金泥をもて描くべし豊の秋　県　多須良

豊年の雀青空より降りぬ　岸　風三楼　豊年の陸よりこぼれ夜泳ぐ　加藤　武生
ほいほいと豊年雀海へ逃げ　大和田としを　豊年や母に童顔失なはず　菊池シュン

凶作（きょうさく）　不作　凶年

気候不順や冷害、あるいは病虫害によって稲の収穫が、平年の二、三割以上減るときが凶作である。とくに東北地方は冷害などのために多かった。しかし最近は保温折衷苗しろなどの技術の発達、薬剤の進歩で、凶作はなくなったといってよい。〈本意〉凶作、飢饉、餓死、女・子供の売買などは過去の農村の一連の悲惨のイメージであった。科学技術の進歩でその悲惨さがなくなってきたのは喜ばしい。

*草のごと凶作の稲つかみ刈る　山口　青邨　遠近にヘリコプター泛き凶作の田　鈴木六林男
凶作の蝗も田螺も腹が立つ　中田みづほ　百姓が凶作の稲を噛みしめつ　山田　佐人
天津日の下凶年の田を重ね　木村　蕪城　不作田の父や案山子や棒立ちに　木附沢麦青
不作田も刈らねばならぬ刈りゐたり　石塚　友二　奢りながき夕焼透いて不作の田　佐藤　鬼房
夕映えて不作の稲に空やさし　相馬　遷子　凶作の十勝天つ日かゞやかず　小池　次陶
凶作田鴉に葛の花ざかり　飯田　龍太　不作田に佇みゐしが去りにけり　千葉　仁

新藁（しんわら）　今年藁　藁打石

今年とれた稲の茎や葉で、根元に近い方はうっすらと緑がのこる。うす青い独特のにおいがある。稲扱きのあと藁は屋根裏などに入れて保存し、他は、藁塚にした。そして、俵や敷き物、はきもの、蓑、かぶりもの、縄などを作り、まぐさにし、家の外に並べて防寒に役立てた。藁を打ってやわらかくするのに使う石が藁打ち石で、内庭などに半ば埋められている。〈本意〉新藁の新によろこびが宿る。よい爽やかなかおりがあり、収穫のすんだ喜びと、やすらぎが感じられる。藁はさまざまに使われるので、身近かな親しみがある。

肥桶を荷ひ新藁一抱へ　高浜虚子
新藁のトラックを除け背な熱し　西村公鳳
*新藁や永劫太き納屋の梁　芝不器男
新藁を敷いて産湯の盥置く　斎藤白南子
黒き小牛に新藁負はせうつりよし　中村草田男
新藁を焼く桃の木のくろき瘤　中拓夫
今年藁みどりほのかに新娶り　西島麦南
積みあげし新藁匂ふ牛舎かな　加藤康人
干藁にしろがねの日の沁むばかり　中島斌雄
木曾駒を編む新藁の香を満たし　瓜生和子

藁塚（わらづか）　にほ　藁にほ　藁ぐろ　藁こづみ

稲扱きがすんだ新藁を円筒形に積みあげて保存しておくもの。藁塚（わらづか）だが、「にほ」という呼び方がもっとも多い。もとは稲を穂のまま積みあげて保存したが、今は藁だけである。棒を中心に立てて積む場合と、棒を用いない場合とある。ある程度積むと、切り株を中心にむけておき並べ、雨よけにする。〈本意〉収穫がすんだあとの田園風景である。遠くの山々に雪が見えたりする。紅葉どきである。のどかな、おちついた風景である。

*藁塚まで畦曲りゆく見事さよ　水原秋桜子
藁塚のもたれあふなどああ故郷　佐野まもる
藁塚に一つの強き棒挿さる　平畑静塔
並ぶ藁塚われも片身の影曳けり　山口草堂
日の出待つ霜の藁塚地に充てり　沢木欣一
藁塚をのこしてすでに何もなし　谷野予志

飴色の陽が解体の藁塚に　山口　速
藁塚から夜明け鶏鳴く佐賀平野　山崎　明子
離れ藁塚鳥も一路を得て行くや　山田　公一
藁塚が動かすべからざるものとなり　古屋　秀雄
藁塚ほつほつ飛鳥は南より霽るる　松本　旭
農夫婦かつての恋の藁塚を組む　千賀　静子

夜なべ　よなべ　夜仕事　ゆふなべ

夜が長くなり、また気候もよいので、農民も、また町人や職人も、たいていは何人か集まって、作業をした。八十八夜から陰暦八月一日（八朔）まで昼寝をゆるし、八朔のもちを食べると昼寝をやめ夜なべをはじめた近畿地方の村もある。男は藁仕事、女は糸つむぎ、砧打ち、着物のつくろいをした。台所や土間でしたが、小屋をたててすることもあった。夜なべをすると夜食をとったので、夜鍋からその名が出たと考えられる。工場や会社の残業は夜業という別の名がふさわしい。〈本意〉秋のはじめから、冬のさむさが来るまで、夜長い頃にする夜の仕事で、男は男、娘は娘で集まっておこない、あとで夜食をとった。楽しみながら時間を利用したのである。

*眠りこけつつ尚止めぬ夜なべかな　高浜　虚子
大空に月を放ちて夜なべ村　富安　風生
夜なべせる老妻糸を切る歯あり　皆吉　爽雨
縫ひあげて夜なべのものを敷寝かな　野田きみ代
腹たててしてゐる夜なべはかどりぬ　篠崎　幸枝
時計みる顔のふりむく夜なべかな　西山　誠
丹念な母の夜なべの向うむき　下田　実花
夜なべするや舌切雀の鋏鳴らし　鈴木　栄子

夜業　やげふ

農民や職人などの夜の仕事は夜なべだが、会社や工場での残業は、秋の夜寒の頃にもっとも夜業らしいものである。もっとも労働基準法の規定などのため、今、夜おそくまで仕事をつづけることはなくなっている。〈本意〉夜なべの近代工業化したものという感じである。納期の迫った製品を頑張って作っているあわただしい雰囲気が夜寒の頃と相まって、忙しさを絵にかいたような感じである。

＊夜業人に調帯（ベルト）たわ〳〵たわ〳〵す　阿波野青畝　　旅せむと夜業いく夜の裁鋏　桂石　裕子
夜業終へ出づるや金の把手押し　菖蒲　あや　　妻癒えて励む夜業の釦付け　楡井　秀孝
月さして夜業の鞴（ふいご）青かりき　佐々木肖風　　しはぶきのあとの淋しき夜業かな　米沢吾亦紅
ひとり辞めてひとつ灯らず夜業の灯　加藤　覚範　　夜業終ふ気の遠くなる静けさよ　幕内ゆたか

砧（きぬた）　砧打つ　衣打つ　擣衣（たうい）　しで打つ　しころ打つ　藁砧　宵砧　遠砧　砧拍子

昔は、あさ、ふじ、くずなどの繊維を衣服に使用したが、それらはごわごわしたものなので、川で洗い、足でもみ、木の打ち台の上で槌で打って、布をやわらかくした。この道具が砧、打つ盤が砧盤であり、打つ槌が砧槌である。女が昼夜の別なく打ったが、夜にはとくに耳についた。近代では紡績産業が発達したので、砧を打つ必要はなくなった。藁で草履を作るときなど藁を打つが、これは田舎で今も聞かれる。〈本意〉「さ夜更けて砧の音ぞたゆむなる月を見つつや衣打つらむ」（覚性、『千載集』）など古くは秋の冬仕度にいつも聞かれ、うたわれた音である。中国でも李白に、「長安一片月、万戸擣衣声」という名句がある。遠里の夜寒、妻の待つ閨、月前擣衣と、さまざまにもの思わせる故郷の音である。古句も多く、「碪打ちて我に聞かせよや坊が妻」（芭蕉）「惣門は鎖のさされてきぬたかな」（許六）「このふた日きぬた聞えぬ隣りかな」（蕪村）「憂き我にきぬたうて今は又止みね」（同）「遠近をちこちとうつきぬた哉」（同）「日中にどたりばたりと砧かな」（一茶）などが知られる。今はきかれなくなった音である。

聞かばやと思ふ砧を打ち出しぬ　夏目　漱石
紙砧をりをり石の音発す　同
砧打つ江の雁早き寒さかな　長谷川零余子
ばば打てばばばの音して葛砧　熊谷伊佐緒
藁砧とんと鳴りこつこつと　高野　素十
*砧女や篦美しきうしろ髪　軽部烏頭子
砧の灯芋の嵐にいき／＼と　阿波野青畝
松の瘤愛しき砧打ちにけり　加倉井秋を
そば打つて生マ木砧の重たさよ　橋本多佳子
ともし火と砧の音のほか洩れず　後藤比奈夫

俵編（たはらあみ）　米俵編む　炭俵編む

稲刈りのあと籾すりの頃までに、農家はよなべ仕事に俵を編む。まず細い編み縄をなってから、藁をきれいにととのえ、菰に編む。それを筒にして、一方の端を縄でとじ、袋にし、俵を二重に入れる。ついで両端にあてる桟俵を作る。俵は、米や麦、いものほか、炭、塩などを入れるもので、必要に応じて、いつも農家は編んだ。〈本意〉新藁を使う作業の一つで、夜なべ仕事の代表的なもの。藁をたたいてやわらかくしたり、縄をない、菰を編む。土間でおこなう、秋の代表的な夜なべ仕事である。

*俵編みやめたるままに坐りをり　高野　素十
話すうち一枚出来ぬ俵編　斎藤俳小星
任されて老の気まゝの俵編　仙波　米峰
馬の咳気にかけながら俵編む　北川　蝶児
月を見てまた坐りたる俵編み　伊藤　四郎
風のうつ戸をいぶかしみ俵編　中　火臣

綿取　わたとり

綿取る　綿の桃　綿摘む　綿干す　綿繰　綿打　綿弓

綿は畑に栽培するが、秋に花を咲かせたあと実をむすぶ。綿の桃といい、球形で三室ある実で、熟すると裂けて綿の繊維を吹き出す。桃吹く、綿吹くという。実を晴れた日にとり日にさらし、綿のついた種を綿繰車にかけて綿と種にわける。その繰り綿を綿打弓（綿弓）で打って不純物をとり去る。〈本意〉「大和本草に云、木綿綿布は異国より近古渡るよし、東国通鑑にいへり。中華にも宋の末に始めて種を南蛮より伝ふ」などとあり、外国から渡ってきたものであった。しかしわが国の重要な産業の一つとなり、木綿を多くの人手によって作った。木綿の実が桃の実の形に似ているので桃といい、実がひらいて綿を出すのを桃吹くというが、どこか愛称のような身近かさがある。

朝霧に漂ふごとく棉摘みぬ　三宅　孤軒
朝焼に染りし綿を摘みにけり　西尾　西山
新綿や駱駝連ねて運ぶとは　野村　喜舟
綿採るやことし背山の雪はやし　佐野まもる
綿摘むや雲のさゝなみ空たかく　西島　麦南
摘み棉は繭より白く干されけり　山本　八杉
＊棉の実を摘みゐてうたふこともなし　加藤　楸邨
太陽の弾める綿を摘み進む　間島稲花水
黒人の列乱れそめ綿摘める　藤木　如竹
棉吹くや母が遺愛の糸車　栗田　素江

渋取　しぶとり

渋取る　渋搗く　渋滓　木渋桶　柿搗歌

渋柿の十分熟れていないものの蔕をとり去り、臼でつく。そのあと水を入れて布袋でしぼる。とれたものが渋で、紙や布や器具に塗った。渋柿をつき、壺に入れて醱酵させ、泡が消えるときしぼって渋をとることもあった。傘に渋をぬって用いたりした。〈本意〉渋柿は渋くて食べられないが、その柿渋を逆に大いに利用して、補強用、防腐用に使ったのである。渋紙、紙子衣(かみこ)、さかぶくろ、行李つつみなどを作った。利用価値が大きかった。

猿に似るもんぺ穿きけり渋を搗く　河東碧梧桐　搗くほどに膨れて白し渋の泡　同
き丶/\と鵙とん/\と渋を搗く　阿波野青畝　渋取や能登の輪島は塗師の町　大吉　竹男
*渋搗や垂乳ほた/\をどらせて　田畑　比古　跳ね渋に顔のひき吊る渋を搗く　栗間　耿史
搗き/\てあくまで黒き渋の臼　同　渋搗や縄一本を力帯　南　古陶

新渋　しんしぶ　今年渋　生渋(きしぶ)　一番渋　二番渋

渋柿から今年とった渋で、まだ澄んでいる。とくに一番渋は澄んでいる。古い渋は醱酵してにおいを持ち、褐色になっている。用途に応じ、色がつかないためには新渋、褐色にするためには古渋を使う。渋柿をつぶしたものを一週間醱酵させてしぼり、沈澱物をのぞいた澄んだ渋が一番渋、しぼり粕をさらに醱酵させてしぼったものが二番渋で、色が濃くなってくる。〈本意〉一番渋は新渋の中でもとくに透明で品質がよく、色は濃いが品質はおとるのが二番渋である。防湿、防腐の効果があり、ものを長もちさせるので愛用された。

新渋の鼻もすさめぬ匂ひかな　村上　鬼城　新渋や雑魚網綴る甥坊主　石塚　友二
*新渋の一壺ゆたかに山廬かな　飯田　蛇笏　臼のまゝ水さしおくや二番渋　服部　嵐翠

竹伐る　たけきる

「木六竹八」と言って、木は六月、竹は八月に伐るものとされている。陰暦八月、つまり太陽暦で九月、十月以降が竹の伐りどきになる。竹は秋にはよく茂って性もよいという。〈本意〉秋は竹の春といわれるときで、よく茂っていてよいが、竹の倒されたさまはあわれである。間引きのために若い竹が伐られることが多い。

露浴びて竹伐る人や藪の中　高浜　虚子
藪中にふはりと竹の伐られけり　永田　青嵐
一日や竹伐る響竹山に　松本たかし
竹伐りの歩くが見ゆる藪の中　岡田　耿陽
竹伐つて横たふ青さあらたまり　皆吉　爽雨
身を染めゐし竹の青さを伐り倒す　加倉井秋を
竹を伐る節りんりんと遠き雲　山口　草堂
騒ぐ竹この一本を伐らんとす　鈴木六林男
竹伐りの背丈を越ゆる火をかこむ　掛札　常山
＊竹伐つて藪にひかりを横たへぬ　那須　乙郎
竹を伐る音真青に雨のなか　福田甲子雄
竹伐つて明るくなりぬ墓どころ　加藤　覚範
伐りし竹青さまさりて横たはる　右城　暮石
竹を伐る音きのふより深くなる　千賀　静子

懸煙草（かけたばこ）　若煙草　今年煙草　新煙草　煙草干す　縄煙草

煙草は春、苗床に種をおろし、苗が大きくなると移植、六月末に葉を採取して陰干しにする。五、六メートルの縄のより目に葉を一枚ずつはさみ、一連二百枚ほどのものを幾連も庭や畑に干す。日干しと室内乾燥を半日ずつにすることもある。次に火を焚く屋内の天井裏にかけて、乾燥させると、葉は茶色になる。こうしてできた煙草を若煙草という。こまかく刻み、きせるで吸った。〈本意〉今は専売公社（日本たばこ産業）に納めるものとなっていて、品質管理も厳重になっているが、葉が大きく大量に干されている様はなかなかに壮観である。昔は、「たばこ干す山

田の畔の夕日かな　其角」「たばこ干す寺の座敷に旅寝かな　几董」などと旅の珍しい光景だったようで、また「わかたばこくさきけぶりを自まんかな　一茶」のような句も作られている。

子供等の空地とられて懸莨　山口　青邨
金蜂のただよひ焦がす掛煙草　角川　源義
＊巣につかぬ鶏けたゝまし懸煙草　石橋　秀野
国道の伸び来つつあり懸煙草　富岡掬池路
懸煙草めぐらし妻の生家なり　坂田　羔風
懸煙草曲り屋いよよくらくなる　仲村美智子
懸け煙草くぐりて優し能登ことば　加倉井秋を
雨降らぬ夜は火山灰降りぬ懸煙草　塚原　岬

櫨ちぎり（はぜちぎり）　櫨採　櫨買

蠟をつくるためのはぜの実をとる作業である。はぜは徳川時代のはじめ、薩摩に入り、熊本、筑前、松江とひろまっていった。北九州でとくにさかんである。はぜの紅葉がすむと十一月おわり頃から木にのぼって実をとる仕事がはじまる。これが櫨ちぎりである。はぜの実からとった木蠟（生蠟）は和蠟燭の原料になり、つや出しにも使う。〈本意〉うるし、やまうるしを使って蠟をとっていたが、はぜがよいことがわかり、九州を中心とした各地にひろまった。各地の藩のほか、大蔵永常がこの栽培をすすめた。とくに北九州の独特の眺めである。

櫨取りを蹴て牧馬のかけそれし　高田　蝶衣
櫨ちぎる梯子の下に落ちゆく日　屬　朔夏
櫨ちぎりつくしのふるき路にみる　小田　南畝
櫨取の頭が出たる梢かな　三浦十八公
＊櫨採唄なぜ櫨採りの子となりしと　橋本多佳子
猿のごと櫨の実採りてゐたりけり　三由　淡紅
命綱解いて煙草や櫨ちぎり　高崎　雨城
櫨取に真白き雲のひかりとぶ　毛利明流星

種採（たねとり）

花壇や垣根に咲いていた草花の種を秋の天気のよい日にとって乾かし、別々の袋に入れて保存しておくことである。〈本意〉朝顔・鳳仙花・鶏頭などの種を、枯れた蔓や茎を引いてとるのである。どことなくわびしいが、またそれぞれに個性的にとび散って、おもしろい。来年の花のためのやさしい思いである。

台風はきぞに朝顔の種収む　臼田　亜浪
種採るや洗ひざらしのものを着て　波多野爽波
歯のごとき夕顔の種子瓶に殖ゆ　横山　房子
種採りの汗することもなく静か　庄司　圭吾
種採やうすら日のさす身のほとり　山下　さよ
＊手の平にもんで吹きつつ種を採る　福本　鯨洋
からみ合ふ蔓それぞれの種を採る　須川　筌渓
園せわし雇ひ女も来て種採りに　高橋　文子

菜種蒔く（なたねまく）

なたねは、畑では九月から十月、水田では稲を刈った跡に十月頃じかに蒔く。八月頃種を蒔き、苗を作って、田に植えつけることもある。〈本意〉野菜の秋蒔きの一つである。とれるのは来年の五、六月で、菜種油をとるわけである。

出水跡畝なしに菜種振り蒔けり　高田　蝶衣
菜種蒔くかそかなる音地に籠る　田中　茅洋
＊うしろから山風来るや菜種蒔　岡本癖三酔
休め田を打ちて菜種を蒔きにけり　北野　丹楓
菜種蒔く遠嶺の没日仰ぎ見ず　寺田　木公
菜種蒔く朝日へ行きつ戻りつし　田島　和生
菜種蒔くや伊豆も果なる開拓地　新井　反哺

豌豆植う（えんどううう）

えんどうは冷涼な気候が好きである。寒い地方では春に蒔き、あたたかい地方では夏から秋に蒔く。十月中旬までには蒔く。六、七日で芽が出る。〈本意〉野菜の秋蒔きの一つ。この場合とくに秋の種蒔きを指していう。たのしい期待がある。

豌豆を植うより地肌日々荒るる　秋月　史夫
＊農閑と云ふも束の間豌豆蒔く　小島　静居

蚕豆植う（そらまめうう）

そらまめは、畑には九月から十月上旬にまく。水田には、十月上、中旬たねをまき、苗を作って移植する。あたたかく湿気のある気候を好み、関東より南で作られる。〈本意〉秋蒔き野菜の一つ。霜が降るまでに伸びすぎないよう、おそく十月に蒔く。たね蒔きには期待感がある。

そら豆を蒔いて肥料をとりにゆく　片岡　奈王
＊土地の翳ふかき朝を空豆蒔く　一之瀬王路

大根蒔く（だいこんまく）

大根は春蒔きと秋蒔きとあり、秋蒔きは、八月下旬から九月上旬にまく。一雨きたあとがよく、芽がでたら、九月中に二回間引きをする。〈本意〉秋分の節を旬とし、彼岸蒔きともいう。「八月十五夜に種を蒔けば、花実とも大いによし」（『改正月令博物筌』）ともいわれていた。翌年、四、五月にとれる大根のための秋蒔きである。

大根蒔くうしろの山に入る日かな　赤木　格堂
西山のうす〳〵とあり大根蒔く　貞永　金市
大根の練馬に住みて大根蒔く　大橋越央子
大根を蒔く畝作りとも見ゆる　清崎　敏郎
＊大根蒔く短き影をそばに置き　加倉井秋を
掌の種を吹きたしかめて大根蒔く　久保田茅子
大根蒔く潮騒荒き地の湿り　加藤　一夫
あかつきの噴煙錦大根蒔く　加藤知世子

牡丹の根分（ぼたんのねわけ）　牡丹の接木

牡丹は九月中、下旬に接木してふやす。またこの頃に根分けをする。分けた株は根をそろえて水平に植え、のち定植する。〈本意〉牡丹や芍薬はみな根分け、接木でふやす。秋の彼岸の頃で、花の悪いものを台木によい花の根を切接ぐことなどをする。花の王なので大切にされるのである。

＊牡丹根分して淋しうなりし二本かな　村上　鬼城
さびしくて牡丹根分を思ひ立つ　草間　時彦
方丈に乞はれし牡丹根分かな　赤田　松風
山寺に乞ひし牡丹の分根かな　宮越　龍峰
留守居して牡丹の根分終りけり　一松　新丘
市に住めば土が大切牡丹植う　椋橋　雨瀞

紫雲英蒔く（げんげまく）

稲を刈りとったあとの田にげんげをまくのは、東北、北陸で八月下旬、西南地方で九月下旬から十月上旬である。春になると鋤きこんで肥料にする。飼料にもする。〈本意〉使わない田にげんげの花咲く情景はたのしいが、実は田の肥料のためのもの。家畜の飼料にもなる。田を有効に使っているのである。

＊みづうみの夕映明り紫雲英蒔く　栗田　秀畝
峡の田にひとりとなりて紫雲英蒔く　森戸山茶花

風の吹くまゝに紫雲英を蒔きにけり　小松　水花
ひかり撒くごと父祖の田に紫雲英蒔く　塘　柊風

秋の球根植う（あきのきゅうこんうう）　秋植球根　球根植う

クロッカス、チューリップ、ヒヤシンスなどの球根は十月頃に植える。厚く土をかけておくと冬をしのぎ、春、土をうすくしてやると芽を出し、花をひらく。〈本意〉まだ冬があるのに、その先の春の花を用意するのである。美しい、明るい花々なので、夢のある仕事である。

球根を埋む女の指するどし　神生　彩史　*球根を植ゑて多忙や雨のひま　甲賀　山村

罌粟蒔く（けしまく）

けしの種は九月から十月に蒔く。肥えて日当りのよい所に蒔き、移植はしない方がよい。苗の付きがよくないのである。〈本意〉八月十五夜に種を蒔けば花実ともよしといわれている。「けし蒔やこの月の夜にあやかれと　流水」という句もある。今は薬草扱いである。

*罌粟まくや月にまくろき畑の土　桜木　俊晃　嫁ぎ去る娘や濡土に芥子を蒔く　松村　蒼石
死なば入る大地に罌粟を蒔きにけり　野見山朱鳥　芥子の種蒔く山中の薬舗かな　富永　眉月

千振引く（せんぶりひく）　当薬引く（とうやくひく）

せんぶりは別名当薬といい、漢方薬である。花の咲くときに、この草を引きぬき、乾燥して、胃腸の薬にした。苦いので、千振という。つまり、千度煎じても苦いのでこの名があるのである。当薬というのは、よく病に当たるという意味である。各地の山野に自生する越年草で、秋に、白に紫の条のある五弁の花を咲かせる。〈本意〉「千振とて、秋白花を開き、葉細かに味はなはだ苦き小草、山野にあり。また、たうやくといふ。国俗、これを好みて用ふ。虫を殺し、癪を消す」などと『滑稽雑談』にある。漢方薬の有名な胃腸薬である。

*千振採山上に小雨降ってきし　藤波　銀影
当薬を引く枯れ音の地にこぼれ　安藤姑洗子
赤土(はに)の陽に踞みせんぶり摘み憩ふ　藤井　青咲
尾根の赤土せんぶり摘みが蟻めくよ　佐野まもる

せんぶりの花を摘みたる旅の霧　同
千振の透く枯花や友葬る　新井　盛治
千振を干しては人にくれるかな　喜多　三子
せんぶりの花も紫高嶺晴　木村　蕪城

野老掘る(ところほる)　薢(ところ)

鬚根の多い地下茎を掘りとり、長寿の老人に見たてて新年の蓬萊に用いる。掘りとる時期は晩秋で、山野の薮の蔓をたぐって掘り出す。海老にたいして野老というが、鬼どころがその名前である。〈本意〉古名ところづらといい、鬼どころがその名で、鬚根の多い地下茎が名前のもとになっている。やまのいもと同じ属にあたるが、にがいので、薬用にされる。芭蕉の「山寺のかなしさつげよ薢ほり」が情感をよくあらわして知られている。春に分類されることもある。

*吹きからぶ風の下なり野老掘る　長谷川虎杖子
野老掘る老人を置く彩なき景　広野　巻葉

薬掘る(くすりほる)　薬採る　薬草掘る

薬用になるあかね、くらら、さいこ、せんぶり、りんどう、ききょう根などの根茎を掘るのは秋から三月までで、それは根が成熟し、また葉や枝が枯れて精分が根に集まっているのでききめがあるからだという。〈本意〉『改正月令博物筌』に、「この月、薬草の根を掘るべし。根実して気つよし」とある。「この月」というのは八月である。太祇の「薬掘蝮も提げてもどりけり」はよくその雰囲気を出している。来山の「ほらねども山は薬のひかりかな」はその季節の山の印象を伝えている。

*山深く薬を掘りに行きしといふ　佐藤　紅緑
唖々として薬を掘れば咎なし　田中田士英
掘つて帰る薬草紫花を開きけり　喜谷　六花
萱原の日に埋もれて薬掘る　木村　蕪城
蘭あをく雨蕭々とくすり掘る　飯田　蛇笏
鎌の刃にてりかへす日や薬掘　桜木　俊晃

葛掘る　くずほる　葛根掘る

晩秋から二月頃まで、葛の根を掘りとって葛粉をつくる。奈良県の吉野葛は古来有名になっている。葛粉は葛の根をつぶし水にさらして作るが、よい澱粉で、食用とされるほか、発汗・解熱の薬とされ、口渇をなおし、吐きけや頭痛をいやすものとして漢方で用いられる。〈本意〉葛は全国どこにでもあるが、秋にその根を掘って葛粉をつくる。山深いところの仕事とイメージされるのは、吉野葛が良質でできあがったイメージであろう。

葛引くや朽ちて落ちたる山筧　原　石鼎
修羅落しはるかにかゝる葛を掘る　栗原　米作
葛掘と越ゆる風雨の狛峠　河北余枝子
*山冷えや葛の根を掘る国栖の奥　佐久間龍花
雲深き宇陀へ下りゆく葛根掘　高橋　北斗
葛根掘るうしろ冬日の沈む海　清川とみ子
葛の根を干して聖蹟守りにけり　宮下　翠舟
桶の輪の竹真青なり葛晒す　中野　詩紅

茜掘る（あかねほる）

野山に自生する茜を掘って、その根を染料にしたり、漢方薬に利用する。茜草根は通経薬、止血薬、解熱、強壮、利尿薬に用いられる。〈本意〉薬掘るの一つで、秋の大切な仕事の一つだった。茜は昔はとくに染料として有名で、「茜さし」「茜さす」などの枕詞として、照る、日、昼などのことばと結ばれた。そのイメージのためか、素丸に「美しき石拾ひけり茜ほり」の句がある。

＊茜掘夕日の岡を帰りけり　尾崎　紅葉
茜掘山霧さとにほひ来る　小亀　双二

牛蒡引く（ごばうひく）　牛蒡掘る

ごぼうはヨーロッパが原産の野菜で、根にかおりがあり、風味があって、個性的な野菜である。根の長さは一メートル以上、十月にとりいれるが、細長いので周囲を掘ってから抜くのである。〈本意〉牛蒡は別名、夜叉頭、きたきす、うまふぶき、悪実などといい、これらからしても、見てくれはわるいが、独特の風味あるものとして栽培されてきたようである。長いので、折れやすく掘るのに苦労するもの。

牛蒡掘る黒土鍬にへばりつく　高浜　虚子
老の息うちしづめつつ牛蒡引く　後藤　夜半
穴さむく土音のして牛蒡ほる　飯田　蛇笏
峡に古る印絆纏牛蒡引　村上　麓人
＊牛蒡引くやほきりと折れて山にひゞく　村上　鬼城
牛蒡引煙ばかりの焚火して　遠藤　正年

あかひく風の夕日や牛蒡引　小倉栄太郎　　掻きわたる枯葉に霜や牛蒡引　斎藤俳小星
地を払ふ風の吹くなり牛蒡掘る　宮林　菫哉　　ゴム長の爪先じめり牛蒡引く　桜井　格城

萩刈る（はぎかる）　萩刈

萩は花がおわった晩秋に、枝を株の根元から全部刈りとって、来年の発芽をよくするようにする。刈りとった切り口に土をうすくかけてやると、芽の出方がよくなる。〈本意〉古い枝は虫のかくれ場所になったりするので、刈りとってしまうのである。さっぱりした光景だが、なんとなくさびしいような感じである。

萩刈りて虫の音細くなりにけり　高浜　虚子　　いま刈りし萩の束ね香かろきかな　星野麦丘人
萩刈つてからりと冴えぬ夕明り　渡辺　水巴　　背合せに妻と刈る萩五十過ぐ　池月一陽子
*北国の一日日和萩を刈る　高野　素十　　萩刈りしゆゑのさびしさのみならず　上林白草居
俳諧の萩刈ならば手伝はむ　阿波野青畝　　萩刈りてこまぐ〵拾ふ剰すなく　同
萩刈りてなほ何か刈る音つづく　皆吉　爽雨　　ほろほろとあがる蝶あり萩を刈る　植田　浜子

木賊刈る（とくさかる）

とくさは羊歯植物木賊科の多年草で、茎に珪酸をふくんで堅いので、木材や器をみがくために用いられる。刈りとるのは、茎の発達した秋がよい。漢方薬にも用いられ、煎じて腸出血や痔出血の収斂薬とする。〈本意〉「とくさ刈るその原山の木の間よりみがき出でぬる秋の夜の月　源仲正」（『夫木和歌抄』）の歌にも、「とくさ刈る」と「みがく」が巧みに縁語として用いられる。『改正月令博物筌』（文化五年）に「刈り干して物を磨くゆゑ、砥草と名づけたり」とある。山野で秋に乾燥してくると、風でこすれて山火事をおこすこともあるという。それで刈りとってしまうのである。

*木賊皆刈られて水の行方かな　高浜　虚子
刈りきし木賊枯るるにまして剛まる日々　中村草田男
木賊刈る日取のことを僧にきく　角　菁果
蓼科は秋の山なり木賊刈る　正木不如丘
岳蔽ふ雲を寒しと木賊刈る　三輪　不撓
夕焼のにはかにさむる木賊刈る　高橋　椎児
木賊刈りかなしみもなく子を産ます　堀井春一郎

萱刈る　かやかる

萱葺く　萱が軒端

かやはすげ、すすきの総称で、秋に刈りとって屋根を葺いた。今は萱葺き屋根は少なくなったが、昔の農家は大部分が萱葺きで、萱場を作って共同で用いた。萱は耐水性がつよい。黄色に成熟したとき刈り、よくかわかして用いる。炭俵を作ることもある。〈本意〉萱は茅といい、これで葺いた家を茅屋という。「茅萱は形小さく、萱は形大なるものなり。秋刈りて家根を葺くなり」と『改正月令博物筌』にあるが、屋根を葺くのは大きな萱のようである。

萱刈のをるところまで登りけり　富安　風生
生涯の淋しき醜女萱を負ふ　橋本　鶏二
萱刈りが下り来て佐渡が見ゆるてう　前田　普羅
萱刈の遠くへ行つてしまひけり　米沢吾亦紅
*萱刈のここにも山を深めゐし　栗生　純夫
萱刈とわが見るのみに虹立ちし　宮下　翠舟
萱刈を了へて遊べる馬をよぶ　加藤　楸邨
萱刈の脊を越え鴉力声　村越　化石

葦刈（あしかり）　葦刈る　刈葦　葦舟

晩秋、葦が枯れたとき、刈りとり、舟に積んで帰る。この葦で屋根を葺いたり、よしずをあんだりする。〈本意〉「葦刈に堀江漕ぐなる楫の音は大宮人のみな聞くまでに」（大伴池主、『万葉集』）とあるが、葦刈舟、葦舟をうかべて刈りとる。大変情感ゆたかな作業で、水の効果、葦の枯れ色、刈られてひろがる水の光、また夕ぐれ、朝、昼と時々刻々、多彩な光景である。葦刈女もおもむきふかい。

いつの世に習うて芦を刈る人ぞ　後藤　夜半
津の国の減りゆく芦を刈りにけり　同
＊また一人遠くの芦を刈りはじむ　高野　素十
芦刈の天を仰いで梳る　同
すさまじき霰となりて芦を刈る　加藤　楸邨
芦刈りて念仏日向作りけり　平畑　静塔
芦刈や日のかげろへば河流る　森　澄雄
芦刈のしたたり落つる日を負へる　篠田悌二郎
芦刈りの顔の見えつゝ芦倒れ　皆吉　爽雨
芦刈の置きのこしたる遠嶺かな　橋本　鶏二
犬馳けて江の芦刈の声さがす　黒木　野雨
芦刈の一人は女なりしかな　大熊　一枝
今日刈りし芦のひろさに水流れ　渡辺　牢晴
ひとすじの天の洩れ日に芦を刈る　野見山朱鳥
らんらんと水の日輪葦を刈る　中谷　畦雪
芦刈女一人の貌をさらしをり　星野麦丘人
葦刈のほのぼのと葦隠れかな　八木林之助
芦を刈るひとりの音の芦がくれ　久下　史石

葦火（あしび）

俳句では一般に、葦刈りの人が葦を燃やして暖をとる、その火と説明する。だが和歌では、古来、貧しい家で、葦を使って焚き物としているように歌われている。〈本意〉『万葉集』巻十一の「難波人葦火焚く屋の煤（す）してあれど己が妻こそ常めづらしき」は、貧しい家で、葦をたいて燃料としていることをうたっている。連歌でもそのように葦火は使われている。葦火（葦刈）は近代の季題だが、葦刈りの人が暖をとる葦の焚火とかっこよく使っている。作られた感じのある使い方である。

萓の火は芦の火よりもなほ弱し　高浜　虚子
行暮れて利根の芦火にあひにけり　水原秋桜子
淋しさに耐ふる芦火をつくりけり　富安　風生
芦原を焼払ひたる水とびとび　松本たかし
*うつくしき芦火一つや暮の原　阿波野青畝
芦火見し後の暗さや洲の尖り　桂　樟蹊子
芦火美し人の死もかくあらん　石原　透
刈り昏れて犬を呼び居る芦火かな　奥田青踏子
芦の火の美しければ手をかざす　有働木母寺
燃ゆるより灰ふりかゝる芦火かな　中島　斌雄

小鳥網（ことりあみ）　小鳥狩　霞網　かすみ　ひるてん　鳥屋師（とやし）

秋に群れなして渡ってくる小鳥を、霞網、別名ひるてんを用いて捕獲してしまう猟法で、昭和二十二年以後禁止されてしまったもの。峰張り、鳥屋、格子張りの三方法があり、峰や谷を利用し、または丘や平地に、網をはりめぐらし、囮をおいたり、追い掛けをしたりして、一気にとらえる。残酷な猟法であった。〈本意〉この網は霞網といい、見えぬくらいのほそい絹糸で、しかも一面にはりめぐらされていて、山の大がかりな猟であった。しかし無差別的に保護鳥でも何でもとらえるので、かわいそうな猟であった。

人を見て又羽ばたきぬ網の鳥　高浜　虚子
小鳥網蝶の越ゆあり返すあり　田村　木国

おのれの羽かめるかすみの小鳥かな　阿波野青畝
＊木曾川のかゞやく鳥屋の障子かな　本田　一杉
かすみ網風を孕みて静かなり　高浜　年尾
霞網枯葉を抱いてわすれられ　永瀬美恵子
御嶽の雪バラ色に鳥屋夜明　山口　青邨
鳥網や山のあなたは加賀の国　山口　花笠
恵那ぐもり静もる丘の鳥屋場かな　羽村　野石
里の灯の暁けてきたりし小鳥狩　清崎　敏郎

高筴（たかはご）　高羽籠（はご）

はご（はが）というのは、いろいろの方法があるが、総じて、もちを使って鳥をとることをいう。ただし今日では禁止されている。高筴はもっとも有効な、よくおこなわれた猟法だった。やわらかい木の枝にもちを塗り、高い木の梢にとりつけ、側に囮を入れた籠を吊るし、その声に寄ってくる小鳥をもちでつかまえる。このもちを塗った竹や枝を筴というわけである。〈本意〉秋に日本に渡来する小鳥の移動を利用する猟法で、たくさん、もちにかかるので残酷な方法である。益鳥も害鳥もえらばぬ多獲ぶりは禁止されてしかるべきものである。

高筴やしののめ澄ます山かつら　味方　蕪吟
高はごを遠見てわれも声落す　吉田北舟子
＊高筴に雲のゆきゝのしづかなり　安井　小洒
高筴にうづくまりゐる支那童　石田　敬二
高筴にせはしく鳴いてかゝりけり　渡辺　軍平
高はごや柿の木あれば柿の木に　永井　雨丁
暮れてゆく空しき筴をおろしけり　堀籠　竹泉
高はごにをとりちら〳〵露とばす　本田　一杉
高筴や餌刺町とて小家がち　横山　雨岬
高はごにつかず去る鳥美しき　山崎　布丈

囮（をとり）　媒鳥　囮番　囮守

小鳥をとらえるとき、その姿や鳴き声によって仲間の小鳥をおびき寄せ、網などでとらえるが、そのために用いる小鳥のことである。今日では狩猟法できびしく制限されているので、囮はごくせまい範囲で使われるだけである。昔は、霞網猟の小鳥猟と、張り網や銃猟のがん、かも猟とで囮が重要な役割を占めた。霞網猟ではつぐみを鳴かせ、またかもの張り網では各種のかもを水に放っておく。こうした生きた鳥のほか、剝製の囮、目を縫った囮、木彫りの型囮なども使われる。〈本意〉もともと多猟をねらって、囮の使用が発達したわけだが、いろいろ残酷な部分も見られた。やはり動物保護の立場で考えるべきであろう。

掛けしより木の影躍る囮籠　高浜　虚子
天翔る群に応へて囮かな　浅井　啼魚
鳴き負けてかたちづくりす囮かな　前田　普羅
はるばると山に向へる囮かな　中村　汀女
うつ向きに死にし鳥の囮かな　桜井　土音
恵那晴れて遠音はりゐる囮かな　本田　一杉
＊うつくしき鶸も囮よ鳴いてゐる　山口　青邨
囮夕べの悲しみ声は美しき　加藤知世子
鳴き鳴きて囮は霧につつまれし　大野　林火
啼き出して囮たること忘れゐむ　木附沢麦青

鳩吹（はとふき）　鳩吹く　鳩笛

両方の掌をあわせて息を吹くと山鳩の鳴くような音が出るのをいう。いろいろ説があるが、山鳩をとる時さそいよせるのに吹くとも、鹿狩のとき鹿を見つけたと人に知らせる時に吹くともいう。〈本意〉『奥義抄』に、「猟師の鹿待つには、人を呼ばむとても、また人に鹿（しし）ありと知らせむと思ふにも、手を合はせて吹くを、鳩吹くとはいふなり。鳩といふ鳥の鳴くに似たるゆゑなり。古歌に云、ますらをの鳩吹く秋の音立ててとまれと人はいはぬばかりぞ、また曾丹集に云、まぶしさし鳩吹く秋の山人はおのが住みかを知らせやはする、秋としも詠めるは、鹿の秋はつまを恋ふる心なれば、笛鹿とて、笛に鹿の声をまねびて、我は隠れて待つことのあるなり」とある。単なる鹿狩の合図から、恋のこころにまで広がる古季題である。「法師にもあはず鳩吹く男かな　言水」の古句もそう考えるとおもしろい。

＊藪陰や鳩吹く人のあらはるる　正岡　子規
鳩吹の森の中道分れ行く　内藤　鳴雪
鳩吹や己が拳のあはれなる　松根東洋城
失へる山河鳩吹きのみひびく　小松崎爽青
鳩吹くや犬は夕日にうづくまる　村山　古郷
鳩吹いて見えざるものを信じたり　長谷川秋子

下り簗（くだりやな）

産卵のために川を上る魚をとる簗が上り簗、産卵後川を下る魚をとる簗が下り簗である。下り簗の時期は九月半ばから十月で、落鮎、錆鮎をとる。さけをとるときは十月から一月である。

〈本意〉『年浪草』には落鮎として、「八九月、（中略）その下り落つるものを待ちて、簗を構へてもつてこれを取る。名づけて下り簗といふ」とある。鮎をとる秋の簗が中心になっている。「紅葉からまづかかりけり下り簗　一茶」もその情景である。

＊山河ここに集り来り下り簗　高浜　虚子
渦見せて大河馳せゆく下り簗　水原秋桜子
透きとほる時が去りゆく下り簗　平畑　静塔
下り簗四方の山々雲の中　京極　杜藻
激し寄る四方の川水下り簗　星野　立子
下り簗蟹現れて鮎を喰ふ　花島　一歩
大川を斜めに断てり下り簗　楠目橙黄子
下り簗霧明けゆくにしぶきをり　谷　迪子

崩れ簗（くづれやな）

漁期をすぎた下り簗が、放置され、いたみ崩れているのである。晩秋の風物である。〈本意〉「秋涼しくなりて、魚の下り尽くして、魚簗（やな）も河水に流れ、崩れ次第にして捨て置きたるをいふなり」と『改正月令博物筌』にあるが、わびしいものである。丈草に「帰り来る魚のすみかや崩れ簗」がある。

とめどなく崩るる簗や三日の月　前田　普羅
崩れ簗崩れ番小屋在りにけり　草間　時彦
*草の根の生きてかかりぬ崩れ簗　後藤　夜半
水底も紀の国あかり崩れ簗　鷲谷七菜子
中流のあやしき波は崩れ簗　五十崎古郷
崩れ簗夜は荒星をかかげたる　加倉井秋を
崩れ簗見れば見えをりしぐれつつ　加藤　楸邨
利根の簗崩れて月の光るのみ　高山告天子
白波の立ち止まざるに崩れ簗　野見山朱鳥
水に日の透りて暗き崩れ簗　江見　渉

鰯引く（いわしひく）　鰯網　小鰯引く

いわしは、地引き、船引き、八田、縫切などの引き網、敷き網、刺し網、定置網でとったが、むかしは地引き網が砂浜のひろい海岸での代表的な漁法で、老人や女子どもも参加して地引き網を引いた。時期は秋から冬であった。今日ではこの漁法はおとろえ、沖合でとるようになっている。〈本意〉昔から鰯網、鰯引くは八九月盛り、秋のものとなっている。空には鰯雲がかかる頃である。西風がつよい。

鰯網陸近づけば潮騒ぐ　高浜　虚子　曳き声に鴉翔たせぬ鰯網　石塚　友二
*鰯引き見て居るわれや影法師　原　石鼎　一連の雲光りあふ鰯引き　広井　紅柳
鰯網追へど離れぬ鷗かな　西山　泊雲　月が出て足もと明し鰯引く　足立　堂村
あとの闇しづまりかへり鰯引　山口　誓子　九十九里見ゆる限りは鰯引　松藤　夏山
鰯引く親船子船夕やけぬ　石田　波郷　鰯引くたかぶり犬も汐まみれ　木谷　島夫

根釣 ねづり

根というのは海底の岩礁のことで、ここにあつまる魚を釣ることである。荒礁の岩の上に立ったり、岩壁に立ったりして釣る。〈本意〉湾では場所によって、上根、中根、下根、沖根などと名前がつけられ、めばる根、かさご根、せいご根などととれた魚によって言いわけられた。久助根、治郎兵衛根などみつけた漁師の名もついている。魚のよくとれる、魚のすみかで、晩秋にとくに魚は根にあつまる。そこをねらって釣るのである。

根釣翁海金剛をまのあたり　阿波野青畝　真青なる浪ゆり返す根釣かな　楠目橙黄子
*へだたりのさみしく根釣並び見ゆ　皆吉　爽雨　引き汐の岩の肩借り根釣りせり　吉田　霞峰
月出でて根釣の顔を照らすなり　源平はな子　日照雨来て根釣りの帽子眉深にす　桜木登代子

踊 をどり

盆踊　盆踊歌　音頭取　踊場　踊子　踊手　踊浴衣　踊帷子　踊笠　踊太鼓

いろいろの踊があるが、俳句では盆踊のこととしている。盆踊は、空也、一遍の念仏踊から出たもので、盆にもどって来る先祖の霊を供養し、あの世に送りかえすためのもの。室町時代から江戸時代に全国にひろまり、土地らしい、また娯楽的なものがうまれた。一般に盆踊は、町かどや広場にやぐらを組み、その上に音頭取、囃子方が上り、やぐらをとりかこんで老若男女が踊る形のものである。歌は民謡、口説歌、音頭などで、浴衣や帷子などを着ておどる。地方によって阿波踊のように列をつくって流して歩くものや、男たち、あるいは少女たちが練り歩き、要所で踊るものなどいろいろある。〈本意〉盆に精霊が帰ってくるといって踊りをたむけ、送り盆にはまた部落の外へ送りだす。そこには、亡者と人間がともに踊りたのしむという考え方があった。踊り手が顔をかくして踊ることがあるのは、亡者をあらわすものであった。「四五人に月落ちかかるをどりかな　蕪村」「帯むすびやる人にくき踊かな　素丸」「六十年踊る夜もなく過しけり　一茶」などの古句がある。

不思議やな汝れが踊れば吾が泣く　高浜　虚子
踊らんとするわれを見る恥しき　数藤　五城
*づかづかと来て踊子にささやける　高野　素十
踊るらめ女泣かせぬ世の来るまで　中村草田男
女来よまだ足らぬぞと踊笛　軽部烏頭子
てのひらをかへせばすゝむ踊かな　阿波野青畝
佐渡は夜の踊る衣裳も波の色　田中　鬼骨
我を遂に癩の踊の輪に投ず　平畑　静塔
一ところくらきをくぐる踊の輪　橋本多佳子
人の世のかなしきうたを踊るなり　長谷川素逝
帰り来し死者も見にゆく盆踊　谷野　予志
踊の輪はなれて母に来し子あり　椚　香澄
手をやはらかくして踊の環に這入る　大沢　爽馬
盆唄や今生も一と踊りなり　石塚　友二
盆踊すでにはじまりゐるを見る　山口波津女
棒のごとし石のごとし夫の阿波踊り　加藤知世子
をみなにいまの時過ぐ盆踊　森　澄雄
盆唄の夜風の中の男ごゑ　同
踊りゐるうしろ姿のみな暗く　加倉井秋を
踊り果て今生終りしごとくなり　本宮　鼎三
踊の輪ちぢんだ処にて手うつ　田川飛旅子
隠岐の月美しければよく踊る　森田　峠

踊子にやはらかに足踏まれけり　西本　一都
吾が抜けしあとそのままに踊の輪　山崎ひさを

相撲（すまふ）　角力　すまひ　相撲取　力士　関取　辻相撲　宮相撲　草相撲　大相撲　土俵

相撲は日本の国技とされ、武甕槌神と建御名方神の力くらべ、あるいは、野見宿禰と当麻蹶速との垂仁天皇七年の立ち合いなどが起源とされている。「すまひ」が語源というが、允恭天皇の葬儀の際、大陸から来た楽人たちが面や装束を付けて舞楽を演じたのに対し、わが国の人は裸で力くらべをし、それを素舞と呼んだからという。桓武天皇の延暦十二年から相撲節会という恒例の行事となったが、これが七月末におこなわれたため、相撲は秋のものとなった。今でも秋場所はおこなわれているが、大相撲は年に六場所もおこなわれて季節感も多様になっている。〈本意〉もともと相撲は神意を占うための力比べの祭事のようで、それが次第に俗化、娯楽化して、今日のような相撲になった。「投げられて坊主なりけり辻相撲　其角」「負くまじき角力を寝物がたりかな　蕪村」「夕露や伏見の角力ちりぢりに　同」「飛入りの力者あやしき角力かな　同」「脱ぎすてて角力になりぬ草の上　太祇」「やはらかに人分け行くや勝角力　几董」「秋の雨小さき角力通りけり　一茶」などたくさんの秀句がある。多くの人が共同であつまりえがく祭事的な行事で、とくに江戸時代に関心をあつめた。

角力果てて豊旗雲に入日かな　筏井竹の門
辻相撲頰桁赤きいきりかな　渡辺　水巴
相撲取小鳥を飼うて老いにけり　野村　喜舟
草相撲星を仰ぎて負けにけり　土居　伸哉
老相撲負けて戻つて小鳥飼ふ　岡本　松浜
宿の子をかりのひいきや草相撲　久保より江
相撲取のおとがひ長く老いにけり　村上　鬼城
草相撲見るや来てゐる宿の犬　五十嵐播水

山ばかりつづくしこ名や草相撲　門司玄洋人
しばしまへ泣いた子もゐる草相撲　上村　占魚

盆狂言（ぼんきやうげん）　盆芝居　盆替り

陰暦七月十五日頃からはじまる芝居興行でお盆を中心に七月、八月が多かった。八月に入ると秋狂言とも言った。まだ残暑がきびしいので、中堅以下若手の役者が中心になって芝居を演じた。したがって水狂言、怪談物が多かった。江戸では口上看板をかかげ、京坂では風流盆踊という群舞を披露した。今日ではそのしきたりはすたれている。〈本意〉もともとはお盆に出てくる亡霊をなだめしずめるためのものであったが、今は怪談劇などをやる程度のものになっている。

＊花道に溢れる織子盆芝居　有本　銘仙
遠空を染むる花火や盆芝居　水原秋桜子
漁夫たちの人気をかしや盆狂言　楠目橙黄子
白上布似合ふ二枚目盆狂言　渋沢　渋亭
工場の中にかゝれり盆芝居　大内　穭水
幕切れに陰火を燃やし盆芝居　三宅　萩女

地芝居（ぢしばゐ）　地狂言　村芝居　地歌舞伎　在芝居

秋、とりいれのすんだ祭のときなどに、村の人たちが芝居を演ずること。土地の芝居ということで、娯楽の少ない昔の農村で、大いに喜ばれた。演ずるのは、歌舞伎の義太夫狂言であった。今は少なくなっているが、酒田市黒森、会津檜枝岐、千葉県香取郡大栄町、愛知県北設楽郡設楽町田峰などにのこっている。〈本意〉素人芝居だが、昔歌舞伎役者が地方巡業をした名残りがあって、なかなか本格的におこなわれる。また神楽に歌舞伎がまざったもの、獅子舞のかわりに獅子頭をかぶって義太夫狂言を演ずるものなどがあり、異色。一種の共同の偸安（とうあん）の試みである。

*地芝居のお軽に用や楽屋口　富安　風生
蛸壺の口のかげろふ村芝居　桂　樟蹊子
地芝居や義民宗吾を戸にまつり　木津　柳芽
安珍の臀さむきかな浦芝居　本土みよ治
幕間に織子の踊村芝居　有本　銘仙
村芝居子の眼前に鬼女と化す　谷野　予志
明けぬれば娘出入や村芝居　石塚　友二
地芝居のはねたる潮の香なりけり　細川　加賀

月見　つきみ　観月　月まつる　月の宴　月を待つ　月の友　月の客　月見酒　月見団子

秋の名月を見ることで、陰暦八月十五夜の名月を見ること。団子、枝豆、柿、芋、秋草を月に供えて祭るのが習慣である。また九月十三夜の月見を後の月見といい、十五夜を見て十三夜を見ないのを片月見と呼んだ。月の名所は、石山寺、姥捨山、明石潟、小夜の中山などである。〈本意〉「月ごとに見る月なれどこの月の今宵の月に似る月ぞなき　天暦御歌」（『続古今集』）というように、とくに賞すべき月で、歌人騒客が晴天を期する夕べであった。いろいろのかざりものをして賞で、九月十三日にも月見をして、賞美の意を全うしたのであった。「月見せよ玉江の芦を刈らぬ先　芭蕉」「俤や姨ひとり泣く月の友　同」「岩鼻やここにもひとり月の客　去来」「月見にも陰ほしがるや女子達　千代女」などの句が知られている。

病むわれに妻の観月短かけれ　日野　草城
町中の小山のすすき月祭る　松村　巨湫
*多摩の野は栗の幸あり月祭る　水原秋桜子
みちのくの芒は長し月祀る　宮野小提灯
月見の灯障子の外にともりたる　高野　素十
雲の彼方東京遠し月祭る　沢田しげ子
着きし座を起つことなくて月を待つ　富安　風生
乳さぐる児の掌つめたく月祀る　依田由基人

月の出を待つ東塔と向き合ひて　秋庭　貞子
船世帯月を祀りて灯さず　森　白及
月見舟潟のながれにまかせけり　中出　雲彦
月まつる志野八寸に煮染芋　伊達　大門

月見豆（つきみまめ）　枝豆

枝豆のことで、八月十五夜に必ず月にそなえるので、月見豆と呼ばれる。まだ十分熟さない青い大豆を枝のままとり、ゆでて食べる。〈本意〉枝豆は大豆のまだ青いときの食物なので、時期のあるもので、大変季節感ゆたかなものである。月見に供えるのは、その時期の代表的な農作物だからであろうが、ビールや酒によく合い、季節をたのしめるものである。

枝豆を喰へば雨月の情あり　高浜　虚子
枝豆や客に灯置かぬ月明り　粟津　水棹
*枝豆や莢噛んで豆ほのかなる　松根東洋城
枝豆や芸うすき妓の爪化粧　村上　喜己
枝豆や雨の厨に届けあり　富安　風生
枝豆や子欲しと言ふをはばかりて　今村　俊三
枝豆やモーゼの戒に拘泥し　西東　三鬼
枝豆を酒徒と呼ばれてつまみけり　佐藤　仙花

海蠃廻（ばいまはし）　ばいばいごま　べいごま　海螺打　勝海螺　負海螺

巻貝のばいの殻を真中で切断、鉛や蠟をつめて重みをつけ、紐を巻いて、ばけつや空缶に茣蓙をはった中で強くまわす。ばいは互いにまわりながらはじき合い、弱いものは茣蓙の外にはじき出されて負ける。現在は鋳物で作ったばいを使う。名前もべいごまという。〈本意〉九月九日重陽の頃の遊びで、江戸時代から流行したという。はじめは大人もおこなったようである。明治・大正頃までさかんにおこなわれたが、いまはかなりすたれている。『改正月令博物筌』に「海螺の殻に糸を巻き、席(ござ)の上に廻し、打ち出したるを勝とす。児童の戯れなり。日並紀事(『年浪草』の誤りか)には九月九日に限ることとすれども、いつにても児童の遊びになす。秋冷の節より冬へかけておもに翫ぶなり」とある。

負け海嬴に魂入れても一うち　高浜　虚子
海嬴打や怪しく古き紐を扱き　野村　喜舟
*海嬴打や灯ともり給ふ観世音　水原秋桜子
家々のはざまの海や海嬴廻し　富安　風生
をばさんがおめかしでゆく海嬴うつ中　山口　青邨
負け海嬴やたましひ抜けの遠ころげ　山口　誓子
海嬴打にすぐゆふがたが終ふなり　竹下しづの女
風浪や海嬴に賭けたる子の瞳　柴田白葉女
舟で物洗ふ音する海嬴廻し　安立　恭彦
海嬴打に日はとととと沈みたる　鈴木　一睡

菊人形(きくにんぎやう)　菊人形展

菊の花を衣裳にして作った人形。芝居の当り狂言の場面などを作って見世物とした。明治十年以後、谷中団子坂の菊人形が有名だったが、両国の国技館の大菊人形展に人気が移った。今日では遊園地の菊人形が諸方で評判をあつめている。また枚方市、谷津海岸、二本松市の菊人形展が有名。〈本意〉菊は細工のしやすい植物のため、菊細工が江戸時代からおこなわれてきたが、風景などの細工から人形へと工夫が進み、人形師と植木屋が協力したりして、巧みに、美しい菊人形を作るようになった。

*菊人形たましひのなき匂かな　渡辺　水巴
怪しさや夕まぐれ来る菊人形　芥川龍之介
さびしさや懐ろ見える菊人形　増田　龍雨
菊あつく着太り義経菊人形　山口　青邨
菊人形泣き入る声のなかりけり　西島　麦南
陽はかつと港にあふれ菊人形　小俣　桑雨

菊人形恥ぢらふ袖のまだ蕾　沢田　早苗
殺される女口あけ菊人形　木村　杢来
眉細くひきし寒さや菊人形　栗生　純夫
菊人形素肌を覆ふ蕾かな　中島　月笠
組敷かれて口惜しき顔や菊人形　相島　虚吼
ゆれてゐる地震が藤や菊人形　小林　拓水

虫売（むしうり）　虫屋

縁日の夜店に秋は必ず虫売の屋台があった。江戸時代から市松障子の屋根の下、虫籠をたくさん吊るしていた。〈本意〉蛍は別だが、蟋蟀、松虫、鈴虫、轡虫など、だいたい声を賞する虫を売ることが多い。虫の声にさそわれて、夜店のその一隅によることが多い。

*虫売や軽く担うて小刻みに　日野　草城
虫売や宵寝のあとの雨あがり　富田　木歩
虫売りの拡げて屋台大いなり　青柳　蛍子
虫売の虫の身の上話かな　柳田静爾楼
虫売の老や聖書を傍らに　大場美夜子
虫売と夜の言葉を交しけり　高木　丁二
虫売の鼻とがりつゝ灯にさらす　杉山　岳陽
虫売の灯ともしてより闇匂ふ　小林　康治

虫籠（むしかご）　むしご　むしこ

竹を細くけずり、細工して、籠にしたもので、鈴虫、松虫など、鳴く虫を入れて飼う。箱形、屋形、舟などの形に作る。金網を用いたものもあり、くつわむしやきりぎりすは、雑なつくりのものに入れたりする。〈本意〉鈴虫、松虫などの声をめでる秋のたのしみで、竹細工を見事にして、美しい籠を作り、「別に紫白の糸をもつて藤花を造り、その上に垂らし、籠内の小管内に土を盛りて露草を植ゑ、これを松虫籠と号して、堂上ならびに地下に贈る」などと『日次紀事』にある。趣味のよいもので、手がこんでいるものもあった。

＊虫籠に朱の二筋や昼の窓　原　石鼎虫籠の虫放つ日や母癒えて　西谷　義雄虫籠に酒吹きたかり誕生日　石川　桂郎くれなゐの虫籠抱いて高麗の子よ　並木　葉流籠の虫野の虫よりも澄めりけり　多田納君城虫籠のうつくしければあはれかな　堀端　蔦花よべとりし虫籠の虫なきにけり　野本　城山虫籠の下に姙りゐたりけり　斎藤　蕗葉虫籠の虫鳴き出でし真昼かな　神戸　鼕々虫籠吊る野より淋しき十階に　有馬　籌子

茸狩（たけがり）　茸とり　菌狩（きのこがり）　松茸狩　茸籠（きのこ）　茸筵（たけむしろ）　茸山（たけやま）

晩秋の山林に生えるきのこをとることで、匂いの松茸、味のしめじが代表的なきのこである。関西では十月初旬に松茸山をひらくが、松茸だけでなく、他の雑茸（ざつたけ）もとれてにぎやかである。

〈本意〉「なべて茸類を狩るとはいへども、まづ松茸を第一とす」と『改正月令博物筌』にあるが、これは『宗祇袖下』以後ずっと言われてきたことで、松茸狩に代表される。人にあらされぬ先にと朝早く山を分けてゆくのも心はずむことである。蕪村の「茸狩りや頭を挙ぐれば峰の月」が知られている。

＊茸狩の競ふ心になりをりぬ　上野　泰　老の鋭目われの鈍目や茸狩　山口　峰玉
茸狩りのわらべこだまに憑かれけり　西島　麦南　斯くなれば濡るゝ外なし菌狩　松藤　夏山
茸狩や昔噺の雲の相　加藤知世子　童べにて妖しき相や菌狩　秋山　卓三
巡りあふ茸採も径迷ひをり　伊与　幽峰　山越えの露に衣濡れ茸狩り　依田由基人

紅葉狩（もみぢがり）　紅葉見　観楓　紅葉踏む　紅葉酒　紅葉茶屋　紅葉の舟　紅葉焚く

山や谷をめぐり紅葉の美しさを賞すること。「もみじ」というが、楓のことではなく、秋の紅葉、黄葉のすべてを指す。紅葉の舟というのは、紅葉で屋根を葺いた舟のことをいう。〈本意〉「山路に紅葉をたづぬるなり。桜狩に同じ」と『改正月令博物筌』にある。春の花と対をなすものは秋の紅葉で、美の代表を尋ねて（狩）歩く優雅な行動である。白楽天の「林間に酒ヲ煖メテ紅葉ヲ焚ク」も思いあわすべきであろう。

一瀑の疾く昃れる紅葉狩　富安　風生
そば食はす茶屋みつけけり紅葉狩　山本　逢郎
観楓の日をうちすかす梢かな　西島　麦南
紅葉狩碑文のかすれ指で賓す　阪口　孤灯
*大嶺に歩み迫りぬ紅葉狩　杉田　久女
禁制の火の美しき紅葉狩　伊藤　通明
妻待ちて杖を与へぬ紅葉狩　上林白草居
憩ひつゝいつも隠岐あり紅葉狩　皆吉　爽雨

鯊釣（はぜつり）　鯊船

初秋、内海や川口の波止場や河岸で、まはぜを釣る。秋の彼岸中日に釣ったはぜは、中風にきくといわれる。晩秋から正月にかけてははぜは深みに移るので、今度は合い乗りの船で釣るが、大きくなり味もよくなっている。〈本意〉はぜは釣りやすい大衆的な釣魚なので、初秋には湾の岸、川口などで、びっしりと並んで釣っている。晩秋になると少し深いところで釣る。「はぜつるや水村山郭酒旗ノ風　嵐雪」はよく知られた句。のどかな大衆的な雰囲気が出ている。

ひら〳〵と釣られてさびし今年鯊　高浜　虚子
鯊つりの見返る空や本願寺　永井　荷風
鯊釣るや一竿天地空しうす　志田　素琴
鯊を釣るうしろ原つぱ犬駆けり　富安　風生
鯊釣れず水にある日のうつくしく　山口　青邨
＊鯊釣や不二暮れそめて手を洗ふ　水原秋桜子
遁れきても亦鯊釣の充満す　石田　波郷
焼跡に鯊釣りゐたり憂かりけり　同
鯊釣りへ幾橋くゞる小名木川　赤城さかえ
海底の静けさを瞳に鯊釣りあぐ　加藤知世子
貧乏を笑へと鯊のつれにけり　荻野忠治郎
蒼天を切つて釣りあぐ鯊小さし　鈴木　松山
鯊舟にひろげ朝刊匂ひけり　小森白芒子
見渡して鯊を釣る舟ならぬなし　清崎　敏郎

雁瘡 がんがさ　雁来瘡（がんがさ）　雁瘡（がんさう）

雁の来る頃にはじまり、雁が去る春におさまる湿疹で、大変かゆい。からだの方々にできるが、多くは脚で、慢性の経過をたどり、とくに思春期頃の人に多い。〈本意〉季節に関係のありそうな湿疹に、雁瘡の名を与えるのは、おもしろく、俳句がこれを季題にとりこんでいるのもわかる。「がんがさ」の名前もかゆみをあらわしているかのようである。

雁瘡を掻いて素読を教へけり　高浜　虚子
雁瘡の子にちりちりと西日憑く　大野　林火
＊ふるさとや雁瘡の子の今日もゐる　下村　槐太
雁瘡の子の永泣きに時雨来る　殿村菟絲子
雁瘡の頭なれど無垢の珠の子よ　柴田白葉女
貧ゆゑの雁瘡の子を擲ちし掌よ　小林　康治
雁瘡のくすり子の目にせまり塗る　皆吉　爽雨
雁瘡の父よ暮れゆく島山よ　八木林之助

秋思 しうし

秋のものおもいであり、秋という季節の与えるさびしさ、しみじみした気持が背景にある。

〈本意〉杜甫の「秋思雲髻を抛ち、腰肢宝衣に勝る」から出ている。秋の静けさ、さびしさ、あわれ、そうしたものが一つに集まっている気持である。

秋思ただどこまでもただうつろなり　伊藤　凍魚

秋思あり莨火風に燃えやすく　西島　麦南

*盃中に秋思の翳の移りけり　京極　杜藻

湯を出でて耳輪はつけずただ秋思　皆吉　爽雨

人憎し秋思の胸に釘うちこむ　稲垣きくの

永劫の涯に火燃ゆる秋思かな　野見山朱鳥

山の湯を出でて化粧ひてより秋思　斎藤　杏子

頬杖に深き秋思の観世音　高橋淡路女

行事

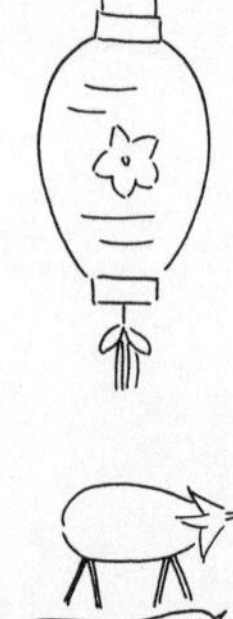

原爆忌（げんばくき）　原爆の日　広島忌　長崎忌

昭和二十年八月六日、広島市に、つづいて八月九日、長崎市に、原子爆弾が投下され、あわせて三十万人の人命が殺傷された。生きのびた人も原爆病が次第にあらわれて、以後現在にいたるまで死者が続いている。これにより太平洋戦争は終結したが、原爆投下という事実は人類の歴史の上から言って、最大の汚点となって、深く刻印された。この日には犠牲者の霊をなぐさめ、あやまちをくりかえさぬ誓いを全世界に宣言する行事がおこなわれている。〈本意〉広島・長崎におとされた原爆は、住民にたいする人類はじまって以来の大量殺傷の究極兵器であった。八月六日・九日はこの人類の罪悪の象徴として、原爆廃絶運動の原点となっている。

原爆日ごぼりごぼりと泉の穂　加藤　楸邨
広島の忌や浮袋砂まぶれ　西東　三鬼
原爆忌の睡り誘ふ夜風欲し　楠本　憲吉
舌やれば口辺鹹し原爆忌　伊丹三樹彦
＊原爆忌腕鈴なりの電車過ぐ　隈　治人
キャベツに怖る畸形の頭蓋原爆忌　川辺きぬ子
原爆忌子供が肌を搏ち合ふ音　岸田　稚魚
一人来て群衆となりし原爆忌　谷沢　白城
原爆忌ぬかづきてみな無帽なる　宮下　翠舟
水打てる土のにほひや浦上忌　朝倉　和江

終戦記念日（しゅうせんきねんび）　敗戦忌　終戦日

昭和二十年八月十五日、日本はポツダム宣言を受諾、天皇が終戦の詔勅をラジオで放送して、第二次世界大戦が終結した。終戦記念日、敗戦忌、終戦日とニュアンスを変えていわれるが、戦争を否定し、平和に徹して生きる決意をつねにあらたにすべき日であろう。〈本意〉戦争を知らない世代がふえてきて、時とともに戦争のことは忘れられてゆくが、原爆のことも含めて、戦争の非人間性を忘れてはならない。戦争を経験した者の義務として、そのことを語り伝えることがある。そのための象徴的な日といえよう。

八月十五日春画上半の映画ビラ　中村草田男
ギター弾くも聴くも店員終戦日　高島　茂
カチカチと義足の歩幅八・一五　秋元不死男
空ばかり眺めて居るや敗戦忌　中台　春嶺
*敗戦日空が容れざるものあらず　石田　波郷
終戦記念日ビルへ出前のそばすゝる　島田　不拘
加州罌粟撒く敗戦の日の近し　殿村菟絲子
終戦忌杉山に夜のざんざ降り　森　澄雄
堪ふることいまは暑のみや終戦日　及川　貞
流す汗今若からず終戦日　手島　靖一
戦終へて命目覚めし記念日なる　相馬　遷子
子の声の傷無き若さ敗戦日　岡田　貞峰

震災記念日（しんさいきねんび）　震災忌　防災の日

大正十二年（一九二三）九月一日、午前十一時五十八分、相模湾を震源地とする大地震が、関東地方をおそった。東京の死者、行方不明は七万人をこえ、とくにその被害が甚大であった。悲惨をきわめた本所被服廠跡、現在の墨田区横網町震災記念堂で、毎年この日に慰霊祭がおこなわれる。東京各地でも同様で、この日は大地震近しといわれる今日、防災の日としてとくに見直されている。〈本意〉日本は地震国で、その災害を防ぐ心構えがつねに必要で、関東大震災をその象徴とするのは大切なことだが、たえず忘れがちになる気持をひきしめるべきである。

*江東にまた帰り住み震災忌　大橋越央子
万巻の書のひそかなり震災忌　中村草田男
わが知れる阿鼻叫喚や震災忌　京極　杞陽
震災忌ゆさゆさ百日紅の飛び火　伊丹三樹彦
家ぬちをやんまが抜ける震災忌　皆川　白陀
震災忌大鉄橋を波洗ふ　松村　蒼石
十二時に十二時打ちぬ震災忌　遠藤　梧逸
路地に青き空みあげたり震災忌　鈴木真砂女
震災忌遺影ふらりと歩きだす　江川千代八
吾を胎しゐし母なりき震災忌　岩崎　健一

敬老の日（けいろうのひ）　年寄りの日　老人の日

九月十五日が敬老の日で、この日から一週間、敬老の啓蒙・実行のためのいろいろの行事がおこなわれる。昭和二十六年からはじまった。〈本意〉平均寿命が高まり、高年齢層の数がふえている今日、老人医療、老人福祉の問題はかつてない重要さを加えている。老人の慰安会、養老院の慰問、敬老会などだけにとどまらぬ、この問題の掘り下げが必要である。

おしろいを咲かせ老人の日なりとぞ　山口　青邨
葡萄垂れとしよりの日のつどひ見ゆ　大野　林火
*敬老の日といふまこと淋しき日　中村　春逸
年寄の日と関はらずわが昼寝　石塚　友二
偸むごとし老人の日の休日は　八木林之助
老人の日喪服作らむと妻が言へり　草間　時彦
老人の日の父昏れてをりしかな　岸田　稚魚
老人の日の大きな鯉がとびあがる　生駒　花秀

秋分の日（しうぶんのひ）

秋の彼岸の中日で、前後七日間、先祖をしのび、うやまう仏事をおこなう。今は国民の祝日だが、昔は秋季皇霊祭と呼んだ。〈本意〉「春秋彼岸は、この節昼夜等分にして長短なし。仏道は中道を崇ぶ。この時節、まことに中道の時なり。ゆゑに仏事を修す」と『年浪草』にあるが、寺では法要を行い、墓参りがおこなわれる。

＊秋分の正午の日ざし真向にす　菅　裸馬
秋分の日輪赤く西山に　森脇はじめ
旧家なり秋分の日の人出入り　新田　郊春
秋分の明るき昼の仮寝かな　山田　葱風

赤い羽根（あかいはね）　愛の羽根

昭和二十二年秋、国民助け合い共同募金運動としてはじまった。「少年の町」のフラナガン神父のすすめで佐賀、福岡県が実施、他の都道府県にひろがった。十月一日から月末まで街頭などでおこなわれ、寄金者の胸に、赤く染めた羽根をつける。社会福祉協議会が組織され、それと表裏一体に活動している。〈本意〉民間社会福祉活動の募金で、赤い羽根と街頭募金とで華やかだが、その趣旨はひろく支持されて年中行事になっている。

駅頭の雨滝なせり愛の羽根　水原秋桜子
若ければ胸高く挿す愛の羽根　池田　秀水
＊赤い羽根つけらるゝ待つ息とめて　阿波野青畝
わが傘に来て挿しくれし愛の羽根　黒坂紫陽子
赤い羽根つけてどこへも行かぬ母　加倉井秋を
赤い羽根つけゐて胸を病みにけり　中西　利一

すぐ失くす「赤い羽根」とはおもへども　吉田北舟子

赤い羽根つけ勤め人風情かな　清水　基吉

文化の日　ぶんかのひ　明治節

十一月三日。もとこの日は明治天皇の誕生の日で、明治時代の天長節であり、昭和二年に明治節と定められていた。第二次世界大戦後、旧祝祭日が廃止されたが、昭和二十三年文化の日として、この日を国民の祝日とするように定められた。昭和二十一年に制定された新憲法はこの日を選んで発布され、戦争を放棄して平和と文化を増進せしめることを唱えるものだった。そのため、この日が文化の日となり、自由と平和を愛し文化をすすめる日となった。〈本意〉新憲法は平和憲法であるとともに文化憲法でもあり、その文化を増進する趣旨は大変結構なことである。文化勲章や芸術祭などだけでなく、文化を尊重する心が育つべきである。

文化祭紋章の蜂青天に　平畑　静塔

八十のネクタイ赤く文化の日　遠藤　梧逸

文化の日伽藍の軒に降りこめられ　堀内　薫

文化の日一日賜ふ寝てゐたり　清水　基吉

*林檎磨き路傍かゞやく文化の日　殿村菟絲子

垣刈つてさばさばとけふ文化の日　皆川　白陀

壕舎の前に犬が睡れる文化の日　横山　白虹

越前奉書漉くふね休む文化の日　羽田　岳水

父母の天長節の明治節　原岡　昌女

一筋に生きてよき顔文化の日　小森白芒子

秋祭　あきまつり　在祭　村祭

農村の祭は秋が多い。秋祭は「飽食（あきぐい）の祭り」を省略したことばといわれる。稲の収穫を神にささげて十分に食べていただき、自分たちも相嘗（あいにえ）して、満腹する喜びにひたるというのが飽食の祭りである。それゆえ収穫後におこなわれる。新穀を神にささげ、新穀の霊威を神が覆し、霊力があらたまることが冬である。秋から冬への変化を古代にはこのように考えた。しかし今はあまりそうしたことを考えず、よい季節の中でのお祭りを楽しんでいることが多い。また二百十日、二百二十日を無事に越えた祝いに、収穫前におこなうことも多い。

老人と子供と多し秋祭　高浜　虚子
漁夫の手に綿菓子の棒秋祭　西東　三鬼
大学のなかぬけて来て秋まつり　久保田万太郎
人の中に蛇さげし子や村祭　大橋桜坡子
*湖べりの村つぎ〳〵に秋祭　浜中　柑児
どの家も馬ゐてたのし秋祭　田村　了咲
女一人まじる楽隊秋祭　高野　素十
慾深大明神といふ神様の秋祭　柏木　白雨
浦安のもどりの道の秋祭　星野　立子
すさまじき落葉の中の秋祭　竹末春野人
稚妻身ごもるころに秋祭　百合山羽公
里祭裏やぶに雨降るばかり　辻田　克巳
秋まつり赤き生姜をきざみこぼす　加藤かけい
一の鳥居濤うちかぶり秋祭　中野　鶴平
秋祭リボン古風に来たまへり　平畑　静塔
笛吹いて山の風よぶ秋祭　豊長　和風

秋遍路（あきへんろ）

四国八十八か所の札所廻りをする遍路は春の季語だが、秋にもよい日和の時に見られることがある。〈本意〉菜の花の間をゆく春の遍路より、すすきの間をゆく秋の遍路の方がずっとさびしく、孤独な姿に見える。

稀にあふ逆の遍路や室戸道　高浜　虚子
さむ〲と影なき秋の遍路かな　佐々木肖風
*ついと出づうしろすがたの秋遍路　阿波野青畝
笠とつて髪の笠ぐせ秋遍路　三浦恒礼子
秋遍路去りて塔影つゝと伸ぶ　皆吉　爽雨
みなうしろ姿ばかりの秋遍路　野見山朱鳥

ひたすらに荒磯伝ひの秋遍路　近藤　一鴻
船ゆれて手の鈴鳴れり秋遍路　別府　一柚

逆の峰入　逆峰　秋の峰入

修験道の山伏たちが大峰山に奥駆修行をするコースの一つで、熊野、前鬼、後鬼、葛城へ抜けるコースに対し、吉野から大峰に入り熊野に出るコースを逆の峰入という。三宝院醍醐寺派（真言宗系）のコースで、残雪を避けるため、秋をえらび、七十五日を要した。きびしい修行で、よく知られていた。〈本意〉山伏修行の一つで、逆峰は、「従レ果向レ因」の行で、金剛界から胎蔵界にはいることといい、極楽より地獄への道とした。捨身の行として、きびしい行であった。許六に「峰入の笠もとらるゝ野分かな」、太祇に「山霧や宮を守護なす法螺の音」がある。

峯入は皆柿道人とや申す　石井　露月
山伏の姿ものもの し逆の峰　藤田　尚平
＊貝の音に霧吹払へ逆の峰　伊藤　松宇

七夕　棚機　七夕祭　星祭　秋七日　芋の葉の露　草刈馬　七夕送り　七夕竹

陰暦七月七日のこと。それとともに、その日おこなわれる行事を指す。今日では陽暦七月七日におこなうことが多い。中国の牽牛・織女の伝説とこれから発達した乞巧奠の行事が日本に入り、日本古来の棚機津女の信仰に習合されたものだとされている。牽牛と織女の二星は恋人でありながら、一年に一度この日にしか会うことができないという伝説に、わが国では、その夜、かじのきに結んだ歌を供え、七種の遊びをして祝うようになる。それがやがては笹竹に詩や歌を書いた短冊をつるし、文字や裁縫の上達を祈るような形に変化してゆく。棚機つ女の信仰は、たなに設けられた機に倚り神の来福を待ち、神に侍して聖なる乙女が一夜をすごす、翌日、神が帰るとき村人はみそぎをして、けがれを神に持ち去ってもらうというもので、中国の行事と異質だが、結びつけられ、水浴や供物を水に流すことが七夕の行事にとりこまれてゆく。仙台や平塚の七夕は商店街のおこなう行事である。〈本意〉二国の伝説文化が習合したもので、単純なものではないが、二星の相会に祈って文字や裁縫の上達を願う行事と、神の来臨によるみそぎの行事とが二つの中心的な要素となっている。中国の七夕祭りの乞巧奠は、平安から中世へ、江戸時代へと変化して伝えられ、今日の笹竹に縮小するわけである。

たなばたの天横たはる廓かな　後藤　夜半
七夕の一粒の雨ふりにけり　山口　青邨
七夕や真赭（まそほ）の地獄湧きたぎつ　山口　誓子
七夕や男の髪も漆黒に　中村草田男
*七夕竹惜命の文字隠れなし　石田　波郷
かけ流す願の糸のおもはゆし　高橋淡路女
七夕の色紙結ふ手のあひにけり　皆吉　爽雨
七夕や髪ぬれしまま人に逢ふ　橋本多佳子

七夕のしだり尾の風美しき　西本　一都
天ざかる鄙に住みけり星祭　相馬　遷子
七夕の母の仮名文字上がりけり　石川　掬水
七夕竹たてて家並の淋しくも　鍛治本輝子
はぎといふ女に生れ星祭　沢田はぎ女
凡そ世に夫の句がよし星祭　池上不二子
畦の上は子供となりぬ星迎へ　外川　飼虎
七夕竹泛べ波疾き最上川　前田　鶴子

硯洗（すずりあらひ）　硯洗ふ　机洗ふ

七夕の前日に、寺子屋や家庭で、硯や筆、机などを洗って、文字の上達を祈った。京都の北野神社の神事にならったものとされる。七日に稲の朝露を硯に受けて、その水で墨をすり、七夕の色紙を記す。〈本意〉「京師の児女、今日（六日）硯、机を洗ひ清め、芋の葉の露を取り、梶の葉に七夕に手向けの詩歌を書き供するなり」と『改正月令博物筌』にある。北野神社では硯に梶の葉を添えて神前にささげるが、七夕は水に関連のある祭りで、水浴、髪洗い、井戸替えなどがおこなわれるので、それとつながりのあるものであろう。

硯洗ひ半日の閑あまりあり　横井　迦南
*誰が持ちし硯ぞ今日をわが洗ふ　水原秋桜子
硯洗ひ野分の端に波郷病む　秋元不死男
家ひそかなるや硯を洗ひをり　石田　波郷
硯二つ重ね沈めて洗ひけり　池上浩山人
志存して洗ふ硯かな　同
硯洗ふ墨あをあをと洗れけり　橋本多佳子
洗はるる大硯石にかへらんと　皆吉　爽雨
硯洗ふは心を洗ふにもまさり　原　コウ子
旅の吾に妻や硯を洗ひをらむ　星野麦丘人
摺り減りし硯洗へり業のごと　絵馬　寿
生涯の硯とおもひかつ洗ふ　竹本　白飛
洗硯す晩年はかく寂びたらむ　林　翔
洗ひたる硯を磨れば墨の虹　三星　山彦

梶の葉（かぢのは）　梶の七葉　梶葉の歌　梶葉売（かぢのはうり）

七夕の夜、七枚のかじのきの葉に歌を書いて星にたむける。そのため、前の日に、梶の葉売りが出て、梶の葉を売り歩いたという。七枚の葉に歌を書くのは七夕の七にちなむ。また梶の葉の代りにひさぎの葉を使ったこともあった。歌には天の川をわたる舟がよまれることが多く、楫（かじ）がよくうたわれる。そこから梶の葉を使うとの考え方がある。〈本意〉梶の木は桑科の落葉高木、葉は卵形で、文字が書きやすい。木の皮は紙をつくる原料でもある。舟の楫との連想もあって、歌が書きつづけられたが、「たなばたのと渡る舟のかぢの葉に幾秋書きつ露の玉章」（俊成、『新古今集』）のように情感のあふれる歌が多い。

手をとって書かする梶の広葉かな　高浜　虚子
梶の葉の願ひはかなき女かな　長谷川零余子
小さき蟻這ふ梶の葉に筆をとる　大橋桜坡子
書き了へて梶の葉に置く小筆かな　山本　京童
＊梶の葉の文字瑞々と書かれけり　橋本多佳子
梶の葉や筆は思ひをつくさざり　島田　五空
梶の葉やあはれに若き後の妻　日野　草城
梶の葉に老いては何を書くべきか　高橋　霜陣

真菰の馬（まこものうま）　たなばた馬　迎馬（むかへうま）　草刈馬　瓜の牛馬　茄子の牛馬

関東、東北南部、新潟県などでは、七月七日に、まこもや麦稈で馬をつくる。七夕馬と呼び、七夕の笹につるしたりする。七夕様の乗る馬としたり、二つつくって馬と牛にしたりする。農馬の安全の祈願のためといわれるが、また、お盆が古くは七日にはじまったので、お盆のとき魂棚にかざるきゅうりの馬、なすの牛と同様のものとも考えられている。川へ流したり屋根へ投げ上げたりする。〈本意〉農耕馬の安全祈願、あるいは精霊を迎える乗馬のために作られるもののようで、地方色のある習俗である。魂棚の馬や牛に類似のもの。

ふんばれる真菰の馬の肢よわし　山口　青邨
おもかげや二つ傾く瓜の馬　石田　波郷
＊真菰馬たてがみ立てて吊られたる　和田　暖泡
青菰の馬を先立て来ましけむ　柏崎　夢香
母が乗るならば横乗り瓜の馬　東山　晃
鞍低くして茄子の馬つくりけり　鈴木　栄子
真菰馬青藻まとひて流れけり　滝口　五東
しだり尾の真菰の馬の曳かれけり　中村　秋晴

鬼灯市　酸漿市　四万六千日　千日詣

七月九日と十日、浅草の観音様の境内に出る市で、鉢植えの青鬼灯や丹波鬼灯、千成鬼灯を売る。これは女子供の夏負けの厄除けのためのもの。陰暦七月十日は四万六千日といい、この日にお参りすると普通の日の四万六千日に相当する功徳が与えられるとされる。雷除けのお札も出る。八月十日（もと陰暦七月十日）の京都の清水千日詣も、一日で千日分の功徳があるとされ、慾日といっている。〈本意〉本来四万六千日の功徳を求めての参詣だったものが、青鬼灯の風物詩に焦点を奪われたようなところがある。

炎立つ四万六千日の大香炉　水原秋桜子　人去りしほほづき市のさびれ雨　石原　八束
青比丘や鬼灯市に抽んでて　石田　波郷　いつからか都電なき町鬼灯市　山越　渚
*鬼灯市夕風のたつところかな　岸田　稚魚　邂逅や四万六千日通り　橋本　花風

草市　草の市　盆市　手向の市　荷の葉売　麻殻売　真菰売　灯籠売

七月十二日の夜から十三日の朝にかけて、夜通しで市が立ち、盆の行事に使う品を売った。切子灯籠、台灯籠、提灯、なす、ささげ、ほおずき、荷の葉、麻殻、真菰の筵、土器、供養膳、破子などで、荷の葉などを売り歩いたこともあった。浅草雷門、神田旅籠町、牛込神楽坂、銀座通りなどで、年の市の立つところに草市が立った。売っていたのは、葛飾や葛西の百姓たちで、荷車をひいてきた。今は八百屋で売っている程度になった。〈本意〉『守貞漫稿』によれば、大坂では七月十一日頃から、桃、柿、梨の麁果をはじめ、蓮葉、みそはぎ、粟穂、きび穂、稲穂、枝栗、折敷、土器を市で売り、苧殻と経木は売り巡った。「まづ匂ふ真菰（まこも）むしろや草の市」（白雄）などの句がある。江戸では十二日の夜に草市で、真菰、籬、藁細工の牛馬、ほおずきなどを売った。昔は十三日暁に売ったが、十二日の夜に移ったという。今は八百屋にかわってしまったわけで、盆用意が略式になってきたのである。

草市のあとかたもなき月夜かな　渡辺　水巴
草市へ行きしが雨にあひにけむ　水原秋桜子
草市やあはれは馬と見ゆるもの　野村　喜舟
草市の苧殻の丈けを選りもする　原田　種茅
＊身うちみな仏になりて草の市　中　勘助
草市のかるきつゝみを下げにけり　加藤　覚範
日影して孔雀いろなる草の市　飯田　蛇笏
草市の花持つ人に逢ふはうれし　渡辺　桂子

盆用意（ぼんようい）　盆支度

七月十三日から十六日までが盆とされているが、七日からと考える伝承が多く、新盆の時には七月一日から盆行事にはいる。盆用意には、仏壇、家の内外、墓場、道などの掃除のほか、供物となる食物の用意、霊棚のしつらえ、盆花の準備などいろいろある。〈本意〉先祖の魂祭りの仕度である。家の内外のけがれをとり去り、霊棚を中心に祖霊を迎える準備をするのである。

いづくにもとゞろく濤や盆支度　石田　波郷
裏山へ鎌光りゆく盆支度　神野　久枝
老妻やみとりのひまの盆支度　久我清紅子
＊盆支度して古町のひそとあり　及川　貞
門前に育ちて猿も盆支度　鈴木　栄子
盆支度ひとり身なればさゝやかに　田中真砂城

苧殻（をがら）　麻殻（あさがら）　あさぎ

麻の皮を剝いだあとの茎を干したもの。中空で軽い。麻の収穫のあとの麻殻を使って、霊棚、お供えの敷き物、箸などを作り、迎火や送火にする。草市で売っている。〈本意〉江戸時代までは農家では麻を栽培して糸をとっていた。麻の収穫は盆の直前であり、おがらは身近かにあったので、盆にひろく用いられるようになったのであろう。おがらは清潔そうで、白く、美しい。

＊子をつれて夜風のさやぐをがら買ふ　大野　林火
焚く苧殻少しの風にまろび行く　島村　静枝
老の手にほきほき折るる苧殻の火　後藤　夜半
ひとたばの苧殻のかろさ焚きにけり　轡田　進
野路かへる麻幹なゝめに抱きゐたり　田中午次郎
かりそめの母と呼ばれつ苧殻焚く　青木　蔦女

迎鐘（むかへがね）　六道参（ろくだうまゐり）　精霊迎　盆花市　槇売

八月九日、十日（もとは陰暦七月九日、十日）に、京都の人は六道珍皇寺に詣でて盆の精霊をむかえる。本堂の前に多数の石地蔵があり、ここを六道の辻といい、ここの井戸が冥土へ通う穴であるとして、参詣人はこの井戸の上の引導鐘をついて、精霊を迎えだすものとするのである。ここに詣ることが六道詣。寺の参道の両側には、槇の枝、樒の枝、みそ萩、蓮の花などの盆花を売る店が多い。この槇の枝には仏がのってくるといい、帰宅して霊棚に供える。〈本意〉珍皇寺の六道の辻は鳥辺山の入口にあたり、他界の入口と考えた。小野篁がここから冥途に行き閻魔大王に会って帰ってきたという伝説もある。実際は、鳥辺山の墓地を冥途とイメージしたものだが、京都の人には先祖の精霊は六道の辻の井戸の穴から家に戻ってきたのであった。その井戸の上の鐘をつくのが迎鐘である。

あたりみな現し世ながら迎鐘　鈴鹿野風呂　迎鐘一つ餓鬼にも打ちにけり　山本和永
こん〳〵とごん〳〵とこれ迎鐘　高野素十　地獄絵の朱が目に残り迎鐘　田中驕星
手を添へて祖母に曳かしむ迎鐘　中田余瓶　迎鐘つくや非力の一心に　橋本月登
＊金輪際わりこむ婆や迎鐘　川端茅舎　綱ずれのしてゐる穴や迎鐘　池尾ながし

盂蘭盆会（うらぼんゑ）

盂蘭盆　盆　盆会　盆供（ぼんく）　盆祭　盂蘭盆経　迎盆　新盆（にひぼん）

七月十三日から十六日までおこなわれる祖先の魂祭りの行事である。一と月遅れにおこなう所が多い。仏壇前に霊棚をつくり、初物の野菜を供え、なすの牛、きゅうりの馬を供える。御霊膳や水の子、ぼたもち、だんご、そうめん、うどん、ほおずきなども供える。水の子は蓮の葉に米になす、きゅうりを刻んで混ぜたものを盛り、みそはぎを束ねたもので水をかけておがむ。十三日の夕方、迎え火を焚き、祖霊をむかえ、十六日の朝に供えものを川に流し、送り盆をする。お盆の期間中、僧侶が訪れて経を読む。〈本意〉祖先の霊をまつる時で、斉明天皇三年から日本の風俗となっている。七月十五日は夏安居のおわる日で、この日三宝に供養すれば功徳が大きいとして、仏事に専念するわけである。家族があつまり、古くからの風習通り、先祖を祭るのは、なつかしくも心にしみる行事である。

山川に流れてはやき盆供かな　飯田蛇笏　女童らお盆うれしき帯を垂れ　富安風生
としよりのひとりせはしきお盆かな　森川暁水　畳屋兄弟肘うち揃へ盆仕事　中村草田男

地の曇りしづかに盆の蓮を剪る　内藤　吐天
盂蘭盆や暮れて猶啼く蝉一つ　増田　龍雨
天翔る大アメリカの盂蘭盆会　中川　宋淵
盂蘭盆や東京にある妻の墓　大岡　龍男
浦々へ盆の荷あげて隠岐通ひ　木津　蕉蔭
*山川のきれいな水のお盆くる　勝又　一透
業ぐるま婆ら盆会の涙垂れ　村上しゆら
母の座は常のごとくに盆果つる　橋爪四禾子
そこはかと仏はなやぐ盆供かな　内山起美女
病む母に盆殺生の鮎突けり　新井　盛治
竹林の奥あかるくて盆休　古賀まり子
盆過ぎの墓地の寧けき暗さかな　菖蒲　あや
どことなく水音のして盆の町　岡本　眸
かの世より父来る盆の帽子掛　鈴木　鷹夫

生身魂（いきみたま）　生御魂　生身玉　生盆（いきぼん）

盆は故人の霊を供養するだけでなく、生きている年長の者に礼をつくす日でもあった。新盆のないお盆を生盆（いきぼん）、しょうぼんと言ってめでたいものとする。そして、目上の父母や主人、親方などに物を献じたり、ごちそうをしたりし、その人々、およびその儀式を生身魂と言った。食べさせるものは刺鯖が多く、蓮の葉にもち米飯を包んだものを添えたりする。〈本意〉「この世に父母もたる人は、生身玉とて祝ひはべり。また、さなくても、蓮の飯・刺鯖など相贈るわざ、よのつねのことなり」と『増山の井』（寛文三年）にある。父母ら目上の尊者の長命をよろこび祝い、生きながら祭る心である。

生身魂七十と申し達者なり　正岡　子規
*古里にふたりそろひて生身魂　阿波野青畝
玻璃戸の玻璃も風霜経たり生身魂　中村草田男
生盆や隠口（こもりく）村のかくれ川　角川　源義
生身魂ちちははの父忘れがち　肥田埜勝美
生身魂ひよこひよこ歩み給ひけり　細川　加賀
生身魂おん眉落しまゐらする　磯部　香坡
生身魂小さく存し給ふかな　門野　知影

門火（かどび） 迎火 魂迎 魂待つ 樺火 送火 魂送

盆には火をたいて精霊をむかえ、火をたいて精霊をおくる。前者が迎火、後者が送火、総称して門火、盆火という。迎火は七月十三日の夕方、送火は十五日か十六日の夕方にたく。たくところは、大体家の門口だが、墓地や丘、山頂、海辺、川岸なども多い。火をたきながら、唱えごとをする風習もあり、秋田県では「こながり、こながり、じっちゃも、ばっちゃも、皆来い来い」といって迎える。「じっさま、ばばさま、このあかりで、おかえりやれおかえりやれ」と送るところもある。東北や中部では門火にかばのきの皮を使い、樺火とよぶ。松や麻殻、麦わら、豆殻、藁も使われる。精霊のくる目じるし、帰りゆく道のあかりの気持がこめられている。〈本意〉夜、外で焚く火で、仏教の意味以前に、美しく、印象的な火として、記憶されるものである。魂がたしかに感じられてくる気持がする。

風が吹く仏来給ふけはひあり　高浜虚子
いとせめて送火明く焚きにけり　長谷川零余子
迎火やほそき苧殻を折るひゞき　渡辺水巴
迎火を女ばかりに焚きにけり　高野素十
信濃路は白樺焚いて門火かな　大橋越央子
早逝の魂ははにかみ門火燃ゆ　中村草田男
*門川にうつる門火を焚きにけり　安住敦
一束の地の迎火に照らさるる　橋本多佳子
送り火のすゞろに消えてゆきにけり　高橋淡路女
門火焚くおもざしの死に親しめる　伊丹三樹彦
迎火の先の闇見て佇ちつくす　加藤知世子
子の面輪うすれてかなし門火焚く　出羽里石
みちのくの一夜の宿の魂迎　深川正一郎
送火をこえてショパンの流れけり　石田波郷
門火焚き終へたる闇にまだ立てる　星野立子
家裏なる狭き渚に魂迎　佐野まもる
魂迎へ果てたる闇に一家族　真島楓葉子
迎へ火の夕かけてまだ白き空　太田鴻村

送り火や廓のうらのくらがりに　追川　瑩風
妻のしらぬほとけばかりや門火焚く　西山　誠
苧殻焚く父母在りし日は父母が焚きし　直井　烏生
迎火や母つゝみ去る風少し　小西敬次郎
迎火に魂をみちびく蛾が舞へる　木田　素子
おほわだの父呼ぶ苧殻焚きにけり　板東　紀魚

墓参（はかまゐり）　墓参（ぼさん）　墓詣　展墓　墓掃除　掃苔　墓洗ふ　墓ぬらす

墓参は季節に関係のないものだが、盆の時は代表的な墓参の時なので、秋の季語としている。墓の掃除をし、水をたむけ、香華をそなえる。盆、とくに月おくれの盆に帰省して墓参する人が多い。〈本意〉「和俗、七月に入りて先祖の墳墓を祭ること、釈氏の教へに拠あるか。しかれば当月十三日より十五日に至りて墓参をなすべし。京都には朔日ごろよりこれを行ふ」などと『滑稽雑談』にある。芭蕉にも「家はみな杖に白髪の墓参り」とあってよく知られている。お盆の中心的行事で、先祖を供養する一年のならわしである。

凡そ天下に去来程の小さき墓に参りけり　高浜　虚子
墓起す一念草をむしるなり　臼田　亜浪
二家族うち連れ戻る墓参かな　高野　素十
*むらさきになりゆく墓に詣るのみ　中村草田男
野分中つかみて墓を洗ひをり　石田　波郷
父の墓撫づるや父もせしごとく　大野　林火
離れゐて墓洗ふ顔あげ合へり　石原　舟月
墓参り遙々来しが永くゐず　山口波津女
水で濡らして乾くまで居ず父の墓　加倉井秋を
墓参我拝むゆゑ子も拝む　和田　敏子
杖ついて父の先立つ墓参かな　橋本　花風
異教徒として父母の墓洗ふ　景山　筍吉
墓洗ふ虚空を洗ふごとくなり　上甲　平谷
墓洗ふうしろすがたの老きざす　宮下　翠舟
ちちははの墓はわが墓洗ふなり　森　総彦
風と来てかろき母なり墓洗ふ　山上樹実雄
稲妻のしたたる墓を洗ひけり　岡部六弥太
木曾川の木の間に光る展墓かな　志水　圭志

施餓鬼　せがき　施餓鬼会　悲斎会　施餓鬼寺　施餓鬼壇　施餓鬼船　川施餓鬼

盆の頃に、寺で無縁仏の霊を弔う供養のこと。真宗では行わないが、宗派によって法会の仕方がちがう。施餓鬼壇を設け、五色の施餓鬼幡に五如来の名を記し、三界万霊の位牌と新霊の位牌を立てて読経し供養する。寺では壇家をよんで精進料理をもてなす。水死人を弔うのが川施餓鬼、船施餓鬼で、川や船でおこなわれる。〈本意〉盆のころ、無縁で救われようのない霊である餓鬼は、飢や渇に苦しみ、迷うているので、その餓鬼たちを慰め供養するのである。

竹林の深きところに施餓鬼かな　松瀬　青々
川施餓鬼瀬の声橋の真下なる　中村草田男
ひしひしと毬栗をしぬ施餓鬼棚　前田　普羅
＊沼波の青沁むべしや施餓鬼幡　橋本多佳子
施餓鬼舟静かに下しはじめけり　小杉　余子
牛小屋と壁一重なり施餓鬼棚　加藤　康人
古びたる午下の日輪川施餓鬼　山口　誓子
蜩の森を負ひ居て川施餓鬼　松沢　鍬江
蜩や山の施餓鬼の日盛に　北原　白秋
あしびきの山の霧降る湖施餓鬼　加倉井秋を

灯籠　とうろう　盆灯籠　盆提灯　高灯籠　揚灯籠　切子灯籠　折掛灯籠　花灯籠

盆のとき、十万億土から還る精霊を迎えるためにともす灯籠で、白地のままのもの、蓮などを描いたものなどいろいろである。高灯籠、揚灯籠は高い竿の先に灯籠をかかげたもの。切子は、灯籠の枠を切子形にして長い紙をさげたもの。折掛灯籠は竹を折りかけて紙をはったもの。花灯籠は、蓮の花などの造花で飾ったもの。地方によっては七月一日からともし、また七月一杯灯をともす。新盆の家は早くからともす。盆がおわると、火をともして、灯籠を川や海に流す。〈本意〉『日本歳時記』に七月十五日「昨宵より十七八夜まで、商坊（まち）には家々の戸外に灯籠を燃（とぼ）す。尤も工（たくみ）をつくして、いろいろの作り物をこしらへ、人の見ものとす。中元に灯籠を燃すこと、後堀川院寛喜の前後に始まりしよし、藤原定家明月記に見えたり」とある。一つの迎火として、お盆のとき、美しくともしたものである。

うつくしき燈籠の猶哀れなり　正岡　子規
灯を入れて灯籠の絵の花ひらく　原田　種茅
祖母在ますごと灯籠を吊りにけり　臼田　亜浪
燈籠や美しかりし母とのみ　河原　白朝
燈籠にざら〳〵霧がながれけり　萩原　麦草
花柳章太郎よりとどきたる切子かな　安住　敦
日あらはに切籠の白さ照らしけり　渡辺　水巴
燈籠の点れば霧の匂ひもつ　林原　耒井
秋草の一つは消えし燈籠かな　長谷川かな女
人の世の所詮火宅の切子かな　稲垣きくの
＊燈籠にしばらくのこる匂ひかな　大野　林火
まつくらな海がうしろに切子かな　草間　時彦

流灯（りうとう）　灯籠流　精霊流（しやうりやうながし）

盆の十六日の夜、川や海に灯籠を流す、送火の行事であったが、この頃では灯籠の多くを流す美しさが観光行事になってしまっている。〈本意〉精霊舟を流すことと送火をたくこととが結びついてできた、はじめは宗教的な行事だったわけである。華やかではあるが、それを見失うべきではない。

流燈の唯白きこそあはれなれ　高浜　虚子
灯籠のわかれては寄る消えつつも　臼田　亜浪
＊燈籠の消ぬべきいのち流しけり　久保田万太郎
空の闇水の闇濃し流燈会　高橋淡路女
流燈や一つにはかにさかのぼる　飯田　蛇笏
流燈に奪ひ去らるるものあり　石田　波郷

流燈を燈して抱くかりそめに　橋本多佳子
流燈の沖へ出でしは淋しけれ　大竹　孤悠
流燈のひとつに父と母の霊　山口波津女
流燈のまざまざ浪にくつがへる　塚原　麦生
流燈の消えたる水の傷むなり　岸田　稚魚
流灯を追うてゆく闇あるごとし　平　赤絵
流灯の一つが急に横走る　幸治　燕居
流燈の月光をさかのぼりたり　沢木　欣一

精霊舟（しやうりやうぶね）　盆舟　送舟　麦稈舟　盆様流（ぼんさまながし）

まこも、麦わらで舟をつくり、盆の供物、飾り物などをのせて、川にながす。十六日頃の行事である。地方によってちがうが、新しく、団子を作ってのせたり、花を飾り、灯をともし、念仏を唱えたりして送るところもある。〈本意〉虫送り、疾病送りの行事と似ていて、無縁餓鬼などの精霊を流すものだったようである。長崎の精霊流しがとくに有名。

精霊舟つづき流れてまはるあり　高野　素十
ふなべりに蠟涙たりぬ精霊舟　安田千鶴女
精霊舟ふれゆく草は水漬く草　米沢吾亦紅
精霊舟かたむきながらひかれけり　同
精霊船ギヤマンの星夜焦し燃ゆ　野見山朱鳥
いまはただ流れにまかす盆のもの　上村　睦子
*もう行ってしまふか夫の仏舟　納屋　春子
人が流す精霊舟のうつくしき　大川治一郎

大文字の火（だいもんじのひ）　精霊送火　精霊火　妙法の火　船形の火　鳥居形の火　施火焼く（せくわたく）

京都、東山の如意ケ岳でおこなわれる、盆の精霊送りの行事。八月十六日、如意ケ岳山腹に薪を積んで「大」の字を描き、これに点火する。第一画七三メートル、第二画一四六メートル、第三画一二四メートル。字画に沿って四メートル間隔に七十五個の穴を作り、松の薪を井桁に組んで、午後八時に一斉に点火する。慶長年間からはじまったという。この夜には、洛北松ケ崎で妙法、西賀茂正伝寺で船形、金閣寺のうしろ山で左大文字、洛西曼荼羅山で鳥居形の送火を焚く。これが京都の送火で、各自の家では焚かない。〈本意〉「大文字やあふみの空もただならね　蕪村」「大もじや左にくらき比えの山　蝶夢」などの句があるが、大きな送火で、弘法大師の画するところなどといわれているくらいである。日本の送火の代表の一つ。

＊大文字消えなんとしてときめける　佐野青陽人
送り火の法も消えたり妙も消ゆ　森　澄雄
ともりそむ大文字峰に雲かゝる　大谷　句仏
大文字の空に立てるがふとあやし　藤後　左右
大文字畦の合掌に映えゐたり　米沢吾亦紅
筆勢の余りて切れし大文字　岡本　眸
文字焼の明星岳雲もなし　石塚　友二
大文字も妙法の火も崩れけり　長野　蘇南
船形の灯や街路樹の闇の上　鎌田　松緑
裏戸より妙法の火を拝みけり　鳥居　涼意

解夏（げげ）

夏明き　夏の果　送行（そうあん）　自恣日（じしび）　仏歓喜日（ぶつくわんぎび）　歓喜日　夏書納（げがきをさめ）

陰暦七月十五日で、四月十六日から始まった夏安居の九十日間が満了すること。安居はもとインドで、夏の間、豪雨禍や毒蛇などの害をさけさせるため、僧侶を寺院にあつめ、学問修行に専念させたのを受けついだ制度で、三か月間、僧侶は修行に専念する。この夏安居の満了する日が解夏、夏明き、自恣日、仏歓喜日で、十六日には僧が八方に別れる。これが送行（そうあん）である。夏安居の間に書写した経巻や名号を堂塔におさめるのが夏書納である。〈本意〉夏安居は雨期のインドではじまった制度で、必要だったことだが、日本では、暑さをしのぐ賢い方法と思われる。その満了の日で、清浄な心身を持って別れてゆくのである。

*雲晴れて解夏の鶯きこえけり　河東碧梧桐
送行のきりゝと露にいでたてる　田村　木国
送行のあきつも雲も袖にふれ　本田　一杉
送行の名残の庭を掃きにけり　三星　山彦
をしみなく痩せたまひけり解夏の僧　田中　王城
墨の香のゆらりと解夏の机より　原　通
振分けの荷を肩にして解夏の僧　北川　秋闇
身を伏せて解夏の一痛棒を乞ふ　水野　淡生
送行の白き脚絆の揃ふ坂　山上　荷亭
解夏の寺筧の音のするばかり　里村　麻葉

閻魔詣（えんままうで）　閻魔参　十王詣　閻魔祭　閻王

七月十六日は閻魔の斎日で、地獄の釜の蓋があく日である。この日に寺院の閻魔堂にお参りすること。閻魔堂ではこんにゃくを供えて線香を焚き、地獄変相図、十王図を掲げる。正月十六日とともに奉公人たちの藪入の日で家にかえる。有名な閻魔様は、京都の千本、大阪の合邦ヶ辻、東京の四谷大宗寺、蔵前の付紐閻魔、小石川蒟蒻閻魔など。〈本意〉閻魔の斎日に善行をして、奉公人に藪入をさせるというのは、見えすいた感じだが、骨休めの日ということであろう。

閻王のくれなゐの舌の埃かな　富安　風生
かねをうつ閻魔祭の裸形あり　吉岡禅寺洞
閻王のほとりの障子替へてあり　後藤　夜半
*閻魔王大縞西瓜あげてあり　河野　静雲
閻王に好色の相みゆるかな　吉田　速水
赤き紐咥へて子喰閻魔とか　山下　豊水
閻王に西日さしこむ刻ながし　下村　槐太
閻王の真赤な怒り笏落し　小山　南火

中元（ちゅうげん）　お中元　中元贈答　盆礼　盆の廻礼　盆見舞　盆の贈物（ぞうぶつ）　中元売出

中国には三元があり、上元が一月十五日、中元が七月十五日、下元が十月十五日であった。元というのははじめのことで、一年を三分して考えたのである。この中元は盆の節供にあたるものとしてわが国に受け入れられ、やがて贈答習俗とかわった。もと、盆は盆正月といい、親戚や知己に回礼し、盆前に世話になっている人に品物を贈った。これを盆歳暮、盆供、また盆礼、盆見舞いと言う。生身魂に刺鯖などを贈る風習もひろくおこなわれている。この習慣が今の中元にかわっていったと見られる。〈本意〉区切りの最初の日を元とし、天の神を祭る中国の習慣が日本の盆と結合し、生身魂の習俗が変化して、今の贈り物の中元に変っていったようである。宗教が慣習にうするまるのは常であるとしてもさびしい。

盆礼に忍び来しにも似たるかな　高浜　虚子
母居ぬ町に手受けて中元広告紙　中村草田男
盆礼やひろびろとして稲の花　高野　素十
盆セール過ぎしデパート窓灼けて　石塚　友二
中元や老受付へこころざし　富安　風生
中元の新聞広告赤刷に　上野　泰
*中元の使患者にまじり来る　五十嵐播水
中元や萩の寺より萩の筆　井上洛山人

後の藪入（のちのやぶいり）　秋の藪入

陰暦七月十六日。正月十六日の藪入りにたいして「後の」という。奉公人が休暇をもらって家に帰り親に会うことができる日である。奉公人の慰労の日で、新しい衣服、手拭い、はき物、小づかい銭を与えられ、実家にゆき、墓参にゆき、近くの家をたずね、自由に遊ぶ。夕飯をたべて主家に帰る。帰りづらく、母に連れられて戻ることが多かったという。〈本意〉今は藪入り風景はなくなったが、昭和のはじめ頃までは一日だけ自由に遊ぶ奉公人の姿があった。親見参（けんぞ）などとも呼んだ。年二回だけの慰安の日であった。

＊藪入や皆見覚えの木槿垣　正岡　子規　　藪入の姉の下駄履き野菊摘む　南　南浪
藪入して秋の夕を眺めけり　松瀬　青々　　藪入に実生の桐の育ちかな　菊池　赤水
やぶ入の子の窺ふや萩薄　同　　藪入りや彩あでやかにアロハシャツ　吉田北舟子

八朔の祝（はっさくのいわひ）　恃怙の節　憑の節供　田実の節　田面の節　頼合　絵行器　綵雀

陰暦八月朔日。徳川時代の五節供の一つ。徳川家康がはじめて江戸城に入った天正十八年八月朔日を記念するもの。武士が総登城して将軍を拝したという。もともとこの日の祝いには二つの性格があり、一つは、稲の実りを祈願する作だのみであり、二つは、ふだん庇護を受けている人とより強く結びついてゆくため挨拶に行き贈り物をすることである。作だのみでは、八朔前後に二百十日が来るので、作物の無事豊熟を祈ることが多い。青祈禱、青箸の祝い、新箸の祝いなどといわれる。また姫瓜の節句と呼んで、姫瓜に目鼻をかいて遊び、はらえとして流した。京都では女の子の乳母が絵行器を八朔に贈った。行器の中に生柿、藤の花、作り雉、作り鷺、つくり雀を入れて贈るのである。また子供たちが、わた糸でほおずきかご、草の実で瓢の形、ものの仁で松虫を作って贈り合うこともした。これを頼合と呼んだ。〈本意〉『日次紀事』に、「今日特に〃八朔〃と称し、また〃恃怙の節〃と称し、また〃憑の節供〃といひ、あるいは〃田実の節〃と称し、また〃田面の節〃と号す。中世農民、稲の初穂を禁裏に献ず。ゆゑに〃田実の節〃といひ、また〃田面の節〃といふ。武家、その訓を借りて、〃憑の節供〃と称す。けだし、君臣朋友相依り頼むの義に取るなり。君臣朋友の間、互に贈答の儀あり」などとある。はっきりしたところがわからないが、収穫をよくする祈り、また主従の結びつきを強める祈りが基本になっている祝いの行事だったのであろう。昔、大阪ではこの日から昼寝は禁じられ、夜なべがはじまった。

八朔や白かたびらのうるし紋　坂東みの介　＊八朔のでむしころげ落ちにけり　安住　敦
名主先づ謡うて田面祝ひけり　佐々木北涯　八朔や夜なべはじめの芋の汁　寺崎　清子
絵行器や定紋匂ふ紺暖簾　中村　素山　八朔の人の出入の紺のれん　安田源二郎
八朔の酔野に出でてさめにけり　高田　蝶衣　八朔の節供に田の面見てあるく　藤井　紅葉

六斎念仏（ろくさいねんぶつ）　六斎　六讃　六斎踊　六斎講　六斎太鼓　六斎勧進

六斎というのは六斎日のことで、毎月八・十四・十五・二十三・二十九・三十日、この日に鉦や太鼓や笛ではやして念仏を唱えるので六斎念仏という。空也上人の念仏踊りにはじまるといい、踊るうちに歓喜の状態になるが、悪鬼を踏みしずめる踊りがもともとあった。今日では八月、盆行事にともない京都その他でおこなわれている。水尾円覚寺が七日から、西賀茂西方寺が十六日舟形の送火のあと、引接寺閻魔堂が十六日、空也堂が二十二日から三日間である。鳥羽吉祥院天満宮は二十二日で、六斎太鼓を見ようと人々があつまる。〈本意〉六斎日は梵天帝釈の国政を見る日といわれ、悪鬼が人を伺う日とされる。身をつつしみ、斎戒すべき日である。そうした本義からすれば、鉦、太鼓などで踊ることで、にぎやかになりすぎてしまっているが、念仏を踊る法悦で踊躍歓喜の状（さま）を示しているわけである。

六斎の念仏太鼓打ちてやむ　中田　余瓶　清水の舞台灯すや六斎会　水茎　春雨

*六斎や身を逆しまに打つ太鼓　高崎　雨城
息合ひて六斎太鼓乱れ打ち　つじ加代子
六斎や久世も桂も盆休み　中島　黒洲
六斎は太鼓を抛りあげにけり　田中告天子

地蔵盆（ぢざうぼん）　地蔵会　地蔵祭　辻祭　六地蔵詣　地蔵幡（ばた）

八月二十四日は地蔵菩薩の縁日、この日の祭りが地蔵盆で、お盆の行事と結合したので地蔵盆という。しかしお盆の精霊は送ったあとなので、辻にあって悪疫をふせぐ塞の神が地蔵に変形したために塞の神の祭りが転じて生じた祭りだと考えられている。京都を中心に近畿地方でさかんで、辻の地蔵にはお白粉をぬり新しい頭巾、よだれかけをつける。祭壇を作り、紅提灯、切子灯籠、万灯籠をかざり、お参りした子供はお供物をもらって帰る。すべて子ども中心の祭りである。その年子どもを亡くした母がおまいりする。〈本意〉子ども中心の祭りである。とんど、さいと焼き、かまくらなどの正月の塞の神の辻祭りが子どもの祭りであるように、旧七月の塞の神の辻祭りも、地蔵盆の形で子どもの祭りとなった。

地蔵会や線香燃ゆる草の中　高浜　虚子
涎掛け取替え在す地蔵盆　松井　蕪平
地蔵会や芒の中に灯のともる　長谷川零余子
幻燈はいま西遊記地蔵盆　大堀たかを
地蔵会や高くひびくは母の鉦　中村　若沙
両の手の吾が子よその子地蔵盆　宮城きよなみ
*さまよへるちさき蛍や地蔵盆　五十崎古郷
草焼きて道現はるる地蔵盆　山下　実
地蔵盆とみに露けくなりにけり　河原　白朝
六波羅はいま陋巷の地蔵盆　西尾　砂穂

重陽（ちようやう）　重九（ちようきう）　重陽の宴　菊の節供　九日節供　菊の日　菊水　菊瓶

陰暦九月九日で、陽数の九が重なるので重九、重陽と呼び、めでたい日とする。高い丘にのぼり、菊花酒をのみ、女は茱萸(しゅゆ)の袋を身につけて邪気をはらった。平安時代には宮廷行事になり、天皇は紫宸殿か神泉苑で群臣に宴を賜わり詩歌文章を課された。これを重陽の宴といい、菊の酒を賜わった。正月七日、三月三日、五月五日、七月七日とともに五節供といわれる。今はそうしたことはおこなわれないが、九月九日を秋祭りの日とする風習は全国的にゆきわたっている。おくにち、おくんちもその一つで、収穫祭である。〈本意〉芭蕉に「草の戸や日暮れてくれし菊の酒」の句があるが、重陽はとくに菊花酒との結びつきが濃く、ほかに登高や茱萸の袋を持つことがおこなわれた。陽を尚ぶための行事で、中国から渡ってきたものである。中国では古俗のもの、日本に移って宮廷行事となり、それが一般にひろがった。
重陽の日を宿かりし豪家かな　大谷　句仏
菊酒や粧ひ匂ふ女の童　吉田　冬葉
重陽や書斎に翁の酒を呼ぶ　角田　竹冷
枸杞酒得て重陽の日となりにけり　村上　麓人
*重陽の山里にして不二立てり　水原秋桜子
菊の宴いまのわが身にはれがまし　松尾いはほ
重陽や椀の蒔絵のこと〴〵し　長谷川かな女
とも〴〵に齢かさねて菊の賀に　木下　洛水

高きに登る　たかきにのぼる　登高

九月九日、高いところ、たとえば丘にのぼって、災厄を避ける。中国の古俗で、重陽の行事となった。女は茱萸の袋を身につけ、菊花酒を飲む。〈本意〉「続斎諧記に曰、九月九日、汝が家まさに災厄あるべし。よろしく急ぎ家人をして絳嚢を作り茱萸を盛りて臂に繋け、高山に登りて、菊花酒を飲ましめば、この禍消ゆべしと。景、言のごとく、家をあげて高きに登り、夕に還り見れば、鶏犬一時に暴死せり。長房曰、これに代れるなるべしと。今人つねに九日に至りて高山に登り菊酒を飲むは、これに始れり」と『滑稽雑談』にある。別の説では更に古くからこの風俗があったとするが、とにかく中国の古俗である。ただ登高の名詩が中国に多く、その影響が大きいが、ただ俳諧風に転じていることが多い。

高きに登る日月星晨皆西へ　高浜　虚子
高きに登る卑弥呼色白なりと思ふ　成瀬桜桃子
一足の石の高きに登りけり　同
桜島に対ふ高きにのぼりけり　竹内　夏竹
*行く道のままに高きに登りけり　富安　風生
砂利山を高きに登るこころかな　草間　時彦
灘見ゆと聞けば逸りて登高す　皆吉　爽雨
巻雲は美しき雲登高す　鈴木　一睡

温め酒（あたためざけ）　ぬくめ酒

九月九日の重陽の節の頃から寒い季節がはじまるので、この日に酒をあたためて飲むと病気にならないといわれ、酒をあたためて飲む人が多くなる。〈本意〉「後光明峯寺殿御抄に、九月九日は寒温のさかひ、身肉わかるる時なり。このとき酒を飲めば病を得ず。さて今日より酒を温めて用ふるよしあり」と『増山の井』にある。室町時代頃からいわれはじめた。

悦びにをののく老の温め酒　高浜　虚子
うらぶれの酒あたための図なるかな　京極　杞陽
大祖母やひとりで酒を温むる　中田みづほ
神信ぜぬにあらず夜半の温め酒　佐々木肖風
舌うちし温め酒の名は問はず　後藤　夜半
温め酒将門びいき集ひけり　成瀬桜桃子
*火美し酒美しやあたためむ　山口　青邨
温め酒亡父（ちち）に似て世に後るゝか　細川　加賀

菊供養（きくくやう）

東京浅草の浅草寺で十月十八日に菊の供養をする。もと重陽の節供にちなんでおこなわれたもので、読経がおこなわれており、参詣者は境内で売っている菊を買って仏に供え、かわりに供えてあった菊を持ち帰る。それを病気よけ災難よけにする。〈本意〉重陽の節供は菊の季節で菊が景物とされる。その菊を日本的に供養する行事である。

ひざまづく童女の髪や菊供養　水原秋桜子
菊供養ぬかづく前のこぼれ菊　塩谷はつ枝
くらがりに供養の菊を売りにけり　高野素十
踊子と楽士つれだち菊供養　長谷川浪々子
＊人稀に月光をくる菊供養　大野林火
膝に置く供養の菊のかろさかな　岡本眸
菊供養進む金龍鳩翔たせ　福田蓼汀
みそなはす愛染明王菊供養　高橋梨花

生姜市（しやうがいち）　芝神明祭　だらだら祭　目くされ市　千木箱売る

東京の芝神明町にある芝大神宮のお祭りには境内で近在の産物の生姜を売った。この祭りは九月十一日から二十一日までおこなわれるのでだらだら祭りと呼ばれた。また生姜市を目くされ市ともいう。秋の長雨のときで祭りを目くされ祭りといい、市を目くされ市といった。生姜の芽を切り去って売るからともいう。千木箱も売られるが、小判型の箱に煎り豆か飴を入れてある。〈本意〉『改正月令博物筌』に、「十一日より廿一日まで祭礼の間、はなはだ賑はし。寛仁二年九月十六日、この処に鎮座なしたまふ。生姜の市あり。参詣の人、葉生姜を求め帰り、家ごとに糠漬の中へ入れ漬け、これを食らへば年中邪気感冒の愁ひをのがるといふ。俗に生姜祭といふ」とある。ただ、なぜ生姜を売るのかはわからない。薑（はじかみ）が穢土を去り神明に通ずと医方伝に言うのを誤り伝えて生姜を売るとの説もある。

だら〳〵とだら〳〵まつり秋淋し　久保田万太郎
まだ日傘さしてとほるや生姜市　加藤　覚範
千木箱も昔ながらに生姜市　岡田日朗子
＊瓦斯の灯の風に噴きつつ生姜市　土方　秋湖
朝うちは野菜もならぶ生姜市　甲賀　山村
生姜市小銭ありたけ並べ買ふ　同
人波に夕餉時あり生姜市　栗原　米作
水打って昼しづかなり生姜市　加藤　松薫
ミサに来て生姜市にもまはりけり　戸塚千代乃
たづさへし雨具用なき生姜市　阿部ひろし

石清水祭（いはしみづまつり）　放生会　男山祭　南祭（なんさい）　放ち鳥　放ち亀　放生川

京都の石清水八幡宮の例祭で九月十五日。石清水八幡宮は宇佐八幡宮を勧請したものだが、宇佐にならって放生会をおこなった。古く八幡放生会と呼ばれ、八幡信仰は神仏混淆がつよかったので、武神信仰と滅罪意識が結びついたものである。男山の前の放生川に魚を放ち、祭りの中心行事とした。賀茂祭を北祭と呼ぶのにたいして、南祭と呼んだ。〈本意〉「八幡大菩薩の神力にて、養老年中に夷敵を多く滅ぼしたまふゆゑに、生けるを放つ御誓ひ、ありがたくおぼえはべり。最勝王経長者子流水品池魚のことより起れり」と『無言抄』（慶長三年）にある。武神崇拝と仏心とが結びついた行事である。

放生の魚の越し入る神田かな　松瀬　青々
草臥れて背にね入る子や放生会　久保ゐの吉
放生会水かきわけて亀かくる　村上　鬼城
＊放生会べに紐かけて雀籠　同

非力多力あぎとひの言放生会　中村草田男
田の中のくさ八幡も放生会　池尾ながし
放生の池に鯉浮く良夜かな　松崎　純生
放生の魚桶よゝと僧になふ　中谷　華尚

鹿の角切(しかのつのきり)　鹿寄せ

奈良春日神社の鹿の角は十月五・六・七日頃の三日間で切りおとす。九月頃には交尾期をむかえ、雄鹿の角は大きく成長し、たけだけしくなるので、人に危害がおよび、鹿同士傷つけあうのを防ぐのである。囲いの中に鹿をあつめ、勢子たちが捕え、鋸でひき切る。寛文十一年頃からの行事。鹿の角は漢方薬として熱さましに使われ、また細工物になる。〈本意〉春日大社の名物行事で、交尾期の前に角を切って危険を防ぐのだが、同時に自然の恋の発露を喬(た)めるわけである。やむをえないのではあるが。

鹿寄せの鹿帰りゆく鳴きながら　高浜　虚子
角切や牝牛のあそぶ三笠山　松瀬　天浪
*荒鹿の角ふりかぶり伐らしめず　小野　蕪子
角切られ鹿重心を失へり　大高　松竹
抱き据ゑて角切る禰宜の白襷　北代　汀
切りとりし角もて鹿を逐ひにける　井上白文地
角伐りを逃れし鹿は水飲めり　永橋　並木
角切らる鹿の真白き眼を見たり　同
荒鹿のむらぎも据ゑて角伐らる　篠原中丸子
角伐られ影新しき鹿駈け出す　丸山　佳子
まだ角があり恋があり雄鹿駈く　金子無患子
鹿寄せの笛がきこえて寝鹿立つ　鈴木　芳如

牛祭(うしまつり)　太秦(うずまさ)の牛祭　摩多羅神

陰暦九月十二日、現十月十二日の夜、太秦広隆寺でおこなわれる奇祭で、摩多羅神をまつる。

摩多羅神に扮した男は、赤鬼青鬼の面をつけた四天王を従え、神灯、囃子方、松明などを先頭に、牛に乗って境内に入る。三度半回り祭壇に入り、奇妙な調子で長文の祭文を読み、四天王が唱和する。終ると摩多羅神と四天王が祖師堂に逃げこむ。参詣者が神々をとらえるとその年の厄をのがれるという。摩多羅神が祭神か司祭かもわからぬあっけない祭りだが、神々の面は病気や災厄の守りになるといわれている。〈本意〉摩多羅神はインドの神といい、金比羅、閻魔王などといろいろに言われ、慈覚大師帰朝の日に順風を祈った神とも言う。祭文を読むが、みな懺悔の詞で、男女や畜種等の悪作業がみな記されているという。神々のお面をとることが功徳になるという、終始戯謔のような祭りで、かえって俳諧に好まれるものともいえる。

牛の尾に打たるゝ面ゝや牛祭　野村　喜舟
月のなき夜道となりぬ牛祭　名和三幹竹
松明や牛に乗りたる摩陀羅神　中川　四明
金堂へかたむく月や牛祭　井口　雅堂
牛すねて電車止めをる牛祭　太田　穂酔
＊松明にむせぶ鬼あり牛祭　田畑　比古
太秦は全く暮れけり牛祭　中島　黒洲
摩陀羅神はやしわめいて追駈くる　中尾夢六郎

御命講（おめいこう）

御命講（おみやうこう）　御会式（おえしき）　会式　御影講（おえいこう）　日蓮忌　万燈（まんどう）

日蓮上人の忌日で、陰暦十月十三日。今は陽暦でおこない、十月十一日から十三日までである。信徒が団扇太鼓を打ち、万燈をかかげ、お題目をとなえて、日蓮宗寺院にお参りする。とくに盛んなのは大田区池上の本門寺で、日蓮が六十一歳で示寂した地なので、おびただしい数の参詣者がある。身延山久遠寺、大湊誕生寺、堀の内妙法寺、福岡東公園日蓮上人銅像前などでのお会式もさかんである。この頃は風がつよいことがあり、日蓮御影講荒れとよぶ地方がある。竹を細く削り、白い造花をつけたものを、もらって帰り仏壇にさすが、これを御命講花という。〈本意〉はじめ大御影供と言ったものが、おめいくとなり、弘法大師の御影供と区別して御命講となったという。お会式の名で知られる日蓮忌の法要で、万燈が名高い。柿の季節で、柿を売る出店が多く出る。にぎやかな法会である。

安房ふかく来て日蓮忌ありにけり　萩原　麦草
なんといふ暗さ万燈顧る　橋本多佳子
山門の上に月あり日蓮忌　山口　青邨
生くる力もて万灯会の闇に立つ　細見　綾子
万燈の花のしだるる真昼かな　外川　飼虎
御会式の母の手にぎり歩きけり　細川　加賀
白日を敷きて万燈始まらず　平畑　静塔
*万燈の中を万燈ゆきにけり　上林白草居

べつたら市（べったらいち）　夷子講市（えびすこういち）　浅漬市

十月十九日、東京日本橋の大伝馬町通に立った市で、翌日の二十日の夷子講に用いる夷子大黒や掛け鯛、雑器を売ったが、このとき浅漬大根に麹のべっとりついたものを売り出し、これを買った人が「べったら、べったら」と言って人込みを歩く。麹が衣服についても文句がいえず、女たちが逃げまわる、おもしろい市で、それでこの市をべったら市、この浅漬をべったら漬というようになった。今でも日本橋本町の宝田恵比寿神社周辺に市は立つが、昔ほどのにぎわいはない。〈本意〉もともと夷子講の品物を売る市だったものが、べったら漬に人気をうばわれた形になったもの。この市のときから浅漬大根を買って食べる習慣にもなった。

雨のこるべつたら市の薄九月　水原秋桜子
*べつたら市母の肩越見し記憶　吉田　享生
あらぬ方にべつたら市の月ゆたか　横山　白虹
末広の昼席を出てべつたら市　宮下　麗葉

糀散るべつたら市の荒筵　平岡　仁期
べつたら市蔵が跫音たてはじむ　宮本由太加
家づとにべつたら市の下げ包　町田しげき
べつたら市ビルのあはひの夕日どき　草村　素子

鞍馬の火祭

くらまのひまつり　鞍馬祭　火祭　靫（ゆき）大明神祭

京都市左京区鞍馬の由岐（靫）神社の祭礼で、十月二十二日。神輿の渡御が夜おこなわれるので、松明をともして送り迎えするのである。参道の両側の家々は用意した松明に十時頃いっせいに火をつけ、これをもって社殿に参るが、松明はだんだん大きくなり、中には百二十キロ、三メートル以上のものを二、三人でかついで石段をのぼるものも出る。少年は裾に鈴のついた半纏を着、若者は素裸で、松明をかついでねりあるく。一面火の海となる大火祭りだが、火事を起したことはない。山門の傍の注連を古式により切り落とす式があり、神輿につづく松明が、「サイレヤ、サイリョウ」と叫んで境内にかけこむ。社殿で儀式をすませ、神輿二基は御旅所へうつる。このとき神輿の太綱に女たちがとりついて引く。これは難産よけになるといわれている。御旅所では神楽がおこなわれ、翌朝神輿が帰還して祭りがおわる。〈本意〉火祭というと鞍馬といわれるほど有名である。十月二十二日にはもう寒い夜になるが、火のすさまじく、天を焼くような祭りで、勇壮華麗である。大己貴命をまつる神社で疾病を療し、天下を治むる神といわれる。難産をまぬがれるともいわれる。

火祭や焔の中に鉾進む　高浜　虚子
＊火祭の戸毎ぞ荒らぶ火に仕ふ　橋本多佳子
火祭の渡御のやうやく暮れかゝり　高浜　年尾
顔ゆるびをり火祭の暗闇に　外川　飼虎
火祭の煙うすれに高嶺星　鈴鹿野風呂
火祭の火の粉にこげし貴船菊　恒川ひさを

火祭見る恋はも過去のものとして　鈴木真砂女
火祭の荒男の息も火を吐けり　稲垣きくの

時代祭（じだいまつり）　平安祭

京都の平安神宮の祭りで、京都の三大祭の一つ。十月二十二日におこなわれる。平安神宮は桓武天皇をまつる。桓武天皇が京都を都に定められた延暦十三年から千百年にあたるのを記念して、明治二十八年に創建された神社なので、祭りはこのことにちなみ、延暦から明治までの歴史風俗を再現する行列が市中をねり歩く。服装の考証も確実になされ、各時代の文官、武官、婦人が網羅されて、なかなかに壮観である。〈本意〉京都誕生を祝い記念する祭りで、祇園祭と対照的である。新しい京都市民の感覚の祭りであるといえる。

時代祭華か毛槍投ぐるとき　高浜　年尾
＊茶道具の一荷も時代祭かな　岸　風三楼
時代祭まこと柄長の槍渡し　中田　余瓶
槍振りに風が変りぬ時代祭　山口草兵衛
時代祭徒士に紅毛まじりゐて　古杉　長子
手を添へて兜重きや時代祭　小林　波礼

恵比須講（ゑびすかう）　夷子祭（ゑびす）　ゑびすこ　夷子切（ぎれ）

えびす様は七福神の一で、田の神、漁の神、商売繁昌の神などとして、崇拝されている。商家の恵比須祭りが恵比須講で、えびす様の像をかざり、酒宴をし、ありあわせのものに縁起よい値段をつけて売買成立を祝う。祭日は十月二十日と正月の二十日だが、最近は十月二十日の方が大売出しをする。とくに呉服を商う店が売出しをし、それを夷子切という。中国地方では恵比須神社に、呉服、雑貨の市が立つ。東北地方では田の神としているので、鮒を供え井戸に放つ。〈本意〉えびす様は家を守り富を増す福の神とされていたので、お祭りをし、祝宴をひらいて、商売繁昌を祈るのである。芭蕉の「振り売りの雁あはれなりゑびす講」が知られている。

＊大根干済めば忽ち夷講　山口　青邨

人の手にあれば欲しがり夷布　千原　叡子

母は母の刻過ごしをり夷講　河野　閑子

えびす講夜となる大戸おろしけり　平井　藻

寝て思ひ出す誕生日夷講　加藤知世子

奥白根晴れてとどろく夷講　福田甲子雄

福蛇にたじろぐもあり恵比須講　甲賀　山村

早くから大戸下して夷講　中　火臣

誓文払（せいもんばらひ）　夷切れ

十月二十日の恵比須講の日に、商人や遊女が、京都四条京極の冠者殿（官者殿）にお参りをし、一年間商売の上でついた嘘を祓い、神罰を免れようとした。これが変って、大安売りをするようになって、十月十五日から二十一日までおこなう。関西では呉服屋が小切れを見切って売る風があり、これを夷切れと言う。地方によって陰暦、月おくれなどいろいろで、日は一定していない。〈本意〉一説だが、堀川御所の義経に夜討をかけた土佐坊昌俊が義経に捕えられて、偽りの誓いをたてた故事によるといわれ、ふだん、商売のため客をあざむいた罪をはらうものである。誓文払は、誓紙を一掃する意味。主として上方の習慣で、今は大安売りの口実となっている。

＊夷ぎれ買ふも旅なれ人ごみに　星野　立子

人の渦汀の渦誓文払かな　田中九葉子

えびすぎれ買ひ来てひろぐひと間かな　西牟田成子

誓文のあれを見これを見て買はず　栗原　白暁

恵那かけて雪雲とぢぬ戎市　水谷　晴光

お互ひに見立てあひして戎ぎれ　唐津加代子

宗祇忌（そうぎき）

陰暦七月三十日で、連歌師飯尾宗祇の忌日。宗祇は卑賤の出身だったようだが、若くして仏門に入り、連歌、和歌、古典、神道などを学んだ。三十過ぎに連歌の道に入り、四十を過ぎてから、連歌師としての名声が全国にきこえ、諸国の豪族に招かれて、連歌を指導、北野会所奉行となって連歌界最高の地位につき、『新撰菟玖波集』の編纂に努めた。文亀二年（一五〇二）八月三十日箱根湯本で没した。八十二歳であった。〈本意〉芭蕉が西行、雪舟、利休とともに尊崇した道の先達であり、また俳諧の連歌にも業績があるので、俳人の注目をひく忌日となっている。

宗祇忌を今に修することゆかし　高浜　虚子
宗祇忌やこの頃興る俳諧詩　深川正一郎
宗祇忌や旅の残花の白木槿　森　澄雄
宗祇忌や大絵襖に居ながれて　斎藤　香村
＊宗祇忌や驟雨に失せし城の影　旗　こと
とめどなく雨降る旅や宗祇の忌　岡田　日郎
おしろいが咲いて連歌師宗祇の忌　樋口玉蹊子
宗祇忌や月をながめて旅の宿　古川　芋蔓

鬼貫忌（おにつらき）

陰暦八月二日で、上島鬼貫の忌日。本名を宗邇（むねちか）といい、通称は与惣兵衛、晩年平泉氏を称した。伊丹の酒造家の出で、早くから、松江重頼の門に入り、のち西山宗因につく。のち自ら「誠のほかに俳諧なし」と開眼する。『大悟物狂』を刊行、鍼医を業としながら、まことの俳諧をつらぬき、元文三年（一七三八）、七十八歳で大坂に没した。〈本意〉鬼貫忌は明治三十六年から河東碧梧桐の提唱によっておこなわれはじめた。鬼貫は芭蕉とほぼ同時代の人で、開眼も芭蕉の開眼と同じ頃、句はただごとに近いものもあるが、真摯なもので、やはり注目すべき俳人である。

＊鬼貫忌心ひそかに面白し　河東碧梧桐　ひたと好む鬼貫の忌を修しけり　野村　喜舟

大いなる唐辛子あり鬼貫忌　松根東洋城　鬼灯は裾濃に染まり鬼貫忌　石田　波郷

鬼貫忌蕉風俗に堕ちにけり　島田　五空　鬼貫忌椽の目玉の飛ぶ日哉　戸沢撲天鵬

守武忌（もりたけき）

陰暦八月八日で、荒木田守武の忌日。守武は伊勢神宮の禰宜長官、宗鑑とならんで俳諧の鼻祖と仰がれている。『新撰菟玖波集』にも入集しているが、和歌、連歌に早くから親しむ人だった。また『守武随筆』を書いて、卑猥な笑話をあつめ、『守武千句』を完成して神宮に奉納している。天文十八年（一五四九）、七十七歳で没した。〈本意〉連歌時代に生まれて、滑稽を好み、俳諧の鼻祖となった守武は忘れえぬ先達の一人だが、外国の人にわかりやすい句の一面を持っていた。

＊祖（おや）を守り俳諧を守り守武忌　高浜　虚子　禰宜も句に結ばるるもの守武忌　松崎鉄之介

守武の昔を今に忌日かな　同　守武忌枝豆皿に青く盛り　塙　志津男

太祇忌（たいぎき）　不夜庵忌

陰暦八月九日で、炭太祇の忌日。太祇は江戸中期の俳人で、不夜庵、宮商洞、三亭とも号した。江戸に生まれ、江戸座の中で育ったが、のち京に住みついて、島原に不夜庵を結んだ。明和三年以来蕪村と交遊、急に俳諧に精彩がうまれ、傑作をのこし明和八年（一七七一）、六十三歳で没した。〈本意〉蕪村の親友、島原の俳人として著名な太祇の忌で、中興俳壇の先駆者としての重みよりむしろその人柄に関心がむけられている。

＊太祇ここに住めりとぞいふ忌を修す　河東碧梧桐　太祇忌や力強うは詠みつれど　松根東洋城
太祇忌やただ島原と聞くばかり　松瀬　青々　夜に入りて太祇忌と知る雨の音　星野麦丘人
一巻の太祇句選を祭りけり　原　抱琴　太祇忌や眠るが如く句をうめく　花木　伏兎

西鶴忌（さいかくき）

陰暦八月十日で、井原西鶴の忌日。西鶴の俗称は平山藤五、大坂の人。貞門に学び、のち西山宗因の談林風がおこるや、その旗頭となって、『生玉万句』を世に問うた。矢数俳諧に挑戦、千六百句、四千句と記録をのばし、貞享元年には二万三千五百句を独吟して世を驚倒させた。その後は、町人風俗にそそぐ鋭い目で浮世草子を書きはじめ、天和二年の『好色一代男』など数々の秀作をのこした。しかし西鶴の誇りは俳諧師たるところにあった。元禄六年（一六九三）、五十二歳で没。辞世は「浮世の月見過しにけり末二年」だった。〈本意〉西鶴はオランダ西鶴ともいわれ、その俳句の時代感覚、才智縦横は一世をぬきんでていた。浮世草子もその俳才と無関係でないところに成立していた。ただ例句がその好色物に引っぱられるのはやむをえない。

西鶴忌うき世の月のひかりかな　久保田万太郎　＊色街に住んで堅気や西鶴忌　安村　章三
西鶴忌人に疲れて帰り来る　石川　桂郎　この尼の過去ははなやか西鶴忌　田上多歌史
今の世も男と女西鶴忌　三宅清三郎　西鶴忌街あれば河にごりけり　土居　伸哉
蒲焼の串の焦げめや西鶴忌　龍岡　晋　朝顔に格子みがかれ西鶴忌　加藤かけい

ビルの間に火星を挟む西鶴忌　佐野まもる
荒振りに番傘ひらく西鶴忌　保津　操

水巴忌（すいはき）　白日忌

八月十八日。渡辺水巴の忌日。水巴は本名義、浅草で画家渡辺省亭の長男として生まれた。鳴雪、虚子に学び、大正はじめ「ホトトギス」の主要作家として活躍した。大正五年「曲水」を創刊主宰。昭和二十一年（一九四六）鵠沼で没。六十五歳。「曲水」は夫人渡辺桂子に継承された。〈本意〉虚子の『進むべき俳句の道』三十二人の作家の筆頭にあげられていた大正期の代表作家で、「曲水」を中心に忌がもたれている。代表句にちなみ白日忌ともいう。

古扇鳴らし水巴忌過ぎにけり　大谷碧雲居
昼の雷夜の雷水巴忌なりけり　石田　波郷
*水巴忌の一日浴衣著て仕ゆ　渡辺　桂子
水巴忌の雨こぼれ来し芙蓉かな　鈴木　青園
思ひきり暑き水巴忌送りけり　同
天上も天下もあらず白日忌　中島　月笠
水巴忌が過ぎて一塵なかりけり　萩原　麦草
水巴忌の風触れやすき席賜ふ　金田　紫良

去来忌（きよらいき）

陰暦九月十日で、俳人向井去来の忌日。去来は蕉門十哲の一人。長崎の人。一家とともに上洛、天文暦数の学をもって堂上家に仕えた。父元升は長崎聖堂の祭酒、書物改め。兄元端、弟元成（魯町）は朱子学者、妹千代（千子（ちね））、弟利文（牡年）、妻可南（かな）は俳諧をたしなむ学芸の一家だった。去来が蕉門に帰したのは貞享年間、篤実な人で、蕉門の西の俳諧奉行といわれた。凡兆と『猿蓑』を共選し、芭蕉の死後「贈其角先生書」、『旅寝論』を書き、蕉風の俳論を護持究明し、

『去来抄』を書きのこした。宝永元年（一七〇四）九月十日、五十四歳で病没。落柿舎にある小さな墓が有名。〈本意〉芭蕉の片腕だった人で、その努力がなければ、芭蕉の仕事は今ほど知れなかったろう。人柄の立派な誠実な人で、丈草と共に関西での芭蕉の支えであった。「枯れにけり芭蕉を学ぶ葉広草」（素堂）「丈草は枯れて去来は時雨かな」（許六）「臥して見し面影返せ後の月」（可南尼）などの悼句が追善集『誰が身の秋』にのこされている。なつかしい人柄だったようである。

去来忌やその為人拝みけり　高浜　虚子
去来忌やこの頃藪の露しげく　松根東洋城
去来忌や果して柿の落つる音　峰　青嵐
＊しみじみと去来は秋のほとけなる　河原　白朝
猿蓑の後刷りもよし去来の忌　池上浩山人
去来忌や折ふし妻の京訛　川越　蒼生
去来忌やすでに嵯峨野の草紅葉　室積波那女
若者等古典に疎く去来の忌　野田きみ代

鬼城忌（きじやうき）

九月十七日で、俳人村上鬼城の忌日。鬼城は本名荘太郎、高崎に住んで裁判所に勤め、代書人の任にあった。三十歳の頃より耳がわるく、聾鬼城といわれ、遠近尊者などと敬称を捧げられた。俳句は明治二十八年、子規から学び、「ホトトギス」に投句、虚子門下の中心的作家であった。子供が多く、貧しかったが、一茶とならび称される境涯作家だった。昭和十三年九月十七日、七十四歳で没。『鬼城句集』『続鬼城句集』がある。〈本意〉蛇笏・石鼎・普羅とならび称された大正期のホトトギス作家である。冬蜂、痩馬などにたくして境涯をうたう点で、一茶を連想させるところがある。

あはあはと鬼城忌の蚊や顔の上　羽田　貞雄
＊鬼城忌の黍がかざせる花粗く　田口　農夫
鬼城忌や遺筆の幅は聾の句　伊沢三太楼
鬼城忌や蜂の古巣に薄日射す　下川まさじ
かまきりの片脚失せて鬼城の忌　塚本　烏城
鬼城忌や浅間に見入る倚り柱　山同　古峡
ひとり寝る鬼城忌の灯を細めては　小林　康治
鬼城忌や柱古びし掛時計　斎藤優二郎

露月忌（ろげつき）　南瓜忌　山人忌

九月十八日で、俳人石井露月の忌日。秋田の人で、上京して日本新聞の記者になり、子規と親しく日本派俳諧の中心であった。のち郷里で医師となり、俳誌「俳星」「雲蹤」を主宰、子規派をひろめ、東北の俳句の中心になった。昭和三年五十六歳で死去。〈本意〉露月山人と号し、また南瓜の愚鈍を愛して南瓜道人と称した人である。黙々として句境の深まりを求めた。

＊寂寞たる乾坤や南無南瓜仏　中野　三允
秋風の道はるかなり山人忌　樋渡　瓦山
子規も知る人と露月をまつりけり　佐藤　杏雨
芽伸ぶるまゝ露月忌の日となりぬ　亀田　小蛄
露月忌の望郷ひたに貝割菜　皆川　白陀
露月忌や梢に笑める栗の毬　小笠原洋々

子規忌（しきき）　糸瓜忌（へちまき）　獺祭忌（だっさいき）

九月十九日、正岡子規の忌日。子規は松山の人。名は常規。幼名処之助、升（のぼる）。筆名、子規、獺祭書屋主人、竹の里人、越智処之助、升など。俳句、短歌の革新に大きな業績をのこした。仕事は新聞「日本」「小日本」、のち雑誌「ホトトギス」などに発表、今日の俳句、短歌のあり方に決定的な役割を演じた。脊椎カリエスのため、明治三十年以後は病床を動けなかったが、「病牀六尺」などの随筆を「日本」に連載、その人柄のもっとも好ましい健康さを示した。明治三十五年、三十六歳で死去。田端大龍寺に葬られた。〈本意〉近代俳句の創始者として重んぜられる子規の忌日である。子規は連句を否定し、発句形式のものを俳句と呼んで、これだけを近代俳句としておしすすめた。そして、他の芸術ジャンルと肩をならべられるべきものとして、俳句の価値をたかめようとした。その方法として写生を説いたことも重要で、写生をぬきにした俳句は考えられないのである。こうした仕事を病気と闘いながら遂行し、しかも、短歌や写生文にまでひろげたことは、驚くべき気力というほかはない。「痰一斗糸瓜の水も間にあはず」など三句の遺句があり、糸瓜忌といわれることがある。

叱られし思ひ出もある子規忌かな　高浜　虚子
天下の句見まもりおはす忌日かな　河東碧梧桐
虚子捨て碧梧誤りし俳句子規忌かな　松根東洋城
糸瓜忌や叱られし声の耳にあり　広江八重桜
鶏頭の赤きこころを子規忌かな　吉田　冬葉
*枝豆がしんから青い獺祭忌　阿部みどり女
歯を借りて繃帯むすぶ子規忌かな　秋元不死男
もろこしの食べ殻しんと子規忌なり　村越　化石
交番も糸瓜を垂れて子規忌来る　山内　鏡二
横向の子規の写真を祀りけり　遠藤　小鹿
くもり日の紫蘇が香に立つ子規忌かな　石野　兌
無花果の低き実をもぐ子規忌かな　江原　草顆

蛇笏忌（だこつき）　山廬忌（さんろき）

十月三日で、俳人飯田蛇笏の忌日。蛇笏は本名武治、山梨県東八代郡境川村に生まれた。早稲田大学英文科に学び、詩を書くが、のち「ホトトギス」俳句会に出席。大正期の「ホトトギス」の代表的作家となった。作風は主情的であり、宗教と俳句の一致する境地を志向した。大正四年「キララ」、のち改題して「雲母」となる俳誌を主宰して、息子の龍太に遺した。句集に『山廬集』『霊芝』『山響集』など、ほかに随筆集、評論集も多い。昭和三十七年家郷で没。七十七歳であった。〈本意〉詩や小説を書き、新しい文学への関心も深かった蛇笏が、家郷の自然の中で、俳句に集中したわけで、しだいに物語性や主情性が消えて、格調高い、荘重な句風が確立してくる。立句（たてく）作家といわれる所以である。家郷の自然を直視したところにその一原因がみられるようである。

＊山廬忌の秋は竹伐るこだまより　西島　麦南
蛇笏忌や奥嶺の雲に炎走る日　角川　源義
蛇笏忌の老すこやかに初心なり　松村　蒼石
山廬忌の瞼あふるる曼珠沙華　三宅　一鳴
黄菊白菊俳諧仏となり給ふ　中川　宋淵
山廬忌やまぎれず秋の蝶白し　塚原　麦生
満山の露荘厳す蛇笏の死　石塚　友二
蛇笏忌の雲とあそべる深空かな　井上　静川
蛇笏忌の過ぎし日月空にあり　石原　八束
蛇笏忌の赤土踏まれ踏まれ昏る　広瀬　直人

動物

鹿（しか）　かせき　かせぎ　すずか　すがる　紅葉鳥（もみぢどり）　小鹿（をじか）　牡鹿　小男鹿　牝鹿　女鹿

鹿の交尾期は十月から十一月にかけてで、この頃雄はヒヨヒヨヒューヒューという声で鳴いて、他の雄に挑戦する。角をつきあわせて押し合うもので、逃げた方が負けになる。雄は負けた雄の連れていた雌を自分のものにし、ふつう雄一頭が五、六頭の雌をつれていてハーレムをなしている。雄の鳴き声は、遠くで聞くと哀調をおびてきこえる。この交尾期の鹿が季題になっている。〈本意〉「夕されば小倉の山に鳴く鹿は今夜（こよひ）は鳴かずいねにけらしも」（岡本天皇）と『万葉集』にあり、「奥山に紅葉踏み分け鳴く鹿の声聞く時ぞ秋はかなしき」と『古今集』にある。『和漢三才図会』には、「按ずるに、鹿多淫にして、牡夜鳴きて牝を喚ぶ、秋の夜もつとも頻りなり」などとあり、この鹿の交尾期の鳴声が、鹿の恋の形で、秋の季となる。かせき、かせぎ、すずか、すがる、紅葉鳥などはみな鹿の異名。ただ、すずかは雌鹿、すがるは雄鹿のことである。芭蕉の「ぴいと啼く尻声悲し夜の鹿」は、鹿の声をうたう著名な作。

立つ鹿の顔が見えけり常夜燈　大谷　繞石　　転生を信ずるなれば鹿などよし　斎藤　空華

鹿二つ立ちて淡しや月の丘　原　石鼎　　小男鹿や何におどろく月の前　吉田　冬葉

まぼろしの鹿はしぐるるばかりかな　加藤　楸邨
鹿鳴くや一人寝の旅覚めがちに　上村　占魚
*雄鹿の前吾もあらあらしき息す　橋本多佳子
鹿聞いて奈良を寒がる女かな　金森　匏瓜
啼く鹿のさくりと組みし角あはれ　内田　暮情
耳立てて牡鹿に遠く牝鹿をり　藤本　静子

猪（ゐのしし）

猪（しし）　瓜坊　野猪（ゐのしし）　猪道（ししみち）　山鯨　猪肉（ししにく）

猪は偶蹄目いのしし科の獣。晩秋頃、夜になるときまった猪道を通って歩きまわり、鼻で地面を掘って小動物や植物の根をさがし、また田畑のいねや甘藷を食いあらす。いねは穂を食いちぎるだけでなく、ころげ回って押し倒し、畳のようにしてしまう。猪の多い地方では猪垣を作って、田畑へ入れないようにしている。〈本意〉猪の肉は山鯨といって猪鍋やさしみによいくらいで、大体田畑をあらすあらあらしい野獣の代表とされてきた。「野猪（ゐのしし）怒れば背の毛起ちて針のごとく、頸短く左右を顧ることあたはず。牙に触るる者、摧（くじ）き破らざるなし」と『和漢三才図会』にある通りである。

*猪の出ることを静かに話しをり　後藤　夜半
窯焚かぬ日の荒男たち猪狩れる　榎本冬一郎
撃たれたる猪うつしみの眼を持てり　高橋　馬相
猪舁いて雪の釣橋撓めゆく　植平　桜史
猪荒れて畳のごとき稲田かな　岡田　耿陽
梁に吊す鉤むきむきに猪を待つ　村田　脩
生命つよかりしよ猪の内臓（わた）の湯気　津田　清子
猪糶る泥の乾きし爪揃へ　小田　三亥

馬肥ゆる（うまこゆる）

秋の駒

寒帯や温帯に住む獣は、秋になると皮下脂肪がふえてふとるのが普通で、寒くて食物のすくない冬にそなえる。馬も、寒冷な地方の原産で、ふとり、冬毛がのびてくる。〈本意〉牧草もゆたかなので、秋には十分に食べてふとるわけであるが、やはり、冬にそなえる動物の年間のリズムなのであろう。

*牧の馬肥えにけり早も雪や来ん　高浜　虚子
曲り家に可愛がられて馬肥ゆる　大橋越央子
馬肥ゆるみちのくの旅けふここに　山口　青邨
馬肥ゆるとはみちのくの野なるべし　同
馬肥えてレール走らす日の光り　秋元不死男
馬肥えてかがやき流る最上川　村山　古郷
塩をやる肩に甘えて馬肥ゆる　浜地　其行
潮騒の空の深さに馬肥ゆる　長倉いさを

蛇穴に入る（へびあなにいる）　秋の蛇

蛇は寒くなると穴に入り冬眠をする。だいたいは同じ穴に数匹、あるいは数十匹がよりあつまり、からみ合って暖をとる。その時期は秋の彼岸頃というが、本州では十月頃になるようである。〈本意〉「春の彼岸に出で、秋の彼岸に入る」と『年浪草』に言うが、八月の雷を虫入とも言い、蛇類もそれに含めて言う。一茶の句に「穴撰みしてやのろのろ野らの蛇」とあり、その頃の蛇の生態をとらえている。

蛇穴に入る時曼珠沙華赤し　正岡　子規
蛇穴に落日の光ふと冷ゆる　武田　一朗
穴に入る蛇とも見えず艶やかに　大場白水郎
蛇穴に入る石垣をすべりけり　吉富好一朗
蛇穴や西日さしこむ二三寸　村上　鬼城
蛇穴に入り自然薯太りけり　太田耳動子
*蹤き来る妹には告げぬ秋の蛇　山口　誓子
舌の先美しければ秋の蛇　鷹羽　狩行
秋の蛇瘡園の森遠長し　石田　波郷
秋の蛇去れり一行詩のごとく　上田五千石

蛇穴に入る松風の音の中　井上　哲王
つかの間の日をむさぼれり秋の蛇　猿渡新葉子

穴まどひ（あなまどひ）

彼岸すぎても穴にはいらずに、徘徊している蛇のことである。〈本意〉まだ穴に入るにはやや暖かく、まだ地上を徘徊している蛇なのだが、穴まどいという擬人的なことばがおもしろく、俳人好みの題になっている。

今日も見る昨日の道の穴まどひ　富安　風生
穴惑水をわたりて失せにけり　日野　草城
穴まどひわれにおどろくわれもおどろく　山口波津女
楢洩る丶日や湖べりの穴まどひ　相馬　遷子
＊金色の尾を見られつ丶穴惑　竹下しづの女
穴まどひ穴を出水に奪られしや　西本　一都
穴惑ひ惑ふ尾の先敏くして　水沢魚龍子
穴まどひ身の紅鱗をなげきけり　橋本多佳子
穴まどひ化石とならず動きけり　河合　未光
穴惑その尾を美（は）しと見たりけり　牧野　寥々

渡り鳥（わたりどり）　候鳥（こうてう）　小鳥渡る　小鳥来る　朝鳥渡る　鳥雲（てううん）　鳥風（てうふう）

海を越えて渡る候鳥の渡りの時期は春と秋だが、春には集団となっての渡りでないので目立たず、秋の渡りが集団なので注目される。つばめなどが南に去ると、つぐみ・あとり・まひわなどが、シベリアやカムチャツカから大群をなして渡来する。日本の中を移ってゆくときも群れをなしている。むくどり・ひよどり・しぎ・ちどり・かり・かもなどもそうだが、渡り鳥というときは主として小鳥について言う。むくどり・ひよどり・しぎ・ちどりなどの大群の羽音高く過ぎゆくことを、鳥雲・鳥風という。〈本意〉仲秋から晩秋にかけての集団をなしての渡り鳥は、空がくらくなり、雲が動くようで、大きな音をたてる。寒さをのがれるだけでなく、秋の野山の実を求めての大移動でもある。蕪村の「小鳥来る音うれしさよ板びさし」は、その鳥の気配に耳を澄ませながらの、おどるような、はずむ心をあらわした句である。

木曾川の今こそ光れ渡り鳥　高浜　虚子
四つ手網あがる空より渡り鳥　水原秋桜子
竹河岸の竹のしづかや渡り鳥　長谷川春草
鳥渡る大空や杖ふり歩く　大谷碧雲居
むさし野は鳥こそ渡れ町つづき　林原　耒井
渡鳥仰ぎ仰いでよろめきぬ　松本たかし
渡り鳥微塵のごとしオホーツク　大野　林火
渡り鳥がうがうと風明るくて　加藤　楸邨
渡り鳥空搏つ音の町にしづか　太田　鴻村
鳥わたるこきこきこきと罐切れば　秋元不死男
鳥渡る終生ひとにつかはれむ　安住　敦
樹海晴れてはや渡り来る小鳥かな　中川　宋淵
佐渡の方より一沫は渡り鳥　篠田悌二郎
大空の美しきとき鳥渡る　深川正一郎
渡り鳥消えて欅の空残す　石塚　友二
小鳥来てつくばひ渡るしづけさよ　同
山蔭に渡り鳥聞く戻らうよ　原田　種茅
わが息のわが身に通ひ渡り鳥　飯田　龍太
鳥渡り夕波尖りそめしかな　勝又　一透
大空のまんなかを鳥渡りけり　尾崎　足
渡り鳥幾千の鈴ふらし過ぐ　赤城さかえ
胸ポケットの老眼鏡や鳥渡る　菱沼　杜門

色鳥（いろどり）　秋小鳥

いろいろの鳥と、色とりどりの美しい鳥とをかけて、秋の小鳥の渡りについて言う総称。あとり・まひわ・ましこ・じょうびたきなどは色美しい鳥である。〈本意〉「いろいろの鳥」（『四季名寄』）「色々渡る小鳥をいふ」（『御傘』）という類の解説のほかに、「これも色々の美しき小鳥の渡るをいふなり」（『改正月令博物筌』）という説明がまじる。さまざまな小鳥の飛来する中に美しい鳥も多いので二種類のポイントがまざり合ってしまったのであろう。

色鳥の啄みをるは隠れなき　水原秋桜子
*色鳥と呼びて愛(かな)しむ心かな　富安　風生
枝うつりする色鳥に空深し　片岡　奈王
色鳥が小首に枝を見上げたる　中村草田男
色鳥の枝うつるいろこぼれけり　高橋　潤
色鳥や枕はづして父病めり　小川　千賀
母に蹤くや色鳥こぼれやまぬなり　高橋伸張子
山一つ買うて色鳥放ち度し　岩永　三女
色鳥や肩触れて晩年の母と思ふ　山田みづえ
絶壁にまた色鳥がひるがへり　八木林之助

燕帰る(つばめかへる)　去(い)ぬ燕　巣を去る燕　残る燕　帰る燕　帰燕　秋燕(あきつばめ)　秋燕(しうえん)

日本で夏のあいだ巣をつくり子を育てていた燕も九月には海を越えて南方に渡ってゆく。これを帰るというが、日本が生まれ故郷なので、去るというほうがふさわしい。季節が来ると、次第に南下して、途中で集結し、一気に海を渡ってゆく。九月が中心で十月までつづく。各地の暖地に残って越冬する燕もある。秋になってから、渡るまでの燕が秋燕である。〈本意〉「巣をこひて帰りわづらふつばめかななれさへ秋の風や悲しき　隆季卿」(『夫木和歌抄』)「落日のなかを燕の帰るかな　蕪村」「乙鳥は妻子揃うて帰るなり　一茶」などと歌われ、秋に去る燕の帰巣のいじらしさ、さびしさ、かなしさが焦点となっている。

高浪にかくるる秋のつばめかな　飯田　蛇笏
やがて帰る燕に妻のやさしさよ　山口　青邨
身をほそめとぶ帰燕あり月の空　川端　茅舎
ふる里の古き酒倉秋燕　大竹　孤悠
ある晴れた日につばくらめかへりけり　安住　敦
秋燕や靴底に砂欠けつづけ　加藤　楸邨
飢せまる日もかぎりなき帰燕かな　同
去ぬ燕ならん幾度も水に触る　細見　綾子

＊燕去るや山々そびえ川たぎち　相馬　遷子
中空に秋の燕となりにけり　同
秋つばめ少し辛めの五平餅　岸田　稚魚
天胸のごとくひろがり燕去る　進藤　均
胸を蹴るごとく秋燕かぎりなく　二枝　昭郎
つばめ去る空も磧も展けつつ　友岡　子郷
海へ向く坂がいくつも秋燕　田中ひろし
秋燕となりし高さを保つかな　秋間樵二郎

稲雀（いなすずめ）

稲が実り熟してから刈りとるまでの稲田に群れて稲をついばむ雀たちをいう。防ぐために案山子（かがし）をたて、鳴子、物音などの工夫をするが、おどろいて大群がいっせいに飛びたつさまはすさまじい。〈本意〉稲を荒らされるのは困ることだが、日本の田園風景として忘られぬものでもある。とくに東北地方に襲来する入内雀（にゅうないすずめ）は何十万が群れて荒らすので、方々の稲田が食いつくされてしまう。豊年の恵みを思わせる一面もあるが、腹立たしい災厄でもある。

稲雀遠き踏切のベルが鳴る　山口　青邨
夕栄に起ちさゞめけり稲雀　日野　草城
みちのくの旅に海透く稲雀　秋元不死男
東西の塔へ別れて稲雀　神代　静女
＊稲雀散ってかたまる海の上　森　澄雄
稲雀風の形をつくりけり　米沢吾亦紅
稲雀農夫貧しくイエスに似て　有馬　朗人
湖へ出てひかりとなりぬ稲雀　原　けんじ

鵙（もず）

百舌鳥（もず）　鵙の草茎　鵙の早贄（はやにえ）　鵙の贄（にえ）　鵙の磔（はりつけ）

鵙は燕雀目もず科の猛禽。やや大きい生餌を捕食する。雄は頭の上が栗色。背と腰は褐灰色。嘴のつけ根から目のうしろへ黒い過眼線があり、眉斑が白い。風切り羽は黒褐色で白斑がある。

体の下面は白く、周りは錆赤色である。雌もほぼ同色で、翼の白斑がなく、過眼線は褐色、体の下面に波状線がある。日本全土に見られる留鳥。秋に鳴き声が目立つが、一年中鳴いている。秋の鳴き声は、食餌がすくなくなるため、食餌場を確保するためのようで、キイ、キイ、キイ、キイ、キキキキキ、キチキチキチと鋭く鳴く。続けて鳴くために百舌鳥という。秋には餌を、とがった枝やとげに刺してたくわえておく習性があるので、鵙の早贄、鵙の磔という。鵙の草茎は、草をくぐって餌をあさることである。餌は、昆虫、とかげ、蛇、魚、ねずみ、かえる、小鳥などである。〈本意〉「秋の野の尾花が末に鳴く鵙の声聞くらむか片聞くわぎも」「春さればもずの草ぐき見えずともわれは見やらむ君があたりをば」と『万葉集』に、「垣根には鵙の早贄立ててけりしでの田長に忍びかねつつ」と『夫木和歌抄』にうたわれ、古くから注目されてきたが、『本朝食鑑』に、「およそ鵙、つねに小鳥を摯りて食ふ。その声高く喧くして、好からず」とあり、鷹の一種になぞらえられてもいた。猛く喧しい鳥と考えられてきた。

我が心今決しけり鵙高音　高浜　虚子
大空のしぐれ匂ふや百舌の贄　渡辺　水巴
*われありと思ふ鵙啼き過ぐるたび　山口　誓子
御空より発止と鵙や菊日和　川端　茅舎
百舌鳥に顔切られて今日が始まるか　西東　三鬼
顔出せば鵙迸る野分かな　石田　波郷
たばしるや鵙叫喚す胸形変　同
かなしめば鵙金色の日を負ひ来　加藤　楸邨
逢はざるを忘ぜしとせむ雨の鵙　安住　敦
鵙は嘴なほ血塗らねば命絶ゆ　中島　月笠
鵙鳴けり日は昏るるよりほかなきか　片山　桃史
晴天は鵙がもたらすものなりや　山口波津女
鵙の尾に今も剣気のある如し　相生垣瓜人
雀より鵙が近しや熱の中　斎藤　空華
夕鵙に答ふる鵙もなかりけり　島村　元
夕百舌やかがやくルオー観て来たり　小池　文子
鵙高音死ぬまでをみな足袋を継ぐ　渡辺　桂子
鵙の贄叫喚の口開きしまゝ　佐野青陽人

雨の鵙暮れ狂院の坂ながし　古賀まり子　鵙の贄まだやわらかき日ざしかな　塩尻　青笳
鵙鳴いて少年の日の空がある　菊池　麻風　生きものの形ちぢみて鵙の贄　山口　速

鶫 つぐみ　つむぎ　鳥馬てうま　白腹　眉茶まみちゃじない　八丈鶫

燕雀目つぐみ科の鳥で、漂鳥である。くろつぐみ・まみじろは秋、南に去り、あかはらは秋、山から平地へ下り、とらつぐみは、秋、北の山地から南の低地に下り、つぐみ・しろはら・まみちゃじない・はちじょうつぐみは秋、大群で渡来する。つぐみ・しろはらは渡来の数が多く、大陸から日本海をこえてくる。つぐみは背が茶褐色、顔は黄白色、胸帯は黒褐色、腹は白である。キイ、キイと鳴き、地上の歩き方が早いので鳥馬という。白腹はこのはがえしとも言い、落葉を蹴返して虫をさがす。つぐみよりやや大きく、背が褐色、胸と腹が白い。つぐみの肉はうまく、つぐみ焼にする。〈本意〉「つねに山林に棲んでよく囀る」(『本朝食鑑』)、「秋渡りて、冬春に至り、和俗鶫を取りて節会に喰ふ」(『滑稽雑談』)などと言われてきた。大群で渡来し、よく囀り、その肉の美味な鳥というところである。

鶫死して翅拡ぐるに任せたり　山口　誓子　穂芒に鶫と見しが沈みけり　篠田悌二郎
*碧落に見えて鶫の群なるべし　岡本　圭岳　鶫飛び木の葉のやうにさびしきか　細見　綾子
鶫罠みて来し兄の口笛か　中尾　白雨　ほむらあをく鶫の脂たれて燃ゆ　久永雁水荘
焼鶫仰天の目を瞠りたる　橋本　鶏二　渡りつぐ鶫ひたすら樺の空　浦野　芳南

鵯 ひよどり　ひよ　ひえどり　白頭鳥ひよどり

燕雀目ひよどり科。頭と首に灰色の羽毛が柳の葉のようにとがって生えているので、白頭鳥という。耳羽が栗色だが、全体の色はじみである。つぐみより大きく尾が長い。秋、北の山地から平地に移動し、群れてやかましく鳴く。ピーヨ、ピヨピヨ、ピョイーなどとうるさい。南天、あおき、八つ手の実が好きで、山茶花、椿の花の蜜も吸う。〈本意〉「常に群を成して飛び集まり啼叫喧躁なり。しかれども悪食せず。ただ樹菓を貪る。秋の末至りて、夏見えず。その味、もっとも佳なり」と『本朝食鑑』にある。しかし地味でうるさく、庭の荒し屋という印象がつよい。蕪村に「鵯のこぼし去りぬる実のあかき」がある。

飛び鳴きの鵯や山川晴るゝ空　松根東洋城
大菩薩嶺ひよどり鳴ける朝は見ゆ　水原秋桜子
鵯海をわたらむとして木に射たる　山口　誓子
鵯啼いて窶寒き光り上ぐ　内藤　吐天
*鵯の声松籟松を離れ澄み　川端　茅舎
踏切よりすぐ鵯の森に入る　大野　林火
人のする絶叫なるを鵯もせる　相生垣瓜人
暁鵯に濤かげろふの堂廂　角川　源義
どの鵯も風に向ってとまるなり　渡辺　尚美
鵯鳴いて時間できざむ朝始まる　星川木葛子

懸巣鳥(かけす)　橿鳥(かしどり)　樫鳥(かしどり)

燕雀目からす科の鳥で鳩より少し小さい。海抜五百メートルから千五百メートルの山林で繁殖し、秋平地におりてくることがある。普通つがいで、または小群でくらすが、大群になったときには、ジャージャーと鳴いてうるさい。からだは葡萄色、翼が黒、白、藍の三段模様で美しい。目のまわりが黒く、虹彩が白くて、きわだって対照的で顔つきをすごくしている。ゆったり翼をあおり、ふわりふわりと飛ぶのが独特で、貯め餌の性癖がある。種や実のほか、昆虫、とかげ、くもを食べる。他の鳥の声をまねるのがうまい。〈本意〉『本朝食鑑』には、「性躁悪しく、小鳥を摯りて食ふ。その類、相あふときは搏ち闘ふ。……つねにこれを養ふに、魚鳥の肉をもつてせざるときは死す。その時、極めてなまぐさくして、食ふべからず」とあり、評判がわるい。好んで樫の樹に棲み、樫の実をついばむのが名前の由来だという。鳴きまね上手も有名である。

懸巣鳥なき比叡に天台秘法あり　岸　風三楼

夕暮の萓はあましかけす鳴く　横山　白虹

*吊橋に懸巣の下りて谿くらし　水原秋桜子

わがために朱き実落す懸巣ならむ　安住　敦

木を倒す音しづまれば懸巣啼く　五十嵐播水

降り通す雨やかけすの啼き通し　村山　古郷

子供居りしばらく行けば懸巣鳥居り　中村草田男

懸巣とぶ露の重みの朝の杉　佐藤　定一

鶸（ひは）　真鶸　金雀（きんじやく）　金翅雀　紅鶸　小紅鶸　樺太河原鶸

あとり科に属し、かわらひわ属とひわ属があるが、ひわ属のまひわ・べにひわが秋に多い。まひわはひわとだけ呼ばれることがあり、雀より小さく、黄色の体色が美しい。額や頭上、あご、喉、翼、尾などは黒く、二色の対照がとくに雄で美しい。雌は色が鈍い。樺太、南千島、北海道などで繁殖し、秋の渡りのとき、大群となって山地を動く。樹の梢をおりず、チュイン、チュインと鳴く。べにひわは赤く小さい鳥。嘴の周囲、腮（えら）が黒、背中に褐色の斑があり、腹は白い。山林に密集して渡来し、チューイ、チューイと鳴く。〈本意〉『本朝食鑑』には、「雀より小さく……声清滑、多く囀ず。その味、苦くして佳ならず」とあり、とくに鳴き声が注目されている。色の美しい小鳥で、山林を大群で移るのが特色である。

鶸によく孔雀に馴れぬ少女かな　金森　匏瓜

鶸の子にちる花もあり草の中　佐藤惣之助

＊砂丘よりかぶさつて来ぬ鶸のむれ　鈴木　花蓑
鶸渡り群山こぞり山を出づ　相馬　遷子
北の空暗し暗しと鶸が鳴く　飯田　龍太
大たわみ大たわみして鶸わたる　上村　占魚
鶸渡る比叡へ流るる霧に乗り　鈴間　斗史
つと飛びし真鶸高らに天がける　今牧　茘枝

連雀（れんじやく）　寄生鳥（ほやどり）　緋連雀　黄連雀

燕雀目れんじゃく科の鳥。もずくらいの大きさで、葡萄褐色。頭に羽冠がある。緋連雀と黄連雀があるが、尾の先端の紅いのが緋連雀、黄色いのが黄連雀である。秋、北方より渡来するが、渡りのさまは、雑木林や郊外の町などで群で見られ、チリチリ、ヒリヒリと鈴をふるように鳴く。〈本意〉『本朝食鑑』に、「常に山林に棲みて、飛び集まり、群を成す。ゆゑに連雀と号す。その形うるはしく、その声もまた賞すべし。その遊嬉して意を得るとき、尾を抜き首を戴き孔雀の舞ふがごとし。これを籠中に畜ふ。その味、佳ならず」とある。声については、「声好からず」とする『和漢三才図会』の説もあるが、きれいで可憐な感じのある小鳥である。羽冠があるためか、「疑ふらくは異国の鳥獣か」という『滑稽雑談』の感じ方もある。

＊緋連雀一斉に立つてもれもなし　阿波野青畝
緋連雀冠毛立てゝ群れ下りし　原田　浜人
恵那山は雲被て深し緋連雀　皆川　盤水
連雀や手漉紙干す明るさに　高橋伸張子

菊戴（きくいただき）　まつむしり　松雀鳥（まつむしり）

春の部に松雀鳥として解説されている。日本最小の鳥。頭の上が黄色で、雄にはその黄色の中に明るいオレンジ赤の色がついているので、菊の花をのせているようだとして、菊戴の名がある。

松の葉をかたっぱしから食べるので、まつむしりの名もある。亜高山帯で夏営巣するが、秋冬は山麓に下りる。人里近い松林や丘にいる。〈本意〉春夏と秋冬の生活圏はちがうので、菊戴といえば、秋冬の生活になる。名前も菊戴で、菊に縁がある。

＊この高木菊いたゞきも来るとかや　高浜　虚子
菊いたゞき松にほふ雨に渡りけり　吉田　冬葉
菊戴樅の水霜はじきけり　藤井　照久
菊戴赤松に来て実を啄む　小谷野秀樹

鶲（ひたき）　尉鶲（じょうびたき）　火焚鳥　ひいかち　紋鶲　紋付　馬鹿つちよ　団子背負（しょ）ひ

ひたきという名の鳥には、ひたき科のものと、つぐみ科のものがある。ひたき科のものは、こさめびたき・さめびたき・えぞびたき・きびたきで、えぞびたきは秋日本を通過する旅鳥、他は秋南方に去る。つぐみ科のものは、のびたき・るりびたき・じょうびたきで、秋に渡来するじょうびたきを普通ひたきという。「じょう」と言うのは、頭が白いので翁、尉に通ずるからである。シベリア方面から渡来、森や林、近郊に住み、平気で人に近づくので、馬鹿っちょといわれる。ヒッヒッと鳴き、頭を下げ尾を上下に振って、嘴をかたかた鳴らすので、ひっかた・ひっかち・火焚鳥といい、翼に白斑があるので紋付鳥、紋鶲、団子背負いという。雄は額と頭が灰白色、下面や尾筒、尾羽が鏽赤色、背の後、顔、腮、喉、翼、中央尾羽は黒である。昆虫、くも、へくそかずらなどの種をたべる。〈本意〉声の清滑、よく囀ることを指摘する古書が多い。「思ひかねしばとりくぶる山里をなほ寂しとや火焼（ひたき）なくなり」（寂蓮、『夫木和歌抄』）とうたわれ、秋のさびしさとその名がうまく重ねられている。

鶲見る頰杖の刻うつりつつ　富安　風生
鶲とぶ色となりたる如くかな　星野　立子
＊良寛の手鞠の如く鶲来し　川端　茅舎
幾朝の声の鶲ぞ垣に来る　阿部ひろし
尉鶲枝移りせり虫獲つつ　片桐　美江
こぼれ葉のごとく鶲の来てゐたり　吉田　丁冬

おどろきて鶲は紋をかくしたる　木下　里葉
一と日籠り鶲一つを見たるのみ　県　多須良
くつきりと鶲や畑に乾く田に　石川　桂郎
友来たる鶲の如くさりげなく　千島染太郎
鶲来る気配ばかりに終りけり　草野　駝王
桑畑の木の間を来たる鶲かな　皆川　盤水

鶺鴒（せきれい）　石たたき　恋をしへ鳥　にはくなぶり　黄鶺鴒　背黒鶺鴒　白（はく）鶺鴒

燕雀目せきれい科の鳥。背黒鶺鴒は留鳥、黄鶺鴒は漂鳥、白鶺鴒は冬鳥で、一般によく見られる。背黒鶺鴒は白と黒の対照の美しい鳥で、川原や畑にいる。黄鶺鴒は小型で、下面が黄色、水辺にいて、波状に飛ぶ。チチン、チチンと鳴く。白鶺鴒は白が主体で黒い過眼線があり、翼の先が黒い。チュチュン、チュチュンと鳴く。別名、薄墨鶺鴒。鶺鴒の特徴は尾を上下に振っていることで、庭たたき、石たたきといい、また、腰をふる様子から恋おしえ鳥ともいう。にわくなぶりは、にわ（庭）、くな（首と尾）、ぶり（振り）ということで、その日頃の生態からつけた名称であり、『日本書紀』神代紀に出る名前である。〈本意〉『夫木和歌抄』に、「さらぬだに霜がれはつる草の葉をまづ打ち払ふ庭たたきかな」（定家）「女郎花おほかる野辺の庭たたきさがなきことな人に教へそ」（寂蓮）のような歌があり、尾をふる生態やその印象を歌っている。「みとのまぐはひ」をこれを見て学んだといわれているのも、これにつながる伝承である。いなおせ鳥ともいわれたが、それは、この鳥が鳴くとき人の家戸に稲を背負って入るからといわれている。

黄鶺鴒をさすものであろう。凡兆に「世の中は鶺鴒の尾のひまもなし」の句があるが、人の世の一面を暗示するところのある動きの鳥である。

*鶺鴒のとゞまり難く走りけり　高浜　虚子
とどろける地獄の空を石たたき　水原秋桜子
鶺鴒の吹分れても遠からず　阿波野青畝
鶺鴒や水際明りに二三匹　鈴木　花蓑
潦また鶺鴒の黄を点ず　相生垣瓜人
鶺鴒の一瞬われに岩のこる　佐藤　鬼房
石叩き谷間に小さき栫なす　米久保進子
鶺鴒の瀬に帰らざる水翳り　矢ケ崎雅雲
嘴をとぐ保津川の石叩　鳥居ひろし
鶺鴒の瀬に残照の眼鏡橋　広瀬　釣仙

椋鳥（むくどり）　むく　白頭翁　小椋鳥

燕雀目むくどり科の鳥。東北地方、北海道で繁殖し、秋に本州中部以西に渡る。大群が空を渡り、電線にとまる光景は壮観である。体の色は灰色だが、顔と腰が白で、白頭翁という。嘴と足が黄色い。むくの実を好んで食うが、その他木の実、草の実を食べ、土中の虫や蠅、稲の虫を食べる益鳥である。建物、樹洞、石垣の間、がけの穴などとともに、巣箱もよく利用する鳥である。こむくどりは、むくどりより小さく、四月に南からきて九月に南に去る。北海道や本州北部では低地に、中部では高原にいて繁殖する。〈本意〉「その声、鵯（ひえどり）に似て喧しく、好んで群をなす。味もまた鵯に似て佳、堂塔に集ひ、好んで椋および川楝子（せんだんのみ）を食ふ」と『和漢三才図会』にあるが、大群をなして移動するところに特色のある鳥である。流れ者の人間にもあたえられるあだ名になっている。

あれ程の椋鳥をさまりし一樹かな　松根東洋城
頭上渡る椋鳥の大群光りけり　富田　木歩

人われを椋鳥と呼ぶ諸はむ　富安　風生
久闊を叙し椋鳥を共に仰ぐ　同
椋鳥のこぼれ残りし梢かな　星野　立子
跫音のとまるを椋鳥のおそれけり　中村草田男
椋鳥のぶつかり合ひて渡りけり　渡辺　白泉
旅たのし椋鳥あまたわれとゐて　五所平之助
樹の梢椋鳥となり立ちにけり　不破　博
一せいに椋鳥の羽音の失せにけり　徳永山冬子
空深む絣十字に椋鳥撒いて　野沢　節子
＊北上川の空伸びちゞみ椋鳥渡る　及川あまき
蝦夷椋鳥空を覆ひて来りけり　千葉　仁
椋鳥の濤のかけらも樹に落ちぬ　小山田抒雨

鶉（うづら）　片鶉　諸鶉（もろうづら）　鶉の床（とこ）

鶉鶏目きじ科うずら属の鳥。ずんぐりした形で、尾羽短く、嘴も太く短く、後趾が小さい。体色は枯草色で、グワックルルルとよくひびく声で鳴くので、籠に飼われる。肉も卵もうまく、飼育して食用鶉としている。日本では、北海道や本州北部、中部高原に繁殖し、秋・冬に南下する鳥で、秋の狩猟鳥だが、尾花と配合されて、秋の情感をあらわすものであった。川原などの草むらにいて、駆けている。片鶉は一羽だけの鶉、諸鶉は雌雄の鶉、鶉の床は、鶉の伏す草のことである。〈本意〉「夕されば野べの秋風身にしみて鶉鳴くなり深草の里」（俊成）がとくに知られた『千載集』の歌だが、秋のこころをあらわす声の鳥で、芒と配合されてうたわれたり画かれたりした。芭蕉の「桐の木に鶉鳴くなる塀の内」も、知られている句で、何らかの工夫がなされているが、明瞭ではない。

蓼の穂の風や鶉の夜明顔　寺田　寅彦
鶉鳴くばかり淋しき山の畑　佐藤　紅緑
日の澄みてしづかに音す鶉籠　松瀬　青々
＊川底の日のうららかに鶉なく　金尾梅の門
野鶉の籠に飼はれて鳴きにけり　日野　草城
動く灯は鶉を追へる灯なるべし　三溝　沙美

啄木鳥（きつつき）　てらつつき　けらつつき　けら　赤げら　青げら　小げら　蟻吸（ありすひ）

啄木鳥目きつつき科の鳥。嘴で樹の幹をつつき、樹皮の下や樹芯にいる虫を食べる。嘴は錐のように鋭くかたく、舌は長く、先に鉤があって、虫を引き出すのに役立つ。足の趾が前後二本ずつにわかれ、尾の中軸がつよく、三角の形でからだを支えて幹をつつく。樹を打つ音はタララララという乾いた音である。種類が多く、こげら・あかげら・あおげら・おおあかげらなど、どれも羽根の色が美しい。留鳥で、雀から鳩ぐらいの大きさである。ありすいは、きつつきらしくない鳥で灰褐色、蟻を好むのでこの名がある。けらつつきは虫けらをつつくことからきた名、てらつつきは大坂の天王寺を建てたとき、守屋の怨霊がきつつきに身を化して、軒をつついて壊したという伝説からつけられている。〈本意〉木をつついて虫をかき出して食べることで知られている鳥で、その音が特徴となる。一茶の句に「木つつきの死ねとて敲く柱かな」がある。音を一茶らしく受けとめている。

こもり音に啄木鳥叩くまた叩く　原　石鼎
啄木鳥に日和さだまる滝の上　飯田　蛇笏
山雲にかへす谺やけらつゝき　同
＊啄木鳥や落葉をいそぐ牧の木々　水原秋桜子
啄木鳥や日の円光の梢より　川端　茅舎
啄木鳥に俤も世もとどまらず　加藤　楸邨
霧流れ朝啄木鳥の声きざむ　相馬　遷子
啄木鳥の影ながらすぐ声となる　堀口　星眠
啄木鳥（けら）鳴いてつねに空より青き沼　飯田　龍太
啄木鳥の音突つぬけの明るさに　上村　占魚
啄木鳥やおのがこだまの中に棲み　太田　黄波
啄木鳥の逆さ歩きに下りけり　浜地　潮香
啄木鳥や堂に廻船入港図　岡井　省二
きつつきの朝かがやける幹の列　阿片　瓢郎

鴫　しぎ　鷸　田鴫　青鴫　山鴫　大尺鴫　焙烙鴫　中尺鴫　磯鴫　鴫の羽掻　鴫の看経

鴫目のなかには、ちどり科、しぎ科、つばめちどり科の三科があり、それぞれ多数の種類があって見わけがつきにくい。ふつう鴫というのは田鴫のことで、田や沼のような泥湿地におり、ジャー、ジャーと鳴く。体の上面は茶と黒のまじり、下面は白い色で、飛ぶときはまず電光形に飛び立ってから、直線に迅くとぶ。日本で越冬する。鴫は狩猟鳥であるが、たしぎ・おおじしぎ・ゆうじしぎ・やましぎだけが撃つことを許されている。鴫の羽掻は、羽虫をとるため嘴で羽をしごくこと、鴫の看経は、静かに身をひそめていることをいう。〈本意〉「暁の鴫の羽根掻きももはがき君がこぬ夜はわれぞかずかく」（『古今集』）や、「心なき身にもあはれはしられけり鴫立つ沢の秋のゆふぐれ」（西行、『新古今集』）がよく知られている。羽掻きを恋の思いに重ね、また鴫の飛び立つのを秋のあわれの真髄と思いさだめている。

鴫立つてあと立つ鷺のさう〳〵し　大須賀乙字
立つ鴫を言吃りして見送りぬ　阿波野青畝
＊氷ともならで鴫鳴く夜明かな　中川　宋淵
鴫ひそむ田の広がりを吹きからぶ　新谷ひろし
鴫立つて月の野道となりにけり　村上　蚋魚
鴫立つてそれきり暮れし門田かな　内藤　吐天

雁　かり　雁　かりがね　二季鳥　真雁　菱喰　初雁　雁渡る　落雁　代かへる雁　雁行

雁鴨目雁鴨科の鳥。北方の国で繁殖、十月ごろ日本に来て、次の年三月ごろ、また北方の国に戻る。年二回渡るので、二季鳥という。まがん・ひしくい・さかつらがん・こくがん・しじゅうからがん、はくがん、はいいろがんなどがいる。一般に、まがん・ひしくいが多い。飛び方が独特で、編隊をつくって飛び、まがんはV字形、ひしくいは一列横隊や波状をなし、大声を出し合って群を保っている。夜には水上におりてねむる。まがんの声はクリックリッ、グヮングヮン、ひしくいの声はグァガングァガンというふうである。落雁は池や沼におりた雁、代かえる雁は夜、更(こう)ごとに田をかえる雁、初雁ははじめて渡来した雁のことである。〈本意〉雁は「誰聞きつ此間(こ)ゆ鳴き渡る雁が音の妻呼ぶ声の羨(とも)しくもあるか」(『万葉集』)「秋風に初雁がねぞ響くなるたが玉章(たまづさ)をかけて来つらむ」(紀友則、『古今六帖』)などとうたわれ、鳴き声や渡りによって恋や手紙を連想してきた。また芭蕉の「病雁の夜寒に落ちて旅寝かな」は漂泊の孤心をうたっており、闌更の「月ひらひら落ち来る雁の翅(つばさ)かな」は、幻想美につつまれたさびしさをうたっている。暁台にも「南にもはつ雁がねの声すなり」がある。

雁鳴いて大粒な雨落しけり　大須賀乙字
ただ一羽来る夜ありけり月の雁　夏目　漱石
戸の口にすりつぱ赤し雁の秋　原　石鼎
暗き雁暗きすばるを見て帰る　山口　誓子
雁のこゑすべて月下を過ぎ終る　同
六尺の芒活けたり雁渡る　大谷碧雲居
雁や市電待つにも人踞み　大野　林火
かりがねや閨の灯を消す静心　日野　草城
雁啼くやひとつ机に兄いもと　安住　敦
かりがねや軍港かくす貨車の胴　秋元不死男
雁の声のしばらく空に満ち　高野　素十
雁渡る菓子と煙草を買ひに出て　中村草田男
風邪の屋根雁いくたびも声落とす　西村　公鳳
雁や残るものみな美しき　石田　波郷
雁の束の間に蕎麦刈られけり　同
*胸の上に雁ゆきし空残りけり　同
みな大き袋を負へり雁渡る　西東　三鬼
小波の如くに雁の遠くなる　阿部みどり女
死ぬために天上帰る雁ならめ　三谷　昭
中天に雁生きものの声を出す　桂　信子
雁を見送り腋より羽がはえている　細谷　源二
曇り空かりがね過ぎし跡ひかる　相馬　遷子

京よりも近江は寒し雁の秋　中山　碧城
雁鳴くとぴしぴし飛ばす夜の爪　飯田　龍太
雁の数渡りて空に水尾もなし　森　澄雄
雁過ぎしあと全天を見せゐたり　鷹羽　狩行

鶴来る（つるきたる）　鶴渡る　田鶴（たづ）渡る　丹頂　鍋鶴　真那（まな）鶴　黒鶴

日本では鶴の渡って来るところは決まっていて、十月、鹿児島県に、なべづる・まなづるが来る。ほかにたんちょう・くろづるなどが混じることがある。また山口県熊毛町には、なべづるが来る。この二か所だけで、北海道釧路のたんちょうは留鳥である。快晴の日に、千メートルほどの高度で北方から飛んでくる。北方とは、東アジア北部、シベリアなど。〈本意〉鶴の渡来地が限られているので、野生の鶴を詠むのはなかなかむずかしいが、各地に鶴を含む地名があるのを見れば、古くは鶴が来たところもあるのかもしれない。迷鳥ということもある。

土古く渡来の鶴を歩かしむ　吉岡禅寺洞
*田鶴の空日月並び懸りけり　田中　菊坡
遠目鏡見張の鶴の目を感ず　五十嵐播水
鶴わたる大群のいま大環に　皆吉　爽雨
舞ふ鶴の紅浮かみつつ下りそめし　橋本　鶏二
子は永遠に還らぬ海よ鶴渡る　茂　寛山
灘風にあらがふ田鶴の棹なさず　向野　楠葉
鶴来しと告げて少女の涙ぐむ　すずき波浪

四十雀（しじふから）

燕雀目しじゅうから科で留鳥。背の色は黄緑色だが、南方へ行くにつれて灰青色になる。頭が黒、頬は白の部分が大きく、胸腹に黒の筋が走っている。秋、冬に、ツピーツピーと鳴きながら村や町におりてくる。雀より小さい。〈本意〉「あさまだき四十唐めぞたたくなる冬籠りせる虫のすみかを」（寂蓮）が『夫木和歌抄』にあるが、この鳥の鳴き声や習性をとらえている。芭蕉の「老いの名のありとも知らで四十雀」は、名前に興を発したもの。「雀四十隻を以て一鳥に代ふ。ゆゑに名づくと。あるいは謂ふ、その類多く集ふを以て名づくと」「その声清滑にして多く囀ず」などと『本朝食鑑』にあるが、小群で活動する鳴き声の美しい、かわいい小鳥である。

松かさのかさりと落ちぬ四十雀　村上　鬼城
少年の影刻明に四十雀　飯田　龍太
四十雀すとん〳〵とつゞけざま　田村　木国
桑の土ほこほこゆるみ四十雀　和地　清
四十雀のつむりの紺や深山晴　加藤　青圃
四十雀瀬音にまぎれまぎれざる　相馬　遷子
*山の杉は暗く愚直に四十雀　森　澄雄
得し虫を嘴にたのしも四十雀　大島　三平

山雀（やまがら）

しじゅうから科の小鳥で、雀と四十雀の中間の大きさ。全体は栗色だが、頭や喉は黒、額から頸が黄白色、尾が灰青色である。秋から冬に低地の林にやってくる。籠鳥にするが、芸をよく覚える。見世物にもする。ツッピー、ツッピーと鳴く。〈本意〉『本朝食鑑』に「性慧巧にしてよく囀ず。久しく養ひ馴（なら）致すときは籠中飛舞するもののもつとも巧みなり」とある。こよりで輪をつくり幾つも籠にかけると巧みにとんぼがえりを打ちながら抜けて飛ぶ敏捷性がある。一茶にも「山雀の輪抜けしながら渡りけり」の句がある。愛玩性のある鳥で、古くから籠鳥となってきた。

山雀や舞台は敷きし緋毛氈　野村　喜舟
*山雀とあそぶさみしさこのみけり　徳永山冬子
山雀やこんからぎりぎり詩作るのみ　中村草田男
落葉降り籠の山がら宙返り　土方　秋湖
山雀の餌（えば）づく音の大いさよ　上村　占魚
杉山に山雀帰り空のこる　戸塚　三生

日雀　ひがら

四十雀と近縁の鳥で、四十雀より少し小さい。背は灰青色だが、頰、後頭、腹が白い。チーチー、ツッピン、ツッピン、ツッピンとくりかえし澄んだ張りのある声で鳴く。秋に低地におりて、他の雀類と群をなして行動する。小雀と混同されることが多い。〈本意〉秋冬に村や町に近く活動し、よい声で鳴く鳥である。雀類はみな声もよく、群なして行動し、なかなかに美しい。

日雀ゐて石の髄まで凍ててをり　加藤　楸邨
＊柿の花の落つるが如く日雀かな　麻田　椎花
山へ行く日雀の囮子は提げて　木村　蕪城
日雀来る山家は縁に栗など干し　宮下　翠舟

頰白　ほほじろ

燕雀目あとり科の留鳥。雀ぐらいの大きさで栗色。目の上に白い眉斑があり、顔は黒く頰が白い。画眉鳥とも頰白ともいう所以である。チリリ、コロロ、チリリという鳴き声なので、片鈴、諸鈴の異名があり、「一筆啓上仕候」ときこえるという。籠に飼う。〈本意〉眉や頰のところの白が愛嬌のある鳥で、声が美しい。「一筆啓上仕候」と聞こえるというのも、鳥の親しさを物語っている。

＊頰白やそら解けしたる桑の枝　村上　鬼城
頰白の磯くもれども空まぶし　千代田葛彦
頰白やひとこぼれして散り〳〵に　川端　茅舎
頰白や目つむりて空白となる　森　澄雄
頰白や篁の秀は隠岐の海　加藤　楸邨
頰白を鳴かせて濁り信濃川　早川草一路

眼白　めじろ

燕雀目めじろ科の鳥で、草緑色の小さな鳥。目のまわりに白い環がある。喉は黄で、腹にかけて白くなってゆく。群をなして枝にとまり、押し合いへし合いの姿なので、眼白押しのことばが生まれた。椿の蜜を好んで吸う。小昆虫、木の実なども食べる。〈本意〉目のまわりの繡取したような白い環が名のおこりで、繡眼児の字もあてられている。鳴き声もよく姿もよいので飼われることが多い。

一寸留守目白落しに行かれけん　高浜　虚子
眼の輪張つてすぐに逃げたるめじろかな　原　石鼎
目白鳴く日向に妻と坐りたり　臼田　亜浪
見えかくれ居て花こぼす目白かな　富安　風生
豆柿の数より眼白多きかな　木南　青椒
＊眼白籠恵那晴るゝ日は簷に吊る　水谷　晴光
紅葉して目白のうたも寂びにけり　篠田悌二郎
花に来る眼白見えつつ授業かな　木村　蕪城
籠の目白朝日散らしてゐたりけり　八木　九鬼
桑の葉のよく散る日なり目白追ふ　内田わかな

落鮎　おちあゆ

鮎落つ　錆鮎　渋鮎　下り鮎　とまり鮎　秋の鮎

鮎の産卵は初秋で、この時期の鮎は黒っぽく、おとろえ、刃物の錆のような斑紋ができるので錆鮎という。産卵がすむと川を下りながら死ぬが、これが落鮎で、食べても味はよくない。とどまって越年するものもあり、これはとまり鮎という。〈本意〉『改正月令博物筌』に「秋もっとも長大にして尺に及ぶ。この時草間に子を生みて後漸く衰ふ。ゆゑに流れに遡ることあたはず。水に随ひて下るを落鮎といふといへり」といい、『本朝食鑑』は、衰えた姿を、「その子満腹、この時背白斑を生じて皮の爛れたるがごとし。呼びて鏽（さび）鮎といふ。これ魚の魚労するなり」とえがいている。『風雅集』の家隆の「玉島や落ちくるあゆの河柳下葉うち散り秋風ぞ吹く」は、季節のさびしさに重ねてえがく。

落ち〳〵て鮎は木の葉となりにけり　前田　普羅
ほそぼそと落鮎串に焼かれけり　倉田　素商
妻病めり秋鮎を煮て楽しまず　水原秋桜子
吉野川鮎落ちつくし楮干す　小川枸杞子
落鮎に星曼陀羅の深夜かな　加藤　楸邨
鮎落ちてこれよりながき峡の冬　宮下　翠舟
*落鮎や空山崩えてよどみたり　芝　不器男
夜もすがら灯れる簗や下り鮎　万永喜見子
ただ立つに似てさび鮎を釣れりけり　皆吉　爽雨
落鮎の三日月の斑をかなしめり　沢木　欣一
銹鮎焼くわれに跳ねたる生き見せて　加藤知世子
落鮎の寂光まとひ落ちいそぐ　大原颯葉子

紅葉鮒（もみぢぶな）

晩秋、源五郎鮒のえらが赤くなったものを言う琵琶湖辺の名前である。〈本意〉『本朝食鑑』に「近世歌人紅葉鮒と称するもの、秋の後冬の初、霜林紅葉の時、肉厚く子多くして、その味もっとも美なり。ゆゑにこれに名づく」とある。色も味もよい近江辺の源五郎鮒である。

*紅葉鮒そろ〳〵比良の雪嶺かな　松根東洋城
紅葉鮒釣れて栈橋すたれけり　竹中　春男
少年の魚籠軽からず紅葉鮒　田村　木国
紅葉鮒落葉のごとく狂ひけり　遠藤　仰雨
紅葉鮒水の青さが手になじむ　吉岡富士洞
盤石の上に現はれ紅葉鮒　黒田桜の園

落鰻（おちうなぎ）　下り鰻

うなぎは川をのぼり、七、八年たつと生殖巣が熟し、こんどは秋に川をくだり、海に入り、赤道近くの深海で産卵して死ぬ。落鰻はこの川を下るうなぎのこと。下り鰻ともいう。簗をかけて捕える。〈本意〉上り鰻に比べて味はおちるが、皮下の鱗が膚にあらわれた、成熟した鰻になる。簗でとらえやすい。

簗まろぶ胡桃の中の落鰻　水原秋桜子
砂川やありあり見ゆる落鰻　籾山　梓月
魚籠のぞく夕日明りに落鰻　秋元不死男
＊川甚の古き暖簾や落鰻　多田　香澄
落鰻瀬音に追はれ安からず　鈴木　左右
簗の簀の光琳波に落鰻　新村　寒花

鰍（かじか）　川鰍　石伏（いしぶし）　石斑魚（いしぶし）　川をこぜ　ぐず　霰魚（あられうを）

淡水魚で、異名が多く、東京でかじか、金沢でごり、琵琶湖でふぐ、おこぜ、岐阜でかぶなどと呼ぶ。五センチほどのはぜに似た魚で、灰褐色、黒い縞がある。清冽な冷たい水を好み、川の上流に多く、浅瀬の石の間にすんでいる。味噌汁や甘露煮、焼干しで食べる。かじかの種類は非常に多く、淡水産から海産にまでひろがる。〈本意〉古文献に、かえるのかじかと混同され、この魚も鳴くというが、じつは鳴かない。あぶって食べて佳品といわれるのは当たっている。清流の石の間にすむ、身のしまったうまい魚である。

鰍突きまぶしその臂充実す　加藤　楸邨
鰍焼く驟雨に赤き火を守りつ　多田てりな
＊山高く鰍突く魚扠かざしけり　吉田　冬葉
吊橋の人に見られて鰍突く　奥田　可児
鰍突もつるゝおのが影を突く　黒川　龍吾
鰍きらめき石から石にかくれけり　古川　芋蔓

鯔（ぼら）　目白鯔　鯔（いな）　おぼこ　名吉（なよし）　小漯江鮒（こざらしえぶな）　小漯　江鮒　いな　腹ぶと　伊勢鯉

ぼらは沿岸魚で、淡水のまざる湾内にもはいり、川もさかのぼる。七十センチほどになり、とびうおに似ている。俗に出世魚と呼ばれ、成長につれて名前がかわる。すなわち、おぼこ（幼魚）、いな（一年魚）、ぼら（二年魚以上）となり、年を経た大きいものはとどという。ぼらの卵巣を塩づけしたものが、からすみである。〈本意〉とびうおに似て、水面を飛び、鯉に似て伊勢鯉といわれる魚である。『和漢三才図会』によれば、旧暦八、九月には大きくなって六七寸、江海の間に棲んで、泥味なく脂多くて美味であり、色も黒を減じて暴し洗った（さら）ようなので小暴江鮒（こざらし）という、と言われている。肚腹肥大しているので腹太（はらぶと）というなど、いろいろ特徴のある名称が知られている。

＊鯔の飛ぶ夕潮の真ッ平かな　河東碧梧桐
鯔釣に波の曙うまれけり　水原秋桜子
鯔飛んで燈台遠くともりけり　河原　白朝
　このまま死なばなど鯔飛んでゐたりけり　甲田鐘一路
　鯔さげて篠つく雨の野を帰る　飯田　龍太
　あかときの鯔金色に跳べりけり　緒方　敬

鱸（すずき）　せいご　ふつこ　川鱸　海鱸

すずき科に属する海魚で、北海道から九州までの沿岸、近海にすむ。細長く、背が青黒、腹が銀色の魚で、産卵の秋には河口に入り、幼時には川や湖で生活する。生育にしたがって、せいご、ふっこ、すずきと名がかわるので出世魚という。すずきは六十センチ以上の大きさで、四年以上の年齢となり、形も口を大きくひらいて気勢を示す。〈本意〉なますにして美味で、鬼貫の「風の間に鱸の膾させにけり」がある。蕪村にも「釣り上げし鱸の巨口玉や吐く」とある。スマートで美味な魚で、口巨きく勢いのある魚である。鯛につぐ美魚である。

*秋風や巨口の鱸生きてあり　高浜　虚子
鱸巨き背鰭を摧き上りけり　山口　青邨
松矮きままに掛け干し鱸網　木村　蕪城
舟板に撲たれ横ふ鱸かな　楠目橙黄子
無造作に燈台守は鱸提げ　景山　筍吉
波だちてかはるけしきや鱸つり　百合山羽公
ふるさとの月に打たれし鱸かな　福田　正夫
大いなる鱸をさげてかちはだし　山中　華丘

鯊（はぜ）　沙魚（はぜ）　ふるせ　鯊の汐

学問的には、単にはぜという名前の魚はない。はぜ科には多種の魚が含まれているのだが、普通は、うきごり（淡水）か、どろめ（海辺）か、まはぜ（内湾）かが、はぜとされている。はぜ釣りといえば、まはぜが一般的で、二十センチほどの体長で、日本全国の内湾におり、淡黄色の体に黒点がある。頭と口が大きく、眼が頭の上方に寄っている。川口に多く九月末から海に入る。

〈本意〉湾に注ぐ川口などに多く釣れやすい魚である。泥砂にいて、味もなかなかよいとされる。釣りのもっとも一般的な魚である。

ひらひらと釣られて淋し今年鯊　高浜　虚子
鉤呑みし鯊の呆け顔誰かに似る　岡本　圭岳
一服の煙草甘さや鯊の秋　宮部寸七翁
*沙魚焼くや深川晴れて川ばかり　長谷川春草
鯊釣や不二暮れそめて手を洗ふ　水原秋桜子
松島の鯊の貌見て旅了る　山口　青邨
まぼろしのあを〳〵と鯊死にゆけり　秋元不死男
水中に石段ひたり鯊の潮　桂　信子
怨み顔とはこのことか鯊の顔　能村登四郎
鯊釣りに一天の藍しづかなり　小川　敏子

秋鯖（あきさば）

さばには、ほんさば・ごまさばがあるが、このうち、ほんさばの方の味が秋によくなるのである。四、五月の産卵期が過ぎると、餌を十分に食べ、秋には脂がのるためである。これに対してごまさばは、産卵期が七、八月のため、秋にはまだ疲れが回復していない。〈本意〉「秋鯖は嫁に食わすな」と言われ、味のよいものとされている。ほんさばの味のよくなるのは十月頃のことである。

秋鯖のずしりとおもしたなごころ　深見　桜山
秋鯖の波引き抜きし背色かな　仙波　桃二
*秋鯖を心祝ひのありて買ふ　宮下　翠舟
秋鯖や上司罵るために酔ふ　草間　時彦

鰯（いわし）　弱魚（いわし）　真鰯

まいわし、かたくちいわし、うるめいわしなどの総称。みな日本近海でとれる。よくとれて大事な魚だが、同時に海の中で魚や動物の餌ともなっている。臆病なので群をなして回游するが、海の上層を泳ぎ、秋を中心に豊漁となる。まいわしは体側に七つの黒丸がある。かたくちいわしは下顎が短い。うるめいわしは脂瞼（しけん）があって目がうるんで見える。〈本意〉『本朝食鑑』に、「四方江海（こうかい）在るところ盛んにあり、無き所は全く無し。形鰺（あぢ）に似て小円、細鱗ありて落ち易し。背蒼黒にして腹黄白、膏脂多く光輝あり。大なるものは六七寸、小なるものは一二寸、性（せい）相連なりて群行す。澳（おき）より磯に至りて、至るとき波赤くして血のごとし。これを鰯の鼻赤くして光あるゆゑなりといふ」とある。蕪村に「鰯煮る宿にとまりつ後の月」という句がある。膾、炙りもの、酢醤油で煮るなどして食べる。大衆的な魚だったが、この頃は高級な魚になりつつある。目刺、頬刺など、なつかしい食物である。

鰯やく煙とおもへ軒の煤　室生　犀星
鰯豊漁いづくを果の夕焼ぞ　藤井富美子
*うつくしや鰯の肌の濃さ淡さ　小島政二郎
鰯群来舟下三寸ひかり過ぐ　川北　豊
海光の一村鰯干しにけり　日野　草城
月が出て足もと明し鰯引く　足立　堂村
鰯売る坂逆光に照り出さる　角川　源義
口の中汚れきつたり鰯喰ふ　草間　時彦
紅雲一片鰯の群を率ゐ来ぬ　鈴木　鵬于
九十九里見ゆる限りは鰯引　松藤　夏山
鰯汲む夜は妻子も脛ぬらす　佐藤　鬼房
鰯引くたかぶり犬も汐まみれ　木谷　島夫

秋刀魚（さんま）　さいら　初さんま

さんま科の海魚で冷水性。夏には北海道、千島近海にいるが、九月に南下し、十月には房総沖にまで達する。食餌と産卵のためである。けし粒ほどの卵には糸がのびていて藻などにとりついてゆく。かつて大衆魚だったが、現在では漁獲量も減り、北海道では八月中旬まで、本州近海では九月下旬まで、漁を禁止している。〈本意〉秋の味覚の代表的な一つで、脂ものって、うまい。煙を立てて焼き、苦いはらわたを食べる。その刀の形も、大根おろしも、なつかしい食べ物の姿である。

夢に出し秋刀魚の口のおびただし　山口　青邨
秋刀魚焼く煙の中の妻を見に　山口　誓子

風の日は風吹きすさぶ秋刀魚の値　石田　波郷
星降るや秋刀魚の脂燃えたぎる　石橋　秀野
ほろほろとにがき脂まで秋刀魚食ふ　石塚　友二
＊荒海の秋刀魚を焼けば火も荒ぶ　相生垣瓜人
秋刀魚喰ひ悲しみなきに似たりけり　斎藤　空華
火中なほ火を噴く秋刀魚沖荒るゝ　山崎　秋穂
秋刀魚焼くはや鉄壁の妻の座に　五木田告水
遠方の雲に暑を置き青さんま　飯田　龍太
秋刀魚選り美貌を波の日に焼きぬ　古舘　曹人
火より火を奪ひ烈しく秋刀魚もゆ　天野莫秋子

鮭（さけ）　初鮭　鮏（さけ）

さけは川でうまれ、海に出て、六、七年でまたもとの川に戻ってくる。これは産卵をするためで、九月ごろ川をさかのぼるが、この鮭を初鮭という。このときの鮭の体側には、赤か暗い色の斑紋が出る。多いのは北日本、とくに北海道の西海岸である。鮭の肉は淡紅色で脂肪に富み、美味で、塩引や燻製、罐詰などにするが、また卵のはらごも、塩漬けにしたり煮たりして食べる。〈本意〉秋の鮭は産卵のため川を上る鮭で、その卵に焦点がある。『本朝食鑑』には、「子二胞にあり。胞中幾千粒といふことを知らず。大きさ南燭子のごとし」といい、「その味殊に美なり。呼びて鮞（はららご）といひ、また筋子と称す」とある。鮭は網でとる。下顎が上顎より長く、その頭を棒でなぐられて気絶させられる。あわれさがつきまとう。

鮭突のみな薄鬚ののびてをり　中田みづほ
＊鮭あはれ老の手だれの簎（やす）を受く　富安　風生
みちのくの鮭は醜し吾もみちのく　山口　青邨
鮭飯のほの赤味さすぬくみかな　大野　林火
旅の吾も眼なれて鮭ののぼる見ゆ　皆吉　爽雨
鮭取りのししむら濡れて走りけり　沢木　欣一
鉄橋を夜汽車が通り鮭の番　草間　時彦
熱飯に鮭喰み母を忘じをり　菊地　一雄
秋鮭は人情うすく切られけり　山田旬蓮洞
背鰭たてけもののごとく鮭のぼる　村上　渡鳥

鮭群れて雨夜月夜をのぼりつぐ　植田　露路
鮭のぼる夜波の騒ぎあきらかに　高見とねよ
日に跳ねる鱗あかねに十勝鮭　野尻　正子
荒縄にくくりて大き鮭負へる　三宅　句生

秋の蛍（あきのほたる）　秋蛍　残る蛍　病蛍

蛍は夏、とくに六月頃がさかんな時期だが、陰暦の秋にはいっても、ということは残暑の頃になっても、光っている蛍のことで、季節はずれの感じがして哀れである。病蛍というが、病気ではなく、活動がよわよわしいためである。〈本意〉「秋風に逃尻見するほたるかな」（貞室）「牛の尾にうたるる秋のほたるかな」（成美）「秋風に歩行（あるい）て逃げる蛍かな」（一茶）などの句があるが、季節はずれのあわれさと、よわよわしさが捉えられている。

秋の蛍女は夜を淋しがる　石井　露月
ゆら〳〵と秋の蛍の水に落つ　寺田　寅彦
秋蛍つちくれ抱いて光りけり　山本　村家
*たましひのたとへば秋のほたるかな　飯田　蛇笏
秋蛍ぬくき真暗がりよりこぼる　菅　裸馬
茗荷畑のしめりに秋の蛍かな　山口　暁堂
秋蛍生ける証の火をともす　斎藤　丹岳
秋蛍草葉の闇のゆるびけり　山口　草堂
霧に消え霧に光りて秋蛍　山田　流
秋蛍田の面つまづきがちに飛ぶ　飯田　晴子

秋の蠅（あきのはへ）　残る蠅

はえは夏を中心にさかんに繁殖し活動するが、秋もすすんでくると、やはり元気なく、日向を求めるようになる。〈本意〉「寝ころべば昼もうるさし秋の蠅」（桃隣）「飯もれば這つて来るなり秋の蠅」（蓼太）のように、弱りながらも生活のまわりにつきまとう蠅の生態がとらえられる。

＊一つ打てば一つ減るなり秋の蠅　大橋桜坡子
薬つぎし猪口なめて居ぬ秋の蠅　杉田　久女
わがからだぬくしとまる秋の蠅　山口　誓子
雀の頭蠅の眼秋の小豆色　中村草田男
秋の蠅巌につるめり沖昏む　西東　三鬼
秋蠅の次第に重き風となる　岩淵　卓正

秋の蚊（あきのか）　別れ蚊　残る蚊　後（おく）れ蚊　八月蚊　蚊の名残

蚊の活動期は夏から秋で、六月から十月頃までにわたる。このうち、秋の蚊というと二つのことが考えられる。一つは秋おそく、家の中などをよわよわしく飛ぶ赤家蚊（あかいえか）などで、おそく発生して生きているもの。これはまさに別れ蚊、残る蚊のぴったりする蚊である。もう一つは、立秋の頃から出はじめる藪蚊で、秋の暴れ蚊といい、激しい刺し方をする。墓場にいたり、木立の蔭にいたりする。俳句では前者がふさわしそうである。〈本意〉秋の蚊、残る蚊などの名で、名残りのあわれさを訴えるのが、秋のこの一群の季題である。秋の暴れ蚊は少し元気すぎるが、しかし秋の季節の蚊の種類なので、その意味では秋を感じさせるわけである。なお、近世にあった古い季語「溢蚊（あぶれか）」は、「秋の蚊」を指すのだろう。

＊秋の蚊のよろ〳〵と来て人を刺す　正岡　子規
くはれもす八雲旧居の秋の蚊に　高浜　虚子
秋の蚊の鳴かずなりたる書斎かな　夏目　漱石
秋の蚊のしふねきことを怒りけり　富安　風生
秋の蚊のほのかに見えてなきにけり　日野　草城
秋の蚊の灯より下り来し軽さかな　高浜　年尾
生きのびる気の秋の蚊をはたきけり　荻野忠治郎
病み細り秋蚊一つとたたかへり　高田風人子
秋の蚊のさすこともなし死者の頬　加藤瑠璃子
秋の蚊の叩きて血なきあはれさよ　杉山芳之助

秋の蜂（あきのはち）

蜂は冬眠するまで活動するが、秋もたけると子虫はみな成虫になって、巣のまわりにたくさんとまっている。雄は死に、雌が越冬して翌春巣を作る。〈本意〉「秋の」をつけて活動のさかりをすぎた名残りの悲しさをニュアンスに加えている。

草童のちんぽこ螫せる秋の蜂　飯田　蛇笏
年輪の渦にさまよふ秋の蜂　秋元不死男
*秋の蜂梳らざるわれにとぶ　山口　誓子
秋の蜂病み臥す顔を歩く日よ　石原　八束

秋の蝶（あきのてふ）　秋蝶

蝶は四季に見られるものだが、秋に見られるものをとくに秋の蝶と呼ぶ。春や夏だと、蝶の活動はさかんだが、秋には数も少なく、力なく弱々しく飛ぶので、その感じを「秋の」を付けてあらわす。〈本意〉蝶には年に成虫が二回、三回とあらわれる種類も多く、その二化、三化するもののうち、おくれて羽化し成虫になるものが、秋の蝶といわれる。とにかく「秋の」にさかりをすぎた名残りの哀しさを感ずるわけである。

*秋蝶の驚きやすきつばさかな　原　石鼎
泣くわれにどこまで行くや秋の蝶　及川　貞
風に折られて高く飛びけり秋の蝶　原　月舟
秋の蝶ときに流水より迅し　岡田　銀渓
秋蝶の腸無きを壁に刺す　島村　元
濡れ草に全身ひかる秋の蝶　目迫　秩父
秋の蝶めぐりてまさに松となる　加藤　楸邨
秋の蝶吹かれながらもゆくへあり　荒川　暁浪
神杉やあまりちひさき秋の蝶　高橋淡路女
秋蝶に浅間のうしろすがたかな　長谷川照子

秋蝶の紋くつきりと娶る日よ　阿部　豊
秋蝶とぶ程のしづけさ戻りけり　山田三四郎

秋の蟬（あきのせみ）　秋蟬（しゅうせん）　残る蟬

一般的にせみといえば夏で、だいたい八月が最盛期である。しかしせみの種類によっては、出現がおそいものがある。ひぐらし・あぶらぜみ・みんみんなどは、九月半ば頃まで鳴き、つくつくぼうしは一番おそく、八月おわりから十月はじめ頃まで鳴く。秋を活動期にし、九月十月に鳴くものにちっちぜみがあるが、チッチッチッチッと鳴く。体長二センチほどの小さなもの。〈本意〉ひぐらし、つくつくぼうしは秋の季語になっているが、夏とちがう秋の蟬声をあらわしている。澄んだやや寂しい、あるいはややうつろな、しずかな感じである。終りちかいさびしさを示す。「仰のけに落ちて鳴きけり秋のせみ」という一茶の句もある。

鳴きほそりつつ秋の蟬をゝしけれ　高浜　虚子
秋の蟬梵鐘（かね）にあたりてひゞきけり　中川　宋淵
秋蟬も泣き蓑虫も泣くのみぞ　同
遠き樹に眩しさ残る秋の蟬　林　翔
*啼きやめてばた〳〵死ぬや秋の蟬　渡辺　水巴
秋の蟬屋根の向ふは日があるか　原田　種茅
ふと死を思ひたるは秋蟬と関連なし　安住　敦
秋蟬の大樹の下に埋葬す　塚原　麦生
這松にひた鳴く秋の深山蟬　福田　蓼汀
秋蟬や卓にちらばる刺繡糸　野沢　節子

蜩（ひぐらし）　日暮（ひぐらし）　茅蜩（ひぐらし）　かなかな

蜩はからだ細長く、翅は透明、腹部は褐色、ところどころに緑青色の模様があり、金色の鱗毛でおおわれている。かなかなかなと鳴く。深い森で、夕方鳴く。夜明け前にも鳴く。七月頃から鳴き出すが、九月から十月にかけて鳴くときには、いかにも秋の感じがする。〈本意〉「ひぐらしの鳴く山里の夕暮は風よりほかに訪ふ人もなし」と『古今集』にあり、初秋の木枯しなどととり合わせて用いられる。さびしい感じを与えるのは、『和漢三才図会』に「晩景に至りて鳴く声、寂寥たり」とある通りである。

面白う聞けば蜩夕日かな　河東碧梧桐
ひぐらしに燈火はやき一と間かな　久保田万太郎
蜩のあとの風音他郷なり　菅　裸馬
かな〳〵の鳴きうつりけり夜明雲　飯田　蛇笏
暁の蜩四方に起りけり　原　石鼎
ひぐらしや熊野へしづむ山幾重　水原秋桜子
蜩やどの道も町へ下りてゐる　臼田　亜浪
＊一日の雨蜩に霽れんとす　高浜　年尾
蜩や雲のとざせる伊達郡　加藤　楸邨
ひぐらしや人びと帰る家もてり　片山　桃史
蜩はげし半蔵狂気の寺に佇てば　田中　灯京
蜩に一木の影の濃かりけり　萩本　ム弓
川明りかなかなの声水に入る　井本　農一
蜩や佐渡にあつまる雲熟る　沢木　欣一
蜩の与謝蕪村の匂ひかな　平井　照敏
蜩にいよいよ幹の真直なり　原田　種茅

法師蟬（ほふしぜみ）　つくつく法師　寒蟬（かんせん）　つくしこひし　おしいつくつく　つくつくし

立秋の頃から晩秋まで聞かれる秋の蟬の代表。一番おそく出現する。小型で、羽は透明、からだは緑がかった黒。鳴き声がおもしろく、ジュジュジュ、オーシイツクツク、ツクツクオーシイ、ジーと四変した鳴き方である。それを「筑紫恋し」などと聞いたりするが、昼間に鳴く蟬である。〈本意〉『和漢三才図会』に、「按ずるに、鳴く声、久豆久豆法師といふがごとし。ゆゑにこれに名づく。関東には多くありて、畿内にはまれなり」とあり、「秋月鳴くものなり」とする。鳴き声のおもしろさと、秋鳴く点に、かえってあるさびしさが感じられ、それが法師蟬の名にもこめられているようである。

高曇り蒸してつくつく法師かな　滝井　孝作
法師蟬煮炊といふも二人きり　富安　風生
また微熱つく／＼法師もう黙れ　川端　茅舎
＊法師蟬しみ／″＼耳のうしろかな　同
法師蟬朝より飢のいきいきと　石田　波郷
飯しろく妻は禱るや法師蟬　同
繰言のつく／＼法師殺しに出る　三橋　鷹女
つく／＼し尽きざる不思議ある山に　中川　宋淵
我狂気つくつく法師責めに来る　角川　源義
山へ杉坂谷へ杉坂法師蟬　森　澄雄
法師蟬あわただし鵙けたたまし　相生垣瓜人
法師蟬天より遠きところなし　油布　五線
島山や鳴きつくさんと法師蟬　清崎　敏郎
法師蟬むかしがたりは遠目して　高野　寒甫
法師蟬雨に明るさもどりけり　冨山　俊雄
くらがりに立つ仏体に法師蟬　三島　晩蟬

蜻蛉（とんぼ）　蜻蜓（とんぼ）　とんばう　あきつ　やんま　麦稈（むぎわら）とんぼ　塩辛とんぼ　精霊とんぼ

とんぼは晩春から晩秋まで見られる虫だが、むかしから秋の季題とされている。肉食で、昆虫を捕えて食べる。幼虫はやごで、水中生活をする。種類は日本で百二、三十種あり、均翅亜目のかわとんぼ、いととんぼは夏の季題になり、止まるとき翅を背中でたたむ。不均翅亜目は止まるときも翅を平らにひろげ、後翅が前翅より広い。とんぼの多くはこちらに属する。しおからとんぼ、むぎわらとんぼ、ぎんやんま、おにやんま、こしあきとんぼ（墨とんぼ）、うすばきとんぼ（精霊とんぼ）、あおやんま（青とんぼ）、きとんぼ（黄やんま）などがある。〈本意〉芭蕉の「蜻蛉やとりつきかねし草の上」、千代女の「行く水におのが影追ふ蜻蛉かな」「とんぼ釣けふはどこまで行つたやら」などが知られている。夏を中心に、とんぼ釣りなどをして捕え親しむ虫だが、その澄んだ、ややさびしげな、しずかな感じが秋の爽涼さとよく合っているわけで、古来、七月または兼三秋とされている。

停車場にけふ用のなき蜻蛉かな　久保田万太郎
とんぼうや水輪の中に置く水輪　軽部烏頭子
いくもどりつばさそよがすあきつかな　飯田　蛇笏
＊蜻蛉に空のさざなみあるごとし　佐々木肖風
蜻蛉の見る〱ふえて入日かな　篠原　温亭
バス下りる出迎への中とんぼの中　皆吉　爽雨
蜻蛉を踏まんばかりに歩くなり　星野　立子
父祖の地や蜻蛉は赤き身をたるる　角川　源義
野辺送り蜻蛉空にしたがへり　五十嵐播水
蜻蛉の光り微塵にわがゆくて　川本　臥風
蜻蛉行くうしろ姿の大きさよ　中村草田男
清衡とんぼ秀衡とんぼ高夕日　津田　清子
物の葉にいのちをはりし蜻蛉かな　加藤　楸邨
鬼やんまひとり遊べり櫟原　石塚　友二
とゞまればあたりにふゆる蜻蛉かな　中村　汀女
湖疲れあきつはものの尖きにとまる　菊田　千石
うれしさは捕りしとんぼをわかちゐる　篠田悌二郎
威風もてやんまが過ぎぬ病室を　赤城さかえ

赤蜻蛉（あかとんぼ）　赤卒（あかやんま）

主として秋に見られる小型のとんぼで、雄が赤色だが、雌は黄褐色である。なつあかね・あきあかね・みやまあかね・まゆたてあかね・のしめとんぼなどの種類を含む。あきあかねは夏に高山にいて、秋に平地に戻る。〈本意〉芒原をしずかに飛び、コスモスの花にとまったりして、いかにも秋にふさわしい季節感をもつとんぼである。

赤蜻蛉筑波に雲もなかりけり　正岡　子規
＊から松は淋しき木なり赤蜻蛉　河東碧梧桐

生きて仰ぐ空の高さよ赤蜻蛉　夏目　漱石
肩に来て人なつかしや赤蜻蛉　同
これ程に山晴るゝものか赤蜻蛉　松根東洋城
赤とんぼみな母探すごとくゆく　細谷　源二
霧の流れにさからひはしる赤蜻蛉　滝　春一
濤声のはるかにしをる赤蜻蛉　重田　暮笛
赤とんぼ夕空瀆し群れにけり　相馬　遷子
美しく暮るゝ空あり赤とんぼ　進藤　湘海

蜉蝣（かげろふ）　かぎろふ　白露虫

体長一センチほどの虫で、よわよわしい。からだは細長く、黄褐色で、翅は透明である。尾の先に二本、または三本の尾毛がたれる。幼虫のとき三年ほど水虫生活をし、のち空中に出て脱皮して成虫となる。羽化して交尾産卵し数時間で死ぬ。水面を乱れ飛ぶのは生殖のためである。〈本意〉水辺を上下して飛ぶさまが陽炎のようなので、その名がついたといわれる。交尾産卵後すぐ死ぬので、はかないものの代名詞とされている。

＊一とすぢに飛ぶ蜉蝣や雨の中　増田手古奈
かげろふの歩けば見ゆる細き髭　星野　立子
蜉蝣や針葉樹林はをとこの香　草村　素子
かげろふの利那々々のかげ流る　清水　大蘭
蜉蝣に黄昏せまるときかなし　山本　蓟花
鏡の面蜉蝣の居て落着かず　岡本　眸

うすばかげろふ

蟻地獄が幼虫として知られている。七、八月に成虫になると羽化し、三センチほどになり、木の下や縁の下に卵をうむ。蜉蝣とはちがう種類である。〈本意〉翅が透明で、日暮から飛び、室内によろめくように飛びこんでくる。蜻蛉に似ているが、はかない感じの虫である。

うすばかげろふ翅重ねてもうすき影　山口　青邨

今宵またうすばかげろふ灯に　星野　立子

＊手の中のうす羽かげろふころすまじ　武原　はん

うすばかげろふ指話の指頭の爪美し　平山　五朗寡婦若しうすばかげろふの翅撮む　梅原与惣次

切子よりうすばかげろふ離れ翔ぶ　前内　木耳

母老いてうすばかげろふさへ怖る　平間真木子

何処よりうすば蜉蝣吹かれ来し　安田　万十

草蜉蝣（くさかげろふ）

蜉蝣とは別の種類で、体長は一センチほど。うすばかげろうより小さい。からだは緑色、羽は透明で、七、八月頃に現れる。幼虫も成虫も害虫を食べ、立派な益虫である。この卵が優曇華（うどんげ）である。悪臭を放ち、臭蜉蝣ともいわれる。〈本意〉とんぼに似ているが、小さく弱々しく、緑色なのがよけいにはかなげである。あぶらむし、きじらみ、かいがらむし、だになどを食べる。

＊月に飛び月の色なり草かげろふ　中村草田男　草かげろふ灯に透きし羽のたよりなし　道官　朱雀
草かげろふ吹かれ曲りし翅のまゝ　同　草蜉蝣白きタイルに死と闘ふ　篠田悌二郎
離れては又来てとまる草蜻蛉　藤岡　雅童　罪の如ストマイつんぼ草蜉蝣　石田　波郷

虫（むし）　鳴く虫　虫鳴く　虫の声　虫の音（ね）　虫時雨　虫の闇　虫の秋　昼の虫

俳句で言う虫は秋に鳴く虫のことで、蟬は除き、草むらで鳴く虫をさす。大別して二種の虫になる。きりぎりす・うまおい・くつわむしなどと、一方、こおろぎ・すずむし・まつむし・かんたん・くさひばり・かねたたきなどである。前者は野趣のある声で、後者は味のある声である。鳴くのは雄で、雌は唖である。だいたい立秋頃から鳴きはじめ、十一月頃まで鳴く。虫時雨は、たくさんの虫の声が時雨のように聞こえること。虫の闇は、暗闇の虫の声で闇がいっそう濃く思えること。昼の虫は、秋たけて昼も鳴いている虫のことである。〈本意〉「露しげき葎の宿にいにしへの秋にかはらぬ虫の声かな」と『源氏物語』横笛の巻にあるが、秋のさびしさの演出の主要な一つとなる。命、枯るる、鳴く、露、涙などと連想されてきた。『山の井』に、「虫ふく嵐の山のべのけしき、とぼしありく行燈のかげに、小倉の里もたどたどしからぬ有様、また、させもが露を命にすだく心ばへ、暮れ行く秋を惜みなきする野辺の哀れさ」とある情感に通う季題である。

＊鳴く虫のたゞしく置ける間なりけり　久保田万太郎
虫なくやひそかに抱く憤り　秦　豊吉
虫鳴くや灯のまはり飛ぶ小さき鬼　原　月舟
虫の声月よりこぼれ地に満ちぬ　富安　風生
露の虫大いなるものをまりにけり　阿波野青畝
船の灯を追ひくる虫ぞ波に落つ　加藤　楸邨
まさぐれば四方に山あり虫の闇　栗生　純夫
虫の闇放たれて来し貨車停る　内藤　吐天
湯あがりの極楽浄土虫浄土　阿部みどり女
虫しぐれして不逞なる影法主　中川　宋淵
灯を消して枕に虫や耳鳴りや　渡辺七三郎
虫鳴いて裏町の闇やはらかし　楠本　憲吉
虫ひとつ鳴きをりさゆるわがいのち　中尾　白雨
虫鳴くや会ひたくなりし母に書く　井上兎径子
昼の虫われに永仕へせし妻よ　石田　波郷
虫鳴くやわが半生の不眠症　相馬　遷子
虫の闇地底に都ある如し　佐藤　漾人
或る闇は虫の形をして哭けり　河原枇杷男

竈馬（いとど）　蜔（いとど）　かまどうま　かまどむし　おかまこほろぎ　えびこほろぎ　はだかこほろぎ

いとどは学問的にはかまどうまのこと。翅がなく、後脚が大きく発達している。触角が細く長く、からだは固く光沢がある。こおろぎと混同されたが、別のもの。棲息する場所によって、おかまこおろぎ、えんのしたこおろぎ、形態から、えびこおろぎ、はだかこおろぎなどの名がある。いとどは鳴かない。かまどこおろぎが鳴いていて、見るとこおろぎは逃げて、かまどうまがよくいることから鳴くといわれたが、発声器官がない。〈本意〉『和漢三才図会』には、「促織に似て小さく、色もまた淡し。身円くして、足長し。秋の夜鳴く声、蚯蚓に似て細く小さく最も寂寥」とあり、昔は鳴くものと考えられていた。声は別として、さびしい印象であることは確かである。世に知られているのは、『去来抄』の挿話で有名な、『猿蓑』所載の芭蕉の句「海士の屋は小海老にまじるいとどかな」である。かまどのまわり、土間のあたりに、よくいた、親しいものかげの虫であった。

我妹子の膝にとりつく竈馬かな　松瀬　青々
夜の髪に跳ね来て蛼もつれけり　石田　波郷
壁のくづれいとどが髭を振つてをり　臼田　亜浪
壁穴のいとども加へ聖家族　平畑　静塔
断崖を跳ねしいとどの後知らぬ　山口　誓子
いとゞ飛ぶ電球暗き市場にて　三谷　昭
*一と跳びにいとどは闇へ帰りけり　中村草田男
烈風のいとど跳ねゐる月の土間　西村　公鳳
灯の下の蛼とあそぶ読み疲れ　加藤　楸邨
いとどとは頓馬にひげをつけにけり　平井　照敏

蟋蟀（こほろぎ）　蛼（こほろぎ）　ちちろ　ちちろむし　筆津虫（ふでつむし）　つづれさせ　いとど　きりぎりす

秋鳴く虫でもっとも普通に人家近く鳴くのはこおろぎで、立秋から晩秋まで鳴く。日本にも十数種類がいる。大型のえんまこおろぎはコロコロ、コロコロと鳴く。リーリーと鳴くつづれさせこおろぎ、チ、チ、チと鳴くおかめこおろぎ、みつかどこおろぎなどもいる。夜になってから鳴くが、晩秋には昼にも鳴く。〈本意〉古今集時代から江戸時代まで、こおろぎをきりぎりすと呼んでいたので、混同しやすい。また、こおろぎのことをいとどと呼ぶ地方もある。その声が松虫に次いで賞せられ、秋の虫の音の代表的なものとされてきた。その声は清美といわれる。『年浪草』には、「古歌に、霜夜に詠めり。唐詩にも、多く詠ず。皆その声を感じてなり」と記されている。

こほろぎや入る月早き寄席戻り　渡辺　水巴
こほろぎの覗いて去りぬ膳の端　吉川　英治
闇にして地の刻移るちちろ虫　日野　草城
*こほろぎのこの一徹の貌を見よ　山口　青邨
中尊寺うばたまの暗つゞれさせ　同
蟋蟀の無月に海のいなびかり　山口　誓子
蟋蟀が深き地中を覗き込む　同
蟋蟀に覚めしや胸の手をほどく　石田　波郷
こほろぎの真上の無言紅絹(もみ)を裂く　平畑　静塔
神輿荒れし夜は早熟のこほろぎよ　野沢　節子
こほろぎやいつもの午後のいつもの椅子　木下　夕爾
こほろぎや眼を見はれども闇は闇　鈴木真砂女
地の闇となり蟋蟀の一途なる　山口　草堂
つづれさせ身を折りて妻梳けづる　長谷川双魚
若くて俗物こおろぎの土塊草の中　金子　兜太
寝返れる方のちちろもなきはじむ　見戸　一青
こほろぎや厨に遺る父の椀　岡部六弥太
こほろぎに諸草の闇澄みゐたり　横田あつし

鈴虫(すずむし)　金鐘児(きんしょうじ)　月鈴児(げつれいじ)

すずむしは八月中旬から十月末まで草むらで鳴く。日本の本土にいるが、北国にゆくほどいなくなる。こおろぎに近い種類で、黒く西瓜の種に似ている。リーンリーンと鈴をふるように鳴くのが美しい。平安時代にはまつむしと言われ、松虫は逆にすずむしと言われた。日本人に愛されてきた虫で、籠に飼われた。孵化させるのに甕に入れて飼う。〈本意〉『和漢三才図会』に、「夜鳴く声、鈴を振るがごとく、里里林里里林といふ。その優美、松虫に劣らず」とある。その声の清亮さが尊重されてきた虫である。

鈴虫や甕の谺に鳴き溺れ　林原　耒井
鈴虫を死なして療者嘆くなり　秋元不死男
*戸を細目に野の鈴虫の声入るゝ　篠田悌二郎
鈴虫の生くるも死ぬも甕の中　安住　敦
鈴虫を塞ぎの虫と共に飼ふ　草間　時彦
膝がさみしと鈴虫育てゐる母か　鈴木　栄子
鈴虫のひるも鈴振る地下茶房　福島富美子
鈴虫のりんりんと夜をゆたかにす　永井　博文

松虫（まつむし）　金琵琶　ちんちろ　ちんちろりん

こおろぎに近い種類の虫。すずむしより大きく淡い褐色。かわいた草原にいてチンチロリンと鳴く。せわしく勇ましい声である。あたたかい地方にいる。昔はすずむしと呼んでいた。〈本意〉鳴く声で有名で、『和漢三才図会』には、「鳴く声知呂林古呂林といふがごとく、はなはだやさし」とある。『滑稽雑談』には「その声松吟のごときか」という。「金鉦を打つがごとし」と『篗纑輪』にある。せわしく、勇ましい、快活な声である。

松虫に恋しき人の書斎かな　高浜　虚子
風の音は山のまぼろしちんちろりん　渡辺　水巴
*松虫といふ美しき虫飼はれ　後藤　夜半
松虫におもてもわかぬ人と居り　水原秋桜子
ききそめて松虫のまだ幼な鳴き　富安　風生
松虫が虫音の奥に澄みゐけり　荻本　ム弓
松虫やすでにやうやく月おそき　妙立　菱歌
松虫や背の児は深き海のぞく　加藤知世子
松虫や潮さゐ宵をしづかにす　木津　柳芽
松虫に子も聴き入るぞあはれなる　小谷　伸子

邯鄲 かんたん

こおろぎ科の虫。体長は一・五センチで黄緑色をしている。翅は透明。触角が体長の三倍もある。八月はじめからル、ル、ル、ルと鳴きつづける。寒い地方に多く、関西では山地だけになるが、関東以北では平地でも鳴いている。〈本意〉鳴き声が夢のように美しく、邯鄲の夢の故事からその名がつけられた。情感のふかい鳴き声である。

ことときれてなほ邯鄲のうすみどり　富安　風生
邯鄲の声の満ち干の月の谷　野沢　節子
月消ぬる邯鄲それのごとく鳴く　山口　青邨
邯鄲の闇茫々と風が過ぎ　永作美千穂
＊月の出の邯鄲の闇うすれつつ　大野　林火
邯鄲の闇もて富士を塗りつぶす　宮下　翠舟
邯鄲や移す歩に影したがひて　及川　貞
邯鄲の声のしろがね風落つる　関根黄鶴亭

草雲雀 くさひばり　朝鈴 あさすず　きんひばり

一センチほどのきわめて小さい虫で、色は灰褐色、触角が長く体長の四倍ほどである。鳴き声はフィリリリリで、八月中旬頃から鳴く。家の中で鳴くこともある。朝早く鳴き出すので、関西では朝鈴という。〈本意〉こおろぎの仲間だが、鈴をふるような音のさわやかな虫である。江戸時代にはその声から「秋風」とよばれたこともあった。うずむしと呼んだのは翅の模様からである。

草ひばり月にかざして買ひにけり　中村　秀好
＊岩におく水さへ碧し草雲雀　鈴木　鵬于
草ひばり人のあゆみのゆるやかに　滝　春一
草ひばり声澄みのぼる峠みち　柴田白葉女

くさひばり色なくなりし空に鳴く　西垣　脩　草ひばり風吹きぬける空の奥　古賀まり子
月明の彼岸につづく草ひばり　平原　玉子　草ひばりまだもののせぬ朝の皿　きくちつねこ

鉦叩（かねたたき）

こおろぎの仲間で、雄は一センチほど、雌は肥大している。褐色で鱗片におおわれ、翅は雄にだけ小さく付く。樹の下などでチンチンチンと鳴いている。木の枝を這いまわることもある。〈本意〉その鳴き声だけが印象的で、姿はほとんど見られない虫である。鳴き声が鉦を叩くようなので鉦叩というが、江戸時代には鍛冶屋虫といわれた。美しい可憐な声というべきである。

手を出せば雨のふり居り鉦叩　中田みづほ　鉦叩風に消されてあと打たず　阿部みどり女
鉦叩ゆふべごころにうちそむる　山口　青邨　鉦叩朝より叩く含み墨　村上　麓人
＊この人の聞いて居りしは鉦叩　高野　素十　鉦叩嘆いてかへる事でなし　牧野美津穂
暁は宵より淋し鉦叩　星野　立子　誰がために生くる月日ぞ鉦叩　桂　信子
月出でて四方の暗さや鉦叩　川端　茅舎　をちこちのをちの声澄む鉦叩　福永　耕二
鉦叩たゝきて孤独地獄かな　安住　敦　鉦叩母の齢の先を打つ　矢部　白芳

螽蟖（きりぎりす）　ぎす

きりぎりす科の虫で、体長は三・五センチ。翅は腹部を包むようにたたむ。緑色で褐色の斑がある。ギーッ、チョンをくりかえして鳴く。七月から初秋まで鳴く。昼に鳴く。翅脈は鋸の歯のようになっていて、こすり合わせて鳴く。〈本意〉美しい鳴き声とはいえないが、野性的な鳴き方でおもしろい。平安時代には、こおろぎのことをきりぎりすと呼んでいた。この呼び方は江戸時代の末まで続く。古俳句のきりぎりすは、こおろぎであることが多い。きりぎりすは、はたおりと呼んだ。芭蕉に「むざんやな甲の下のきりぎりす」「白髪抜く枕の下やきりぎりす」「淋しさや釘にかけたるきりぎりす」「猪の床にも入るやきりぎりす」などの句があり、丈草に「連れのあるところへ掃くぞきりぎりす」、凡兆に「灰汁桶の雫やみけりきりぎりす」、千代女に「月の夜や石に出て啼くきりぎりす」がある。みなこおろぎのようである。

暁や溲瓶の中のきりぎりす　内藤　鳴雪
＊きりぎりす腸の底より真青なる　高橋淡路女
スカートを敷寝の娘きりぎりす　滝井　孝作
一湾の潮しづもるきりぎりす　山口　誓子
きりぎりす時を刻みて限りなし　中村草田男
泥濘におどろが影やきりぎりす　芝　不器男
わが胸の骨息づくやきりぎりす　石田　波郷
火薬箱匂ひもたてずきりぎりす　加藤かけい
曲らむと鉄路かゞやききりぎりす　軽部烏頭子
崖下に道なし崖のきりぎりす　山口波津女
きりぎりす生き身に欲しきこと塡まる　野沢　節子
基地の街日本語痩せてきりぎりす　加藤知世子
山の鉱泉に父の晩年きりぎりす　高島　茂
夜の底に泣く貌もてりきりぎりす　辛島　睦子
きりぎりす苧殼のごとく息絶えぬ　中野　弘一
きりぎりす生あるかぎり紅をさす　久米富美子
きりぎりす胸に組まれる死者の指　大井　雅人
蜘蛛の巣に腹部を黒くきりぎりす　佐藤　鬼房
きり〳〵すチョンを忘るゝときもあり　岡本無漏子
松籟の綴り綴りてきりぎりす　池上　樵人

馬追（うまおひ）　すいっちよ　すいと　くだまき

きりぎりすに近い種類の虫。きりぎりすより少し小さく、緑色、翅はぴったり烏帽子のように背中で合わさる。七月末から鳴き出す初秋の虫。スイッチョ、スイッチョと鳴くのが一般的で、その鳴き声が馬を追う声に似ているとして馬追の名がある。ツンヤーと鳴くものもある。〈本意〉『篗纑輪』に「その声、スウイトンといふがごとし」とも「その響き紡車を捲くがごとし」ともいい、『改正月令博物筌』には「声、牛馬を追ふがごとし」とある。声に注目されてきた虫である。ただ一か所にとまって鳴かず、移動して鳴く特徴がある。

馬追や海より来たる夜の雨　内藤　吐天
すいっちょや闇に人ゐて立去れり　池内たけし
馬追や更けてありたるひと夕立　星野　立子
すいっちょの髭ふりて夜のふかむらし　加藤　楸邨
＊馬追の身めぐり責めてすさまじや　角川　源義
馬追が機の縦糸切るといふ　有本　銘仙
馬追や水の近江の夜は暗く　小林　七歩
馬追がふかき闇より来て青き　上林白草居
すいっちょのちよといふまでの間のありし　下田　実花
馬追のうしろ馬追来てゐたり　波多野爽波
馬追の見えゐて鳴かず短篇集　野沢　節子
すいっちょの酒呑童子となりにけり　平井　照敏

轡虫（くつわむし）　がちゃがちゃ　聒聒児（くわつくわつじ）

きりぎりすの仲間で、からだは大きくふとっている。緑色のもの、褐色のものの二種があり、八月から九月にかけてガチャガチャと鳴く。馬のくつわを鳴らすような鳴き方というのでくつわむしという。〈本意〉鳴き声が古くから馬のくつわの音と似ていると感じられてきた。うるさいが、遠くで鳴く声や、鳴き出しと鳴き終りの声はなかなか味わいぶかく野趣がある。籠に飼われることもある虫である。

松の月暗し〳〵と轡虫　高浜　虚子
轡虫かすかに遠き寝のやすく　富安　風生

*がちや〳〵の奥の一つを聞きすます　渡辺　桂子
くつわ虫のメカニズムの辺を行き過ぎぬ　中村草田男
松虫を聴きさぐりしが轡虫　加藤　楸邨
くつわ虫ちんばなれども声精悍　滝　春一
ふと静かがちや〳〵止んでゐたりけり　松田　鬼峰
がちやがちやの暴徒の声の起りけり　村岡　籠月
轡虫とらへたるらしひとつやむ　島崎　秀風
轡虫売らるる馬は沓履いて　米田　一穂

ばつた　蟿螽（はたはた）　きちきち　螇蚸（けいれき）

ばった科の昆虫で、俳句では、はたはた・きちきちともいう。これは飛ぶときの翅の音から付けられた名。前翅は幅が狭いが、その下にたたまれている後翅はひろくひろがり、飛ぶときに役立つ。後脚が大きく、跳躍力がある。草食である。とのさまばった（おうと）・しょうりょうばった・きちきちばった・おんぶばったなど日本に四十種ほどのばったがいる。とのさまばったが最大のもの。しょうりょうばったは飛ぶときキチキチという。きちきちばったはその名に反してキチキチと鳴くことはない。おんぶばったは交尾のとき雄が小さくおぶわれているようなのでこの名がある。〈本意〉農作物の害虫だが、被害はアジア、アフリカなどに比べ、微小である。ハタハタと音をたてるとのさまばったの飛翔、キチキチときこえるしょうりょうばったの飛翔などがやはり一番の注目点であろう。はたはた（きちきちばった）の名もそこから出ている。

昼の月はたはた草に沈みけり　内藤　吐天
きちきちといはねばとべぬあはれなり　富安　風生
*はたはたや退路絶たれて道初まる　中村草田男
はたはたのつるみてぬぎしもののなし　秋元不死男
しづかなる力満ちゆき螇蚸とぶ　加藤　楸邨
はたはたも靴の埃もたのしけれ　石田　波郷
遠く呼ぶものあり螇蚸地より翔つ　佐々木肖風
寂しさの極みに青き螇蚸とぶ　橋本多佳子
はたはたは飛ぶ地を離るゝは愉しからむ　同
はたはたの宙に脚垂れ遠ざかる　川本　臥風

はたはたのゆくてのくらくなるばかり　谷野　予志
秋天に投げてハタ〳〵放ちけり　篠原　鳳作
ばつた翔つ弧の入りまじる中をゆく　八木　絵馬
はたはたのおろかな貌がとんで来る　西本　一都
磧灼けバッタは石の色に飛ぶ　草村　素子
はたはたの脚美しく止りたる　後藤比奈夫
肩書なしはたはたにとび越されゐて　稲井　優樹
はたはたの空に機織りつづけつつ　平井　照敏

蝗（いなご）　螽（いなご）　稲子　蝗採

ばったの仲間で三センチほどの大きさ、黄緑色である。稲の害虫で、幼虫は稲の葉を食べて育ち親となる。農薬のために減ったが、蝗採をして、つけ焼にしたり、佃煮にしたりして食べる。

〈本意〉人が来ると、葉のうらにくるりと隠れるかわいい習性がある。稲の葉を食べる害虫ではあるが、秋の田のかわいい昆虫として親しいものである。樗堂に「先へ先へ行くや螽の草うつり」の句がある。

ふみ外づす蝗の顔の見ゆるかな　高浜　虚子
袋蹴る螽の足を想ふかな　野村　喜舟
一字（あき）や蝗のとべる音ばかり　水原秋桜子
*楊喰む蝗ひしめく恐ろしや　富安　風生
豊の稲をいだきて蝗人を怖づ　山口　青邨
夕焼けて火花の如く飛ぶ蝗　鈴木　花蓑
わが影の邪魔な日ざしや螽とり　五十崎古郷
蒼然と蝗の雲の下りきたる　加藤　楸邨
秬焚や青き螽を火に見たり　石田　波郷
蝗の貌ほのぼのとして摑まるる　原田　種茅
生きている音のいなごの紙袋　北　山河
雲と蝗しづかな軽さくらべあふ　友岡　子郷
蝗捕る朝のうちなら跳ねないから　平井　照敏
蝗とび蝗とび天どこまでも　同
さゝるれば串の蝗は蹴りきそふ　田中まさる
糸にさす蝗の顔のみな同じ　大竹きみ江

浮塵子 うんか　糠蠅　泡虫

せみと同じ種類であるが、三ミリほどの小さな虫。幼虫、成虫とも、とがった口吻を稲の茎にさしこんで汁を吸う。大群をなして稲をおそうと大きな害を与える。「雲霞のごとく」から名前がついたという。〈本意〉稲の代表的な害虫で、汁を吸って害を与えるが、大発生のときの大群の移動が被害を大きくする。斎藤別当実盛の亡霊の生まれ変わりという伝説がある。

*浮塵子来て未だ白紙の稿横這ふ　岡本　圭岳
手の甲に落ちしうんかを許し置く　阿部　筲人
浮塵子来て鼓打つなり夜の障子　石塚　友二
浮塵子きてわが逼塞にみどり見す　村上　冬燕
この頃や浮塵子ばかりが灯を取りに　小佐野博史
裏返るうんかの塵に爪とばす　新村　写空

蟷螂 かまきり　鎌切　たうらう　斧虫　いぼむしり　いぼじり

頭は逆三角形、眼は複眼で上辺にあり、下辺の頂点が口である。前胸に前翅後翅がつき、後翅で飛ぶこともある。前脚が鎌のようになっていて獲物をはさみこむことができる。気が強く、どんな敵にもかかってゆく。「蟷螂の斧をふるう」という表現がそれで、蟬などの大きなものまでとらえる。いぼをとらせるという意味でいぼむしりという古名がある。交尾前、雌が雄の頭と胸を食べることがあるが、交尾後には雄は全部食べられてしまう。秋たけてから産卵するが、泡のようなものの中にきちんと卵を並べてある。〈本意〉変った形をしている昆虫だが、鎌の形の前脚がやはり注目される。交尾後の雌が雄を食う習性も知られている。怒るかまきりということがよく言われる。

風の日の蟷螂肩に来てとまる　篠原　温亭
*かりかりと蟷螂蜂の皃を食む　山口　誓子
秋風や蟷螂の屍骸（むくろ）起き上る　内藤　吐天
堕（お）ち蟷螂だまつて抱腹絶倒せり　中村草田男
蟷螂は馬車に逃げられし馭者のさま　同
胸重くあがらず蟷螂にも劣る　大野　林火
蟷螂の腹をひきずり荷のごとし　栗生　純夫
蟷螂のとびかへりたる月の中　加藤　楸邨
かまきりの畳みきれざる翅吹かる　同
蟷螂の枯れゆく脚をねぶりをり　角川　源義
蟷螂の禱れるを見て父となる　有馬　朗人
挑みゐし青蟷螂の眼なりけり　石塚　友二
いぼむしり狐のごとくふりむける　唐笠　何蝶
蟷螂の天地転倒して逝けり　古舘　曹人

螻蛄鳴く（けらなく）　おけら鳴く

けらは三センチほどの虫で土の中にいる。分厚いスコップのような前脚で穴をほりすすみ、晩春から夏、秋まで鳴く。とくに秋の夜の鳴き声は沈んで低く重くあわれである。雄も雌も鳴くが、雌はかすかな声である。〈本意〉とぶ、泳ぐ、走る、掘る、登る、何でもできて、どれにも秀でていないので、「螻蛄の芸」といって軽んずるが、秋の夜の鳴き声には哀感がこもる。

けら鳴くや第三の眼の開きし夜　長谷川かな女
螻蛄なくや憎しみ切れねば別れ兼ね　安住　敦
螻蛄なくと告ぐべき顔にあらざりき　加藤　楸邨
螻蛄鳴いてをるや静に力無く　京極　杞陽
*螻蛄鳴けり子ら在らぬ夜の閑かさは　林　翔
螻蛄鳴くや薬が誘ふわが眠り　楠本　憲吉
螻蛄の闇野鍛冶は粗き火を散らす　成田　千空
目薬をさしてしばらく螻蛄の闇　丸木　あや
地が病めるなり地虫鳴きつづけるは　増田　達治
螻蛄鳴くやおまるの世話をしてをれば　橋本　花風
更けし夜の螻蛄に鳴かれて金欲しや　菖蒲　あや
螻蛄鳴くや濡れ手で粟の仕事はなし　成瀬桜桃子

蚯蚓鳴く　みみずなく　歌女鳴く（かちょなく）

みみずには発声器官がないから鳴かない。夜地中でジーと鳴いている何かわからない虫を、みみずが鳴くと言ったもので、じつはけらの鳴き声である。中国では歌女鳴くという。〈本意〉『改正月令博物筌』に、「鳴く声ははなはだ清く、笛をふくごとし。雨ふれば出る。晴るれば、必ず夜鳴くなり」とあり、秋の夜静かにさびしい鳴き声にきこえる。

＊蚯蚓鳴く六波羅蜜寺しんのやみ　川端　茅舎
みみず鳴くや肺と覚ゆる痛みどこ　富田　木歩
蚯蚓なくあたりへこごみあるきする　中村草田男
みみず鳴くそを聞く顔を怖るるか　石田　波郷
蚯蚓鳴く疲れて怒ることもなし　同
蚯蚓鳴く睡り浅きはかなしきこと　八幡城太郎
蚯蚓鳴く辺に来て少女賢しや　岸田　稚魚
指先より何か逃げゆく蚯蚓鳴く　沖田佐久子
みみず鳴く引きこむやうな地の暗さ　井本　農一
蚯蚓鳴くこの世に終りあるごとく　郡司　野鈔

蓑虫　みのむし　鬼の子　鬼の捨子　父乞虫（ちちこふむし）　みなし子　親無子　結草虫　木螺（ぼくら）

みのがの幼虫。糸を出して、木の葉や小枝をつづり、袋を作ってその中にすむ。その蓑の中にいながら移動し、木の葉を食べる。雄は蛾になって飛ぶが、雌は一生巣を出ない。蓑虫は鳴くというが、発声器官はない。かねたたきが間違えられたもので、チ、チ、チと鳴いて父を恋うといわれてきた。〈本意〉『枕草子』に、「みのむし、いとあはれなり。鬼の生みたりければ、親に似てこれもおそろしき心あらんとて、親のあやしききぬひき着せて、〈いま秋風吹かむをりぞ来んとする。まてよ〉といひおきて、にげていにけるも知らず、風の音を聞き知りて、八月ばかりになれば、〈ちちよ、ちちよ〉とはかなげに鳴く、いみじうあはれなり」とある。ここからはかなげに鳴いて父を乞う虫とされるようになった。『和漢三才図会』に、「その首を動かす貌、蓑衣たる翁に彷彿たり。ゆゑにこれに名づく。俗説に、秋の夜鳴きて曰、秋風吹けば父恋しと。しかれども、いまだ鳴声を聞かず。けだし、この虫木の葉を以て父と為し、家と為し秋風すでに至れば、零落にちかし。人これを察して、付会してしかいふのみ。その鳴くとは、啜く声にあらず、すなはち涕泣の義なり」とある。鳴くわけではないが、姿や生態のおもしろさについ幻想をさそわれる虫なのであろう。俳諧的な雰囲気があるといえる。芭蕉にも、「蓑虫の音を聞きに来よ草の庵」の句がある。

＊蓑虫の父よと鳴きて母もなし　高浜　虚子
蓑虫や足袋穿けば子もはきたがり　渡辺　水巴
蓑虫の蓑は文殻もてつづれ　山口　青邨
蓑虫とわれとの間の空気澄む　大野　林火
蓑虫の鳥啄まぬいのちかな　芝　不器男
蓑虫や秋のまんまん中へふらり　龍岡　晋
蓑虫や滅びのひかり草に木に　西島　麦南
蓑虫や師ときめしより師の遠く　石川　桂郎
蓑虫のきりきり舞の暮れかかる　谷野　予志
蓑虫や思へば無駄なことばかり　斎藤　空華
蓑虫に天地さかさとなりにけり　佐久間慧子
蓑虫の機嫌の空の揺れゐるよ　中条　明

茶立虫（ちやたてむし）　茶柱虫（ちやたてむし）　かくれざとう　あづきあらひ

秋の夜、障子の紙にとまり、大腮で紙を掻いている虫で、サッサッサッと茶を点てるような音や、小豆を洗うような音をたてる。長さ、二、三ミリの虫で種類が多いが、こなちゃたてというのが普通である。〈本意〉『忘貝』に、「形微に、目見えず。障子などに声あり、人伺へば声を止どむ。その声、茶を点(たつ)るに似たり」という。紙を掻くかすかな音から名がついていて、味がある名である。

茶立虫茶棚はいつもつやゝかに　大橋桜坡子
＊兄妹の今宵鄙めく茶点虫　石田　波郷
茶柱虫障子の月光雷のごと　加藤　楸邨
ショパンとリストの曲の差つなぐ茶立虫　加藤知世子
茶立虫つぶさに今日のこと記す　乾　鉄片子
茶立虫啼きをり家を追はれをり　山本　櫨村

放屁虫(へひりむし)　へこきむし　行夜(ぎやうや)　気虫(きむし)

二センチほどの黄色の甲虫で、みいでらごみむしというのが本当の名である。敵におそわれると石炭酸に似た悪臭のあるガスを出す。爆発音と白煙を立てて放つが、皮膚につくと落ちにくく、赤黄色のしみになる。〈本意〉虫の世界のスカンク、いたちで、すごい威力の放屁である。屁を気というので気虫ともいう。三井寺に多かったのであろう。

放屁虫あとしざりにも歩むかな　高野　素十
＊放屁虫ヱホバは善しと観たまへり　川端　茅舎
放屁虫おろかなりとはいひがたき　軽部烏頭子
放屁虫に置き去られけり妻の前　加藤　楸邨
放屁してしまへばのろき屁ひり虫　加藤知世子
放屁虫急ぐは放屁の直後ならむ　神生　彩史

芋虫(いもむし)　烏蝕(うしよく)　とこよむし

いもむしというのは通称で、蝶や蛾の幼虫を指すが、とくに太っていて毛の生えていないものをいう。種類を特定する名前ではないが、すずめがの幼虫はもっともイメージにぴったりするものである。すずめがの類はみな芋類の葉を食べて育つ害虫である。土の中で蛹になる。〈本意〉芋虫ごろごろという子供の遊びもあるように、日ごろ見なれたユーモラスな形の虫である。青や褐色など色も多く、硬い刺(はり)がある。野菜の葉を食べる害虫だが、親しみのある虫。

命かけて芋虫憎む女かな　高浜　虚子
芋虫のころげ二列の足ならぶ　山口　青邨
芋虫の一夜の育ち恐ろしき　高野　素十
*芋虫のしづかなれども憎みけり　山口　誓子
芋虫すすむすすむ間は青緊り　加藤　楸邨
芋虫に芋の葉賜ふ神に謝す　景山　筍吉
芋虫の怒りて葉よりまろび落つ　鈴木　杏一
青虫を捻り一悪成就せり　石塚　友二

秋蚕(あきご)　秋蚕(しゅうさん)　初秋蚕(しょしゅうさん)　晩秋蚕

七月下旬以後に掃き立てる蚕のことで、初秋蚕と晩秋蚕とがある。春蚕のあと、桑の新芽がのびてつけた葉を使うのが初秋蚕で、その葉を半分残しておいて、伸びた葉を使うのが晩秋蚕である。〈本意〉蚕といえば春蚕のことをいうが、春蚕、初秋蚕、晩秋蚕の比率は、五対二対三の割合になる。初秋蚕、晩秋蚕は手数はかからないが、小さく弱く、繭も質量ともに劣る。

家家に一人づつ婆秋蚕済む　高野　素十
*年々に飼ひへらしつゝ秋蚕飼ふ　大橋桜坡子
しんしんと秋蚕眠るに取巻かる　萩原　麦草
ふるさとの秋蚕のこもる繭白し　中村　瑞穂
夕日すこし川底にあり秋蚕村　古賀まり子
土間に紙延べて飼はるゝ秋蚕かな　藤原風驚子
三齢三眠さめて秋蚕の薄みどり　川井　玉枝
しろがねの秋のこぼれ蚕拾ひけり　佐坂　鳴渦
暗がりに秋蚕が眠り馬籠宿　竹前　康子
雨つゞく秋蚕の炉火を熾んにす　金子伊昔紅

秋繭（あきまゆ）

蚕の中心は春蚕だが、そのあとも夏秋蚕（かしゅうさん）、初秋蚕（しょしゅうさん）、晩秋蚕を飼う。秋に飼う秋蚕は、小さく弱く、繭も量が少なく質も劣る。〈本意〉春蚕、夏蚕よりさびしく、質量ともにおとるが、絹織物が見直されてきて、秋繭もそれにともない求められるようになった。

＊秋の繭しろじろ枯れてもがれけり　飯田　蛇笏
家も人も汚れて秋の繭白し　真鍋やすし
秋繭を煮る音沈み村昏るる　千賀　静子
秋繭の売れたるうまいこんこんと　田村　杉雨
旅のどこかで秋繭鞄に入りしならむ　加藤　楸邨
頬映えて身をうづめもぐ秋の繭　石原　八束
秋の繭小暗き風の中に住む　萩野冨美子
秋繭となるにかすかな音を出す　滝沢伊代次

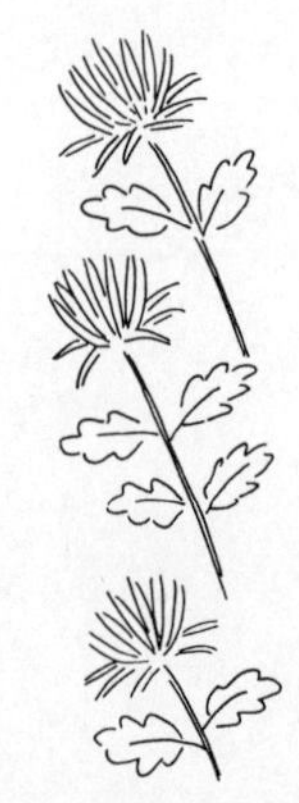

木犀 もくせい　金木犀　銀木犀　薄黄木犀　桂の花

中国原産の常緑樹で、花の香りで知られる。きんもくせい・ぎんもくせい・うすぎもくせいとあり、花の色から名が付けられている。花季はきんもくせい・ぎんもくせいが仲秋、うすぎもくせいが晩秋である。枝葉が密にしげり、葉のわきに花がむらがり咲く。雌雄異株で高さ三メートルほどになる庭木。〈本意〉もくせいと呼ぶのは幹の模様が犀の皮に似ているためである。中国では金桂（うすぎもくせい）、丹桂（きんもくせい）、銀桂（ぎんもくせい）と名づけていた。みな香気高きことで知られ、とくに銀桂がよい。桂の花ともいわれる。

木犀や月明かに匂ひけり　山口　青邨
木犀の香や年々のきのふけふ　西島　麦南
*夜霧とも木犀の香の行方とも　中村　汀女
天つつぬけに木犀と豚にほふ　飯田　龍太
木犀の香がしてひとの死ぬる際　小寺　正三
金木犀手毬全円子へ弾む　野沢　節子
木犀が髪にこぼれてゐて知らず　神戸　はぎ
喪服着るうしろ木犀匂ふなり　伊東ふじを
富士に雪来にけり銀木犀匂ふ　伊東余志子
沈黙は金なり金木犀の金　有馬　朗人
木犀や少女の頬に小さき痣　石野まさ子
身の饐えるまで木犀の香に遊ぶ　鷹羽　狩行

木犀をみごもるまでに深く吸ふ　文挟夫佐恵
金木犀の香の中の一昇天者　平井　照敏

木槿(むくげ)　きはちす　もくげ　はなむくげ

小アジア原産、あおい科の落葉低木。庭木や生垣にする。葉は葵に似て荒い歯がある。晩夏から初秋に花が咲く。紅紫色を中心に、白やしぼりの五弁の花を咲かせる。朝鮮に多く、国の花となっている。「槿花一日の栄」といい、はかない物のたとえとするが、日を越して咲いている。

〈本意〉『和漢三才図会』に、「すべて木槿花は朝開きて、日中もまた萎(しぼ)まず、暮に及んで凋(しぼ)み落ち、翌日は再び開かず。まことにこれ槿花一日の栄なり」とあり、これが中心のとらえ方になっている。また朝顔にまちがえられてきた。芭蕉の「道のべの木槿は馬に食はれけり」、杉風の「手を懸けて折らで過ぎ行く木槿かな」、白雄の「めくら子のはし居さびしき木槿かな」などが知られる。

日の出待つやむくげいつせいに吹かるる中　大野　林火
白木槿暮れて越後の真くらがり　同
墓地越しに街裏見ゆる花木槿　富田　木歩
日本の虫喰ひ木槿祭司館　加藤かけい
*白木槿嬰児も空を見ることあり　細見　綾子
けさ秋の木槿くさむらより咲けり　及川　貞
亡き父の剃刀借りぬ白木槿　福田　蓼汀
木槿咲くトランペットの破調音　遠山　弘子
木槿咲かせて木曾人の無愛想　森　澄雄
白木槿雨発ちの肩すぼめたる　岸田　稚魚

芙蓉(ふよう)　木芙蓉(ふよう)　白芙蓉　紅芙蓉

あおい科の落葉低木。高さは一メートル半から三メートル。掌のように葉は三から七つに裂けている。初秋にうす紅か白の五弁の花をひらく。一日でしぼみ落ちる。果実ができ、種をとばす頃、葉が黄色くなって落ちる。花は蓮の花に似て、気品のある花である。〈本意〉移ろいやすい花で、朝咲き夕にしぼむ、はかなさで知られる。美女にたとえられる。

さわ〳〵と松風わたる芙蓉かな　富安　風生
呪ふ人は好きな人なり紅芙蓉　長谷川かな女
亡母訪ねくるよな夕焼白芙蓉　大野　林火
黒猫ゐてこの家の芙蓉まだ枯れず　秋元不死男
*おもかげのうするゝ芙蓉ひらきけり　安住　敦
芙蓉咲く風の行方の観世音　桂　樟蹊子
あさあさを芙蓉の霧に咳き入りぬ　中尾　白雨
芙蓉一花見出でし朝の微風かな　徳永夏川女
子が母になる由聞ける芙蓉かな　龍　橙風子
芙蓉咲きいでし朝風わたりけり　龍　奈賀子
鼓打つ老うつくしき芙蓉かな　川上　梨屋
芙蓉見し母との刻のかへるなし　新井　英子
薬師寺に月待ちをれば芙蓉閉づ　山田　孝子
少年の耳目に透きて芙蓉咲く　馬場移公子

椿の実（つばきのみ）

椿の実は球形の蒴果（さっか）、夏ごろからできはじめ、秋に熟す。熟すと背が割れて、暗褐色の種が二、三個出る。この種をとってしぼったものが椿油で、伊豆大島や三宅島の特産である。〈本意〉『和漢三才図会』に、「按ずるに、海石榴はすなはち山茶花の一類なり。樹葉花実、山茶花に似て大きく、その実の状（さま）円く無花果に似て、老いて枯るればすなはち殻（から）四つに裂け、中の子、海松（からまつ）の子のごとし。皮をはぎて仁を取り、しぼりて油を取る。木の実の油といふ。刀剣に塗れば、錆を生ぜず。もつて漆器を拭へば、すなはち艶を出す。髪に塗れば、また艶美なり。しかれども髪紉（しな）へず。麻（ごま）の油を和（まぜ）て、髪油となして佳し」とあるが、油を髪油ほかに用いて絶好ということが古くから知られていた。

午の雨椿の実などぬれにけり　松瀬　青々
くらがりを眼のつたひゆく椿の実　寺井　治
*椿の実拾ひためたる石の上　勝又　一透
事無げに椿実りて居たりけり　柳川　春葉
実椿の数へきれざる滝こだま　岩崎多佳男
寡夫めける歳月の中椿実に　大内　英衛
椿の実いろづく前の空しめり　猿渡　沢江
髪解きて夜を充しをり椿の実　伊坂　恵子

南天の実（なんてんのみ）　南天燭　実南天　白南天

花のあと小さなまるい実がたくさん群がってでき、赤く熟してゆく。晩秋から冬にかけてそれが美しい。白い実の種類が白南天である。〈本意〉昔は南天燭といい、その俗語が南天であった。燭の字がつくのは実が赤く火のようだというところからで、その色の美しさが古来愛せられてきた。小鳥もついばむ実である。

南天の実太し鳥の嘴に　高浜　虚子
南天の実に惨たりし日を憶ふ　沢木　欣一
*実南天紅葉もして真紅なり　鈴木　花蓑
南天の実のさわらねど濃くこぼる　岡部　弾丸
事小康葉が多すぎる南天に　中村草田男
実南天女のごとし墓の裏　星野麦丘人
南天の早くもつけし実のあまた　中川　宋淵
南天結実よき晩年を妻よ得む　細川　加賀

蘇枋の実（すはうのみ）　紫荊（はなずはう）の実

ふつう蘇枋と呼ぶのは、中国原産のはなずおうのことで、これはまめ科の植物である。四月、赤紫の花を咲かせたあと、莢実(さやみ)をつける。この中に種子が数個入っている。〈本意〉莢実は扁平で長楕円形、外縁に狭い翼がついているわけである。まめ科なので莢実ができるが、それがなかなか美しい。長さは六、七センチある。

＊蘇枋の実からぶる風の四十雀　石原　舟月
蘇枋の実日ざし露けくなりしかな　岡登　剛一
泉辺や視界にあるはすはうの実　友野　冬城
蘇枋の実築地に沿ひて水流る　笠原のぶ子

梔子の実（くちなしのみ）　山梔子（くちなし）

秋に熟すると黄赤色のあざやかな色に染まる。形は楕円形で、縦に六本稜がついている。中には黄色の肉と種子が入っている。黄色の染料をとり、また薬用にもする。〈本意〉くちなしという名は、実が熟しても口をあかないところから付けられた。実の色はあざやかで、染料として用いられたのは、すでに飛鳥時代からである。

山梔子に提灯燃ゆる農奴葬　飯田　蛇笏
朝筵くちなしの黄を乾し並べ　大島　葭人
龍安寺道くちなしの実となりぬ　村上　麓人
山梔子の実にかかげ干す洗いもの　森田ひでよ
＊山梔子の実のつやゝかに妻の空　庄司　圭吾
山梔子の火が晴天をまねきけり　平井　照敏

藤の実（ふぢのみ）

晩秋に十センチから十五センチの長さの莢果(きようか)を垂れる。果皮は緑色でかたく、全体が細い毛でおおわれている。中には扁平な種が入っている。〈本意〉春、藤の花も長く垂れ、紫色で美しいが、秋の実も長く垂れ、藤らしい独特の眺めになる。

＊藤の実を愁のごとく垂れにけり　富安　風生
藤の実やたそがれさそう薄みどり　富田　木歩
藤の実の群がり下がる棚の隅　景山　筍吉
子の相撲藤の実青き灯のもとに　和地　清
貨車遠くひびく藤の実たれきそひ　土岐錬太郎
藤は実に籠り睡の妻顔ちさし　行木翠葉子
藤の実や陶師の門といと古び　下村ひろし
藤の実や子よ父に似ることなかれ　村山　古郷

満天星紅葉（どうだんもみぢ）

どうだんはどうだんつつじとも言い、落葉灌木。春、白い壺型の花を咲かせるが、秋の紅葉もうつくしい。〈本意〉本州中部から九州にかけて自生しているので、その野生の紅葉も美しいが、庭木として手入れされているものが、どっと紅葉するさまは見事である。

＊満天星の紅葉の上の此日暮る　田村　木国
山丸くどうだん紅葉裾に丸し　高浜　虚子
生垣をつづる満天星紅葉かな　山田　梅屋
満天星の毬のもっとも紅葉濃し　川崎　栗堂

桃（もも）　桃の実　毛桃　白桃（はくとう）　水蜜桃

夏から秋にかけての味のよい果物である。白桃、水蜜桃がとくに美味である。形が大きく、多汁。果肉はやわらかで、よいかおりがある。かん詰にもなる。中国から渡ってきたものだが、近世までは花だけが賞せられた。〈本意〉『和漢三才図会』に、「およそ桃の実の頭いささか尖り曲れるは、肉、核離れず。しかれども味甘く美にして、樹にありてまた久に耐ふ。頭尖らざるは、よく核を離るるも、味酸を帯びて美ならず。樹にありてまた久しからず。桃仁は、山城伏見の産よし。備前の岡山、および紀州の産、これに次ぎ、備後またこれに次ぐ」とある。わが国にも五日桃、塩屋桃、大白桃などのよい品種があった。近代の食用果実だが、肉厚く、味もかおりもよいものである。

さえざえと水蜜桃の夜明けかな　加藤　楸邨
白桃を洗ふ誕生の子のごとく　大野　林火
＊中年や遠くみのれる夜の桃　西東　三鬼
朝市の雨沛然と桃匂ふ　中島　斌雄
白桃に触れたる指を愛しみをり　斎藤　空華
白桃に入れし刃先の種を割る　橋本多佳子
水蜜や足を清しく婚を待て　秋元不死男
白桃をすするや時も豊満に　能村登四郎
消灯以後水蜜桃の蜜いかに　小寺　正三
白桃や満月はやや曇りをり　森　澄雄
桃の香の中に夜明けの蚤帰る　飯田　龍太
白桃の浮きしが一つづつ沈む　小松一人静
桃冷す水しろがねにうごきけり　百合山羽公
乳房ある故のさびしさ桃すすり　菖蒲　あや
と見かう見白桃薄紙出てあそぶ　赤尾　兜子
脣を吸ふごと白桃の蜜すする　上村　占魚
白桃に触れてはがねの薄曇る　松本　秀子
桃食うてしばらく遊ぶ思ひかな　伊藤　通明
桃の実のほのぼのと子を生まざりし　きくちつねこ
桃喰べしあとのナイフをきらめかす　寺田　京子

梨（なし）

梨子（なし）　ありのみ　水梨　円梨（まるなし）　空閑梨（こが）　生の浦梨（おふうら）　軒の妻梨（のきつま）

秋の果物の代表。八月はじめから出荷されはじめる。日本梨は、大別すると皮が赤さび色の赤なしと、緑色の青なしになる。前者の代表長十郎・晩三吉、後者の代表二十世紀は、改良種が出ている。青なしの改良種である八雲、菊水などが美味で評判がよい。他に洋梨、シナ梨がある。洋梨は卵形黄褐色で肉やわらかく、濃い味がある。シナ梨は、褐色の斑点があり、固いがよい香りである。〈本意〉『和漢三才図会』は、いろいろの梨の種類をあげ、紅瓶子梨は「肉白きこと雪のごとし」、江州の観音寺梨は「漿多く、甘美なること、口中に消ゆるがごとし」、山城の松尾梨は「甘脆なること雪のごとし」などとほめている。江戸時代には砂糖で煮て膏として食べたこともあった。『万葉集』以後の代表的な秋の果物といえる。

梨をむく音のさびしく霧降れり　日野　草城
落梨を農婦の拾ふ無雑作よ　殿村菟絲子
これやこの梨金のごとし君にすすむ　山口　青邨
梨と刃物しづけきものは憤り　長谷川朝風
梨出荷大き麦藁帽に青空　大野　林火
梨採りしあと梨の木のしづかさよ　辻岡　紀川
*梨を分け病人のことたづねけり　同
梨食うて口さむざむと日本海　森　澄雄
真夜覚めて梨をむきゐたりひとりごち　加藤　楸邨
梨狩や遠くに坐りゐるが母　細川　加賀

柿　渋柿　甘柿　富有柿　蜂屋柿　身不知柿　木練柿　筆柿　似柿　木守

柿は果物の中でもっとも古くから栽培されてきたもので、野生種からいろいろな種類に改良されてきた。実はあざやかな紅色に色づき、つやつやと輝いて美しい。甘柿と渋柿の二種に大別できるが、甘柿には御所・富有・次郎・禅寺丸などがあり、富有、次郎が最上品である。渋柿には会津身不知、平核無などがある。身不知は小粒だが、渋を抜くときわめてうまい。渋を抜くには酒や焼酎をふりまく。蜂屋は渋柿だが、干柿としてうまい。柿はこのほかに柿酢をつくるのに用いられる。日本の果物の中でもっともうまいとも言われる。〈本意〉『本朝食鑑』に、「柿に数種あり。樹葉花、たいていあひ同じ。ただ、御所柿、その味はひ、絶美なり」「土人その勝美なるを取りて、禁裏に貢献す」と記してある。味のよいもの、わるいものもあるが、古くから日本人の愛してきた果樹である。柿の渋みがいつも問題になるが、灰汁を根にかけたり、接木をしたり、干したり、酒や焼酎をかけたりすることで、それを乗りこえて食べてきた。渋は却って、紙に塗って渋紙にしたりして利用もしてきた。芭蕉に、「里古りて柿の木持たぬ家もなし」などの句がある。

＊柿くへば鐘が鳴るなり法隆寺　正岡　子規
三千の俳句を閲し柿二つ　同
つり鐘の蔕のところが渋かりき　同
よろ〳〵と棹がのぼりて柿挟む　高浜　虚子
渋柿のごときものにては候へど　松根東洋城
我が死ぬ家柿の木ありて花野見ゆ　中塚一碧楼
柿の竿手にして見たるだけのこと　池内たけし
雲脱ぐは有明山か柿赤し　水原秋桜子
柿を食ふ君の音またこりこりと　山口　誓子
柿日和浄明寺さまてく〳〵と　松本たかし
渋柿たわわスイッチ一つで楽湧くよ　中村草田男
柿啖へばわがをんな少年の如し　安住　敦
朝の柿潮のごとく朱が満ち来　加藤　楸邨
柿の朱に亡びざるもの何々ぞ　同
柿食ふや命あまさず生きよの語　石田　波郷
渦巻ける波の上にて柿を割る　篠原　梵
柿の種うしろに吐いて闇ふかし　秋元不死男
柿うまし鴫の嘴あとよりすゝり　皆吉　爽雨
八方に照る柿もぐは盗むごと　中川　輝子
吊鐘の中の月日も柿の秋　飯田　龍太
柿の冷え掌にうけて山しぐるるか　鷲谷七菜子
少しづつ真面目になりて柿を食ふ　山田みづえ
柿捥いで鬼が泣き出しさうな空　藤岡　筑邨
夜の柿目に見えて雨降り出でし　加畑　吉男

熟柿（じゆくし）

晩秋、柿の実が十二分に熟れると、木の枝についたままで、色つやがふしぎな美しさになり、すきとおるようになって、さいごは重さに耐えず、ひとりでに滴のようにおちる。熟れすぎれば味は悪くなってゆくが、適当に熟れた柿はすこぶるうまい。鳥がつつきに来る。〈本意〉『本朝食鑑』に「熟柿はもと渋柿なり。はじめより実樹上に着けて採らず。黄熟の時に至つて、稲草麻縄を用ひて緊く樹上に縛り、風雨を禦ぎ禽を逐ひてつねにこれを保護し、もつて霜後に至りて、紅熟を待ちて採り用ゆ。すなはちその味、きはめて美なり」などとある。渋柿もこの時には甘くなり、よい味なのである。

日あたりや熟柿の如き心地あり　夏目　漱石
柿うるる夜は夜もすがら水車　三好　達治
切株におゐて全き熟柿かな　飯田　蛇笏
いちまいの皮の包める熟柿かな　野見山朱鳥
熟柿吸ふ幸福さうな頬をもち　山口　青邨
木守熟柿は赤彦のふぐりかな　平畑　静塔
*太陽の裏まで見えて柿熟るゝ　佐野青陽人
口腔に殺到すべき熟柿かな　相生垣瓜人
蜂の脚熟柿にまみれ飛去れり　美濃　真澄
熟柿といふはらわたの如きもの　栗原　憲司

林檎　りんご　紅玉　国光　インド林檎

りんごは本来中国原産で、栽培され、食用とされていたが、明治初年、西洋りんごが輸入されて、それにとって代わられた。紅玉、国光、デリシャス、インドなどが著名だが、なお続々と改良種が出されている。北海道、東北、長野で産し、低温が合っている。果実を生食するほか、かんづめ、料理、菓子、ジュースなどに利用する。秋から冬がその季節である。〈本意〉西洋では林檎は智慧の木の実以来、愛の果実としてイメージされてきた。藤村の「初恋」に出る林檎も、そのイメージによっている。紅や黄など品種によって味や香り、色、形がちがうが、食べて爽快な、美味の果物である。

歯にあてて雪の香ふかき林檎かな　渡辺　水巴
歯をあつる林檎パリッと秋の富士　富安　風生

＊空は太初の青さ妻より林檎うく　中村草田男
子を抱くや林檎と乳房相抗ふ　同
世界病むを語りつゝ林檎裸となる　同
独房に林檎と寝たる誕生日　秋元不死男
星空へ店より林檎あふれをり　橋本多佳子
眦にとまりうごかず林檎の朱　上野　泰
刃を入るる隙なく林檎紅潮す　野沢　節子
母が割るかすかながらも林檎の音　飯田　龍太
原爆の街停電の林檎つかむ　金子　兜太
草原ゆく胸やわらかく林檎抱き　山本ともこ
喪服着て林檎むく手をぬらしをり　桜庭　梵子
林檎煮る雪国遠く来し林檎　三好　潤子
林檎あくまで齧りて芯に達しけり　清水　基吉
病室にかゞやけるもの林檎のみ　大星たかし
林檎に子の小さき歯型ころがりをり　葭葉　悦子
林檎割ると母の骨盤母遠し　磯貝碧蹄館

葡萄　ぶだう

秋になると葡萄の房が垂れさがり、だんだん色づいてゆく。種類によって、緑色のまま透明になってくるものや、さまざまの段階の紫に色づくものや、いろいろである。甘みとともに酸味、香りがついてくる。山梨県と岡山県が主な産地で、とくに甲州葡萄はよく知られている。外国種のものでは、アメリカ種のデラウェアが甘く、ヨーロッパ種のマスカットが高級で温室で栽培される。薬品を使った種なし葡萄が出るようになった。葡萄酒を作り、乾し葡萄にする。〈本意〉古くは、おおえびかつら、えびかつらといい、野生の葡萄をさしたもの。中世から江戸時代にかけてやっと葡萄の名で呼ばれる品種が出はじめる。甲州、駿州、武州八王子が産地であった。しかし西欧ほどの需要はなく、今日のイメージになるには明治以降の、西洋の品種が入ってくることが必要であった。今は秋の味覚の代表の一つである。

黒きまで紫深き葡萄かな　正岡　子規
葡萄うるはしまだ一粒も損はず　高浜　虚子

葡萄の種吐き出して事を決しけり　同
金銀瑠璃硨磲瑪瑙琥珀葡萄かな　松根東洋城
八ヶ岳むらさき頒けし葡萄かな　久米　三汀
*葡萄食ふ一語一語の如くにて　中村草田男
葡萄あましづかに友の死をいかる　西東　三鬼
収穫(とりいれ)や葡萄の垂るる地の明るさ　大野　林火
朝刊を大きくひらき葡萄食ふ　石田　波郷
天辺や腋毛ゆたかの葡萄摘み　平畑　静塔
葡萄垂れさがる如くに教へたし　同
よき夫として日にやけて葡萄守　川島彷徨子
葡萄樹下木椅子は葡萄守のもの　橋本美代子
葡萄盛る白磁の皿は水のごとし　並木　汪葉
葡萄掌にうける乳房の重みなり　田辺香代子
葡萄狩山々移るごとくなり　中島　月笠
ゆるやかに河のみどりは葡萄より　古舘　曹人
泣きさうになつてふくみし葡萄かな　三宅　絹子
黒葡萄月ゆく音を耳のうら　庄司　圭吾
実葡萄に甲斐の夕焼火のごとし　徳永山冬子

栗(くり)　毬栗(いがぐり)　笑栗(えみぐり)　落栗　出落栗(でおちぐり)　一つ栗　丹波栗　柴栗　柧栗(ささぐり)　三度栗(みたびぐり)　錐栗(ひよひよぐり)

栗の実は毬(いが)の中でそだつ。毬は総苞(そうほう)といい、外側はとげがびっしり生えている。はじめはうすく、緑色だが、次第にかたく褐色になり、裂けて中の実をおとす。中の実は二つか三つ、ときには一つ栗のこともある。ひとりでに落ちる栗を出落栗という。有名な産地は丹波で、粒が大きい。野生のものは小さく山栗・柴栗という。九月下旬からとれるのが普通で、そのまま食べ、また加工して栗飯や菓子にする。八月にとれる早生に豊多摩早生がある。盆栗ともいう。〈本意〉『万葉集』以来うたわれてきた秋の実の代表で、丹波栗がとくに有名だった。果菓(くだもの)の最上のものとして、尊重されてきた。芭蕉の句にも「行く秋や手をひろげたる栗のいが」がある。

栗山に在れば落日慌し　高浜　虚子
山びこのひとりをさそふ栗拾ひ　飯田　蛇笏
美しき栗鼠の歯形や一つ栗　前田　普羅
我を信ぜず生栗を歯でむきながら　加藤　楸邨

*栗食むや若く哀しき背を曲げて　石田　波郷
雪くるか踏まれて長き栗の毬　秋元不死男
死の見ゆる日や山中に栗おとす　同
栗を食ふ頬照ることも日本海　細見　綾子
朝焼の染めし青さに栗のいが　長谷川素逝
栗むきぬ子亡く子遠く夫とふたり　及川　貞
木曾仔馬青栗のいが道にでて　森　澄雄
栗落ちて初めて己が影をもつ　高橋　馬相
栗を売る少女の頸の栗鼠に似て　川端　青踏
栗をむくいまが晩年かも知れぬ　細川　加賀

棗（なつめ）　棗の実

なつめはヨーロッパ南部やアジア東部、南部が原産の落葉灌木で、庭に植えられた果樹である。果実は長楕円形で大きく、秋に熟して黄褐色になる。そのまま食べたり、砂糖漬けにしたり、干して強壮剤にしたりする。〈本意〉『万葉集』にも名が出るほど古くからあるが、中国ほどには尊重されていない。中国のものは実も大きく、果肉もゆたかである。子供用の果物。

かの岡に稚き時の棗かな　松瀬　青々
*棗盛る古き藍絵のよき小鉢　杉田　久女
青棗噛むや片雲北にあり　加藤　楸邨
仮住みや棗にいつも風吹いて　細見　綾子
雨雫棗の実より透きて落つ　同
朝風の棗はひかるばかりなり　川島彷徨子
青なつめ眉間に垂れて闇ふかし　佐藤　鬼房
ふるさとや昨日は棗ふところに　長谷川双魚
棗の実食めばしんしん日のひかり　斎藤　英石
なつめの実青空のまま忘れらる　友岡　子郷

石榴（ざくろ）　柘榴　安石榴（きくろ）　実石榴

ざくろの果実はにぎりこぶしほどの大きさの球形で赤らみ、黄の斑点がある。皮は厚くてかたいが、秋に熟すると割れて、中の種をのぞかせる。種は紅くて透明な液をもつが、はじめ渋くてだんだん甘くなる。これを食べるが、あまり食用にはされなくなった。〈本意〉徳川時代にはよく食べたようで、甘ずっぱさが好まれもした。種が多いのになぞらえて、子孫多からんことを願ったともいう。そのために鬼子母神にはこの実を供えたともいう。人間の味に似ているともいわれ、一茶の「我が味の柘榴に這はす虱かな」がある。

＊実ざくろや妻とは別の昔あり　池内友次郎

美しき柘榴に月日ありにけり　滝井　孝作

ひやびやと日のさしてゐる石榴かな　安住　敦

露人ワシコフ叫びて石榴打ち落す　西東　三鬼

柘榴火のごとく割れゆく過ぎし日も　加藤　楸邨

裂け目より柘榴真二つ汝と分かたん　中島　斌雄

熟れそめて細枝のしなふ柘榴かな　西島　麦南

虚空にて見えざる鞭が柘榴打つ　桂　信子

柘榴割れば中の乾きてありしかな　幸治　燕居

過去苦く柘榴一粒づつ甘し　鷹羽　狩行

柘榴裂け吾は晴天童子なり　古舘　曹人

柘榴食ひしづかなる父怖れけり　藤岡　筑邨

無花果（いちじく）

三メートルから六メートルに達する落葉樹で、食用になる果実をならせる。葉はてのひらのように裂けて大きく、その葉腋から花托を出し、その中に花をつける。花托の形は卵をさかさにした形で、袋になっている。上に雄花、下に雌花が咲き、うす紅い。花序が肉質になり大きくなって果実となる。色は暗紫色となり、そのまま食べたり、罐詰にしたり、ジャムを作ったりする。

〈本意〉江戸時代に入ってきたもので、アラビア原産。その実は柿に似ているとされた。唐柿などという。花がなくてみのるといわれた。一か月で熟すので一熟というとされている。

乳牛に無花果熟るゝ日南かな　飯田　蛇笏
無花果を食ふ百姓の短かき指　山口　誓子
＊無花果や目の端に母老いたまふ　加藤　楸邨
無花果や永久に貧しき使徒の裔　景山　筍吉
無花果にパンツ一つの明るさ立つ　平畑　静塔
無花果の熟るゝ花街の濯ぎもの　殿村菟絲子
無花果食べ妻は母親ざかりなり　堀内　薫
音ひとつせぬ無花果の木を好む　百合山羽公
無花果もみだりに多くして卑し　同
日本海黒無花果に無言なり　黒田桜の園

胡桃（くるみ）　新胡桃　姫胡桃　鬼胡桃　沢胡桃　河胡桃　山胡桃

果実は三センチぐらいの球形をしていて、外皮はかたい殻になり、深いしわを作っている。中に種子があり、殻と同じしわを作り、褐色の渋皮につつまれている。渋皮の中は白い部分で、油が含まれ、味がよい。これを菓子やもちの材料とする。おにぐるみ、ひめくるみは野生種、山の谷川などに多く、ほかに栽培種があって、東北、長野で育てられている。〈本意〉大きくて形醜いものを鬼胡桃、小さくて形美しいものを姫胡桃といって、味も姫胡桃の方がよいとされている。油をとって、工芸などにも使ってきたがこれも姫胡桃の方という。

胡桃の実つぶらに青し何かかなし　加藤　楸邨
胡桃焼けば灯ともるごとく中が見ゆ　同
胡桃割る燈の円光の一家族　大野　林火
＊胡桃割る聖書の万の字をとざし　平畑　静塔
鬼胡桃割れぬを石と思ひ見る　山口波津女
胡桃の殻かたきは神の寵なるか　同
ひと死して小説了る炉の胡桃　橋本多佳子
掌に満てり音のさみしき胡桃たち　草間　時彦
胡桃割りて夜を平らに頒つなり　恩賀とみ子
胡桃充ち迷路の如き肉蔵す　田川飛旅子
父といふしづけさにゐて胡桃割る　上田五千石
胡桃割る胡桃の中に使はぬ部屋　鷹羽　狩行

柚子　ゆず

ゆずの果実のことで、球形をしており、表面はでこぼこで、形がわるいが、皮は熟すと黄色で光沢がある。果肉は酸味がつよく、その汁は料理の欠かせぬ調味料である。青柚子のうちからも汁が調味に使われる。〈本意〉『本朝食鑑』に、「六七月、実を結ぶ。よく酒味をして美ならしめて、酒毒を解す。その小青円子を採りて、皮を刮り、片を作し、酒に浮ぶときは、酒盃にすなはち芳気あひ和して、最も佳なり。あるいは、和羹にもまたよし。よく菜魚の毒を解す。もし青柚なくんば、すなはち花もまた佳なり。……花やや香美、青柚に代ゆるにたれり。ゆゑに呼びて花柚と称す」とある。味と香りが用いられてきた。柚味噌もその一つである。

柚子百顆籾の筵へ照りにけり　大野　林火
柚子匂ふすぐそこの死に目ひらけば　加藤　楸邨
田舎八百屋買へば生り柚子もぎて呉る　及川　貞
＊病母の辺柚子しんしんと青尽す　目迫　秩父
柚子匂ふ無音の闇に圧されをり　同
美しき指の力よ柚子しぼる　粟津松彩子
柚子の香やつるりと脱いで女の子　清水　基吉
柚子採りし弾み手に脚に学校へ　加藤知世子
ほつかりと柚子青空に櫓の音す　日美　清史
柚子匂ふ村を出でゆく流れあり　桂　秀草

青蜜柑　あをみかん

蜜柑は冬だが、まだ未熟の青い色の蜜柑をとって八百屋で売る。皮もかたく、酸っぱい。〈本意〉十月頃に成熟する早生蜜柑もあるが、この場合は冬の蜜柑を秋にもいで、まだ早いが、季節感を先どりして、酸っぱさを味わうわけである。まだ味のテストといったところ。

汝鋏まばあまくなるらし青蜜柑　阿波野青畝
青蜜柑横目の牛が通りけり　桂　信子
青蜜柑食ひ父母とまた別れたり　石田　波郷
青蜜柑少女に秘密ありにけり　菖蒲　あや
*老の眼の僅かにたのし青蜜柑　百合山羽公
青蜜柑個々颱風の傷を持つ　岩根　冬青

橙（だいだい）　回青橙（くわいせいとう）　かぶす

晩秋に熟してだいだい色になる。ほぼ球形をしているが、普通は冬に採集する。しかしそのままにしておくとまた緑色にもどるので回青橙といわれる。正月の飾りにしたり、果汁は料理に用い、マーマレードを作る。〈本意〉昔はあまり利用するところがなかったが、正月に門松の上に懸けて邪気をはらったり、また皮を干し、夏に焚いて蚊を避けるのに用いた。それでかぶす、ぶすと呼ぶ。

葉籠りに橙垂れて夥し　篠原　温亭
*橙をうけとめてをる虚空かな　上野　泰
橙は実を垂れ時計はカチ／＼と　中村草田男
橙のころがるを待つ青畳　桂　信子
いわし雲橙青く鬱と成る　石田　波郷
軒ごとに橙照るや田子あたり　甲賀　山村
橙に爪たてて何か言ひ足らぬ　加藤　楸邨
橙たわわ父の齢を越すときに　高橋　沐石

九年母（くねんぼ）　香橙（かうとう）　乳柑　くねぶ

秋に果実が黄熟する。果実は温州蜜柑に似て、でこぼこで、皮が厚いが、香りがよく甘い。肉は多肉で種が多い。〈本意〉現在ではあまり栽培されないが、『本朝食鑑』には、「味まつたく甘くして、覆盆子に擬して、片片瓷器に盛り、糖に和して食す。覆盆子いまだ生ぜざる已前、世もつてこれを賞す。また、片に切りて食するもまた佳なり。あるいは九年母、正二月過ぎて熟甘、蜜柑腐敗の時に至つて、最も珍宝となす」とある。むかし蜜柑の出る前後かなり長い間、重用されたらしい。

九年母のたわわな頃や登校道　佐藤　紅緑　＊九年母や沼へ坂なす我孫子町　横手　艸雨

九年母や土傷つくる馬の蹄（つめ）　山口　誓子　雨はじく九年母捥ぎてきたりけり　八木林之助

柑子（かうじ）　薄皮みかん　柑子蜜柑

橘の変種で、こうじみかんと呼ばれ、みかんに似ているが小さい。皮がうすく汁が多いが、すっぱく、種が多い。熟すると皮は黄色になりつやがある。〈本意〉むかしから方々で栽培されたもので、寒さにも強く、奥羽にもある。橘の種類で、小粒、味は淡泊である。

仏壇の柑子を落す鼠かな　正岡　子規　地に下りし小鳥に赤し柑子の実　佐久間法師

＊採り残る柑子に皺が寄りにけり　東野　茅堂　子へ帰る柑子をひとつポケットに　伊能　武男

仏手柑（ぶつしゆかん）

大きくてレモンに似ているが、先が掌の形に分かれている。ときには果実の面にみぞになって残ることもある。果肉はあまり発達していず、よいにおいだけがある。観賞したり、輪切りにして砂糖漬けにしたりする。〈本意〉形と香りが注目されてきた。人指のごとくなるを仏手柑というと言い、味はよくないが香気はよしとされてきた。

たらちねすこやか仏手柑の実の青が濃し　青池　秀二
一ところ緑走れり仏手柑　中原　野呂
仏手柑の空や噴煙夕づける　芹田　桂
父母や掌重りのせし仏手柑　森　澄雄

金柑　きんかん　金橘　姫橘

みかん科で球形の果実を秋につけるが、小さい。黄熟して皮につやがある。きわめてすっぱいが、果皮はあまく、香りもよくて、食べることができる。砂糖漬けにする。〈本意〉形は小さいが、金色に光って、たくさん実っている様子はなかなかに美しい。果実はすっぱいが、咳の薬などに利用される。

*金柑にはや頬白の来鳴くなり　岡本癖三酔
一本の塀のきんかん数しらず　阿波野青畝
金柑は咳の妙薬とて甘く　川端　茅舎
老いて割る巌や金柑鈴生りに　西東　三鬼
乳児泣きつつ金柑握り匂はしむ　加藤　楸邨
入日の家金柑甘く煮られゐつ　村越　化石

朱欒　ざぼん　文旦　うちむらさき

九州南部に産する柑橘類で、みかん科。高さは三メートルほどになる常緑樹。葉も葉柄の翼も大きい。果実は黄色で、人の頭ほどもあり、上は平坦、底部は少しへこんでいる。果皮は厚く、果肉はしまっていて、汁はすくない。果肉の色は白と紫で、白のものをざぼん、紫のものをうちむらさきという。かおりがよく、生食するが、皮を砂糖づけして文旦づけにする。文旦と呼ぶものは、洋梨のような形をしている種類のものである。〈本意〉ザボンはポルトガル語のザムボアからきている。原産地はインドシナあたりと考えられている。果実が大きく、甘ずっぱく、いかにも南国風のものである。

文旦撫でて嵐にゆれし日をおもふ　高田　蝶衣
もぎに出るうちむらさきも忌日かな　吉岡禅寺洞
＊ふるさとも南の方の朱欒かな　中村　汀女
斯く紅きうちむらさきと画きけり　村上　麓人
ざぼんもぐ足ふんばりし庇かな　宮本都史郎
母へ買ふザボン月よりやゝ小さし　新田　祐久
折れ曲るオランダ塀の朱欒かな　森永　杉洞
朱欒みのる梢にひけり海の蒼　宿南　かよ
殉教の丘より下るザボン売り　梶山千鶴子
朝風は敷藁匂ふざぼん園　米谷　静二

檸檬（れもん）　レモン

みかん科で原産地はインド。初夏、葉腋に白い五弁の花を咲かせ、秋、楕円形の果実をむすぶ。果実は黄熟してレモン独特の色となり、香りがよい。果肉はうすい黄色で汁が多く、すっぱい。果皮からレモン油をとり、輪切りにして紅茶や料理に添え、レモネードを作る。日本では瀬戸内海の島で栽培するが、大部分輸入品である。〈本意〉米国西海岸からの輸入が多いためか、紅茶や西洋料理のそえ物になるためか、西洋のにおいのつよい果実である。日本では季節感がうすい果実になっているが、秋の果実とされる。

＊いつまでも眺めてゐたりレモンの尻　山口　青邨
静脈のほのかなる手に檸檬きる　西島　麦南
レモン切るより香ばしりて病よし　柴田白葉女
れもん熟れ鳩の輪海に偏れり　中戸川朝人
れもん滴り夜に触れし香を昇らしむ　櫛原希伊子
一つ買うレモンはハンドバッグに蔵う　中村　路子
旅の夜を檸檬しぼるや孤りなり　星野麦丘人
檸檬ぬくし癒えゆく胸にあそばせて　鷲谷七菜子

榠樝の実（くわりんのみ）　花梨の実（くわりん）

中国原産。果実は楕円形で大きく、でこぼこしている。秋の末に黄熟する。よい香りがあるが、すっぱくて硬いので、生食はされない。砂糖漬にしたり、榠樝酒にしたりして食する。陰干しにして咳止めにしたり、利尿剤として用いた。材はかたくつやがあるので、家具や床柱にし彫刻に用いられる。〈本意〉春に咲く花は淡紅で愛すべきものとされるが、その実が咳の妙薬とされるのがもっともよく知られている。未熟な柿の中へ榠樝一つを入れておくと早く熟するともいわれている。

柿もぐや青きかりんは無視されて　滝　春一
榠樝の実嚙みしが遠き風の音　加藤　楸邨
＊くらがりに傷つき匂ふかりんの実　橋本多佳子
人の手のぬくく榠樝の曇るなり　山口　草堂
豊年に大き榠樝の実を加ふ　百合山羽公
かりんの実しばらくかぎて手に返す　細見　綾子
かりんの実插すや静かに壺匂ふ　加藤知世子
指触るる諏訪のくわりんに湖の冷え　赤羽　冬芽
かりんの実越えきし山の風のいろ　原　裕
呼ばれしや肩先かたきかりんの実　草村　素子

紅葉（もみぢ）

黄葉（もみぢ）　もみぢ葉　色葉（いろば）　色見草　紅葉の錦　梢の錦　下紅葉　村紅葉　はし紅葉　入紅葉　紅葉の淵　紅葉の川　紅葉の筏

晩秋、気温がさがってくると、落葉樹の葉は赤や黄に色をかえる。これをもみじという。赤く染まる楓などは、葉の細胞液の中に花青素（かせいそ）ができるためであり、黄色に染まる銀杏などは、花青素が分解して葉黄素（ようこうそ）になるからである。とくに美しいのは楓などの赤くなる木で、寒さが加わるにつれてますます鮮麗になる。〈本意〉もみじの名は、紅く染めた絹地の紅絹からつけられたもので、楓の紅葉がよく似ているところから、楓がその名を専有するようになった。しかし紅葉には、すべて色のあかくなる木が含められているわけである。「経もなく緯も定めず娘子らが織れる黄葉に霜な降りそね」（『万葉集』）以来、「見る人もなくて散りぬる奥山の紅葉は夜の錦なりけり」（『古今六帖』）など、たえずうたわれてきた秋の代表的景物である。「錦きる山を竜田姫の姿なる躰」（『梅薫抄』）とも考えられてきた。俳諧にも、「静かなり紅葉の中の松の色」（越人）「かざす手のうら透き通るもみぢかな」（大江丸）「日の暮れの背中淋しき紅葉かな」（一茶）などの秀作がある。

紅葉折る木魂かへすや鏡石　前田　普羅
一枚の紅葉こぼるゝ布団敷く　山口　青邨
わが旅の紅葉いよ〳〵濃かりけり　高浜　年尾
＊障子しめて四方の紅葉を感じをり　星野　立子
紅葉焚きし灰やしばらく火を含む　中村草田男
くきくきと折れくる筏紅葉渓　大橋桜坡子
紅葉谿人ごゑ杭を打つごとく　宮武　寒々
紅葉の色きはまりて風を絶つ　中川　宋淵
紅葉せり何もなき地の一樹にて　平畑　静塔
紅葉よき山寺障子はづし置く　山口波津女
紅葉の中杉は言ひたき青をもつ　森　澄雄
風邪負ひて紅葉さ中の湯を怖る　野沢　節子
紅葉くぐりぬけし静かな疲れ出づ　五木田告水
青空の押し移りゐる紅葉かな　松藤　夏山
今焚ける紅葉のいろの夕焼雲　根岸　善雄
柩ゆく山坂紅葉明りかな　縄田　喜笑
黄葉を踏む明るさが靴底に　内藤　吐天
急流の底まで紅葉敷きつめし　天野莫秋子

初紅葉（はつもみぢ）

紅葉のはしりである。紅葉というと連想される楓とは限らず、櫨、白膠木、漆、柿などなんでも、はじめて見た紅葉のことである。その時期は、東北南部で十月十日頃、太平洋沿岸では一と月もおくれる。気温の低さが紅葉の要件なので、北国、高山は早く紅葉がはじまる。〈本意〉「めづらしとわが思ふ君は秋山の初黄葉に似てこそありけれ」(『万葉集』)など古くから詠まれている。ただ、竜田川の錦とうたわれたものもみな雑木の紅葉であった。楓のみを紅葉として言うのは後世になってからという。「初」に珍重の気持がこめられている。

初紅葉はだへきよらに人病めり　日野　草城

山水のはや力抜き初紅葉　内山せつ子

初紅葉遮るものにつゞりけり　阿波野青畝

初もみじ朝いちはやき日のなかに　木津　柳芽

初紅葉して傾ける大樹かな　粟屋多慶男

柴漬の味ののりきし初紅葉　宮下　麗葉

*暮れ際を山あかりして初紅葉　遠藤　正年

初紅葉石山の石ぬれそぼち　奈良　鹿郎

薄紅葉 うすもみぢ

紅葉しかかった葉である。色が十分にでず、うっすらと色づいているだけにとどまっているのである。十分紅葉したものより、こちらを賞でることもある。はしりであり、趣きふかくもあるわけである。〈本意〉「小倉山秋とばかりの薄紅葉時雨の後の色ぞゆかしき」と『玉葉集』にある。俳諧にも、「色付くや豆腐に落ちて薄紅葉」(芭蕉)「町庭のこころに足るや薄紅葉」(太祇)などその趣きがうたわれている。

*真青なる紅葉の端の薄紅葉　高浜　虚子

庭手入はかどりつゝや薄紅葉　高浜　年尾

谷下りて水に手ひたすうすもみぢ　細見　綾子
うす紅葉障子にふれむばかりにて　清原　枴童
柿の葉鮨うす紅葉せる一葉かな　和田　祥子
釣り橋のふんはり揺れて薄紅葉　望月　稔

黄葉（くわうえふ）　黄葉（もみぢ）　黄ばむ

銀杏、欅、櫟、槻などは晩秋に黄色に葉の色がかわり、やがて落ちる。これも「もみぢ」と呼ぶのは中国にならったもので、『万葉集』にはすでに使われている。〈本意〉もみじは紅と黄に代表され、美しいのは紅とされるが、黄葉も時期によって非常に美しいことがある。

大煙あげて黄葉をたく人よ　原　石鼎
黄葉はげし乏しき銭を費ひをり　石田　波郷
＊病室の中まで黄葉してくるや　同
噴煙の燦たり樹々はいま黄ばむ　同
三室山桑の葉黄ばむ道来れば　山口　誓子
藤黄葉蔓あきらかに見ゆるかな　松本たかし
へくそかづらと言はず廃園みな黄葉　福田　蓼汀
アカシヤの黄葉洩れ日や簗場径　森　総彦
黄葉中目つむりをりて鳥語聴く　島村　利南
酒場の木椅子に鳥めくわれら黄葉期　鈴木　河郎

照葉（てりは）　照紅葉（てりもみぢ）

紅葉はよく晴れて、日光がよくあたるところほど美しい。「てるは」とはいわない。〈本意〉「雨降ればかさとり山のもみぢ葉はゆきかふ人の袖さへぞ照る」という『古今集』の歌は雨の紅葉で、照葉の本意とは異る。照葉は、紅葉の輝かしさの上に日の照りが加わっているその美しさをいう。

紅葉照る伐折羅大将生きてをる　阿波野青畝
＊照葉して名もなき草のあはれなる　富安　風生

曇り硝子銀杏の照葉十日まり　滝　春一　　混血幼児みな昼寝して照紅葉　及川　貞
女学生うつしみ匂ふ照葉かな　下村　槐太　　昼の月浮べて楢の照葉かな　水見悠々子

紅葉かつ散る（もみぢかつちる）　色ながら散る　色葉散る　木の葉かつ散る　落葉の色

紅葉していながら、ときどきその中から落葉してゆくものがひらひらするのである。〈本意〉「霜のたて露のぬきこそ弱からし山の錦の織ればかつ散る」（『古今集』）や「下紅葉かつ散る山の夕時雨ぬれてやひとり鹿の鳴くらむ」（家隆、『新古今集』）などがあり、「紅葉散る」（冬）の前の晩秋の微妙な季感をとらえている。

一枚の紅葉且つ散る静かさよ　高浜　虚子

足音に応へ且ちる紅葉あり　今井つる女

＊照紅葉且つ散る岩根みづきけり　西島　麦南禽の声邃（ふか）くかつ散る紅葉かな　徳永山冬子

紅葉かつちりて神さびたまひけり　清原　枴童

帚月に紅葉かつ散る無欲の日　原　裕

黄落（くわうらく）　黄落期

銀杏、欅、櫟などの木の葉が黄色に染まり落ちることで、一面黄色の光のような語感である。紅葉且つ散るにあたることば。〈本意〉七十二候の晩秋、霜降の二候に「草木黄葉」とあるところからとったことば。木も黄葉、地にも黄の落葉、宙を黄の落葉が散る、黄の光にみちた空間が思われる。

黄落のつゞくかぎりの街景色　飯田　蛇笏　　＊黄落や或る悲しみの受話器置く　平畑　静塔

黄落の夜目にもしるき一樹かな　村山古郷
黄落の眼に婚の夜の夫やさし　角川源義
黄落に昴ぶりて妻瞬くや　林　徹
黄落の掌に文芸誌うすきかな　荒谷利夫
黄落へをんな身細め走り出す　高島筍雄
黄落やをんなの傘の透きとほり　風間啓二
がうがうと黄落の音したりけり　草間時彦
黄落を水中にゐて見るごとし　飴山　実
黄落期みんなが合つた時計持ち　田川飛旅子
黄落に立ち光背をわれも負ふ　井沢正江
黄落や路まつすぐに蝦夷の国　千葉　仁
岩ばしる水や黄落いそぐなり　渡辺古鏡
黄落のそこより祈り湧くごとし　嶋田麻紀
ここに来て死ねよと山河黄落す　籏　こと

葡萄紅葉（ぶだうもみぢ）

山葡萄の紅葉、また葡萄園の紅葉はとくに美しい。つるがからんで野山の樹々にのびた葉が紅葉して山野をおおい、とくに葡萄園では見わたすかぎりの紅葉で目をうばう。〈本意〉つるでからまり、空間をつると葉で占有しているので、葡萄紅葉はまさに壮観である。

ひるがへる葡萄紅葉や滝の前　増田手古奈
*杉の秀に葡萄紅葉を打ちかけし　富安風生
全園の葡萄紅葉に顔染めし　早瀬　貢
紅葉して雲より赤し葡萄園　石塚友二
すさまじき葡萄紅葉の甲斐に入る　田中鴻城
湯の谿は葡萄紅葉の下に鳴る　木村蕪城

柿紅葉（かきもみぢ）

柿の葉は厚く大きくつやがあり、晩秋、美しい色に紅葉する。柿の実と対応するような美しい色で、朱、紅、黄などのまざった重厚な紅葉色である。落ちのこる少ない柿紅葉も趣きがあるが、散りしいた葉も美しい。〈本意〉紅葉の代表としては楓があるが、柿紅葉も、葉の大きさや厚みと色の深さで心をひきつける。実の色も美しいが、晩秋の柿の色彩はゆたかである。

児の群に我児の見えつ柿紅葉　石井　露月
しぐれては市振駅の柿紅葉　山田みづえ
柿紅葉マリア燈籠苔寂びぬ　水原秋桜子
柿紅葉御室の山は低きかな　東久世壽声
＊ふるさとの家を柿もみぢ荘厳す　藤森　成吉
柿紅葉して豚の子のおとなしき　早川草一路
柿紅葉貼りつく天の瑠璃深し　滝　春一
実を持たぬ柿紅葉して山明けぬ　長谷川三樹

雑木紅葉（ざふきもみぢ）　名の木の紅葉

とくに木の名を冠した紅葉でなく、その他の、たとえば、なら・くぬぎ・ぶななどの木の紅葉や、ほかのさまざまな木の名もしらぬ紅葉をいう。手近かな、野趣ある、しぜんな紅葉である。〈本意〉『温故日録』に、「わきて詠む紅葉木、楓・檀・桐・楝・柞・桜・漆の木・梅・白膠木なり」とあるから、それ以外のものをまとめて言うとみてよいだろう。雑木は良材にならぬ木を言うが、もっと漠然と、山や丘の群生する木々の紅葉をさしている。手近かで気軽だが、美しいものである。

暫くは雑木紅葉の中を行く　高浜　虚子
手を髪に雑木紅葉をくぐりたる　中田　萋子
＊かちかち山雑木紅葉の色となりぬ　山口　青邨
ふるさとの雑木紅葉はあたゝかし　小暮　信泉
濃紅葉もよけれど雑木紅葉かな　星野　立子
友恋し雑木紅葉の夕冷えは　広谷　樵人

漆紅葉（うるしもみぢ）

うるしの葉は楕円形で、先がとがっており、枝頭に互生しているが、晩秋にあざやかに紅葉する。葉の表が紅、裏が黄色である。美しい色だが、うかつに採ったりすると、かぶれて苦しむことになる。〈本意〉うるしは中国原産で、うるしを採るために栽培されている落葉木である。山に自生しているものは、やまうるしである。他の紅葉とちがって、燃えるような鮮紅色の紅葉になり、きわだっている。

あたりまであかるき漆紅葉かな　高浜　虚子
漆紅葉一葉にをれば唇のごと　角川　源義
楓稀に漆多くは紅葉す　福田　把栗
掻すての漆林や紅葉せり　鈴木　元
*うるし紅葉水なにかはと燃えうつる　篠田悌二郎
滝の前漆紅葉のひるがへり　中谷　朔風

櫨紅葉（はぜもみぢ）　櫨（はじ）

はぜは、はじと言うことも多く、またはぜのきとも言う。『万葉集』で言うはじはやまはぜで、日本の中部以南の山地に自生するもの。秋に深紅に染まり、美しい。栽培するはぜは、蠟をとるためのもので、琉球はぜ、唐はぜ、ろうのきなどという。はぜはうるし科で、かぶれるが、紅葉はめざましい。〈本意〉「鶉鳴く片野にたてる櫨紅葉散らぬばかりに秋風ぞ吹く」（『新古今集』）「木枯しの末の原野の櫨紅葉かつさそはれて暮るる秋かな」（『夫木和歌抄』）などと古くから歌われている紅葉の代表の一つである。『滑稽雑談』に、「その材、弓を作る。その葉秋紅葉するなり。その実、蠟燭を作る。民植ゑて利とす」とあるが、蠟をとる木として知られていた。

鵙鳥の息のながさよ櫨紅葉　山口　誓子
櫨紅葉ただうとうととねむりたし　加藤　楸邨
*櫨紅葉牧のあめ牛みごもれる　内藤　吐天
万葉の防人が野に櫨炎ゆる　田中　鬼骨

山風やしづかにおごる櫨紅葉　五味　洒蝶　　燃えしあと散るほかはなき櫨ならむ　稲垣きくの
高原の色のはじめの櫨紅葉　滝　佳杖　　櫨紅葉死後こそ永し山の窪　殿村莵絲子

銀杏黄葉（いてふもみぢ）

いちょうは、いちい科の落葉喬木で中国原産と言われ、中国と日本だけにある。一枚葉なのでいちょうと言うが、扇型の葉で、秋に黄葉するものの代表である。いちょうは大木が多いから、黄葉の景は壮観である。〈本意〉蕪村は「銀杏踏んでしづかに児(ちご)の下山かな」と詠み、嘯山は「いてふ葉や止まる水も黄に照す」と詠んだ。大老樹でも、並木でも、その黄葉は輝かしく、荘厳ともいえる。

＊とある日の銀杏もみぢの遠眺め　久保田万太郎

大銀杏黄は目もあやに月の空　川端　茅舎

画展よりつゞく光りの銀杏の黄　渡辺　桂子

銀杏もみぢして公園や夕明り　石塚　友二銀杏黄葉大阪馴染なく歩む　宮本　幸二

松の中銀杏黄葉の一本が　岡田むつ子

いてふもみぢ眩し壮齢いくばくぞ　上井　正司

散るを待つ寸前いてふ黄を極む　岩井　完司

桜紅葉（さくらもみぢ）

さくらの紅葉は早くからはじまり、九月末には黄ばんで、散ってしまう。手近かなところで見られる上、黄に紅をまじえて、思いがけず美しい一枚一枚であったりして、心にのこるものである。〈本意〉『温故日録』に、「七月の末つかた、八月のものといへり」とあり、早い紅葉が本意である。美しさよりも心にしみる印象が身近かで親しみやすい。

霧に影なげてもみづる桜かな　臼田　亜浪
玉砂利や桜落葉は刎ねて掃く　深川正一郎
桜紅葉しばらく照りて海暮れぬ　角川　源義
＊赤松に桜もみぢのちりぬるを　杉山　岳陽
紅葉して桜は暗き樹となりぬ　福永　耕二
眼鏡ふかく日の射し桜紅葉かな　河合　照子

白膠木紅葉（ぬるでもみぢ）　ぬるで

ぬるでは、うるし科の落葉小高木で、山地に自生、六メートルほどになる。葉は羽状複葉で三対から六対、これが秋に目ざましく紅葉して、鮮麗をきわめる。美しい紅葉の中の代表の一つ。葉に五倍子虫が産卵し、五倍子（ふし）をつけるので知られる。晩秋できる扁平な実も紫赤色で美しい。実の表面に塩のようなものができ、塩からい。〈本意〉楓紅葉などとならぶ、紅葉の代表で、美しい赤になる。五倍子（ふし）をとる木として知られるが、それ以上に紅葉が知られる。

もみぢして松にゆれそふ白膠木かな　飯田　蛇笏
＊狐舎の径白膠木の紅葉赫と燃ゆ　水原秋桜子
漆色に似せてぬるでの紅葉哉　大村　由己
幕間に白膠木紅葉を活けもして　竹田　小時

五倍子（ふし）　ごばいし

ぬるでの葉に五倍子虫が卵を産みつけると、三センチほどの袋のようなものが葉にできる。これがふしで、ごばいしとも言う。はじめは緑色だが秋に茶褐色になる。虫がでてくる前にとって、タンニン材とし、染色、インク作りに使う。昔はお歯黒にも用いた。〈本意〉ぬるでをふしのきと呼ぶくらい、ふしを採る目的が重んじられたわけである。お歯黒の材料になるふしは、虫癭である。

中山は材木の町五倍子を干し　富安　風生
＊山の日は五倍子の莚に慌し　阿波野青畝
都とは空が違うて五倍子を干す　加福　無人
五倍子干して小さいながらも筆問屋　山田　緑女
五倍子干すや伊賀の山々霧ふかく　菊山　九圃
五倍子干して今も昔の温泉宿かな　美柑　寒木

柞（ははそ）　柞紅葉　楢　小楢

ははそは、こならの古名だが、なら・かしわ・くぬぎも、ははそと呼ぶ地方がある。こならは山林に多い落葉木で、秋に銅色に紅葉する。鋸歯の多い葉である。〈本意〉「山科の石田（いはた）の小野の柞原見つつや公（きみ）が山道（やまち）越ゆらむ」と『万葉集』にすでに詠まれている。柞葉は母にかかる枕言葉で、「銀杏の実の父（ちち）の命、柞葉の母の命」という言い方が知られる。山林のもっとも目立つ紅葉だといえよう。ただ、「柞の紅葉は薄きことにいひならはせり」と、『温故日録』『改正月令博物筌』に言われている。俳諧でも、「ははそちりて小袖にもろし露泪」（貞室）「楢もみぢ蓑乾き行く山表」（存亜）などと作られている。

道のべや柞の宿におく火入　松瀬　青々
たどりつき柞紅葉の浮ぶ温泉（ゆ）に　中村　若沙
柞散るかそけき音や山日和　岡安　迷子
＊赤松に柞もみぢの散りいそぐ　杉山　岳陽

秋の芽（あきのめ）

秋に木や草の芽が出ることだが、春の芽ぶきに比べれば、ささやかなものである。〈本意〉芽といえば春だが、秋に、陽気にさそわれて芽の出ることがあり、そのまま冬を迎える。牡丹の芽、つげの芽などである。

牡丹の秋芽につきし蕾かな　高野　素十
わがゆくて秋芽いろなす薔薇の門　草村　素子
晩婚や風禍の欅秋芽吹き　松崎鉄之介
*樫は秋の紅芽するどし葬りけり　本宮銑太郎
どうだんに秋芽の立ちしうすぐもり　星野麦丘人
秋芽ふく歓喜しみじみ空へ向き　板野　古楠

新松子（しんちぢり）　青松毬

「ちちり」は松笠のこと。今年できたものを新ちぢりという。色は青く、みずみずしい。全体の形は円錐形で、長楕円形の鱗片でおおわれ、鱗片はかたく緊まっている。枯れてくると乾いて鱗片がひらき種をおとす。青松毬というが、種をおとしたあとのものは、松ぼっくり、松ふぐりなどという。〈本意〉松は日本人の好む木で、その実なので、よく見られるが、青い松毬は、みずみずしくて、とても愛らしい印象のものである。

よき宿の波はとゞろに新松子　菅　裸馬
朝の浜少年走る青松笠　中川　志帆
松笠の青さよ蝶の光り去る　北原　白秋
新松子山脈に雲邃かなり　星野麦丘人
*新松子父を恋ふ日としたりけり　石田　波郷
のどみせて女の仰ぐ新松子　福原　十王
新松子わが恋ごとは青くさし　高桑　弘夫
新松子その奥の空深きかな　小泉　良子

桐一葉（きりひとは）　一葉（いちえふ）　ひとは　一葉落つ　桐の葉落つ　一葉散る　桐散る

桐の葉が秋に落ちることで、桐一葉、あるいは単に一葉という。「一葉落ちて天下の秋を知る」という『淮南子』のことばから、桐の落葉を秋の代表的な情景とするようになった。一葉ははじめ、柳と桐をあらわしていたが、近世俳諧以来、桐ときめられるようになった。桐の葉は広卵形の大きな葉で、風もないのに、はらりと落ちてくる。〈本意〉「一葉の衣かへて涼しき躰」（『梅薫抄』）「梧桐一葉落、知天下秋と作り候あひだ、梧桐のことなり、と申しならはし候」（『至宝抄』）などと、秋の到来を知らせるものとされてきた。桐・柳・楸・柞などいろいろの木について言われていたが、桐に特定されてゆく。葉が大きく、一枚だけ、からっと落ちるので、象徴性がついてくるようである。

*桐一葉日当りながら落ちにけり　高浜　虚子
静かなる午前を了へぬ桐一葉　加藤　楸邨
朝の靴つやゝかに一葉踏みにけり　大谷碧雲居
日月のうつろに一葉舞ひにけり　中川　宋淵
乾坤にぷつと音して一葉落つ　富安　風生
夜の湖の暗きを流れ桐一葉　波多野爽波
桐植ゑて祖先は遠き一葉かな　山口　青邨
一葉落つ何か流るる身のほとり　鷲谷七菜子
むささびは闇の一葉と化りて翔ぶ　宇田　零雨
一葉地に還る夕焼音もなし　塩田　紅果
枯るる声確かに落とし一と葉落つ　滝　春一
一葉してまのあたりなる虚空かな　島田　雅山

柳散る（やなぎちる）　黄柳

柳は仲秋に黄ばんで秋風とともに一気に散ってしまう。柳は水辺に多いので川端などに散る柳の風情はなかなかよい。〈本意〉『改正月令博物筌』に、立秋として、「柳散る、このころ散りそむるなり。柳・桐の類は早く散りそむるなり」とあり、晋の顧愷之の「蒲柳之質望レ秋先零（おつル）」という詩句を引用している。秋を知らせるしるしの一つとなる。俳諧には、「庭掃きて出でばや寺に散る柳」（芭蕉）「船よせて見れば柳の散る日かな」（太祇）「柳ちり清水かれ石ところどころ」（蕪村）などの句がある。

柳散る片側町や水の音　夏目　漱石
＊まつすぐに雨にしたがふ散り柳　富安　風生
立ち並ぶ柳どれかは散りいそぐ　阿波野青畝
散る柳女も黒と茶が似合ふ　滝　春一
あげてくる汐の静けさ柳散る　三宅　応人
男憎しされども恋し柳散る　鈴木真砂女
柳散る牛乳すこしあたためて　牧瀬蟬之助
燕のかへる日柳ちる日かな　岡野　知十
柳散る一葉はとほき水輪生み　西山　誠
水馴棹触れしにあらず柳散る　河野　探風

木の実（このみ）

万木の実（よろづこのみ）　木の実降る　木の実雨　木の実時雨　木の実独楽

このみとも、きのみとも言う。普通には、果樹を除いた樹木の実のことで、秋に熟して地に落ちる。いわゆるどんぐりのたぐいで、くぬぎ・かし・しい・むく・とちのき・えのきなどの実である。〈本意〉「籠り居て木の実草の実拾はばや」という芭蕉の句がある。木の実の種類をいわず、まとめて言う総称である。

＊よろこべばしきりに落つる木の実かな　富安　風生
香取より鹿島はさびし木の実落つ　山口　青邨
子がならべ母がならべし木の実かな　後藤　夜半
木実青かりし昨日のけふとなる　山口　誓子
木の実添え犬の埋葬木に化（な）れと　西東　三鬼
木の実落つわかれの言葉短くも　橋本多佳子
袂より木の実かなしきときも出づ　中村　汀女
水底に木の実あるゆゑ日筋さす　百合山羽公
月やある木の実が落つる夜半の音　及川　貞
美しき木の実なりせば墓に置く　菖蒲　あや

舎利殿の闇をきらりと木の実落つ　加藤知世子
碧落に擲げて戻らぬ木の実かな　稲垣きくの
父母の声して木の実降りにけり　古内　一吐
木の実落つさだかに心つかみ得ず　樋笠　文
木の実どち相寄る窪のありにけり　肥田埜恵子
風ちぎれ来て神木の実を降らす　宮川　晴子

杉の実　すぎのみ

松かさよりずっと小さくて目だたないが、杉の雌花は秋、親指の頭ぐらいの実になる。球形で直径三センチぐらい。熟すると焦げ茶になって、鱗片がそり、中から翼のある種がとび出る。大きさを別にして松かさと似ているので、植物学上ではやはり松かさと呼ぶ。〈本意〉実の一つ一つは米粒大で、子供が杉鉄砲とするが、毬が小型なので、目立ちにくい。しかし松かさを小さくした実質のもので、似ている。

日々好日と杉の実干してあり　石井　露月
健在に杉種採って居られけり　斎藤　華舟
杉の実や同宿の友に土産買ふ　相原　玆明
この墓に杉の実降るも近からむ　下村　梅子
杉の実や渓へ下りざる風蒼し　花田　春兆
杉の実の真青き五百羅漢かな　細川　加賀
*仰ぎ見る三輪の神杉実もたわわ　田畑　比古
杉の実を真青き風が保ちをり　関根黄鶴亭

橡の実　とちのみ　栃の実

とちのきの果実で、果実は球形。秋に黄褐色に熟し、三つに裂け、中から栗の実に似た種が出る。種は褐色でつやがあるが、苦みをさらしとると澱粉が得られる。とちもち、とちだんごにして食べる。〈本意〉『滑稽雑談』に、「土民採りて粉とし、餅とす。凶年これを食す」とあり、『篗繡輪』に「木曾の山中に多し。これを麺とするに、その粉を熱湯にてこね調へ、温飩のごとく棒に捲いて、温なるうちに急にこれを伸す。冷ゆれば堅く縮つて伸びず。その手廻しはなはだ急なるゆゑに、俗談に橡麺棒ふるといふはこれなり」とある。木曾に多く、山村の備荒食品だったことがわかる。芭蕉にも、「木曾の橡浮世の人のみやげかな」がある。

橡の実と言ひて拾ひてくれしかな　高浜　虚子
＊橡の実の山川まろぶひとつかな　飯田　蛇笏
栃老いてあるほどの実をこぼしけり　前田　普羅
橡の実となりて我が辺に静まりぬ　加藤　楸邨
橡の実や雲の身近きこゝは飛騨　山口　草堂
栃の実や夕雲白く谷に満つ　滝　春一
橡の実にこつりと打たれ男神　加藤知世子
栃の実の小石にまじる焼き畑　沢木　欣一
掌に重もる栃の実の過去欝として　豊山　千蔭
橡の実に打たれて怒失ひつ　杉山　岳陽
橡の実の打ちて泉の面ゆがむ　前田　鶴子
山の子に待たれて橡の実の落つる　水田のぶほ

ななかまど　七竈　ななかまどの実

ばら科の落葉高木で、谷沿いの森などに多い。晩秋の紅葉がとくに美しい。互生する葉は羽状複葉で、五対から七対の小葉が向き合っている。まっかに熟した実もまた美しく、あずき粒くらいのものがあつまって重そうに垂れている。花は夏に咲くが、白い五弁の花がたくさんあつまって花笠のようにひらく。〈本意〉燃えにくい木で七度かまどに入れても燃えずに残るといわれているが、言い伝えである。やはり、紅葉と実の赤さで知られる木である。

噴煙の空迫り来つなゝかまど　水原秋桜子
ななかまど尾根に吹く雲霧となり　原　柯城
＊ななかまど湖に枝を伸べいろづくも　望月たかし
ななかまど淋漓と染むる沢の口　村上　光子

ななかまどわが家の方へ山幾重　相馬　遷子
利根源流秘めたる雲やななかまど　武井　耕天
赤牛に空はれ風の七かまど　渡辺　幸子
石村の風石くさしななかまど　多田　薙石

櫨の実　はぜのみ　はじのみ　黄櫨木の実

暖地の山に自生するうるし科の落葉高木だが、二種類あって、本来のはぜの実は大豆ほどの大きさで平たく、卵形、黄色に熟する。もう一種はりゅうきゅうはぜで、蠟をとるための木。実の形ははぜと同じだが乳白色である。四国や九州の畑や川沿いに植えられている。どの種類も秋の紅葉が美しい。実は房になって垂れさがる。〈本意〉櫨の実を採るのを櫨ちぎりといい、櫨買がそれを買いとる。蠟をとるために植えられた木というイメージがつよく、四国、九州、とくに肥前、筑後のよく知られた樹木である。

＊櫨の実のしづかに枯れてをりにけり　日野　草城
近よりて白き息吐く櫨紅葉　栗生　純夫
竹林へ一幹かしぐ櫨もみぢ　能村登四郎
櫨の実やむかし陣屋の門構へ　古木　新三
櫨ちぎりつくしのふるき路にみる　小田　南畝
櫨取の頭が出たる梢かな　三浦十八公
櫨紅葉人嫌ふ日も恋ふる日も　田中ひろし

樫の実　かしのみ

樫はあかがし、しらかし、うらじろがし、いちいがし、あらかし、つくばねがし、うばめがしなどの総称で、それらの木の実である。渋くて苦い。〈本意〉どんぐりの中に一般に含めて言われてしまうが、樫は常緑樹で、落葉樹の実をいうどんぐりとは区別される。帽子のような殻斗をつけている洒落た実である。

樫の実の落ちて駈け寄る鶏三羽　村上　鬼城
樫の実や撫でて小さき去来の碑　中村　春逸
拾ひ来し樫の実一つ本の上　嶋田　青峰
*ぴしと敷く樫の古実のあたたかく　松村　蒼石
樫の実のまだ殻の中隠り見ゆ　加藤　憲曠
樫の実をパチッと踏んで牛乳来る　加藤すゝむ
樫の実を踏み渡りゆく日和かな　細見　素畦
樫の実を手に沼へ出づ沼より無し　野沢　節子

椋の実（むくのみ）

むくのきはにれ科の落葉高木。大木になる。その実は小豆ぐらいの大きさで、秋に黒くなり、甘い。子供が食べ、小鳥もあつまる。〈本意〉椋鳥が好んで集まり食べる実で、『和漢三才図会』にも、「その実、黒色にして円く、竜眼肉の皮を去りたるもののごとし。小児、喜んでこれを食ふ」などと言われている。

椋の木の下には椋の実を拾ひ　池内たけし
椋の実に旅も果なる一日かな　加藤　楸邨
*椋鳥のこぼして椋の実なりける　岸　風三楼
椋の実にかくれ溜りて雀鳴く　大草春雨女
椋の実の落ちつくしたる空青し　五十嵐播水
椋の実が熟れ海からも鴨のこゑ　須並　一衛
白鳳仏見て椋の実を踏みにけり　栗原　米作

団栗（どんぐり）

くぬぎの実のこと。殻斗は椀状に実の半ばをおおっており、こまや人形を作ってあそぶ。秋の森林にはよく似た木の実がたくさん落ちていて、それらをみな一般にどんぐりと呼んでいる。時にはかしの実のような常緑樹の実も含められるが、くぬぎと同属の落葉樹、こなら・みずなら・あべまき・かしわなどまでにとどめた方がよいだろう。〈本意〉『和漢三才図会』に、「櫟(くぬぎ)の木、葉は櫧子(かし)の木に似て、葉深秋に至りて黄ばみ落つ。その実、栗に似て小さく円きゆゑに、俗呼んで団栗と名づく。蔕に斗ありて、苦渋味悪く食すべからず」とある。小さく円い、栗に似た実というイメージである。一茶の「団栗の寝ん寝んころりころりかな」はそのかわいらしさをつかんでいる。

どんぐりが乗りていやがる病者の手　秋元不死男
抽斗にどんぐり転る机はこぶ　田川飛旅子
しののめや団栗の音おちつくす　中川　宋淵
どんぐりの頭に落ち心かろくなる　油布　五線
*どんぐりの坂をまろべる風の中　甲田鐘一路
どんぐりの山に声澄む小家族　福永　耕二
雀ゐて露のどんぐりの落ちる落ちる　橋本多佳子
どんぐりの拾へとばかり輝けり　藤野智寿子

一位の実(いちゐのみ)　あららぎの実

あららぎ・おんこともいう、いちいの実である。雌花の種皮が厚く発達して秋に紅くなり緑の種がその中に嵌(は)まりこんでいる。この紅い部分を実といい、甘く、食べられる。〈本意〉実といわれる部分がルビーのように紅く玉になっているのは美しい。ただ、いちいは裸子植物で、子房がないので、本当の意味では果実とはいえない。いちいがしの実とはまったく別のものである。

*一位の実甘しといふに嚙みて見る　高浜　年尾
一位の実含みて吐きて旅遠し　富安　風生

一位の実甘し遠嶺の霧を見る　野見山朱鳥
山去るにつけて一位の実ぞ赤き　木村　蕪城
落人に愛されし峡一位の実　秋元不死男
山の日をまぶしみふくむ一位の実　上村　占魚
湖の風さびしくなりし一位の実　杉山　岳陽
手にのせて火だねのごとし一位の実　飴山　実

檀の実（まゆみのみ）

山錦木ともいい、仲秋から晩秋に熟する。実の形は四角ばっていて、淡紅色になる。葉がおちても枝についていて、やがて四つに裂け、真赤な種が顔を出す。〈本意〉『和漢三才図会』に、「按ずるに、檀、実を結ぶ。楝子（あふちのみ）のごとくにして小さく、簇（むれ）をなす。生なるは青く、熟すれば淡赤、裂ければ内に紅子三四粒あり。その葉、秋に至りて紅なり」とある。実の色が美しい。むかし弓を作った木がまゆみである。

檀の実圧し来る如く天蒼し　望月たかし
風邪癒えて雨あたゝかし檀の実　同
真弓の実華やぐ裏に湖さわぐ　杉山　岳陽
檀の実まぶしき母に随へり　岸田　稚魚
＊檀の実割れて山脈ひかり出す　福田甲子雄
山湖澄む空と檀の実と映り　岡田　日郎
日の逃げて風のみ急ぐ檀の実　太田　蓁樹
檀の実爆ぜて色濃くなりにけり　小泉　良子

楝の実（あふちのみ）　樗（あふち）の実　栴檀の実　金鈴子

楝というのは古名で、植物名はせんだんである。さくらんぼの大きさで楕円形をしている。秋に黄色く熟し、葉がおちたあとも枝についてのこる。この実はひびの薬になる。苦楝子（くれんし）の名がある。〈本意〉金鈴子の名があらわしているように、黄色の実が垂れさがっているさまは、印象的である。

梅檀の実を喰いこぼす鴉かな　河東碧梧桐　日をはじく実は銀鈴のあふちかな　若林いち子

*橋白く梅檀の実の多きところ　中村草田男　縞馬は驚き易し樗の実　高橋　輝子

梅檀の実落ちし樹下に寄りて足る　石田　波郷　実せんだん輝るに喪の家昏れやすく　岡田　海市

梅檀の実がよごしたる石畳　石橋　秀野　梅檀の実のばらつきのすがすがし　都築せつや

柾の実（まさきのみ）

まさきは、にしきぎ科の常緑低木。生垣にするが、海岸に自生するものもある。秋に球形の実がなり、熟すると割れて、中から黄赤色の種がのぞく。緑白色のめだたぬ四弁の花より種の方が美しく見える。〈本意〉黄や白の斑入りのまさきも、実は普通のまさきと変らず、熟すると三つ、四つに裂けて、黄赤色の種をうつくしく現わす。小鳥がついばみに来るものである。

柾の実籬のうちも砂白く　富安　風生　汐風にはじくる島の柾の実　古川　芋蔓

柾の実父弟逝きをんなばかり　岡田　海市　*柾木の実紅し入江に日を置きて　篠田　麦子

椎の実（しひのみ）　落椎

二種類あって、一つは円錐形をしたすだじいの実で、他は球形をしたつぶらじいの実である。どちらも未熟のうちは苞に包まれているが、熟すると苞は三つに裂け、実があらわれる。白い子葉のところを食べる。〈本意〉『和漢三才図会』に、「その実長く尖り、筆頭に似て、紫褐色、仁白色、両片となる。味甘し」とあるが、栗についで美味で貧民の飢を助けるものとされてきた。蕪村に「丸盆の椎にむかしの音聞かむ」、几董に「椎の実の落ちて音せよ檜笠」などの秀句もあった。

椎の実の虫くひ憎みはじきけり　岡村　柿紅
わけ入りて孤りがたのし椎拾ふ　杉田　久女
風の子等椎の礫を楽しみて　皿井　旭川
椎の実の見えざれど竿うてば落つ　橋本多佳子
空濠にひゞきて椎の降りにけり　長谷川かな女
賽すれば椎降る音のつゞくなり　皆吉　爽雨
森風の湧くにやあらむ椎落つる　太田　鴻村
病む妻へけさ落ちし椎二つ拾ふ　軽部烏頭子
*裏山に椎拾ふにも病女飾る　大野　林火
椎の実のむなしき貌のそろひけり　小寺　正三

榧の実（かやのみ）　新榧

かやの木は裸子植物だから、果実といっているものは本当は種である。楕円形で、二、三センチの長さ。紫褐色になる。熟すると、一皮むけて赤褐色の内種皮があらわれ、両端がとがった楕円形のもので縦にみぞがある。さらにこのなかの白いところを食べる。また油をしぼることもできる。上等なかやの油になる。〈本意〉種は脂肪分が多く、その部分を「嚙みて久しうすれば、やうやく甘美なり。生にて啖ふべし。焙りて収すべし。小にして、心実するものをもつて、佳となす」と『和漢三才図会』は言い、常に食すれば五痔を治し、虫のいる子に、効きめがあるとしている。

榧の実の青さ掌に霧流れ来る　阿部みどり女
沢蟹の榧の実運び尽しけり　水原秋桜子
榧の木に榧の実のつくさびしさよ　北原　白秋
榧の実は人なつかしく径に降る　長谷川素逝

＊椎の実の落ちてはずめる親しさよ　橋本　鶏二　　踏みしとき椎の実とはかく匂ふもの　竹内万紗子
栗鼠馴れて椎の実かくす寺の畑　黒木　野雨　　信心の椎の実まろく澄めりけり　佐野　良太
実を仰ぐ椎のその空澄めるかな　及川　貞　　椎の実落つひとつひとつの行末へ　山上樹実雄

榎の実（えのみ）

えのきの実のことで、えのきが高さ二十メートルにも達する大木なのに比べて、小さな小豆ほどの実で、熟すと橙色になる。甘くて食べることもできるが、子供の頃、青竹につめて、鉄砲にして打ったことのある実である。〈本意〉『和漢三才図会』に、この実について、「大きさ、豆のごとし。生なるは青く、熟するは褐色、味甘にして、小児これを食ふ。早晩の二種あり。椋鳥・鵯鳥よろこんでこれを食ふ。実、咽喉腫痛および骨鯁（たち）たるを治す」とある。鬼貫の句に、「木にも似ずさてもちひさき榎の実かな」とあるのが、木と実との対照をうまくとらえている。

榎の実散る此頃うとし隣の子　正岡　子規　　榎の実置く空襲を経し文机　秋元不死男
榎の実食ふ二十羽も一とかたまりに　阿波野青畝　　樹上より幼な声して榎の実　廻　富士野
＊榎実熟すもう鵯の来る時分　赤星水竹居　　榎の実降る母ありし日の筵機　為井しのぶ

橘（たちばな）

日本に太古からあった柑橘類はこれ一種でニッポンタチバナというのが正しい。南方の海岸近い山地に生える。果実は三センチほどの径の扁球形。皮は黄色、肉は淡黄色、すっぱくて水けがない。カラタチバナと呼ぶ種類もあるが、これはやぶこうじ科のもの。秋に果実が赤熟して美しい。〈本意〉『万葉集』に、「橘は実さへ花さへその葉さへ枝に霜降れどいや常葉(とこは)の樹」とある。かぐの実、かぐのこのみなどといわれ、垂仁天皇のとき蓬萊へ取りにつかわし、天皇崩御の後持ち来たったものという。蜜柑の一種だが、食用にはふさわしくないもの。

青き葉に添ふ橘の実の割かれ　日野　草城
橘の赤き実を愛づ旅に出て　瀬戸口民帆
＊旅たのし葉つき橘籠(こ)にみてり　杉田　久女
飛鳥野に橘実のる古りし寺　寺田　青胡
実りたる右近橘御簾の前　松野　自得
橘は黄を深めつつ天の鈴　長谷川秋子

銀杏(ぎんなん)　銀杏(いてふ)の実

いちょうには雄木、雌木の別があり、雄花から精虫が出て、雌花を受精させる。晩秋に実が結ばれ、熟すると、落ちるが、きわめてくさい。この実がぎんなんである。ぎんなんの外皮は黄色で多肉、その中に、白く菱形のかたい内皮につつまれた果肉がある。この果肉の胚乳を焼いて食べ、また料理に用いる。風味がよい。〈本意〉実がおちるときのくささは、かぶれるほどで、外皮をくさらせて、中の種をとりだし、食用にするわけである。木が雌雄にわかれていることは古くから知られている。精虫によって受精する特殊な樹木である。

銀杏にちりぢりの空暮れにけり　芝　不器男
法話きく目は銀杏を拾ふ子に　田畑　比古
ゆふぞらのひかりこぼるる銀杏かな　五十崎古郷
ぎんなん拾ふ外科医にて今日若き母　加藤　楸邨
童女と同じ響きさかんに銀杏割る　加藤知世子
＊銀杏の落ちては空を深くせり　栗原　米作
石棺に銀杏降りこみ死華やぐ　西方　保弘
ぎんなん焼き夜の怒濤を聞きをれり　大田　一陽
銀杏の落つるを待ちて拾ひけり　菊地まさを
銀杏のみどりを皿に風の音　三村　絢子

菩提子 ぼだいし　菩提の実　菩提樹の実

ぼだいじゅの実のこと。植物学では菩提子といわず、ぼだいじゅの実と言う。葉状苞についた球形の実が幾つかあつまって垂れさがっている。実はかたく、毛でおおわれている。寺社に植えられることが多い。〈本意〉釈迦がこの樹の下でうまれ、成道し、没したので、菩提樹と言うとされる。実も邪気を払うという。念珠にして、浄土に生まれるため祈るという。
菩提樹の実を拾ひをる女人かな　高浜　虚子
菩提子を拾ひいたゞく朝参り　高田　蝶衣
菩提樹の実の拾はるるところ見し　後藤　夜半
菩提樹の実の垂れ日ざしまんだらよ　大野　林火
手にしたる菩提樹の実のひぐれかな　加藤　楸邨
＊菩提子はかなしほとけは美しき　岸　風三楼
菩提樹の実に母恋の土鈴鳴らす　角川　源義
菩提樹の実のからからと売られけり　小坂　順子
菩提子や山のぼり来る風の音　岸田　稚魚
菩提子を数珠作るほど拾ひけり　尾関　弘文

無患子 むくろじ

十五メートルをこえる大木となる落葉高木で、夏、淡緑色の小花の咲く花穂をのばす。秋に球形の黄色の果実になり、晩秋に褐色に熟すると、割れて黒い種がおちる。果皮を石けんの代わりに使い、種は羽根の玉にする。〈本意〉小さいものは数珠に、大きなものは羽を植えて羽子(はご)にして遊んだ実である。むくとか、つぶとも呼んだ。実を数珠にするので、菩提樹と混同されている樹である。

無患樹の実も葉も垂れて曇りゐし　北野　登
無患子やこの道ゆかば母の墓　佐藤明日香
むくろじの青き実を踏む甃(いしだたみ)　大橋越央子
から〳〵とむくろじの鳴る梢かな　吉田ひで女
無患子を遠照らす燈の源(もと)いづこ　下村　槐太
鱒肥えて無患樹の実の重たさよ　才記　翔子
*無患子のしぐれし空にみなぎる実　皆吉　爽雨
無患子落つ老つのりたる母の背に　森本　柿郷
無患子降る寺を高所に明日香村　松崎鉄之介

臭木の花(くさぎのはな)　常山木(くさぎ)の花　臭桐(くさぎり)　海州常山

くまつづら科の落葉低木。三メートルぐらいの高さになる。卵形の葉を対生する。やわらかい毛がたくさんはえている葉だが、この葉がくさいので、くさぎの名がついた。しかし臭くてもこの葉を食用にする。秋のはじめに白い花をむらがり咲かせる。筒の先が五つにわかれた花で、少し紅い。四本の雄しべと一本の雌しべが花の外にとび出ている。〈本意〉うす紅くて、くさぎの名があわれな気のする花である。しかし花も葉もくさい。花のあとは青い実となるが、山野に自生して、ふっと目を引かれるさりげない花である。

ぺかぺかと午後の日りん常山木咲く　飯田　蛇笏
*行き過ぎて常山木の花の匂ひけり　富安　風生
花常山木飛び去る蝶もありながら　星野　立子
せせらぎは臭木の花の真下より　柳沢　柳枝
しばらくは常山木の香とも知らざりき　同
花臭木滝真向に真白なり　石田　波郷

臭木の実(くさぎのみ)

晩秋に碧い実が熟す。大きさはえんどう豆くらいのものだが、実の下に萼が星形に五つにひらいて残り、紅紫色できわめてあざやかである。〈本意〉実の色も碧く、宿存萼も紅紫色で、きわめて鮮明な印象を与える。小鳥たちがついばみにくる。

臭木の実山も掃かれてありにけり　八木林之助
*臭木の実熟れて鳴瀬の水早し　松永晩羊原
旧道の石垣古りし臭木の実　古川　芋蔓
おとづれて主なき門の臭木の実　中川　博文
城あとは日のおとろへや臭木の実　中尾　華水
臭木の実弾けて遠き音に走る　松野　輪水

枸杞の実（くこのみ）　枸杞子

くこは花のあと楕円形の実を結ぶ。秋になると紅く熟し、つやつやして美しい。葉のわきからたくさんぶらさがる。甘みがあって食べることもできるが、枸杞酒にして漢方で強壮薬に用いる。葉は枸杞茶になる。〈本意〉紅い実が葉の下から垂れてかわゆく美しい。皮がなめらかに光っていてきれいだが、強壮の薬になるというイメージがつよい。

枸杞垣の赤き実に住む小家かな　村上　鬼城
枸杞の実の人知れずこそ灯しをり　富安　風生
枸杞の実のさびしさも夜を越えざりき　加藤　楸邨
*枸杞の実の精根尽きし紅さかな　秋山　卓三
枸杞は実となりて救世軍士官　高橋謙次郎
枸杞摘むや雲噴きあがる海の方　本宮銑太郎
枸杞の実は赤し枸杞茶はこの葉より　椎名みすず
枸杞の実や竹藪越しの大夕日　工藤　行水
枸杞の実のつぶら瞳満てり手毬つく　久保田清一
枸杞の実や道標の字の読みにくし　古川　芋蔓

草木瓜の実（くさぼけのみ）　樝子（しどみ）の実　ぢなし

くさぼけはまた、しどみともいう。春、雌性の花に梅の実ほどの実がなり、秋に黄熟するが、かたくて酸っぱく、とても食べられない。あまり利用されないが、酢の代用にし、酒をつくり、砂糖づけにする。〈本意〉黄色い実に秋が感じられるわけである。利用されず、木にそのまま残しておくことになる。

*草木瓜の実に風雲の深空あり　飯田　龍太　山墓にしどみ実となる日和かな　森下　紳一

瓢の実（ひょんのみ）　ひょん　蚊母樹（いすのき）の実　蚊母樹　蚊子木（ぶんしぼく）

まんさく科いすのきの実である。いすのきの葉にできる虫こぶ（虫癭）を実と呼んでいるわけである。この虫こぶから虫が出てしまうと、中がからになり、これを子どもたちが吹きならすのでひょんのき、ひょんの笛という。この虫こぶには五倍子に似て、タンニンが含まれているので、薬用にする。〈本意〉『和漢三才図会』に、「その葉の面に、実のごときなる、脹れ出て、中に小虫あり。化出して殼に孔口あり。塵埃を吹き去れば、空虚となる。大なるは、桃李のごとく、その文理、檳榔子のごとし。人用ひて胡椒・秦椒等の末を収め、もつて匏瓢（ひょうたん）に代ふ。ゆゑに、俗に瓢木といふ。あるひは、小児戯れにこれを吹きて、笛となす。駿州に多くこれあり。祭礼、この笛を吹いて神輿に供奉す」とある。葉にできる皮膚病だが、実のような形の虫こぶを、果実に見たてているのである。

*瓢の実といふ訝しきものに逢ふ　後藤　夜半

ひょんの実に自問自答の阿爺かな　垣上　鶯池　瓢の実のかろ〳〵と枯色をなし　高木　晴子

降り昏れて狭霧の中にひょんの笛　新村　千博

桐の実　きりのみ

桐の実は大きく、四、五センチの卵形で、先がとがっていて、熟すると二つに割れる。中は二室で、たくさんの種を出す。種には羽根があって飛ぶ。〈本意〉大きな実で、種をまきちらしたあとは、二つに割れたまま木に残っていて印象的である。よごれて、枯れさびた感じである。

*桐の実のおのれ淋しく鳴る音かな　富安　風生
桐の実や干鰺をまた乾かさむ　石田　波郷
桐の実の鳴れり覆面の競走馬　横山　白虹
桐の実の高く青きを旅のはじめ　細見　綾子
桐の実に夫婦が乾く中二階　稲井　優樹
桐の実の鳴る軽薄を憎みけり　吉野　杜康
鳴らざれば気づかざりしに桐は実に　加倉井秋を
桐の実は空の青さにもう紛れず　栗原　米作
桐の実が浮ぶ生簀の真鯉の子　小田切輝雄
二女三女長女嫁ぐや桐は実に　関根　牧草

山椒の実　さんせうのみ　蜀椒（しよくせう）　実山椒

山椒は雌雄異株で、秋、雌木に実ができる。小さな実で二つずつ並んでできる。丸い実だが、はじめ青く、やがて赤く熟する。皮が裂けて、中から黒い種が出る。香辛料の代表。〈本意〉「山椒は小粒でもぴりりとからい」といわれる香辛料。小さな丸い紅い実の中に黒い種が入っている。

為事（しごと）の日実山椒朱を脱ぎ漆出で　中村草田男
実山椒を手揉みに朝の燧岳　榎本　好宏
明治の香と思ふ実ざんしよ煮（た）きつまる　木村　蕪津
妻隠のごとく妻ゐて山椒の実　小田切輝雄
*裏畑に朱を打つて熟れ実山椒　飴山　実
はじかみや妻の匂へる夜の厨　小坂　文之
山椒噛みもの言はぬ舌しびれをり　鈴木　太郎
婚十年青山椒にむせびけり　井桁　衣子

錦木（にしきぎ）　鬼箭木（にしきぎ）　錦木紅葉　錦木の実

名前の示すように、にしきぎの紅葉はまことに美しく、燃え立つような美しさである。果実も熟し、割れて中から黄赤色の種を出す。紅葉に加わって、ひときわ美しく色が映える。〈本意〉紅葉の美しさを、『和漢三才図会』は、「面色丹のごとくにして、青赤あひまじり、錦のごとし」と表現する。実も、「一朶に二顆、尖り小にして、正紅なり」であるという。名前が秋の美しさを一言で示している。

錦木に寄りそひ立てば我ゆかし　高浜　虚子

いまはまだ錦木の実の赤さのみ　富安　風生

錦木のもの古びたる紅葉かな　後藤　夜半

＊錦木や野仏も夜を経たまひぬ　森　澄雄

錦木の垣の燃えどき人住まず　古賀まり子

錦木や鳥語いよいよ滑らかに　福永　耕二

梅擬（うめもどき）　梅嫌（うめもどき）　落霜紅（うめもどき）

もちのき科の落葉低木。高さは二、三メートル。六月ごろ紫色の五弁の小さい花を葉腋に咲かせる。雌雄異株で、雌株に秋、球状の実がなる。晩秋にまっかに熟し、美しい。〈本意〉藤野古白に「紅葉した露なるべしや梅もどき」という句があるように、その紅熟した球の実が美しい。うめもどきという名前も、その美しさを梅になぞらえているのであろう。

兄のこと話せば泣くや梅擬　高浜　虚子

訪う人に呼ばれし垣や梅嫌　長谷川かな女

酸素足ればわが掌も赤し梅擬　石田　波郷

鎌倉のいたるところに梅もどき　中川　宋淵

松風や俎に置く落霜紅　森　澄雄
＊大阪やけふよく晴れてうめもどき　同
大空に風すこしあるうめもどき　飯田　龍太
産月の紅びつしりと梅もどき　佐藤　鬼房
もちいだす机なつかしうめもどき　加藤風信子
誰がための折鶴千羽うめもどき　斎藤田鶴子

蔓梅擬（つるうめもどき）　蔓落霜紅　つるもどき

にしきぎ科の落葉低木で、つるになっていて他の木にからんだりする。雌雄異株。五月頃、花を咲かせる。葉腋に咲く小さい黄緑色の花で、目だたない。雌花には球形の実がなり、緑から黄に熟してゆき、三つに割れ、黄赤色の種を出す。〈本意〉うめもどきに似ていて、つるがあるので、つるうめもどきという。実が熟し、種をのぞかす頃がもっとも美しい。つるもどきともいうが、これはうめもどきに似ているというところが消え、まちがった名称になる。

＊蔓もどき情はもつれ易きかな　高浜　虚子
栄もなく林寠るゝつるもどき　篠田悌二郎
霧ひらく山径にして蔓もどき　臼田　亜浪
大寺のきのふの風につるもどき　窪田　玲女
墓原のつるもどきとて折りて来ぬ　山口　青邨
寺町にけふの足る日の蔓もどき　藤村　克明
蔓として生れたるつるうめもどき　後藤　夜半
窓しらみつるうめもどき影を生む　丹野しげょ

皀角子（さいかち）　さいかちの実　皀莢（さいかち）　さいかし　鶏栖子（けいせいし）　かはらふぢのき

まめ科の落葉高木。花がおわると、雌花は豆莢になって垂れる。これは長さが三十センチほどもある莢で、まがりくねっているが、中に十ほどの黒い種が入っている。この莢をさいかちの実という。〈本意〉秋の莢状の実がやはり焦点になる。この莢をせんじて、石鹸の代用にするわけである。

夕風やさいかちの実を吹鳴らす　石井　露月
風立ちて皀角子の莢鳴りいでぬ　鈴木　青園
さいかちの莢に山の日風あらぶ　島田　兎月
皀角子の下に皀角子落ちをらず　高原　春二
＊皀角や翳れば風の先づ冷えて　中邑　礼子
墓の字を読む皀角子の風の中　今田　拓

秋茱萸（あきぐみ）　茱萸　霜茱萸

ぐみには、はるぐみ（なわしろぐみ）、なつぐみ、あきぐみがある。あきぐみは、ぐみ科の落葉低木。三メートルほどの高さで、初夏に花を咲かせ、秋に赤く、白い点のある、小さい実をむすぶ。霜がおりるたびに赤さを増す。渋いが甘い実で、よく子供たちが食べたものである。〈本意〉単に「ぐみ」という植物はないので、あきぐみなどと言わなければならない。あきぐみは、やはり秋の赤い実が焦点である。近世に、「いそ山や茱萸ひろふ子の袖袂」（白雄）などの句がある。

闇黒より胡頽子一枝を持ち来たり　石田　波郷
秋茱萸や身の上話聞かさるゝ　村山　古郷
茱萸は黄にて女めくなり吾がちぶさ　三橋　鷹女
＊秋茱萸の海側ほむらして熟るる　加藤知世子
遠く雪嶺一村日の中ぐみ熟るる　近藤馬込子
胡頽（ぐみ）夕映えまづ仔がのぞく厩口　矢島　房利
幼き日のごとくに食へり茱萸は酸く　浅井　周策
すずなりの茱萸をかざして通りけり　若林いち子
ふるさとは静かな町やぐみ熟るる　井上　清子
燈台のぐみの実に舌しびれたる　原田しずえ
島の子の茱萸大枝に折りて食ふ　加藤　貞仁
茱萸嚙んでみな産小屋のはらからぞ　本田　静江

茨の実（いばらのみ）　野茨の実

のいばらの実のこと。のいばらは、初夏に白い五弁の花を咲かせ、のち実となり、秋にはまっかに色づいて美しい。この実は漢方薬に用いられ、嘗実とよばれ、峻下、および利尿薬になる。〈本意〉花もかおりがよいが、実も色の美しいもので、小鳥などのついばむものである。葉が落ちたあとにも残る。

茨の実のうましといふにあらねども　宮部寸七翁
*野茨の実に日月の凝りしかな　山本　悠水
出勤路茨の実朱き共稼ぎ　佐藤　十雲
ひだり手は疑ひぶかし茨の実　中尾寿美子
茨の実くれなゐ深く野川澄む　武笠美人蕉
実茨のひとかたまりの真紅かな　岡田　日郎
野茨の実のくれなゐに月日去る　飯田　龍太
野茨の実を透く風の過ぎにけり　福田甲子雄
茨の実忘れし恋のありにけり　小泉　良子
茨の実とぶ烈風に白根立つ　望月たけし

山葡萄（やまぶだう）

ぶどう科の落葉性つる植物。さむい地方に多く、高い木にからまっている。夏、黄緑色の小さい花が集まってひらき、秋、えんどう豆の大きさの実をふさにして垂れ、黒く熟したときに食べる。ジャムにも用いる。〈本意〉秋の葉の紅葉も美しいが、やはり黒く熟した実の、すっぱい味が、焦点になる。

飛驒谷へ蔓なだれたり山葡萄　水原秋桜子
*亀甲の粒ぎつしりと黒葡萄　川端　茅舎

大つぶに降ってやむ雨山ぶだう　皆吉　爽雨山葡萄故山の雲のかぎりなし　木下　夕爾山姥の採らばかくれむ山葡萄　赤尾　兜子子と二日会はねば渇く山葡萄　福永　耕二少年は手を振り去りぬ山葡萄　小沢満佐子空透きぬ甘さ極まる山葡萄　関根黄鶴亭

蝦蔓　えびづる　蘡薁　えびづる　えびかづら

ぶどう科の落葉つる性植物。巻きひげによって木にとりついている。葉はぶどうの葉に似ているが、小型、裏は綿毛でおおわれている。夏、雌雄異株で、黄緑色の花がかたまって咲くが、やがて実のふさができ、秋に黒くなって食べられるようになる。葉の紅葉も美しい。〈本意〉やはり、黒く熟した実が中心であろう。つるや葉の裏側の赤紫の綿毛などから、えびに見立ててえびづるの名が出ている。

蘡薁のここだく踏まれ茶毘の径　飯田　蛇笏　蘡薁の風少年の頬の風　桜井かをる
*山彦のよくかへる日よえびかづら　遠藤　露節　足音をたのしむ橋やえびかづら　山田みづえ

通草　あけび　燕覆子　あけび　烏覆子　あけび　山女　やまひめ　あけぶ　おめかづら　かみかづら

つる性植物で、春、花を咲かせ、秋に漿果をみのらせる。漿果は長さ十センチぐらいで、楕円形、熟すと黒褐色になって裂ける。中に黒い種が入っている。果肉は白く、食べるとあまい。〈本意〉秋の実が、種は多いが、甘くて、もっとも印象的な植物である。野趣のある香りと味の実である。

鳥飛んでそこに通草のありにけり　高浜　虚子　*むらさきは霜がながれし通草かな　渡辺　水巴

主人より鳥が知れる通草かな　前田　普羅
垣通草盗られて僧の悲しめる　高野　素十
霊場の奥よりあけび掲げて来し　藤原　正名
米櫃に熟れし通草をもてなさる　滝沢伊代次
通草食む鳥の口の赤さかな　小山　白楢
夕空の一角かつと通草熟れ　飯田　龍太
滝へ行く山水迅き通草かな　山口　冬男
あけび熟る鳥語に山日明るくて　福川ゆう子
採りたての通草を縁にぢかに置く　辻田　克巳
もらひ来し通草のむらさき雨となる　横山　由

南五味子（さねかづら）　さなかづら　美男葛（びなんかづら）　とろろかづら　ふのりかづら

いろいろな名があるが、さねかずらというのが正しい。美男かずらとか、とろろかずらとかというのは、茎から粘液をとり頭髪油のかわりにしたためである。常緑のつる性植物で、夏に、葉腋に黄白色の五弁花をつけ、実になる。実は小さな球があつまったもので、青から紅となり、黒っぽくなる。この実は南五味子で、滋養強壮剤、鎮咳薬になる。南五味子はさねかずらの漢名だが、黒実と赤実があり、それぞれ北五味子、南五味子という。〈本意〉鬢附油が使われる前の髪油に茎の粘液が用いられた。また実が美しく紅熟し、漢方に用いられる。そうしたところに関心がむけられてきた植物。

*葉がくれに現れし実のさねかづら　高浜　虚子
さねかづら深く蔵せば好きな垣　阿波野青畝
さねかづら西行庵の竹垣に　尾沢柳冠子
美男かつら誰がつけし名ぞ真くれなゐ　山崎　豊女
魚板なる美男かつらに夕陽ため　北浦　幸子
垣結うてまた掛けておくさねかづら　粟津松彩子
鵯の目を逃れて美男葛の実　品川　澼堂
境内か否かを知らずさねかづら　森田　峠

蔦（つた）　蔦紅葉　蔦の色　蔦の葉　錦蔦　蔦かづら

なつづたとふゆづたの二種類があるが、なつづた、別名にしきづたが、紅葉を賞される。つたには吸盤をもった巻きひげがあり、これで樹や崖、石垣、家の外壁などに這って葉をひろげる。緑の葉もきれいだが、紅葉の際には燃えるように美しくなる。〈本意〉ものにからみついてのびるつる性の性質と、秋の紅葉の見事さがつねに中心になっている。芭蕉の句にも、「蔦植ゑて竹四五本のあらしかな」「桟や命をからむ蔦かづら」などがあり、つるの性質がとらえられている。また芭蕉の「蔦の葉は昔めきたる紅葉かな」の句は、蔦紅葉の印象をうたっている。

石垣やあめふりそゝぐ蔦明り　飯田　蛇笏
烈風に松毬飛ぶや蔦紅葉　相島　虚吼
欠け〳〵て蔦のもみぢ葉つひになし　富安　風生
蔦紅葉巌の結界とざしけり　大野　林火
＊墓所の杉火よりもあかき蔦まとふ　同
蔦巻く家へ悲劇の方へ一歩づつ　秋元不死男
石階に蔦紅潮し昔の友　細見　綾子
一枚の巌を火攻めの蔦紅葉　椎橋　清翠
教会や蔦紅葉して日曜日　五十嵐播水
久女より多佳子に系譜蔦かづら　池上不二子
白樺に火巻きのぼれる蔦紅葉　岡田　日郎
走りたる蔦もて館をなしにけり　不破　博

竹の春（たけのはる）

竹は普通の植物と反対に秋、緑を濃くするので、これを竹の春という。〈本意〉竹は、春には竹の子を出して繁殖するが、そのために養分をとられ、親竹がおとろえる。しかし、秋には若竹も一人前に成長しているので、親竹は青々としてくるのである。このことを語る機智に富んだことばといえる。

すぐなると傾げるもあり竹の春　高浜　虚子
京といへば嵯峨と思ほゆ竹の春　角田　竹冷
鯛に敷く竹も春なるみどりかな　岡本　松浜
*爆心や蘇生の竹の竹の春　林　　薫
京に似し伊予の大洲の竹の春　西本　一都
化野や風とあそびて竹の春　細川　加賀
豚の耳うすくれなゐや竹の春　多賀よし子
竹の春水きらめきて流れけり　成瀬桜桃子

竹の実　たけのみ

竹はいね科で、多年生一回開花植物である。六十年に一度花咲き、いねのような穂をつける。そのあと実をむすび枯死するというが、周期が長いので、見ることはあまりない。実というものも、時には天狗巣病によるものであることがある。〈本意〉『和漢三才図会』に、「天和壬戌の春、紀州熊野および吉野山中の竹に、多く実を結ぶ。その竹、高さ四五尺にすぎず。枝細くして、みな小篠、その実、小麦のごとく一房数十顆。山人家ごとに数十斛を収めて、もつて食餌となし、翌年の春夏に至りてもしかり。大いに荒年の飢をたすく。しかして後、五穀豊饒にして、米粟の価半ばに減ず。……しかればすなはち、荒年極まつてまさに豊年になるべきの時に、出づるか」とある。竹の花や実はいねと似ているというが、そのあと全株枯死するといわれている。珍しい現象とされ、不吉の兆ともいわれる。

*竹の実に寺山あさき日ざしかな　飯田　蛇笏
寺山や穂麦にたわみ竹実る　同
竹の実や少年の日の藪のこり　橋本　冬樹
竹の実やふたゝび建たぬ倉の跡　峰岸ちか子
母の髪逢ふたび白し竹の花　宮下　翠舟
竹咲きぬげに事滋き年なりけり　市毛　暁雪

芭蕉（ばせう）

バナナとよく似た植物だが、芭蕉は半耐寒性の植物で、根茎は塊になり、側に仔根茎をふやす。根茎の上から偽茎がのび、五メートルにも達する。葉は大きく、長楕円形。中脈があり、支脈をたくさん出していて、裂けやすい。実はならない。芭蕉の葉は夏に青々とするが、初秋には裂けはじめる。秋風に傷つきやすい葉である。庭園、寺院に植えられる。〈本意〉『夫木和歌抄』に「秋風にあふ芭蕉葉のくだけつつあるにもあらぬ世とは知らずや」とあるが、エキゾティックな大きな葉が、秋風にやぶれやすい、そのもののあわれが、芭蕉の中心である。芭蕉に「芭蕉野分して盥に雨を聞く夜かな」「深川や芭蕉を不二にあづけゆく」など、路通に「芭蕉葉は何になれとや秋の風」の句がある。淋しい、孤独な存在感の中にある木である。

窓あいて灯をこぼしゐる芭蕉かな　松根東洋城
門内の虚空を煽る芭蕉かな　西山　泊雲
悉く芭蕉伐らんと思ふなり　高野　素十
芭蕉うつ風があくびを奪ひ去る　水原秋桜子
＊舷のごとくに濡れし芭蕉かな　川端　茅舎
たてがみのごとく吹かるる芭蕉かな　下村　梅子
芭蕉の葉象のごとくにゆらぎけり　安田　蚊杖
わが斬るに大き芭蕉の従へり　相生垣瓜人
芭蕉林ゆき太陽を忘れけり　野見山朱鳥
水光る刻過ぎ易し芭蕉林　矢野　葉子
芭蕉葉に月光滝となりて落つ　岡田　日郎
月光を重しとこぼす芭蕉とも　同

破れ芭蕉（やればせう）　破（やぶ）れ芭蕉

芭蕉の葉は初夏に若葉を出し、夏によく茂ってあおあおとするが、秋風が吹く頃には、葉脈に沿って裂け、野分が吹いたり雨が降ったりするとますます破れて、無惨な姿となる。〈本意〉『改正月令博物筌』に「秋風に破るるなり。世のはかなきことにたとへて、多く歌に詠めり」とある。芭蕉も、「ただこの蔭に遊びて、風雨に破れやすきを愛するのみ」と書いている。

破芭蕉安骨堂に死の目充つ　石田　波郷
長身は死ぬまで長身破芭蕉　香西　照雄
雁高し芭蕉を破る風の爪　西島　麦南
芭蕉破れ女出でゆく風の中　伊達　幹生
芭蕉破れ海は寧日なく冥し　佐野まもる
破芭蕉日月過ぎて何のこる　古賀まり子
*芭蕉の葉傲然として破れけり　和賀　世人
磔像の聖衣さながら破芭蕉　鷹羽　狩行
芭蕉破れ雲八方にみだれけり　長倉　閑山
破芭蕉真先に風受けにけり　高田風人子

カンナ　花カンナ

カンナ科の大型多年草で、一、二メートルの高さになる。七月から十一月頃まで花が咲くが、紅や黄の色で、強烈な印象である。直径は十センチから十五センチ、三枚の花弁は筒形をしていて、二枚は大きく一枚は小さい。雄しべの六本のうち三本は花弁と同じ形、雌しべの先の花柱も扁平で色がついている。このため八重咲きの花のように見える。カンナ科の檀特もカンナに似て、夏、秋に真赤な花を咲かせるが、あまり見られなくなった。〈本意〉原産地は熱帯アメリカ、熱帯アジア、熱帯アフリカ、西インド諸島で、強烈な色彩の美しい花である。栽培種が多く、色彩も多様である。

*女の唇十も集めてカンナの花　山口　青邨
カンナ燃ゆ乳房にふせる双手ぐせ　大沼よし子
風のごときひかり走れりカンナの緋に　山崎　為人
老いしとおもふ老いじと思ふ陽のカンナ　三橋　鷹女

ことに海青き日カンナ紅き日よ　河原　白朝
耳の如くカンナの花は楽に向く　田川飛旅子
カンナ燃えつきて夕風素通りす　鬼塚　梵丹
黄のカンナ盲目のごとく花終ふ　石塚まさを
一頁のこしカンナの駅に着く　山田　桂三
峡の町にカンナを見たり旅つづく　川崎　展宏

万年青の実（おもとのみ）

おもとは地下茎から厚い葉を出し、葉に光沢があって美しい。初夏に花茎を出し、緑白色か黄白色の小花を総状に咲かせる。実をむすぶが、実はまっかな球である。〈本意〉『改正月令博物筌』に、「実熟して赤し。四時、葉凋まず。ゆゑに万年青の名ありて、唐にては嘉祝に必ず用ゆ、と花鏡に見えたり」とある。常緑の葉にむすぶ赤い実がうつくしい。めでたい印象を与える実である。

＊万年青の実楽しむとなく楽しめる　鈴木　花蓑
実万年青を活け船旅の夫待てり　小田島迷子
実を持ちて鉢の万年青の威勢よく　杉田　久女
万年青の実父を敬ふ日なりけり　宮下　翠舟

蘭（らん）　秋蘭　蘭の香　カトレア　デンドロビューム

らんは花が美しく、気品高く洒落ていて、かおりも高い。球茎から細い葉を出し、花は三弁の花弁を持つ。花弁は両側が同じで、中央が唇弁である。中国、日本に自生するものは東洋蘭といい、支那蘭には名品が多い。西洋から来た洋蘭には、カトレア、シペリペジウム、デンドロビュームなどがあり、カトレアは花が美しい。蘭は春、夏に咲くが、支那蘭には秋蘭の名のものがあるので、ここから秋に入れられているのであろう。〈本意〉芭蕉に「蘭の香や蝶の翅にたき物す」

の句があり、蕪村にも「夜の蘭香にかくれてや花白し」、一茶にも「蘭の香や異国のやうに三かの月」がある。みな香りよき、気品高い、日本ばなれした花をイメージしている。

＊紫の淡しと言はず蘭の花　後藤　夜半
白き蘭やがて匂へり見つつあれば　加藤　楸邨
雨ばかりなれば蘭の香人につく　細見　綾子
蘭の花はみだら晩学稚気多く　小野蒙古風
君子蘭咲く駈引の何もなし　田中午次郎
蘭の香の父晩年の部屋に憑く　野沢　節子
蘭の香や眉じり細くひきをはる　鷲谷七菜子
蘭の花暮色の冷えにゐて匂ふ　磯野　虎雄

朝顔（あさがほ）　朝顔市

ひるがお科の一年生つる草。花は漏斗状で、いろいろの色があり、朝ひらき昼しぼむ。このため朝顔という。葉は三裂し、対生している。茎は左巻きでものにまきつき、二メートルにも達する。日本には千年以上前、薬草として渡って来たが、鎌倉時代以後から観賞用になり、江戸時代にもっともさかんになった。花は本来夏のものだが、伝統的に秋のものとされている。〈本意〉山上憶良が秋の七草を詠んだ歌にも、「萩の花尾花葛花瞿麦（なでしこ）の花女郎花また藤袴朝貌の花」（『万葉集』）とうたわれている。同じ『万葉集』には、「展転（こいまろ）び恋ひは死ぬともいちじろく色には出でし朝貌の花」のように、恋と重ねてうたわれている。しかし総じて、朝はさかりに夕はしぼむ花として考えられてきた。「朝顔に我は飯くふ男かな」「僧朝顔幾死かへる法の松」「蕣や昼は錠おろす門の垣」（芭蕉）「朝顔に釣瓶とられてもらひ水」（千代女）「朝顔も実勝ちになりぬ破れ垣」（太祇）「朝がほや一輪深き淵のいろ」（蕪村）「朝皃や露もこぼさず咲きならぶ」（樗良）などの秀句も詠まれてきた。衰えやすきもののはかなき美をうたっている。

この頃の蕣藍に定まりぬ　正岡　子規
朝顔の引き捨てられし莟かな　同
北斗ありし空や朝顔水色に　渡辺　水巴
始めから朝顔小さく咲きにけり　小沢　碧童
朝顔に喪服のひとのかゞむかな　滝井　孝作
朝顔の裂けてゆゆしや濃紫　原　石鼎
*朝顔や濁り初めたる市の空　杉田　久女
朝顔の終の一花は誰も知らず　福田　蓼汀
朝顔や天を仰ぎて嗽ぐ　同
朝顔やおもひを遂げしごとしぼむ　日野　草城
蕾あるかぎり朝顔咲きにけり　安住　敦
朝顔の紺のかなたの月日かな　石田　波郷
朝顔や猫来て坐る絵のやうに　星野　立子
珈琲濃しあさがほの紺けふ多く　橋本多佳子
朝顔に寝みだれ髪の櫛落ちぬ　高橋淡路女
朝顔や百たび訪はば母死なむ　永田　耕衣
朝顔やつぼみのつゝむ明日のいろ　南谷　南亭
けふ多き白朝顔や忌に籠る　立花　豊子
朝顔やすでにきのふとなりしこと　鈴木真砂女
朝顔が日ごと小さし父母訪はな　鍵和田秞子

朝顔の実（あさがほのみ）　種朝顔

朝顔の花がおちると子房がのこり、実になる。実は球形で小指の先ぐらい。かわいてくると中から黒い種がおちる。種を牽牛子といい、薬用になった。〈本意〉朝顔の褐色の実をとって保存し、来年にまくのである。実はしぜんに破れて種をまきちらす。

*実ばかりの朝顔おのれ巻きさがる　西東　三鬼
をさならも来よ朝顔の種とらむ　中尾　白雨
二三日朝顔の実を干してをり　深川正一郎
朝顔の実となり子等の絵も淋し　藤田　絹代
風の空垂れ朝顔の種子こぼれ　菅　裸馬
母なくて嫁ぐ日近し実朝顔　山本　朝子
色わけにしてあさがほの種つつむ　中野　青芽
朝顔の種たりけりはぜにけり　長谷川三樹

鶏頭（けいとう） 鶏頭花 鶏冠 からあゐ

夏の末頃から、茎の先端が鶏のとさかのようになり、下に小花がむれて咲く。赤、黄、だいだい、紫赤などさまざまの色があり、美しくはあるが、ときにしつこく見え、ときに暗く見える。葉は卵形で互生する。高さは六十センチほどになる。庭に植えたり、切り花にしたりする一年草。

〈本意〉その花がとさかに似ていることは一見してあきらかで、それが名になっている。芭蕉に「鶏頭や雁の来る時尚あかし」、蝶夢に「鶏頭や一握りづつあきの色」がある。秋の感じをあたえるところがあるわけである。

*鶏頭の十四五本もありぬべし　正岡　子規
月の餅搗くや鶏頭真赤なる　渡辺　水巴
仲わるき隣鶏頭火の如し　野村　喜舟
鶏頭や夕べは青き多摩の山　内藤　吐天
人の如く鶏頭立てり二三本　前田　普羅
鶏頭に秋の日のいろきまりけり　久保田万太郎
鶏頭を裂いても怒とゞまらず　日野　草城
我去れば鶏頭も去りゆきにけり　松本たかし
担送車に見しは鶏頭他おぼえず　石田　波郷
鶏頭の澎湃として四十過ぐ　同
鶏頭をまはれば色のかはりけり　加藤　楸邨
生けられし鶏頭のなほ静まらぬ　相生垣瓜人
鶏頭のかぎりなき種わづか採る　殿村菟絲子
おとろへてより鶏頭のおそろしき　谷野　予志
鶏頭を三尺はなれもの思ふ　細見　綾子
鶏頭の大頭蓋骨枯れにけり　野見山朱鳥
鶏頭に佇ち閻王を招来す　伊豆　三郷
鶏頭は百姓の花肉厚く　大井　雅人
鶏頭の易々と抜かるる哀しさよ　鈴木黎明子
鶏頭の不思議な耳のならびけり　中条　明
泣く吾子を鶏頭の中に泣かせ置く　福永　耕二
鶏頭の初心の赤を失はず　東野　礼子

葉鶏頭(はげいとう)　雁来紅(がんらいこう)　かまつか　もみぢ草　かる草

ひゆ科の一年草で、高さ二メートルほどになる。卵形、長楕円形、線形の葉をつける。雁(がん)の来る頃に葉の色が美しく変り、黄や紅を呈して目を奪う。花はめだたず、葉腋にかたまり、緑色をしている。熱帯アジア原産。〈本意〉『滑稽雑談』に、「その葉、九月鮮紅となり、これを望めば花のごとし。ゆゑに名づく」とある。葉の色が花のように美しいところに眼目がある。

＊葉鶏頭の照り極まればゆらぐなり　林原　耒井
葉鶏頭折れて愛しさただよへり　田中　鬼骨
山護る心きまりぬ雁来紅　中川　宋淵
照り曇る空や照る日の雁来紅　石塚　友二
雁来紅に腰のばしても母小さし　田中午次郎
かまつかを夜を待たずに刈り倒す　加倉井秋を
葉けいとう日々炎ゆ胸の高さにて　柴田白葉女
照り曇るこころに燃えぬ葉鶏頭　河野柏樹子
かまつかの紅滴るるまで水打てり　菅井　静子
打ち伏せるかまつか獅子の如くにも　馬場移公子
雁来紅生きてゐしかは癩病めり　山本　肇
雁来紅微熱患者の吾も燃ゆ　島村　利南

コスモス　秋桜　おほはるしやぎく

きく科の一年草。高さ二メートルに達する。枝はよくわかれて、羽のような葉が対生している。秋、茎の先に、大輪の頭状花をつける。色は、白、淡紅、深紅など。むらがり咲いて美しい。メキシコ原産の花。別名、秋桜、おおはるしゃぎく。〈本意〉葉が細いため弱々しく見えるが、性質は丈夫で、どこでもよく育つ花である。風に漂うようにゆれて、一見デリケートだが、秋どこにでも咲いている、しぶとさがある。

コスモスに雨ありけらし朝日影　水原秋桜子
コスモスの向ふむきよりしぐれきぬ　加藤　楸邨
コスモスや遠嶺は暮るゝむらさきに　五十崎古郷
月光に風のひらめく秋ざくら　西島　麦南
紅白もさみしきものよ秋桜　上野　泰
乳母車欲しや丈なす秋桜　猿山　木魂
風船をつれコスモスの中帰る　石原　八束
*馬の来て尾の遊び居る秋桜　田村　木国
コスモスの揺るる影さへしあはせに　内田　啓
コスモスの揺れやむひまもなかりけり　久永雁水荘
コスモスが空地に咲きて愛されず　土屋　鶴子
コスモスのむこう向けるは泣けるなり　秋沢　猛
コスモスの押し寄せてゐる厨口　清崎　敏郎
コスモスの花びら透きて天はるる　鴨下　政隆
コスモスの一輪昼の月にふれ　生駒俊太郎
秋ざくらもの思ふとき眼閉づ　北浦ばら女
コスモスや髪漆黒に狂女達　池田　定良
コスモスに寿貞の声のきこえけり　平井　照敏

鬱金の花（うこんのはな）　きぞめぐさ

みょうが科の多年草。葉は芭蕉の葉に似て根から群れて出る。秋に花穂が出て、苞が重なり、その苞の間に三、四個の淡黄の花が咲く。根茎は黄白色、薬用にしたり、黄色の染料をとったり、カレー粉の材料にしたりする。これで染めたものが鬱金染である。〈本意〉『篗纑輪』に、「染物に用ふる〈うこん〉といふもの、蕗の薹に似た花は大きくて目につく花である。白花をなす。薬園にあるもの、花愛すべし」とあるが、葉芭蕉に似て、小なり。あとは染物に使うものというイメージがつよい。きぞめぐさは、黄色に染まるところからつけられた名。

*時雨馳せうこんの花のさかりなる　大野　林火
薬園の鬱金の花の夜も匂ふ　寺田　木公
野の道は曲りつ鬱金の花ざかり　中田　ゆき

白粉花　白粉草　おしろい　おしろいのはな　金化粧　銀化粧　燕脂花

熱帯アメリカ原産で、もともと宿根草だが、日本では春蒔きの一年草になっている。元禄のころ日本に入ってきた。高さは一メートル半ほど。花は漏斗状で、花弁に見えるものは萼、花弁は退化している。夏から秋にかけて午後四時頃から咲き出し、朝まで咲く。色は赤、白、黄、斑といろいろある。種の中に、白粉質の胚乳があるのでおしろいばなという。〈本意〉『滑稽雑談』に、「花は丁子の形のごとく、やや長し。深紅色、また黄花あり。朝に開き、夕に萎む。実黒く、大きさ胡椒のごとし。内に白粉あり」「中華の書にいまだ見えず。外国より来れる物ならし」とある。花の咲く時刻を誤っている。種の白粉質が眼目である。

おしろいの花の紅白はねちがひ　富安　風生
おしろいや風吹きつどふ赤子の頭　同
おしろいの花咲くまでと寝ねにけり　林原　耒井
白粉草の花の夕闇躓けり　渡辺　桂子
*おしろいが咲いて子供が育つ露路　菖蒲　あや
おしろいや廓ほろびし島の路地　三木　照恵
おしろいは父帰る刻咲き揃ふ　菅野　春虹
わが法衣おしろい花に触れにけり　武田無涯子
白粉花吾子は淋しい子かも知れず　波多野爽波
白粉花やあづかりし子に夜が来る　堀内　春子

酸漿　鬼灯　かがち　あかがち　ぬかづき

日本原産で、六、七月に花が咲き、萼が大きくなって球形の漿果をつつみ、ともに色づいて、熟するとまっ赤になって美しい。この漿果から種だけをとり出し、小穴のあいた袋状のものを口に入れて鳴らしてあそぶ。千成ほおずき、洋種ほおずき、ようらくほおずきなどの種類がある。

観賞用に栽培する。〈本意〉『源氏物語』『栄花物語』の頃からほおずきを鳴らすことがおこなわれていた。女の子のあそびである。「鬼灯や老いても妓女の愚かしき」（召波）「鬼灯に娘三人しづかなり」（大江丸）は、ほおずきを吹く女たちであろうか。いくつになってもほおずぎに郷愁が湧く女性がいる。しかし紅く熟した美しさも見事で、芭蕉に「鬼灯は実も葉もからも紅葉かな」がある。

鬼灯や摘み残り摘む十ばかり　小沢　碧童
少年に鬼灯くるる少女かな　高野　素十
何か言へ鬼灯むいて真赤なり　加藤　楸邨
＊くちすへばほほづきありぬあはれあはれ　安住　敦
鬼灯や天一杯に朱のあふれ　石原　八束
鬼灯を鳴らして妻の何思ふ　佐野　良太
子を欲しとおもふ色づく鬼灯よ　中村　祭生
鬼灯をつまぐり父母に拠るながし　野沢　節子
鬼灯を遊ばす舌をふと見たり　山田　土偶
ほほづきに女盛りのかくれなし　河野多希女

鳳仙花（ほうせんくわ）　つまくれなゐ　つまべに　つまぐれ　ほねぬき　染指草

つりふねそう科の一年草で、アジア南部の原産。高さ六十センチほど。葉は長卵形で対生ののち互生する。ふちは鋸歯になっている。この葉の根元に花が二、三個かたまって咲く。花梗があり下向きに咲く。白、黄、赤、絞りなどいろいろで美しい。蒴果（さつか）を結び、熟すると縦にくるりと裂け、褐色の種をとばす。つまくれないというのは、女の子がこの赤い花弁で爪を染めたところからつけられた名前である。〈本意〉親しみのある草花で、どこにでも見られる。花の色のうつくしさと、種をとばす蒴果とが眼目になる。ほねぬきの名があるが、「花のかたち飛鳥のごとく、また鳳のごとし。よく物の骨を解す。ゆゑに、骨ぬきの名あり」（『改正月令博物筌』）といわれている。

落日に蹴あへる鶏や鳳仙花　飯田　蛇笏
*鳳仙花露の香あまく日に濡れぬ　西島　麦南
飯籠掻けば鶏かけよりぬ鳳仙花　西山　泊雲
仔猫すでに捨猫の相ほうせん花　野沢　節子
瑠璃光院鳳仙花咲き人が住む　山口　青邨
鳳仙花蛇の目の傘を明るうし　中村　花野
かそけくも喉鳴る妹よ鳳仙花　富田　木歩
鳳仙花一つはじけぬ死はそこに　猿山　木魂

秋海棠（しうかいだう）

しゅうかいどう科の多年草で、中国原産。高さは六十センチほど、八月末に花梗を出し、淡紅色の花を咲かせる。もとのほうに雌花、先のほうに雄花が咲く。花弁は四弁、二つは大きく、他は小さい。趣きふかく、ひそやかに咲く。〈本意〉『滑稽雑談』に、「一名断腸花。嬌冶柔軟、真の美人の粧を倦むがごとし。性、陰を喜び、日を見ればすなはち瘁（かし）ぐ」とある。ひそやかに、しかもあでやかに咲く。『改正月令博物筌』に「もと海棠といふ名は、海外より来たるゆゑ名づく」とあるが、今はすっかり日本の生活にとけこみ、秋の名花の一つになっている。

*臥して見る秋海棠の木末かな　正岡　子規
梳る秋海棠の日和かな　大野　穆堂
汝をそこに彳たしめてよし秋海棠　富安　風生
美しく乏しき暮し秋海棠　同
秋海棠一本ありて雨を愛す　山口　青邨
病める手の爪美くしや秋海棠　杉田　久女
秋海棠熱退く足の裏白し　依田由基人
人去りぬ秋海棠にあめふる日　深江てる子

菊（きく）

隠君子　星見草　少女草　翁草　かはらよもぎ　鞠花　百夜草　白菊　黄菊　紅菊　一重菊　八重菊　大菊　中菊　小菊　猩猩菊　蘇我菊

春の桜とならび立つ秋の花である。中国から渡ってきたものだが、徳川時代に観賞され菊合わせもおこなわれて品種改良がなされ、立派な日本菊となった。皇室の御紋章も十六弁の菊である。大菊・中菊・小菊にわけられ、大菊は一本仕立て、中菊・小菊は懸崖作りや盆栽にされる。地方によりいろいろの種類があり、江戸菊（中輪狂い咲き）、伊勢菊（花弁が細く垂れ、乱れ咲き）、嵯峨菊（花弁が房状に直立）、肥後菊（一文字に似た単純さ）などや料理菊もある。大菊にも、厚物・厚走・太管・間管（あいくだ）・細管などがある。このほか、垣根わき、庭すみのなにげない小菊もなかなか風情がある。欧米でも改良がすすみ、輸入されていて、切り花に利用されている。〈本意〉『古今集』の「心あてに折らばや折らむ初霜の置きまどはせる白菊の花」（躬恒）以来さまざまに詠まれてきている。色と香の移ろいの中の鮮やかさが、秋の情感をつよめる。散ることがないので、枯れてゆくところが情感の中心になる。また不老延年の霊草としても尊重されてきた。古句も多く、芭蕉に「起きあがる菊ほのかなり水のあと」「山中や菊は手折らぬ湯の匂ひ」「菊の香や奈良には古き仏達」「白菊の目に立てて見る塵もなし」など、嵐雪に「黄菊白菊其の外の名はなくもがな」、蕪村に「村百戸菊なき門も見えぬかな」などの句がある。

＊有る程の菊なげ入れよ棺の中　夏目　漱石
白菊のあしたゆふべに古色あり　飯田　蛇笏
たましひのしづかにうつる菊見かな　同
毟らるる菊芳しき料理かな　前田　普羅
かにかくに明治は恋し菊膾　富安　風生
菊咲けり陶淵明の菊咲けり　山口　青邨

乱菊やわが学問のしづかなる　同
わがいのち菊にむかひてしづかなる　水原秋桜子
わがいのちさびしく菊はうるはしき　同
菊の香や灯もるる観世音　高野　素十
国原や到るところの菊日和　日野　草城
菊活くる水絨緞にまろびけり　西島　麦南
菊の月夜々に輝きまさりけり　同
御空より発矢と鵙や菊日和　川端　茅舎
菊車電車を止めて匂ひ行く　長谷川かな女
菊白く死の髪豊かなるかなし　橋本多佳子
白菊のまさしくかをる月夜かな　高橋淡路女
菊日和暮れてすなはち菊月夜　福田　蓼汀
菊白し死にゆく人に血を送る　相馬　遷子
菊の香の闇ふかければ眠るなり　稲垣きくの
白菊とわれ月光の底に冴ゆ　桂　信子
腹当の紺のゆゆしき菊師かな　野見山朱鳥
白菊や暗闇にても帯むすぶ　加藤知世子
大輪の菊活けて死をみつめをり　中川　宋淵
濃き日ざしうつりつつある菊の中　橋本　鶏二
菊折りし怒のボール投げかへす　服部衣山人
白菊に恍惚と藁かかりけり　金尾梅の門
菊の棺とともに焼かれしわが句集　平井　照敏

残菊（ざんぎく）　残り菊　菊残る

陰暦九月九日、重陽の節句の代表の花が菊とされていたので、その日をすぎて咲いた菊を残菊と称した。「六日の菖蒲、十日の菊」は、五月五日（端午の節句）、九月九日（重陽の節句）をすぎたあとの菖蒲と菊のことで、盛りをすぎたもののこと。ただ今日ではこの季感が失われたので、秋ふかい庭にさきのこる菊をさすものと考えるのがよいだろう。〈本意〉『詞花集』に「草枯の冬まで見よと露霜のおきて残せる白菊の花」（好忠）とある。晩秋から初冬のさむげな中に咲く菊の花である。枯れのこる菊の花である。

残菊に正しく移り行く日かな　高浜　年尾
＊残菊を忘るるとにはあらねども　富安　風生

残菊のなほはなやかにしぐれけり　日野　草城
残菊の淡き香や漂はず　相生垣瓜人
残菊に佇つ老教授なりしかな　池上柚木夫
残菊の袂のごとくひるがへる　中村　将晴
残菊に北山しぐれほしいまゝ　山本　い花
残菊に犬も淋しき顔をする　殿村菟絲子
残菊のあたたかければ石に坐す　細見　綾子
残菊と一とさかりとも見ゆるかな　清崎　敏郎
残菊にいづこより来て蝶低き　平松弥栄子
残菊の蜂はしづかに立ち行けり　山城青桐子

紫苑（しをん）　紫苑　しをに　鬼のしこ草

きく科の多年草で、日本の原産。茎は二メートルにも達し、秋、小枝を多くわかち、紫色の頭状花をつける。風に耐え、台風の季節にも咲く。〈本意〉九州に野生のものもあるというが、古風な感じの、ふるさとを思わせる花である。『古今集』に、「ふりはへていざ古里の花見むとこしを匂ぞうつろひにける」と、「しをに」の名をたち入れている。いろいろ言い伝えがあり、忘れない花、嬉しいことのある人の植える草、鬼の教えた草（鬼のしこ草、しをに）などと言われている。

紫苑にはいつも風あり遠く見て　山口　青邨
紫苑といふ花の古風を愛すかな　富安　風生
頂きに蟷螂のをる紫菀かな　上野　泰
*山晴れが紫苑切るにもひびくほど　細見　綾子
颱風の紫苑もっともあはれなり　石塚　友二
古妻も唄ふことあり紫菀咲き　橋本　花風
露地の空優しくなりて紫菀咲く　古賀まり子
丈高きことが淋しく花紫菀　遠藤　梧逸

弁慶草（べんけいさう）　いきくさ　血止草　根無草　はちまん草　ふくれ草　はまれんげ

べんけいそう科の多年草で、高さ五十センチ。葉は楕円形、肉質、鋸歯がある。茎と葉には白い粉がついていて、白っぽい緑色である。枝わかれした先にたくさんの花がむらがり咲く。白く五弁の花で紅いぼかしがある。丈夫で、折ってもしぼまず、地にさすとつくので、弁慶草という。〈本意〉『年浪草』に、「これを折り取りて、さかさまに櫓間にかくるに、日を経て凋まず。のち、地に栽うるによく活く。馬歯莧（すべりひゆ）にまされり」とある。牛のごとく強き草ともいわれる。花もなかなかに美しい。

*雨つよし弁慶草も土に伏し　杉田　久女
種牛の横振り来る貌弁慶草　池上　樵人
妻子とほし弁慶草に夕せまり　鳥居　露子
べんけい草吹きとびしものを被きけり　荻野　泰成
明方の滝のよき音血止草　飯田　龍太
根無草流されつつも花揚げて　大場美夜子

敗荷（やれはす）　敗（や）れ蓮（はちす）　敗（やぶ）れ荷（はす）　敗荷（はいか）

はすは、夏に、新しい葉を水面にうかべ、葉はやがて水上にひろがるが、秋には、風を受け、破れはじめる。冬になれば、葉は枯れ、枯れ蓮になる。〈本意〉「蓮の葉の秋風に破れ折れたるなり」と『改正月令博物筌』にある。秋を示す象徴的な景である。

破蓮の葛西や風のひゞきそめ　水原秋桜子
蓮破る雨に力の加はりて　阿波野青畝
敗荷や旅の暇の己が影　石田　波郷
*鴉来て敗るる荷を破るなり　相生垣瓜人
破蓮の霧雫して青きかな　佐野　良太
敗荷にひつかかりたる落暉かな　岸　風三楼
敗荷や夕日が黒き水を刺す　鷲谷七菜子
水澄みて敗荷の影なかりけり　山根　立鳥
破蓮やわかれてともにふしあはせ　高橋　潤
破蓮と知りつつ闇の恐ろしき　山口水士英

蓮の実（はすのみ）

蓮（はちす）の実　蓮の実飛ぶ

蓮のことを、古名ではちすと呼んだのは、花托が蜂の巣に似ているからで、花のあと花托の穴には種ができて熟してゆく。花托の形は逆円錐形で、中の種は果皮が黒、中身は白く肥厚している。晩秋、よく熟すると種は穴からとび出して水中に沈む。種は食べられ、甘い。〈本意〉秋にひとりで飛んで種が水中に沈むのが注目されてきた。麦水の「静さや蓮の実の飛ぶあまたゝび」が知られている。

ほつほつと蓮の実を嚙む微酔かな　村上　鬼城
*蓮の実飛ぶ失ひし吾が過去のごと　山田　佐人
はなびらのくづれて蓮の実となりぬ　軽部烏頭子
蓮は実を飛ばして遠き人ばかり　稲垣きくの
父に子に明日への希ひ蓮の実とぶ　加藤　楸邨
一椀を捧ぐるに似て蓮は実に　辰巳　桃代

西瓜（すいくわ）

夏から秋にかけての果物の代表。もともとは秋に出まわるものだが、今は早生種が夏のうちから売り出される。茎は地を這うもので、葉腋に雌花、雄花が咲く。受粉して花がおちてから一か月で果実がとれる。果実は球形と楕円形との二種、また果肉にも赤や薄赤や黄色のものがある。汁が多く、甘い。科学的に種なし西瓜が作り出されている。熱帯地方の原産で、明治以降、優秀な種類が輸入された。〈本意〉『本朝食鑑』に、「水瓜、すなはち西瓜なり。俗に、瓜中水多きをもつて、これに名づく。華音に〈西〉読みて須伊（すい）となす。ここにおいてまたこれを称するか」とある。水の多く甘い、暑いときのよい果物である。去来の「こけざまにほうと抱ゆる西瓜かな」は大きさを、一茶の「正直ね段ぶつつけ書きの西瓜かな」は庶民性をうたっている。

＊きり口に風の生るゝ西瓜かな　大原　其戎
車窓より西瓜手送り旅たのし　市川公吐子
いくたびか刃をあてて見て西瓜切る　山口波津女
教師車座西瓜を割れば若さ湧く　能村登四郎
西瓜切る妻亡く西瓜飾りおく　久保田穎居
西瓜赤き三角童女の胸隠る　野沢　節子
滴々の音澄む西瓜揚ぐる井戸　福岡　南鄰
西瓜熟れ空のひととこ冷えゐたり　金子　篤子
鴉鳴くうらなり西瓜欲しがりて　島崎　秀風
西瓜ぎつしり安いと云はんばかりの灯　鈴木　達弥

南瓜（かぼちゃ）　たうなす　なんきん　ぼうぶら

三種類のかぼちゃがある。はじめに、日本種と呼ばれるものは、三、四百年前に渡来したもので、扁球形のもの。やわらかく、ねばりけがあって、甘い。表面が暗緑色、熟すると赤褐色になって、白い粉をふく。他の二種は明治以後に入ったもので、一つは北海道で作られる大型の実のつくもの。栗南瓜ともいい、果肉がかたく粉のようで、ほくほくし、主食の代りになる。他の一つは西洋かぼちゃで、ぽんきんといい、形や色にいろいろと変化の多いもので、飼料にし、観賞用になる。〈本意〉『年浪草』に、「時珍曰、南瓜の種、南蛮より出づ。（中略）八九月、黄花を開き、瓜を結ぶ。正円にして、大きさ西瓜のごとし。皮の上に稜あり、甜瓜のごとし。一本に数十顆を結ぶべし。その色、あるいは緑、あるいは黄、あるいは紅、霜を経て収む。暖処に置けば、留めて春に至るべし」とある。南蛮渡りの（カンボジア渡来という）やや異国的な実である。関西でなんきんという。冬至の日に小豆と煮てたべる冬至南瓜の風習もある。

わが南瓜ひき臼程になりにけり　高浜　虚子
積雲の崩えがちに南瓜実りたり　臼田　亜浪
朝な朝な南瓜を撫しに出るばかり　日野　草城
南瓜の葉紙か何かのごとく踏む　山口　誓子
書屋いま収穫の南瓜おきならべ　山口　青邨
梁上に貯へてある南瓜かな　深川正一郎
もてなさる南瓜粉を噴き黄の大輪　大野　林火
南瓜叩いていづれも絶対譲らぬ顔　加藤　楸邨
＊日々名曲南瓜ばかりを食はさるる　石田　波郷
大南瓜這ひのぼりたる寺の屋根　中川　宋淵
南瓜煮てやろ泣く子へ父の拳やろ　磯貝碧蹄館
この家の厄神何ぞ南瓜煮ゆ　今村　俊三

糸瓜（へちま）　緋瓜（へちま）　蛮瓜（へちま）　布瓜（へちま）　いとうり　ながうり

棚をつくってそこに植え、這わせる。初秋に実が垂れさがる。実は深い緑色で円柱形、長さは三十から六十センチ、長い種類のものでは一メートルをこえる。若いうちは煮て食べるが、成熟したものは、水につけて繊維だけをとり、垢すり、たわしに用いる。茎の切り口から出る水をとったのがへちま水で、化粧水にし、また咳どめに用いる。〈本意〉『和漢三才図会』の「糸瓜、摂州住吉に多くこれを作る。食品となさず、ただ老瓜の皮を用いて、浴室（ゆや）の垢磨とするのみ」が、糸瓜の第一の用途であった。それとへちま水の薬用としての効果で、化粧用、咳どめ、冷え症の人が足にぬるなどに用いられた。江戸時代に「水とりて妹が糸瓜は荒れにけり」（蓼太）などの句がある。

糸瓜咲て痰のつまりし仏かな　正岡　子規
痰一斗糸瓜の水も間に合はず　同
をととひの糸瓜の水も取らざりき　同
取りもせぬ糸瓜垂らして書屋かな　高浜　虚子
引落す糸瓜にも思ふ我家慾し　石田　波郷
＊へちま引きておどろく露のつめたさに　及川　貞

糸瓜水とりし明治のなつかしき　井上みよの　美しき母と糸瓜の水を取る　松波陽光城
正直に糸瓜の水の溜りけり　三島　素耳　畳荷出し糸瓜に頭こづかれて　小林のり人

瓢（ふくべ）

青匏（あをふくべ）　ひさご　瓢簞　青瓢簞　百生り　千生り　苦匏（くはう）　蒲蘆（ほろ）　葫蘆（ころ）

ひょうたんの実のことである。仲秋、熟した頃にもぎとり、口のところを切って水中にひたし、果肉をくさらせて、中空のいれものにし、酒を入れた。今日ではみがきたてて、賞玩用とする。

〈本意〉独特の形をしていて古来酒のいれものとされてきたが、豊臣秀吉の旗印に千なりびょうたんが用いられて、豊かさを誇示し、顔色のわるい人のことを青びょうたんとあらわしたりしてきて、身近かにあるものだった。言水に「蟷螂のすべりていかるふくべかな」、芭蕉に「もの一つ我が世はかろきひさごかな」、越人に「市中にふくべを植ゑし住まひかな」、蕪村に「人の世に尻を居（す）ゑたるふくべかな」、一茶に「正面に尻つん向けし瓢かな」などがあり、一つの生活態度をも象徴している。

ふくべ棚ふくべ下りて事もなし　高浜　虚子　形よき瓢もとめて仰ぎ寄る　軽部烏頭子
瓢簞は瓢簞となる妻が畑　山口　青邨　*病ひよき妻ゆゑ眩し青瓢　成田　千空
しぶ〳〵と瓢になりし形かな　浜田　波静　ピアノ連弾大小の瓢簞生る　林　翔
くゝりゆるくて瓢正しき形かな　杉田　久女　瓢実るみな手の届くところにて　風間　啓二

夕顔の実（ゆふがほのみ）

夕顔は上代に日本へ渡来したものである。夕方に白い花が咲くので夕顔という。秋に実がなる。

若いうち煮たり漬物にしたりすることもあるが、主として干瓢の材料になる。果実には丸い形と長い形があり、果皮を利用して、炭取りや花器、火鉢などを作る。〈本意〉夕顔の変種がひょうたんである。『滑稽雑談』に、「夏の末、はじめて実り、秋の中にまさに熟して取る。それを器となし、霜を経てすなはち堪ふ」とあり、器をつくる実であった。

*驚くや夕顔落ちし夜半の音　正岡　子規　　夕顔の実の垂れくらし庭の奥　五木　幽風

種瓢（たねふくべ）

種をとるためのふくべで、いつまでもならしておく。また、よく熟したものを切りとり、軒の下、炉の上などに吊り、水気をとって、種をとりだす。〈本意〉『改正月令博物筌』に、「すべて夏末に実を結ぶものは、野菜の類は来春まく種を貯はへんがために、ふくべにても茄子にても、そのままにて軒下あるいは火炉の上などに釣りをき、乾きたるを開き、種を取る」とある。わびしいが、あたたかみがある。

くすぼりて黒くなりけり種ふくべ　高浜　虚子　　*峡の家の昼は無人や種ふくべ　星野麦丘人
誰彼にくれる印や種瓢　同　　嘆くとき顔の前なる種瓢　草間　時彦
何日も来る種の瓢の影法師　阿波野青畝　　病室の窓いつまでも種瓢　矢野　藍女

茘枝（れいし）　苦瓜　蔓茘枝

肉はあまいが皮に苦みがあるので苦瓜ともいうが、江戸時代に中国から渡来したものである。

観賞用ではあるが、食用にしている地方もある。一年生のつる草で、高さ、二、三メートルになる。黄色の雌花、雄花が別に咲くが、九、十月頃に、長楕円形で、いぼの多い果実がオレンジ色に熟して、裂ける。内部は紅い。中に種子がある。〈本意〉いぼの多いオレンジ色の実が独特の印象である。熟して裂けると中の果肉は紅く、色彩があざやかである。苦瓜（くか）、癩葡萄などの別名も実や葉の相似以上に特異な印象を刻んでいる。

あまたるき口を開いて茘枝かな　皿井　旭川
茘枝裂けて肉醤むしろ凄じく　川端　龍子
沖縄の壺より茘枝もろく裂け　長谷川かな女
秋蟬に茘枝日暑くあからみぬ　石原　舟月
＊茘子熟れ萩咲き時は過ぎゆくも　加藤　楸邨
茘枝割れ天の蒼さに愕きぬ　和光赤帝子
杉の風茘枝の熟れを冷すなり　石井　宏史
実をひそめ雨あがりゐし茘枝棚　八木林之助

秋茄子（あきなす）　あきなすび　名残茄子

普通の茄子だが、秋になってからもとれる茄子で、もう実は小さいが、色は紫紺がふかく、身もしまり、種がなくて、きわめてうまく、塩づけにしたり、芥子づけにしたりする。「秋茄子は嫁に食わすな」という。〈本意〉「月さすや娵にくはさぬ大茄子」は一茶の句で、秋茄子のうまさと姑根性をうたったものだが、ほかに、嫁に食わさないのは、秋茄子に種がないので、子ができないといけないからという説がある。そう言われるほど、生（な）りじまいの秋茄子はうまいとされるのである。

＊秋茄子の日に籠にあふれみつるかな　高浜　虚子
頂きに花一つつけ秋茄子　原　石鼎
庭畑の秋茄子をもて足れりとす　富安　風生
淋しさは畑に漲り秋茄子　深川正一郎

秋茄子の漬け色不倫めけるかな　岸田　稚魚
日にほてりたる秋茄子もぎにけり　川上　梨屋
秋茄子もすでに終りや尻とがり　高田門前子
落涙のごとく小さし秋なすび　松村　幸一
案じ顔妻に読まれて秋茄子　福田　紀伊
秋茄子や雲の奥より雲生る　間島　律水
背負籠の底に乏しや秋茄子　鮫島交魚子
秋茄子のつやつや人の気配なし　雨宮　弥紅

種茄子（たねなす）

種をとるため、もがずに残してある茄子で紫褐色になって、畑のすみにたれている。花がひらいてから二か月たつと種がとれる。〈本意〉大きくなって、ころころになり、色も枯れてきてしまった茄子で、見るかげもないが、種をとるための、特別の実である。

＊藁結んで印たしかや種茄子　本田　一杉
赤き布つけて大きな種茄子　松本　長
種茄子のやうやく紺を失しけり　渡辺　何鳴
老農の聖なる顔と種茄子と　渡辺　鳴水
潮騒や花を小ぶりに種茄子　玉城　仁子
種茄子の土に尻すゑなほ太る　山田　春子

馬鈴薯（ばれいしよ）　じやがいも

薯が、馬につける鈴に似ているので、この名がある。オランダの船がジャワからもってきたので、じゃがたらいもと呼ばれていた。早春に種薯をうえると、初夏、地中にたくさんの塊茎をつくる。それが薯である。貯蔵がきくので保存され、食用、澱粉製造、アルコール製造などに用いられる。〈本意〉収穫期が夏を中心としているので、秋に入れられるのは問題である。夏の季題としてよいだろう。北海道産のものが美味で有名である。救荒食糧として大切なものである。

馬鈴薯を夕蟬とほく掘りいそぐ　水原秋桜子
幸福の靴首にかけ馬鈴薯を掘る　山口　青邨
かなしくて馬鈴薯を掘りさざめくも　石田　波郷
塩が力の新じやがを煮て母子生き　沖田佐久子
幸を掘るごとし馬鈴薯さぐり掘る　瀬沼はと江
*土間夕焼じやが藷の山夕刊のせ　椎木　嶋舎
じやがいもの北海道の土落す　中田　品女
馬鈴薯掘る土の匂ひの日の出前　山崎　明子

甘藷（さつまいも）　甘藷（いも）　唐藷　琉球藷　蕃藷（ばんしょ）　かんしよ　薩摩薯　島いも　紅薯

原産地は中央アメリカで、多年生のつるくさ。寛永の頃、薩摩の前田利右衛門が琉球から薩摩に持ち帰り、青木昆陽が享保年間に関東地方へ普及させた。蕃藷、唐藷、琉球藷、薩摩藷は、渡来の巡路を知らせる名前である。あたたかいところがよいので、関東以西に多く作られ、地下の塊根が初秋に収穫される。地中に貯蔵すると保存がきく。大体紡錘形で紅い皮をしている。甘くて風味があり、焼いたり、煮たり、ふかしたり、干したりして食べる。〈本意〉今は焼いもで知られる芋だが、青木昆陽の普及で知られる救荒作物であった。また太平洋戦争中、戦後の代用食としても、十分に活用された藷である。

*ほつこりとはぜてめでたしふかし藷　富安　風生
君去なば食はむ藷君に見られしや　石田　波郷
藷たべてゐる子に何が好きかと問ふ　京極　杞陽
甘藷穴より突き出て赤き農夫の首　野沢　節子
甘藷掘りを牛はかなしき瞳もて待つ　才記　翔子
八方へ逃げゆく藷を掘り上ぐる　神生　彩史
藷掘られ土と無縁のごと乾く　津田　清子
新甘藷を一本置けり童子仏　中山　純子
甘藷車押すは大江の神父かも　古場　青芒
生きて会ひぬ彼のリユツクも甘藷の形り　原田　種茅
甘藷穴のひとつは満ちて掃かれけり　遠藤　正年
やはらかき土につまづく藷集め　市村究一郎

芋（いも）　里芋　家芋（いへついも）　親芋　子芋　芋の子　八頭（やつがしら）

ただ芋というと里芋のことである。里芋は東南アジアの原産で、日本でも古くから栽培されてきた。種芋を植えて親芋として太らせ、子芋、孫芋を増殖させて、十月上旬に収穫する。葉は長いハート型で、先がとがり、濃い緑色である。柄をゆでたものが芋茎（いもがら）である。八ッ頭（九面芋）、唐の芋、土垂、六月芋、蝦芋などの種類があり、前二者は親芋を、次二者は子芋、孫芋を、最後の蝦芋は、どちらをも食べる。皮のままゆでた子芋を衣被（きぬかつぎ）という。〈本意〉『本朝食鑑』に、「近世、八月十五夜月を賞する者の、必ず芋の子・青連莢豆をもつて煮食す。九月十三夜月を賞する者の、芋子薄皮を着するものをもつて衣被（きぬかつぎ）と称し、生栗と煮食す。正月三朝、芋魁（いもがしら）をもつて雑煮の中に入れて、ともにこれを賞す。上下家家、流例となすなり」とある。日本に古くからある代表的な芋である。芭蕉にも「芋洗ふ女西行ならば歌よまむ」の句がある。

＊芋の露連山影を正しうす　飯田　蛇笏
地の底の秋見届けし子芋かな　長谷川零余子
案山子翁あち見こち見や芋嵐　阿波野青畝
八方を睨める軍鶏や芋畑　川端　茅舎
芋の露父より母のすこやかに　石田　波郷
芋の秋七番日記読み得るや　同
雀らの乗つてはしれり芋嵐　同
芋掘りし泥足脛は美しく　平畑　静塔
芋水車水を叩いてよく廻る　野見山朱鳥
芋照りや一茶の蔵は肋あらは　角川　源義
箸先にまろぶ子芋め好みけり　村山　古郷
芋の葉の手近な顔も昏れにけり　遠藤　梧逸
雀らと雨跳ねくるよ芋畑　星野麦丘人
蔓に見し父母芋を掘りたまふ坂　照雄
子兎の耳折れあそぶ芋嵐　長谷川白菊子
生涯を芋掘り坊主で終るべし　美濃部古渓
風の神覚むるや芋の煮ころがし　野中久美子
芋の露天地玄黄粛然と　平井　照敏

自然薯（じねんじょ）　自然生（じねんじやう）　山のいも　やまついも　山芋

ながいもの野生種で、つる性の多年草。茎はものにからみついて伸び、長い心臓形の葉を対生する。葉も茎も赤っぽい。夏、葉腋に零余子（むかご）を生ずる。総状の花穂を出し白い花を咲かせる。地中には円柱状の多肉根があり、年々大きくなる。これを掘り出して擂（す）った白いねばるものがとろろである。〈本意〉零余子（むかご）もさることながら、とろろになる地中の長い根が眼目で、山野でこれを掘ることが自然薯掘りである。地中長くのびて折れやすく、掘り出しにくい。

自然薯掘り出されたる肌さらす　富安　風生
山芋の全貌を地に横たへし　山崎ひさを
自然薯の身空ぶる〳〵掘られけり　川端　茅舎
むずかしき顔のじねんじよ掘りとなる　斎藤　嘉久
山の芋雲母交りの砂こぼす　沢木　欣一
墓山を自然薯掘りが来て荒す　高橋　柿花
自然薯の全身つひに掘り出さる　岸　風三楼
自然薯を提げて藪より現はれし　星　正喜
*狐ききをり自然薯掘のひとり言　森　澄雄
山の芋摺りゐて母のなつかしき　藤野美恵子

薯蕷（ながいも）　長薯　駱駝薯

やまのいもの栽培種。自然薯とよく似ているが、葉が短く幅広い上、葉、葉柄、葉腋が紫色をおびているので区別ができる。二メートルにもおよぶ棒状の根ができる。根は褐色の皮を持ち、肉はあらく水分多く粘りけが少ない。一年いもを駱駝薯といい、生長が早いが、とろろより煮て食うにふさわしい。他に長いもという種類もある。根が長く粘りが強い。〈本意〉栽培品が野生化して山野にはえることがあるが、畑に作るものである。根をすり芋、とろろ芋にするので知られている。根が棒状に長かったり、銀杏の葉に似た塊であったりする。伊勢薯（伊賀薯）がとろろには最上という。

*薄暮にてとろろの薯を擂りゐたり　山口　誓子　山裾に日はさめやすし駱駝薯　小田つる女
薯蕷の掘られし穴に垂るる蔓　大島　兎月　薯を掘る宮址つづきの土中より　品川　鈴子
薯蕷掘つて入日に土の香寒し　高田　蝶衣　とろろ薯擂る音夫(つま)にきこえよと　山口波津子

何首烏芋(かしゆういも)　黄独(けいいも)

中国原産のやまのいも科多年草。にがしゅうを培養したものと思われる。根は大きな黒い塊になり、細いひげ根が出ている。この根をたべる。つるはやまのいもに似ているが、葉は大きい。八、九月頃、小さな白い花を咲かせるが、花のあと、葉のつけ根にむかごができる。〈本意〉何首烏芋の名は、中国原産の何首烏（たで科のつるどくだみ）に似ているというのでついた。漢名の黄独を当てるのはまちがいである。うまいものではない。

*何首烏芋提げ落日の方へ行く　小田南天子　何首烏芋百姓畑をみてまはり　栗原とみ子
山芋もなうての末や何首烏芋　上村　次郎　何もなき畠の隅や何首烏芋　滝川　昇

零余子(むかご)　ぬかご　いもこ　零余子とり

じねんじょ、つくねいも、ながいもなどの葉腋にできる珠芽である。種類によって形や大きさがちがうが、大体数ミリの長さの粒で褐色である。ひとりでに落ちるが、秋に採集して繁殖に用いたり、つけ焼き、汁の実、たきこみ御飯などにして食べたりする。〈本意〉山芋の類のつるにつく珠で、かわゆく、独特の風味があるので、たのしい採集物になる。蕪村の句に「うれしさの箕にあまりたるむかご哉」があり、むかごをとる喜びをうたっている。

零余子蔓流るる如くかゝりをり　高浜虚子
枯枝にからみて枯るゝ零余子かな　長谷川零余子
二つづつふぐりさがりのむかごかな　宮部寸七翁
＊触れてこぼれひとりこぼれて零余子かな　高野素十
伸べし手をつたひこぼるるむかごかな　大橋越央子
蔓むかご露よりもろくこぼれけり　細木芒角星
蔓引くや真葎一杯のぬかご雨　羽根田薫風
蔓ひけばぬかごはげしく地を搏てり　栗生純夫
わが庭の零余子を拾ふものもなし　細川加賀
投縄のごとくに宙にぬかご蔓　轡田進
零余子炒るはるけき香り身ほとりに　伊藤雪女
零余子ころぐ悲喜ことごとく尽きし掌に　富永寒四郎

貝割菜（かひわりな）　殻割菜（かひわりな）　小菜　二葉菜

大根や蕪、菜の類は秋のはじめに種をまくが、まもなく萌え出したものをいう。子葉がひらいて貝をひらいたような形なのでいう。別名は二葉菜。〈本意〉二葉がひらいたときの、萌えたての葉のかわいらしさを名づけたもの。二葉を貝割れ葉ともいうが、魅力ある見立てである。

籠の目にからまり残る貝割菜　富安風生
日はのぼるはてしなき地の貝割菜　山口青邨
貝割菜うつくし伊賀に住む人ら　阿波部青畝
＊ひら〳〵と月光降りぬ貝割菜　川端茅舎
みすゞ刈る秋や浅間の貝割菜　石塚友二
昼も鳴く虫となりけり貝割菜　徳永夏川女
やや伸びて貝割菜とは言ひがたし　荒川ひろし
貝割菜口には出さぬ愚痴もあり　里見美津子
山空の青さただよふ貝割菜　近藤一鴻
貝割菜たどれば負けし記憶のみ　本多静江

土割つてひしめき光る貝割菜　坂本　草子
月光の針のむしろの貝割菜　平井　照敏

間引菜（まびきな）　抜菜（ぬき）　摘み菜（つま）　中抜菜　虚抜菜（うろぬきな）　菜間引く

大根、蕪、菜などの種は秋のはじめにまくが、一か所に数粒まくので、子葉がひらいたあとは、一週間か十日おきに間引き、一本だけをのこす。間引いた菜は摘み菜、抜き菜といい、市場に出る。お浸し、ごまあえ、汁の実などにして食べる。〈本意〉『改正月令博物筌』に、「摘菜の少し長じたるをいふ。種を多く植ゆるゆゑ、長ずる時間を引きとるゆゑに名づく」とある。よい菜をつくるための手間で、抜かれた菜はあわれだが、やわらかくて、なかなか香りもよいものである。

女たるしぐさがかなしく菜を間引く　飯田　蛇笏
間引菜や指もて指の土おとす　向井　雅夫
＊椀に浮くつまみ菜うれし病むわれに　杉田　久女
菜を間引くついに面をあげざりき　寺本　岑詩
父の腰のびることとなし菜を間引く　滝　春一
間引菜をうばつて鶏の走りけり　入交よしひこ
間引菜の青覗かせて負籠の目　石塚　友二
間引菜のやや過ぎたると思ひをり　千葉　仁
落日の大きく赤き菜を間引く　遠藤　梧逸
間引菜の片手攌みに売られける　増永　安子
間引菜をあはれあはれと間引くなり　相馬　遷子
産月の農婦踞みて菜を間引く　西島　千鶴

紫蘇の実（しそのみ）

しそは、花のあと、長い穂に実がなってゆく。実の中には小さな黒い種が入っている。この穂をさしみのつまにしたり、塩づけにしたり、醬油で煮て食べる。香りよく、風味がある。〈本意〉しその穂はかおりよい実を縦にみのらせていて、この実をしごいて、かおりを食べる。風味に欠かせぬものである。

紫蘇の実を鋏の鈴の鳴りて摘む　高浜　虚子
紫蘇の実や子を得ていよ〳〵隠れ栖む　草間　時彦
口中に紫蘇の実一つ夜の厨　中島　秀子
紫蘇の実をしごく手許の暮れてゐし　若月　瑞峰
＊紫蘇の実をこぼす光となりにけり　永野　孫柳
紫蘇の実のふたいろ平家部落かな　上野登み子
紫蘇の実の歯応へ独りの膳もよし　宮田　睦子
紫蘇の実をしごけば小さき花残る　佐藤　茅江

唐辛子（たうがらし）　蕃椒（たうがらし）　南蛮　南蛮胡椒　天井守　高麗胡椒　さがり　天竺まもり

茄子科の一年草で熱帯原産、ほおずきと近いもの。夏、白い花を咲かせ、花のあと青い実が筆の形になり、これが秋に赤く熟す。辛さも加わってくる。小型の鷹の爪、大型の八ッ房、円錐形大型の獅子唐辛などいろいろの種類がある。ピーマンは獅子唐辛の一種。実のなかの種がからいので、香辛料にする。生のまま料理に用いるのは、大きな甘唐辛である。農家が実を天井にさげてたくわえたことから天井守、天竺まもりという。別に、実が上向きになるからともいう。五色唐辛は、実が丸く、熟するとき色が変化して美しい種類で、観賞用のものである。〈本意〉『滑稽雑談』に、「実を結びて鈴のごとし。研きて食品に入れ、極めて辛辣辛温、毒なし」とある。からさの最たる食品だが、足をあたためたり、薬用にもなる。敬遠されながら愛されているもの。芭蕉の「青くても有るべきものを唐辛子」、蕪村の「うつくしや野分の後のたうがらし」が知られているが、紅い色のみごとなところがうたわれている。

辛辣の質（さが）にて好む唐辛子　高浜　虚子
腸に酒の爛れや唐辛子　小杉　余子

唐辛子干してしぐるゝ柱かな　野村　喜舟
唐辛子一途に嫁きてしまひけり　板谷清太郎
*干し上げて漆びかりや唐辛子　浅井　啼魚
目に見えて夜がちかづく唐辛子　木附沢麦青
唐辛子焼いて肴にちびちび呑む　滝　春一
今日も干す昨日の色の唐辛子　林　翔
炎ゆる間がいのち女と唐辛子　三橋　鷹女
真紅とは瞼にともる唐辛子　中村　明子
那須野過ぐ芒のあとの唐辛子　森　澄雄
日かげりて朱けのしづまる唐辛子　塚原　麦生

生姜（しやうが）　薑（はじかみ）　新生姜　葉生姜　くれのはじかみ

しょうが科の多年草で熱帯アジアの原産。畑に種生姜を植えて育てる。地下茎から芽が出て茎になり、みょうがのような葉がつく。根もとは紅をおびている。七月頃に新生姜がとれ、秋に主として収穫する。地下茎が「しょうが」で、指をまげた形。うすい黄色で肉質である。からくて香りがある。香辛料になり、つけ物、酢づけ、生食などにする。〈本意〉古名をはじかみと言ったが、それは辛果の総称で、その中に生姜も山椒の実も含まれている。地下茎のからさと、食べたあとのさわやかな香りが好まれている。

葉生姜やかりゝかりゝと露の玉　川端　茅舎
新生姜洗ひし水の走り出す　伊藤　通明
我古りぬ硬き生姜を歯にあてて　佐藤惣之助
洗はれてつるつるの股新生姜　辻田　克巳
*命惜しむ如葉生姜を買ひて提ぐ　石田　波郷
平穏といふ新生姜嚙んでをり　西村　信男
恩愛やことに生姜の薄くれなゐ　栗栖　浩誉
癌研を出で来し街に新生姜　会美　翠苑

茗荷の花（めうがのはな）　秋茗荷

しょうが科の多年草。湿地に自生しており、また栽培もする。しょうがによく似ている。春の若芽が茗荷竹、晩夏土から出る花穂が茗荷の子である。この花穂を摘み料理に利用する。花穂は伸びて、うす黄色の唇形の花を咲かせる。花は次々に咲き、一日でしおれる。〈本意〉『滑稽雑談』に、「子、始めて出で、その子ほころび出て花となるなり。その花、開かざるのとき、採りて食す」とある。香りを賞でて食べる日本独特の食品である。

病人に一と間を貸しぬ花茗荷　星野　立子
＊つぎつぎと茗荷の花の出て白き　高野　素十
人知れぬ花いとなめる茗荷かな　日野　草城
花茗荷三畳書斎また楽し　景山　筍吉
あかつきの井の水さはに花茗荷　鷲谷七菜子
一隅に茗荷の花をたのしめり　甲田鐘一路
みちのくの泊り泊りの茗荷汁　森　江楓
妻が手に摘みて淡しや花茗荷　鈴木　元
幸福の限界いづこ花茗荷　重田嘉代子
夕闇のものにまぎるる花茗荷　馬淵あい子

稲（いね）

しね　いな　たのみ　水かげ草　富草　粳（うるち）　糯（もち）　稲筵　稲葉

いね科一年草。熱帯アジア原産。すでに石器時代に中国から渡来したとされ、日本の風土に適し、その淡泊な味が国民に好まれて、主食として栽培され、日本種が育成されてきた。主として水田に植えられる。普通、苗しろで苗をつくり移植するが、水田にじかに種をまく方法もある。稲は生長し、枝分かれして茎を立て、一メートルほどになって穂をつけ、実を結ぶ。秋にはみのった稲が穂を垂れ、黄金の波を打つ。むかしは、八十八夜（五月二日）に種をまき、晩秋に刈りとってきたが、今日では早まき早植えがあって、農家の農事暦もかわってきている。稲には、うるちともちの二種類があり、うるちが日常の米飯になり、もち米はもちをつくるためのねばりのある種類である。〈本意〉稲は日本人の主食であり、農産物の主なるものであるから、「いね」は、「いつくし」の略、諸穀にすぐれて、苗のいつくしきなりというような説もあり、今年新しい稲は神に奉るものともされてきた。「恋ひつつも稲葉かきわけ家居れば乏しくもあらず秋の夕風」(『万葉集』)「昨日こそ早苗とりしかいつのまに稲葉そよぎて秋風の吹く」(『古今集』)「風渡る野田の初穂のうちなびきそよぐにつけて秋ぞ知らるる」(『夫木和歌抄』)などと歌いつがれ、ゆたかな喜びと、秋の季節感とを味わわせる生活の標準物であったともいえよう。

奥出羽のよき日の入りや稲の秋　名和三幹竹
稲の中水の音して日和かな　野田別天楼
稲の秋山山進み向ひくる　池内友次郎
むつかしき牛の眉間や稲の秋　山口　誓子
黒部川わたりて稲の高襖　阿波野青畝
稲垂れて産土神道をせばめけり　五十崎古郷
稲負ひて闇に追はれて来しふたり　相生垣瓜人
稲の香や父母ありし日の山と川　石塚　友二
動かざる雲ゐて稲の伸ぶるなり　中川　宋淵
*稲穂いま乳こもり来し撓ひにあり　篠原　梵
稲の青しづかに穂より去りつつあり　同
穂波逆撫で百姓の柩通る　津田　清子
稲無限不意に涙の堰を切る　渡辺　白泉
稲の穂のりりとひびかふたなごころ　赤城さかえ
老農の穂田を見まわる帆のごとし　田平龍胆子
負ふ稲のさや／＼と歩を速くしぬ　土方　花酔
稲の穂の寂光芒より淋し　中西　碧秋
水流に青草浸り稲の秋　林　順子
月のもと罪あるごとく稲を負ふ　亀田　岳水
稲負へり白馬は神の馬なるに　藤井　亘

稲の花（いねのはな）　富草の花

稲の穂が伸び出るにつれて、花がひらく。穂の数多い小枝に、花がたくさんつく。緑色の両穎

（のちの籾殻）がひらくと雄蕊が出て、出そろうと閉じる。この開花は午前中のこと。一時間半ほどの間に受精がおこなわれる。花から白い葯が垂れさがっていて、これが受精する雌蕊である。〈本意〉『年浪草』に、「愚按、稲の花とは穂をいふにや。稲花の題に、花のことなく穂を詠みたる多し。富草とは、稲をいふ。富草の花と富める心にかけて、詠めるにや」とある。とりいれの期待と、そのゆたかさの喜びがこめられる。

*酒折の宮はかしこや稲の花　高浜　虚子
稲の花宗五祭の幟かな　島田　五空
竹藪の裾濃にけぶる稲の花　沢木　欣一
高館や河白波に稲の花　石原　八束
来る一座かへる一座や稲の花　高橋　潤
山より朝日山より夕日稲の花　岡田　日郎

陸稲　をかぼ

畑に作る稲で、水田の稲と同じ種類だが、畑で作られてきたので、水もあまり必要とせず、育つことができる。ただ、粘りも少なく、味もおち、品質がわるい上、収穫量も少ないが、栄養価はちがわないという。茎や葉は粗大なものがある。〈本意〉貧しい土地の作物という印象があるものである。あまり作られないものだが、環境に抗して生きる努力のうかがわれる印象の作物である。

*掌に掬ふ陸稲の垂り穂軽きかな　川端　茅舎
痩せ陸稲へ死火山脈の吹きおろし　西東　三鬼
開墾小屋の孤影に陸稲照り映えぬ　滝　春一
終点や団地へ陸稲孕みつつ　原田　種茅
馬鹿晴れや不作陸穂が刈りはかどる　米田　一穂
ゆさゆさと陸稲のさやぐ畦ゆけり　栗原　和子

早稲　わせ　室のはや早稲

早くみのる水稲で、穂が早く出る。とくに北日本では早く冷たくなるので、それ以前に収穫するために早稲種を用いる。千葉などでは八月はじめに開花、九月上旬収穫という早さであり、早場米が地方から出荷されるのは九月下旬になる。〈本意〉早く実る、初秋に穂の出る稲である。室のはや早稲ということが知られている。日当りのよいところに池を作り、暖かくなるようにして、春、種をつけるものが室、これを田に作り、五月に早稲の苗を植えると、早く実る。これを室のはや早稲と言う。かつて大和、河内、江湖辺でおこなわれたことという。早く収穫を得る工夫がおこなわれていたことがわかる。「早稲の香や分け入る右は有磯海」（芭蕉）「早稲の香や夜さりも見ゆる雲の峰」（一茶）の句がある。

早稲負うて熊野の神を拝み過ぐ　水原秋桜子
＊葛飾や水漬きながらも早稲の秋　同
早稲の香や見送ればお下髪一筋ぞ　中村草田男
一枚の早稲田御陵に正面す　皆吉　爽雨
早稲にまだ青味のはしる肥後の国　能村登四郎
早稲の中走れる加賀の郵便夫　藤本　節子
陵は早稲の香りの故郷かな　石橋　秀野
早稲の香や深き息して木曾を行く　及川　貞
田舟まだかわきて軽し早稲を盛る　中戸川朝人
早稲の香や父母に離るる日のあらむ　妹尾　静子

中稲　なかて

大部分の稲が中稲である。早稲と晩稲の間にみのる稲で、穂の出るのが九月上旬、収穫は十月中・下旬である。〈本意〉もっとも普通の稲で、稲のイメージはこれによって作られる。早稲や晩稲はその特異性によって、かえって注意されやすいが、これこそが稲の主役である。

山の温泉へ中稲の畦を通りゆく　上川井梨葉
大和路の沼のほとりの中稲刈り　近石綟太郎
年々の痛みのころや中稲刈る　山城市兵衛
＊海の色濃き日の中稲刈るばかり　近藤　明人

晩稲　おくて　おく　おしね　室のおしね

晩秋に熟する稲で、一番おそく刈られるもの。十一月に入ったりして、霜がおりる心配もある。あわただしい収穫になる。〈本意〉『温故日録』に、「おしね・おくてとも。おそき稲なり」とあり、秋もふかく、物さびしい景色の中での、あわただしい穫りいれを示している。

山風にゆられゆらるゝ晩稲かな　飯田　蛇笏
＊刈るほどにやまかぜのたつ晩稲かな　同
あらしくる夜の人ごゑは晩稲刈　加藤　楸邨
山の火の見えて晩稲の孕む闇　西村　公鳳
峠ゆく雲が晩稲の黄に馴染む　田中　青濤
山川の淋しき国や晩稲刈　村山　古郷
晩稲刈る誰も齢に追はれゐて　本多　静江
百姓に停年はなし晩稲刈る　中川　正太
晩稲刈る新婦の頭上あたたかし　飯田　龍太
田の端の芦も晩稲も刈られけり　水谷　晴光
風の音ばかり峡田の晩稲刈　柴崎久太郎
晩稲刈るかたへを河の急ぎをり　長谷　岳

落穂　おちぼ　落穂拾ひ

稲刈りがすんだあと、田や道、庭先などに落ちている穂のこと。籾一粒も大切なものなので、落穂拾いは重要な仕事である。〈本意〉「うち侘びて落穂拾ふと聞かませば我も田づらに行かましものを」(『伊勢物語』)などと、よく古歌にうたわれてきた。わびしさとともにまた豊年のとき寡婦などが心のままに拾うゆたかさとをあらわす。蕪村に「落穂拾ひ日あたる方へあゆみ行く」がある。

落穂拾ひ去るや夕澄む穂高岳　水原秋桜子
*夕ぐれの葛飾道の落穂かな　高野　素十
足もとの奥の細みちにも落穂　阿波野青畝
一抹の海見ゆ落穂拾ひかな　石田　波郷
つかれては落穂を拾ふこともなし　加藤　楸邨
伸びてきし落穂拾ひの影法師　軽部烏頭子
夕風にしはぶき拾ふ落穂かな　西島　麦南
穂拾ひに晩禱の雲焼くるなり　石塚　友二
山の影落穂拾ひに稲刈に　相馬　遷子
風の日に炎えたつ落穂拾ひあぐ　高島　茂
落穂手に皺の奥の眼善意に充つ　高梨　忠一
落穂拾ひ一人残るは誰が子ぞ　北川　洗耳
にはとりの飛びつく帯の落穂かな　豊島　蕗水
ひとふさの落穂あり濃き霜をおく　斎藤　桜城

穭（ひつぢ）　稲孫（ひつち）　穭穂（ひつちほ）　孫いね

稲刈りがすんだあと、切り株から芽がのびてそだち、時には穂を出すことまである。これが穭で、そのまばらな緑色にさびしさがある。〈本意〉「田の苅りたる跡の株に生ずる二番苗なり」と『しをり萩』にある。場ちがいな様子もあり、さびしげでもある。

*らんらんと落日もゆる穭かな　富安　風生
よべよりの雨に枯れたる穭かな　金尾梅の門
沼風や穭は伸びて穂をゆすり　石田　波郷
伸びし穭の影水に濃し何せんや　原田　種茅
こぼれ穂を捧げてもゆる穭かな　西山　泊雲
海鳴りもすでに日を経し穭かな　本多　静江

稗（ひえ）　穇（ひえ）　畑稗　田稗　稗刈

いね科の一年草。湿度や寒冷に強く、種の長期貯蔵もできるので、救荒作物として、田畑に作られてきたが、今は北海道や東北の山間に少し作られるだけになった。茎は倒れやすいが、穂が出て、穂の枝分れの先にたくさん丸い形の花を咲かせる。秋、まるく、黄色の実をつける。食用、飼料、小鳥のえさなどにする。〈本意〉『滑稽雑談』に、「和俗、また粥とし、団子に製す、穀の下品（げぼん）なり」とあるが、貧しい農家の食糧、また救荒食糧であった。

山鳩ひそと稗啄（ついば）んで交（さか）りたる　中村草田男
地上では子が親になり稗を抜く　安川　貞夫
ぬきんでて稲よりも濃く稗熟れぬ　篠原　梵
稗の穂にすがりて雨の雀かな　石橋　梅園
日照雨来や峡田は稗を躍らしめ　石田　波郷
稗みのる谷へ射す陽のうつくしく　浅見　波泉
*雨がちに海女の遅れ田稗多し　同
稗飯や一生托すめくら縞　服部　松風

玉蜀黍（たうもろこし）　南蛮黍　高麗黍　唐黍（たうきび）

高さ二メートル半ほどに伸び、夏の終りに茎の上に、芒の穂のような雄花を咲かせ、葉腋に雌花穂をつける。みのるのは雌花穂で、苞につつまれており、先端に出ている雌しべに花粉がつくと、みのって茶色に枯れてくる。熟してから穂をとって皮をむくと、豆のような実が数列にならんでびっしりと付いている。実には白、黄、赤、斑らなどの色のものがある。焼いたり、ゆでたりして食べる。〈本意〉『和漢三才図会』に、「蛮舶将来す。よって南蛮黍と称す。その形状、上に説くところはなはだ詳らかなり。ただし、苞の上に鬚を出だす。赤黒色にして長さ四五寸、刻煙草に似たり。しかるを白鬚といふは、異なるのみ。その子（み）、八月黄熟す」とある。実を焼いて露店などで売る秋の味覚の一つ。甘くてこうばしく栄養がある。

もろこしを焼いて女房等おめえ、おら　富安　風生
貧農の軒たうもろこし石の硬さ　西東　三鬼
唐黍焼く母子わが亡き後の如し　石田　波郷
海峡を焦がしとうもろこしを焼く　三谷　昭
唐もろこし焼く火をあぶり祭の夜　菖蒲　あや
充実せる玉蜀黍を切に焼く　本田　青嚢
*もろこしを焼くひたすらになりてゐし　中村　汀女
中腰の唐黍焼きに昔あり　石川　桂郎
雷の遠く去りたる唐黍をもぐ　横山　丁々
唐黍と学生帽と一つ釘　上野　鴻城

黍（きび）　黍の穂　もちきび

いね科の一年草で、畑で作る。昔の五穀の一つだが、現在は北海道で作るだけである。高さは一・三メートルになり葉は幅ひろく、茎は倒れやすい。穂は粗雑な感じで、枝分れしてたれ下っている。秋みのり、種は黄で丸い。粟より少し大きく光沢がある。もちとうるちがあり、日本人の昔の主食。インド原産。きび団子などが作られた。〈本意〉『和漢三才図会』に、「古は飯となし、つねに食ふ。今は、ただ磨末して団子餅となし、賤民の用ゆる所なり」とある。桃太郎のきび団子が知られるが、主食であったのは古い時代である。

黍咲けり見て楽しむに足らねども　水原秋桜子
黍の風よその子の如吾子立てる　平松　措大
秬焚や青き螽を火に見たり　石田　波郷
黍の葉に黍の風だけかよふらし　中川　宋淵
夕黍や百姓の胸現はるゝ　森　澄雄
黍の風妻の方言年過ぎつ　飯田　龍太
*夕焼の馬込は黍の坂ばかり　猿山　木魂
負ひ来し黍の音かも日暮れゐつ　中村　四峰
黍刈りしあとは用ひず火山灰畑　橋本　鶏二
潟昏れて黍殻を焚く小さき火　松林　朝蒼
キビ焼く香このごろ灯いろ澄んで来し　三宅　草木
黍の穂やいづこへ行くも風の中　岸　秋渓子

黍の空群燕糸に結ばれて　田中　青濤
黍を焼く母に火色の定まりて　種沢富美緒

粟 あは　粟の穂　鶉草　大粟　小粟

稲・麦・黍・稗・粟の五つを五穀と呼び、尊重されたが、今は餅、菓子、小鳥のえさになるだけで、ほとんど作られていない。一年草で畑に作られ、一メートル以上の高さになる。先に穂ができ、穂には枝を分けて花がたくさんつく。花のあと、小粒で黄色の実を結ぶ。〈本意〉「粟稗にまづしくもなし草の庵」という芭蕉の句があるが、五穀の一として主食にも用いられたもの。「あは」は「あはき」の略で、稲よりも味淡きため粟というと『滑稽雑談』にあるが、過去には大切な食糧だった。

＊粟垂るる修学院の径かな　富安　風生
雀らの声やはらかに粟垂りぬ　中条　明
手握りし粟の垂穂のあたたかく　高野　素十
婆の小切れの袋いくつも粟小豆　清川富美子
粟の穂の垂れし重さにしづかなり　長谷川素逝
粟の穂にはばたきすがる雀かな　杉浦　冷石
粟熟れて羊も痩せぬ人も痩せぬ　加藤　楸邨
乗り継げば汽笛幼し粟干す村　林　芳生

蕎麦の花 そばのはな　そばむぎの花

そばは一年草で、三十センチから六十センチほどの高さになる。畑に作る。夏そばと秋そばの二種類があり、夏そばは夏のはじめにまき、終りに花がつき、秋そばは夏の終りにまき、秋に開花する。花は葉腋から出た枝の先に咲く白か淡紅色の五弁の小花で、たくさん総状につく。実は三角稜で大粒。これから蕎麦粉を作る。〈本意〉「蕎麦はまだ花でもてなす山路かな」（芭蕉）「山畑や煙りのうへのそばの花」（蕪村）「道のべや手よりこぼれて蕎麦の花」（同）「山畠やそばの白さもぞつとする」（一茶）などが知られる。山畑などで見られ、さびしげに見える白い花で、夕暮頃がとくに印象的に見える。

＊そばの花山傾けて白かりき　山口　青邨　　山脈の濃くさだまりてそばの花　長谷川双魚
浅間曇れば小諸は雨よ蕎麦の花　杉田　久女　　蕎麦咲きて牛のふぐりの小暗しや　中条　明
花蕎麦のひかり縹渺天に抜け　大野　林火　　山村といふも四五戸や蕎麦の花　長沢　青樹
蕎麦の花下北半島なほ北あり　加藤　楸邨　　月光の満ちゆくかぎり蕎麦の花　古賀まり子
獺の村ちかき月明蕎麦の花　石原　舟月　　月さして沼かと見しは蕎麦の花　北垣　芳園
蕎麦畑のなだれし空の高さかな　沢木　欣一　　母にまだとる齢あり蕎麦の花　村松ひろし

大豆（だいづ）　みそまめ　新大豆

普通、初夏に種をまき、十月頃にみのる。一メートル足らずの高さになり、枝を出し、三枚の小葉から成る葉をたくさんつけ、つるをのばして繁茂する。節から花梗を出し、白い蝶形花を数個咲かせる。花のあと莢になり、なかに白い種ができる。種は、黄色だが、緑や黒のものもある。栄養に富み、みそ・醤油・湯葉・納豆・豆腐・煮豆・菓子などにする。油をしぼったあとの油かすは肥料になる。秋収穫された種は、色もつやもよく、かおりも味もすぐれ、新大豆として尊重される。枝豆は、早生種を未熟のうちにとってゆでたもので、新鮮な感じがよろこばれる。大豆は畑で作られるが、田の畦で栽培されたものが畦豆である。〈本意〉豆類のうち、もっとも栽培歴の古いもの。豆のとりいれは活気があり、莢から豆がとび、ころげ、にぎやかである。

畦豆に鼬の遊ぶ夕べかな　村上　鬼城
遠くまでとびゐる雨や豆落し　高野　素十
母よ豆摘み了へしかば二重腰　三橋　鷹女
そこはかとなく豆はじきそめにけり　許斐　嫦娥
畦豆に信濃の霧の凝りにけり　草間　時彦
*奥能登や打てばとびちる新大豆　飴山　実
新大豆青き白きに光あり　大根田蓼水
海女経て嫗(をうな)まるきたち居で大豆干す　平井さち子

刀豆(なたまめ)　鉈豆　たちはき

莢が大きく、まがっていて、鉈か刀の刃に似ているので、刀豆という。一年草で畑に栽培する。つるをのばし、葉は三小葉から成るものである。花は葉腋に四、五個つき、蝶形花、色は白か淡紅紫色。八月中旬に莢が熟す。白花種は豆をとり、紅花種は若い莢をつけ物や福神づけにする。〈本意〉『改正月令博物筌』に「唐は赤し。日本は白し。莢、なたのごとし。蔓草なり」とある。莢の形と大きさがもっとも注目される豆である。

鉈豆の垣かたむけてたれ下り　西山　泊雲
刀豆を振ればかたかたかたかたと　高野　素十
*刀豆の鋭きそりに澄む日かな　川端　茅舎
採りおくれたりし刀豆刃にこたふ　桂　信子
なた豆の曲り下りて風が吹く　藤崎　一籠
刀豆の銹色づけるおもしろし　平川　堯

藤豆(ふぢまめ)　鵲豆(ふぢまめ)

隠元禅師が中国から持ち入れた豆で、温暖の地方で夏に栽培される。いんげん豆に似ていて、紫か白の蝶形花を総のように咲かせる。莢は半月形、粗毛がついている。種は長円扁平、黒か褐色。わかいうち莢ごと煮て食べる。仲秋の収穫である。〈本意〉隠元が中国から渡来したのは隠元豆でなく、藤豆だったという。味がよく味豆といい、よくとれるので千石豆というが、独特の香りをきらう人もいる。

藤豆の垂れて小暗き廊下かな　高浜　虚子
藤豆のはや乾らび音となつてをり　西川みさを
＊藤豆の咲きのぼりゆく煙出し　高野　素十
藤豆に少しく柔毛ありにけり　山田みづえ
藤豆は手の届かざるなほ上に　杉山　岳陽
藤の豆おのが重さにしづもりて　福西　立杭

隠元豆(いんげんまめ)　いんげん　唐豇(とうささげ)　隠元豇(ささげ)　せんごくまめ　あぢまめ

承応元年（一六五四）隠元が中国から渡来したとき持ってきたものといわれたが、それは藤豆で、本当の隠元豆ではないという。隠元豆はつる性の一年草、葉腋から花梗をのばし、総状に数個の花をつける。蝶形花だが、色は、白や帯黄白色、帯紫色、莢を秋に下げる。若い莢を莢隠元として食べ、熟した豆は白隠元、うずら豆として、煮たり、あん、きんとんにする。〈本意〉隠元豆といま言われるのは、はなささげ、紅花隠元豆のことで、隠元の渡来したものではない。また関西では藤豆のことを隠元豆と呼んでいて、混同されている。そうしたことがあるが、今は莢いんげんやうずら豆はよく普及して食べられている。

＊摘み〳〵て隠元いまは竹の先　杉田　久女
行きどころなくいんげんの筋をとる　近藤　品子
隠元を膝に娘や滝の前　川端　茅舎
つるなしのいんげんといふやはらかし　為成菖蒲園
雲ひくく垂れていんげん実となりぬ　伊藤　黄雀
いんげんの色さま〴〵の一筵　柴田　冬野

豇豆（ささげ）　十六豇豆　十八豇豆

莢が上を向いているのでささげと言う、とされる。中国から渡来した、まめ科のつる性草本。七、八月ごろ葉腋から花軸を出し、白か淡紅の蝶形花をひらき、花のあと、ほそく長い莢をつける。莢の長いものを十六ささげ、十八ささげといい、長さ一メートルにも達する。十数個の豆が一列に並んでいる。若いうちは莢ごと食べるが、豆はあずきと同様に、赤飯に入れ、また菓子の材料にする。茎の直立したものがはたささげ、豆が白くて黒斑のあるものをやっこささげという。〈本意〉小豆とともに強飯にまぜて、赤飯とするもの、また、あんの材料や、菓子作りに欠かせぬものである。大切な豆類の一つ。

豇豆赤し落人らしく平家住む　阿波野青畝
新しき笠をかむりてさゝげ摘む　高野　素十
＊豇豆摘む籠を小脇に恵那夕焼　富安　風生
二三日しては又摘む豇豆かな　増田手古奈
豇豆つむ田舎といへど京近く　松尾いはほ
もてゆけと十六ささげともに捥ぐ　篠原　梵
月の出のたらりじゆうろくささげかな　風間　加代
二つづゝ垂れて十六豇豆かな　松本かをる
湖へだつ不二真向に豇豆干す　甲賀　山村
国分寺あとにはじけて種豇豆　豊島　美代

小豆（あづき）　新小豆

豆の中ではもっともよく栽培される。三十センチから五十センチほどの草たけである。夏に葉腋から花梗を出し、蝶形の黄色い花を総のように咲かせる。花のあと、円筒形の莢が直立して発育し、中に数個の種がある。十月ごろ収穫する。種の色はいわゆる小豆色だが、白や黄、黒などのものもある。あんを作ったり、色づけに赤飯の中に入れる。収穫したての小豆はかおりよく、新小豆として賞される。〈本意〉小豆の莢は、六、七粒の赤い粒を入れていて、美しい。日本の食事や菓子の引き立て役となる大切な豆である。

つぎ当たる農婦のズボン小豆選る　富安　風生
小豆打つ向ふの婆は尚小さし　高野　素十
指入れて筵に流す新小豆　長谷川かな女
尋ねても耳がきこえず小豆揉む　中田みづほ
*淑やかや磨きしごとき新小豆　中村草田男
いつまでも父母遠し新小豆　石田　波郷
恵那山の晴れつつ晴れず小豆干す　木谷　島夫
小豆引く言葉少き一日かな　細見　綾子
蝦夷の海暗し小豆の畑展け　吉田　一穂
箕に今日も干す色おなじ新小豆　新井　盛治

落花生（らっかせい）　南京豆　唐人豆　そこまめ

江戸時代に日本に渡来した。まめ科の一年草。原産地は南米という。南京豆というのが正しく、唐人豆ともいう。茎は地上を這い、葉は四枚の小葉のある羽状葉である。晩夏、葉腋に、黄色の蝶形花をひらく。花のあと、子房の下の部分がのび、子房をおして地中にもぐらせ、長楕円形で真中がくびれ、網目のある黄白色の莢となる。中に入っている種は、二、三個だが、栄養があり、油を多く含んでいる。炒（い）っても煮てもよく、すりつぶしてピーナツバターにしてもよい。また食用油にすることもできる。〈本意〉外国から輸入したので、南京豆、唐人豆というが、落花生という名は、その珍しい習性をとらえている。子房が地中で莢を作るのを落花生というわけで、おもしろい名前のつけ方である。日常的な、親しい食物となっている。

落花生火鉢にかざす指が砕く　富安　風生
遊民のわが掘る落花生の土　石塚　友二

＊放蕩の夜のむなしさよ落花生　小寺　正三
落花生マチスピカソと論じ食ふ　志水　圭志
南京豆むく手猿に似たるかな　宝田　砂川
雁鳴くや落花生掘る山の畑　桜木　俊晃
落花生帰化せし大き手に砕く　下田　稔
海鳴りの土へ逆だつ落花生　原　南甫

胡麻（ごま）

つのごま科の一年草で畑に栽培する。草たけは一メートル前後、枝を少し出し、葉を対生、あるいは互生する。葉の根もとに花をつける。下の方から開花するので、蒴果は下から熟してゆく。かわかして種をとる。種には黒ごま、白ごま、金ごまがあり、油を多く含むので、ごま油をしぼったり、ごまあえ、ごま塩などにして食べる。〈本意〉「漢の張騫が西域に使して、この種を持ち帰れり。胡国より来しゆゑ、胡麻といふ。このもの、花を開き、角子を結ぶ」と『滑稽雑談』にある。旧書に胡麻は四稜だという。この四稜の角子の中にごまの種が入っているのである。

人遠く胡麻にかけたる野良着かな　飯田　蛇笏
胡麻殼を立てかなしきたつき見ゆ　富安　風生
一列の胡麻のうしろに農夫の目　沢木　欣一
＊手に足にこほろぎのぼる胡麻叩く　白川　朝帆
胡麻叩く税書かたへに置きしまま　乙　草之介
風呂に焚く胡麻殼束を重ねけり　芳野　仏旅
母の肩たたくおもひに胡麻叩く　栗田　素江
胡麻殼は振れば鳴るかや母さだか　林　昌華
胡麻叩きおのれの影を打ちつづく　吉良　蘇月
晴れし日の荘子は胡麻を叩きをり　成瀬　桜桃子

煙草の花（たばこのはな）　花煙草

南アメリカが原産で、なす科の一年草。畑に植えられる。高さ一メートル半以上になり、茎は太く、葉は楕円形で大きい。葉をとるためには、二十枚程度葉がついたところで蕊をとめ、葉を充実させるが、種をとるためには、茎をのばしたままで花を咲かせる。花茎は分岐し、花弁は漏斗状をして先が五裂、黄か白で紅いぼかしがつく。蒴果がなり、中に黒い種がたくさん入っている。葉から煙草をつくる。〈本意〉葉をとるため、種をとるためとはっきり目的を立てて栽培するので、茎をとめられてしまったり、花が咲くと葉がむしりとられたりして、見るもあわれな感じがある。在来種は三百年ほど前に渡来したもの、黄色種は明治の初年に輸入されたもの。後者が多く作られている。

焼跡の煙草の花を隠すなし　石田　波郷
ひろびろと旅明けわたる花煙草　山田みづえ
麻はかぼそく花咲く煙草逞しや　滝　春一
行けどゆけど吉備の山みち花煙草　松尾いはほ
*花たばこ空に明日あり便りまつ　角川　源義
雹受けし葉のずた〳〵や花煙草　瀬野　直堂
花煙草盛りの淡し農婦病む　馬場移公子
花煙草どこか幼き浅間山　二反田秋弓

藍の花（あいのはな）　蓼藍（たであい）の花

たで科の一年草。古く中国から渡来し、染料をとる植物としてひろく栽培されたが、今は徳島県に残るだけである。茎の高さは六十センチほどになり、たくさん枝分れする。葉は長楕円形で、濃い藍色である。この茎と葉から藍をとる。花は小さく紅色を帯び、穂状に密生する。〈本意〉『和漢三才図会』に、「藍は京洛外の産を上となし、摂州東成郡の産、もつとも勝れり。阿波・淡路の産、これに次ぐ。茎葉大なるものを、高麗藍と称す。中なるものを、京蓼と称す。小なるものを、広島藍と称す」とある。さかんに栽培された様子が想像できる。日本人の好きな色であり、尊重されていたようである。

いくつかの藍の言葉を女より　高野　素十
あゐの花絣を好み絵筆とり　村井四四三女
*御仏に日日挿替ふる藍の花　岡安　迷子
藍の花咲く番外の札所かな　豊川　湘風
時雨光生きて湧きつぐ藍の華　加藤知世子
迷子居や一輪挿に藍の花　為成菖蒲園

棉(わた)　棉吹く　桃吹く

あおい科の一年草。綿をとるために栽培するが、最近はあまり作られなくなった。茎は一メートルほどの高さで、枝分かれし、掌状の葉をつける。夏に黄か白の花をひらき、花のあと、蒴果(さくか)ができ、三裂して綿をつける。〈本意〉茨城、埼玉の産出が多く、青梅(おうめ)綿も知られていた。かつては大切な畑の産物で、尊重もされていた。綿の蒴果の三裂を開絮(かいじょ)といい、桃吹く、棉吹くということばがある。

旅にして棉笑む風の北よりす　臼田　亜浪
外海二三日鳴つて棉ふき尽しけり　西村　竜児
箕と笊に今年の棉はこれつきり　中田みづほ
籠にあふれ綿の実なるや頭にのせて　浅野　白山
*しろがねの一畝の棉の尊さよ　栗生　純夫
棉の実の花のごとくに霧ふくみ　中村　笙川
山風に棉ふき出でてましろけれ　太田　鴻村
棉の実や日落つる沼は横に展ぶ　斉藤　英石

秋草(あきくさ)　秋の草　色草　千草　野の草

秋の七草はもちろん、その他の名草も含む。はぎ、すすきなどの七草以外にも、われもこう、かるかやなど、名草が多く、そうした優美な趣きふかい草を秋草とよぶわけである。千草というと、もっとさまざまな、秋の野の草をさすことになる。〈本意〉『万葉集』にも、「神さぶといなぶにはあらね秋草の結びし紐を解くは悲しも」などの歌があり、「名は花にさだまる秋の小草かな」(二柳)のような句もある。優美な名のやさしい花の草をさしている。

秋草をただ挿し賤しからざりし　高浜　虚子
秋草の思ひ思ひに淋しいぞ　島村　元
*あきくさをごつたにつかね供へけり　久保田万太郎
淋しきがゆゑにまた色草といふ　富安　風生
思ひ起す又秋草に到るなり　星野　立子
秋草や昼は障子をはづし置く　滝井　孝作
秋草を活けかへてまた秋草を　山口　青邨
秋草をここだ折りきて壺に少し　皆吉　爽雨
秋草のはかなかるべき名を知らず　相生垣瓜人
秋草や今年は浅間おだやかに　中島　斌雄
秋草の中の芒の穂なりけり　加藤　覚範
秋草にまろべば空も海に似る　木下　夕爾
秋草や尿りて妻子無き如し　井上　静川
秋草に女匂へり風の中　江口　千樹
秋草やうすきまじはりあきたらず　宍戸富美子
秋草に更紗日暮の来てをりぬ　鈴木　妙子

草の花（くさのはな）　草花　草の初花　千草の花　野の花

秋の山野に咲く草の花をさす。名前も知れぬ草のこともあり、知っている花をも草の花とすることもある。〈本意〉『枕草子』には草の花をめでて、なでしこ、おみなえし、桔梗、朝顔、刈萱、菊、壺菫、竜胆、かまつか、かにひの花、萩、八重山吹、夕顔、しもつけの花、あしの花、薄などの名をあげている。が、『改正月令博物筌』にいうように、「諸草の花は多く秋咲くゆゑ、季とす。萩・葛・女郎花・撫子、その他何によらず秋咲く花をいふ」と考えてよい。芭蕉にも、

「草いろいろおのおの花の手柄かな」の句がある。

牛の子の大きな顔や草の花　高浜 虚子
泣ける子を守る老犬や草の花　永田 青嵐
紅のさす小山羊の耳や草の花　野村 喜舟
＊草の花ひたすら咲いてみせにけり　久保田万太郎
穂に出でて靡くも哀れ草の花　杉田 久女
水あれば濯ぐひとあり草の花　軽部烏頭子
飛ぶことの迅き蝶々や草の花　星野 立子
夕を知りてより草の穂のうつくしき　林原 耒井
中学で終る子多し草の花　中川 千鶴
せせらぎの歩めば消ぬる草の花　上村 占魚
草の花踏みて刻ゆくおもひあり　本宮銑太郎
父の墓根づきし秋の花ありぬ　松本 康男

草の穂（くさのほ）　穂草　草の絮（わた）

穂の出る草は、いね科やかやつりぐさ科のもので、穂花がみのると穂をつけ、ひろく散るのである。〈本意〉秋に草の穂のゆれるのもおもしろい風情だが、ふとそれを抜きとってみたくなったり、草結びの輪を作ったりする。

＊一靡きしたる穂草の力なし　高野 素十
人を訪はで日照雨の穂草ぬき帰る　石田 波郷
穂草波鉄より赤き馬繫ぐ　同
草の絮たゞよふ昼の寝台車　横山 白虹
穂絮ゆく地の恩天の恩をうけ　平畑 静塔
草の穂に雨後紺青の嶺せまる　大島 民郎
月に飛ぶ穂絮よ死者は睦み合ふ　丸山 哲郎
真青な穂草を抜きぬ生きたくて　前田不二男
穂草もて何をまさぐる語らひぞ　門司玄洋人
穂草愚かにおろおろ風に従へり　村田 塢城

草紅葉（くさもみぢ）　草の錦　草の色　草の色づく

草の色づく姿で、おとぎりそう、おかとらのお、とうだいぐさなどは特に美しい。全体に小さく地味で目立たないが、荒れさびた感じやあわれさがある。〈本意〉草紅葉を古く草の錦と呼んだが、「草木の紅葉を錦にたとへていふなり」と『栞草』は言い、「織り出だす錦とや見ん秋の野にとりどり咲ける花の千種は」の歌をあげている。霜がおり始める晩秋の、冷えびえとした空気を感じさせる季語である。

猫そこにゐて耳動く草紅葉　高浜　虚子
くもり日の水あかるさよ草紅葉　寒川　鼠骨
＊帰る家あるが淋しき草紅葉　永井東門居
たのしさや草の錦といふ言葉　星野　立子
絵馬焚いて灰納めたり草紅葉　吉田　冬葉
自ら句碑は淋しや草紅葉　京極　杞陽
鷹の声青天おつる草紅葉　相馬　遷子
菜洗ひの立ちてよろめく草紅葉　小野塚　鈴
草もみぢ渺茫としてみるものなし　杉山　岳陽
酒浴びて死すこの墓の草紅葉　古館　曹人
吾が影を踏めばつめたし草紅葉　角川　源義
良寛の辿りし峠草紅葉　沢木　欣一
草紅葉ひとのまなざし水に落つ　桂　信子
屈み寄るほどの照りなり草紅葉　及川　貞

草の実　くさのみ

秋のおわりには草はみなそれぞれの実をつける。名の知れた草の実、名の知れぬ草の実、それを総称して、みな草の実と呼ぶ。〈本意〉『滑稽雑談』に、「草の実、また春夏結ぶものもあれども、多くは秋に至りて結び熟するゆゑ、秋といふなり」とある。鳥のついばむ草の実、衣服についた草の実、露にぬれている草の実、みな晩秋の季感をそそりたてる。

草の実つぶら女人いのちをいたはれば　中村草田男
＊払ひきれぬ草の実つけて歩きけり　長谷川かな女

草の実にとんで嘴太からすかな　吉岡禅寺洞
一握の砂に草の実まじりけり　川島彷徨子
草の実や影より淡くはしる水　石橋　秀野
通夜に来る人みな草の実をはらひ　宮井　港生
草の実やよその子を抱く身をかたく　柏村　貞子
地震しげく草の実はじけやまざりし　西本　一都

末枯（うらがれ）　草枯に花残る

晩秋、草や木の葉が先の方から枯れてくることをいう。「末」（うら、うれ）は、物の先端のこと。枯れ色が目だち始めて、さびしい感じがある。〈本意〉草木の上葉の枯れることを言ったが、さいきんは葉の先から枯れてくることをいう。「草に限れることを知るべし」と『栞草』にあり、『御傘』をよりどころとしている。冬近くさびしい感じ。「うら枯れていよいよ赤し烏瓜」（太祇）「海へむく山末枯をいそぎけり」（如毛）など、近世にも例句が多い。

末枯れて真赤な富士を見つけたり　内藤　鳴雪
*末枯の陽よりも濃くてマッチの火　大野　林火
この杖の末枯野行き枯野行く　高浜　虚子
末枯や吊革を手に騙しをり　石田　波郷
末枯や日当れば水流れゐる　篠原　温亭
川端のさだまりて末枯れにけり　加藤　賞範
末枯に一茶の国を通りけり　矢田　挿雲
末枯れの天より吊られるごと出歩く　北　光星
金魚一鱗末枯の庭わが愛す　山口　青邨
空港や大末枯をいそぐなり　鈴木　楢谷
海底のごとくうつくし末枯るる　同
イエス立つ野はことごとく末枯るる　有馬　朗人
紫のもの紅に末枯るる　富安　風生
ひとり身やどの道行くも末枯れて　菖蒲　あや
この一路幻住庵へ末枯るゝ　菅　裸馬
牛の目のうつろにひかり末枯るゝ　成毛　亀満
末枯に下ろされ立てる子供かな　中村草田男
風の日は千鳥のみをり末枯れて　秋光　泉児

秋の七草　秋夕草

山上憶良が『万葉集』巻八で詠んだ二首の歌から、春の七草にたいして秋の七草が呼ばれている。はぎ・おばな・くずばな・なでしこ・おみなえし・ふじばかま・あさがおだが、今日ではあさがおの代りに、ききょうが入る。みな秋の草の優美な組みあわせである。実用の面も考慮されている。〈本意〉山上憶良の歌は、「秋の野に咲きたる花を指折りかき数ふれば七種の花」「萩の花尾花葛花瞿麦の花女郎花また藤袴朝貌の花」である。多少種類をかえて、七草はいろいろに言われてきた。秋の代表的な花で、中には夏から咲くものもあるが、冬までのこるものが多い。

馬でゆく秋の七草ふんでゆく　長谷川素逝
七草の四つ五つまで見分けけり　田中　青滋
*買うて来し秋七草の淋しけれ　高橋淡路女
七草や信夫の田ごと影をなす　中田桜公子
子の摘める秋七草の茎短か　星野　立子
眼にかぞふ秋の七草何か無し　浦野　芳南

萩　鹿鳴草　鹿妻草　鹿の妻　もとあらの萩　野萩　真萩　白萩　宮城野萩　初萩　萩原　萩むら　萩の下風　萩の下露　萩の錦

はぎはもとやまはぎといったが、はぎの種類の総称とする呼び名である。やまはぎ（はぎ）はまめ科の多年生草状木本、一メートルほどになり、叢生、枝をわかつ。葉は一つの柄に三つの小葉をつける。風に枝が波だちゆれて優美である。初秋に蝶形花をつける。色は紅紫色で、あつまって穂を作るので、美しい。一番美しいのはみやぎのはぎ（一名なつはぎ）で、花は紅紫色か白である。観賞のために庭にうえる。〈本意〉秋の七草の筆頭になる花で、萩の字の通り、秋を代表する花である。「萩の錦」のような賞讃の名が多い。「はぎ」の名は、早く黄ばむからとも、生え芽、つまり古い株から新芽が萌えるからともいう。芭蕉の「一家に遊女も寝たり萩と月」「しをらしき名や小松吹く萩すすき」「白露もこぼさぬ萩のうねりかな」「浪の間や小貝にまじる萩の塵」、曾良の「行き行きてたふれ伏すとも萩の原」などは、萩の代表作になる。萩の花の優美さ、可憐さ、動き、しおれやすさ、草原の姿などをよくあらわしている。

雨風や最も萩をいたましむ　高浜　虚子
ある日ひとり萩括ることとしてをりぬ　安住　敦
つぎつぎに人現はるる萩の中　五百木飄亭
手に負へぬ萩の乱れとなりしかな　同
三日月やこの頃萩の咲きこぼれ　河東碧梧桐
萩流れ手毬の糸を解く如く　上野　泰
日の暮は鶏とあそびつ萩の花　福井　艸公
萩の風一文字せゝり総立ちに　田村　木国
*萩の風何か急かるゝ何ならむ　水原秋桜子
降り止めばすぐ美しき萩の風　深川正一郎
低く垂れその上に垂れ萩の花　高野　素十
紺青の空が淋しや萩の花　石橋辰之助
もつれ添ふ萩の心をたづねけり　阿波野青畝
萩の野は集つてゆき山となる　藤後　左右
雨粒のひとつひとつが萩こぼす　山口　青邨
みごもりしか萩むらさわぎさわぐ中　渡部ゆき子
せはしなき萩の雫となりにけり　五十嵐播水
白萩のやさしき影を踏みゆけり　山内きま女

芒 すすき

薄　むら薄　一むら薄　糸薄　鷹の羽薄　ますほの薄　はた薄　一本薄(ひともと)

おばなとも、かやとも言う。叢生する形からすすきと言い、動物の尾の形に似ているとしておばなと言い、屋根をふくものとしてかやと言う。日本の秋を代表する草で、秋の七草の一つ。いね科の多年草で、一メートルから三メートルの高さになる。野に多いのはのすすきで、宿根から茎や葉を出すが、葉はほそく鋸歯がついている上、かたい珪酸がふくまれ、肌が切れることがある。秋に黄褐色の穂が出るが、穂は花のあつまりで、めしべ、おしべをそなえている。風媒花である。枯れてゆくと白くなってゆく。種類が多く、葉のほそいいとすすき、葉に縞のあるしますすき、葉に矢羽形の斑点のあるたかのはすすきなどがある。穂の大きなものが十寸穂の芒である。

〈本意〉『万葉集』には「秋萩の花野の薄穂には出でずわが恋ひわたる隠妻はも」、『古今集』には「秋の野の草の袂か花薄穂に出でて招く袖と見ゆらむ」などと、恋にあわせてうたわれている。秋の野の代表的なおもしろい草の風情なので、さまざまな思いをこめてうたわれている。「尾花が袖・なびく・招く・かたよる・波よる・穂はらむ」あるいは、「岩田・古跡・無跡・垣ほ・籬・かり枕・小蔵野」などと付けて用いられる。荒れた野、旅、敗残、死者などと思い合わされるのである。鬼貫に「茫々ととりみだしたるすすきかな」、蕪村に「山は暮れて野は黄昏の薄かな」、暁台に「芒ちりて水かろがろと流れけり」、一茶に「古郷や近よる人を切る芒」「ちる芒寒くなるのが目にみゆる」などがある。美しさというよりは、荒れたさびしさ、つらさ、けわしさが中心になる。

金芒ひとかたまり銀芒ひとかたまり　高浜　虚子
目さむれば貴船の芒生けてありぬ　同
洞穴を水迸る芒かな　筏井竹の門
この道の富士になり行く芒かな　河東碧梧桐
＊折りとりてはらりとおもきすゝきかな　飯田　蛇笏

大風に荒ぶ芒を刈りにけり　高野　素十
雨の糸ときどき見ゆる芒かな　星野　立子
ひやひやと入日の燃ゆる芒かな　金尾梅の門
なにもかも失せて薄の中の路　中村草田男
死ににゆく猫に真青の薄原　加藤　楸邨

金の芒はるかなる母の禱りをり　石田　波郷
孤児院に芒山ありあそぶ見ゆ　皆吉　爽雨
みちのくの風の冷めたき芒かな　高橋淡路女
谷水も涸れしままなるすすきかな　室生とみ子
海鳴りのはるけき芒折りにけり　木下　夕爾
生きてゐるわれ生きてゐる芒の中　小寺　正三
日が照ればそこら華やぎ花薄　福田　蓼汀
花芒醜きものを地に埋む　塩田　紅果
死後もこの青空あらむ紅芒　那須　乙郎
母来つつあらむ芒野かがやける　岩田はる恵
穂薄や牛は一本の道負ひて来る　岩田　昌寿
ずきずきと太陽沈む芒原　田川飛旅子
仏たち暮れてひかりの芒山　鷲谷七菜子
青芒より現れぬ猫の顔　平井　照敏

刈萱（かるかや）

筧草（かけひぐさ）　雌（め）がるかや　雄（を）がるかや

いね科の多年生草本で、おがるかや、めがるかやとある。単にかるかやと言えば、めがるかやの方を指すのが普通である。丘などの草原に生えており、春に宿根から茎や葉を出し、葉には毛茸がある。秋には花穂が葉腋から出、褐色ののぎとなるが、やや風趣がある。おがるかやは花穂も小さく、のぎも赤褐色である。〈本意〉『千載集』の「秋くれば思ひみだるる刈萱の下葉や人の心なるらむ」以来、秋のこころをあらわすものとして歌いつがれてきた。乱るるとか露の宿かる、下折るる、面影、野分などの語と付くイメージであった。重頼の句に「刈萱は淋しけれども何とやら」がある。

＊刈萱にいくたびかふれ手折らざる　横山　白虹
かるかやの穂にうすうすと遠き雲　石井几輿子
刈萱の靡くともなく穂に出でぬ　河野柏樹子
刈萱や雲通ふ尾根を吾も行く　岸田　幸池
鹿小屋を葺く刈萱をたばねけり　古川　芋蔓
刈萱の共乱れして枯れ急ぐ　牛島　滕六

萱（かや）　萱の穂

いね科の多年生草本に属するかるかや、ちがや、すすきなどの総称で、かやという名の植物はない。しかし通称としてはすすきを指す。かやぶき屋根は、すすきの葉でふいたもの。〈本意〉「夕されば萱が茂みに鳴き交す虫の音をさへ分けつつぞゆく」（『千載集』）「七日刈る萱は我が身の上なれや人に思ひを告げでやみぬる」（『古今六帖』）などの古歌にあるように、秋のこころの舞台装置で、さびしさがこめられている。

萱原のしらじら明けて馬の市　長谷川素逝
萱負うて束ね髪濃き山処女　星野麦丘人
萱高し山人何に大笑ひ　久米三汀
＊萱一駄負ひ大風を負うて来る　米田一穂
萱を負ひ雀色時おし黙る　山口誓子
萱の穂のあちこち向いて日和かな　皿井旭川
径はやすけし萱の深きをくぐりても　滝春一
萱の穂に夕日ふれては燃えにける　和田朴人
萱活けて夕日をあかく壁に受く　村上冬燕
萱垣の千の筋目の日に産屋　成田千空

芦（あし）　芦の穂　芦原　芦洲　葭（よし）

いね科の多年草で、水辺に生える。一メートル半から三メートルの高さになり、秋に穂をつける。一名よしと言い、よしすだれを作る。すすきの大きな形である。〈本意〉『古今六帖』に紀貫之の「白波の寄すればなびく蘆の根の浮世の中は短かからなむ」がある。世、夜、かり、うきふし、難波江などと付け合わされた。川辺、水辺に群がって生え、風で葉ずれを立て、穂をなびかせる、さびしげな情景をあらわしている。秋の代表的な情景である。

大いなる暗き帆の行く芦の上　松本たかし
芦の穂に家の灯つづる野末かな　富田木歩
芦原に牛沈み居る磧かな　高浜年尾
往きに見し芦いなづまとなりゐたり　大野林火
わたる鵜の羽のきしる日ぞ芦の秋　加藤しげる
*芦の水入日の柱たちにけり　竹末春野人
芦の穂の片側くらき夕日かな　古沢太穂
折りし膝濡らして刈りし芦を負ふ　迫田白庭子
芦と鷺とに干拓の大空間　村上冬燕
湖蒼し芦の穂絮のよくとぶ日　中井余花朗

芦の花（あしのはな）　葭（よし）の花

十月頃、茎頭に大きな穂を出し、紫色の小穂をたくさんつける。この小穂の色はしだいに紫褐色にかわる。この穂が花で、花の下に白い毛がついていて、風で飛ぶのがたやすくなる。芒の穂よりふさふさしている。〈本意〉『滑稽雑談』に、「その花、風に遇ひて吹き揚ぐれば、雪のごとし。地に聚まれば、絮のごとし」とある。穂綿というような印象のもの。「むらむらにさらせる布」と見たり、「すさきに白くよる波」と見たりされてきた。秋のさびしさ、哀れさはあるが、そうした豊かさもこもるもの。

*浦安の子は裸なり芦の花　高浜虚子
行けど〳〵川浪高し芦の花　渡辺水巴
鵜がのぼる屋根の日向や芦の花　吉田冬葉
舟ゆけば筑波したがふ芦の花　富安風生
夕されば舟にかへる子芦の花　松尾いはほ
町なかのまひるさびしや芦の花　木下夕爾
芦の花潮満ちきつて月夜かな　安藤甦浪
かちがらす田舟に啼けり芦の花　下村ひろし
雲よりも風よく見えて芦の花　飯島内三
芦の花ひとのくらしの裏の見ゆ　田宮房子
芦の花貧しきものを洗ひ干す　宮田節子
花芦や岐れし川のまたわかれ　実木草平

荻（をぎ）　荻よし　海萱（うみがや）　風持草　風聞草　寝覚草　たはぶれ草　とはれ草　浜荻

いね科の多年草で大型。水辺、湿地にそだつ。二メートルほどになる。すすきに似ているが、葉に鋸歯がなく、広く長い。花穂も大きくゆたかで、淡い紫から白にかわる。根が地を這って、ひろがり、茎をのばす。〈本意〉歌によく詠まれ、「葦辺なる荻の葉さやぎ秋風の吹き来るなへに雁鳴き渡る」（『万葉集』）「荻の葉にそよぐ音こそ秋風の人に知らるる始めなりけれ」（貫之、『拾遺集』）などと秋風とともにうたわれることが多い。荻に吹く風は荻の声と呼んだ。したがって、浜、軒端、古郷などが連想されるイメージになる。『改正月令博物筌』には、「風に葉のすれあふ音の、秋かなしく聞ゆれば、和歌には大かた風を結べり」とも、「曠野の草ながら、庭際（には）に植ゑて葉のそよぐ音にて風のさざやかなるをもつぱら賞す」ともある。

荻の葉に折々さはる夜舟かな　内藤　鳴雪
古歌にある沼とて荻の騒ぐなり　森田　峠
＊荻の風獺の夫婦の通りけり　大野　洒竹
荻映り古江は暮れてゆくばかり　岩田　潔
荻の声やにはの頬ずり片眼閉づ　秋元不死男
荻の風潮満ちてより静まりぬ　北野　光

蒲の穂絮（がまのほわた）

がまの果穂のことをいう。これにはたくさんの小果実があつまっていて、やがて白い絮をもった実が風にとぶようになる。穂の長さは二十四センチほど。夏のころ茎をのばして穂状の花をつける。穂の上部は雄花群、下部は雌花群になる。秋に穂が熟し暗褐色になる。この頃花粉を採集し漢方に用いる。蒲黄と呼び、消炎性利尿薬、止血薬にする。〈本意〉蒲の穂の有名な逸話は

『出雲風土記』にある大国主命が赤裸にされた兎に蒲黄を教えて治療した話で、蒲黄のことである。いかに古くから薬効が知られていたかがわかる。

天をとび樋の水をゆく蒲の絮　飯田　蛇笏
＊大いなる蒲の穂絮の通るなり　高野　素十
とびながら分るゝ蒲の穂わたかな　池内たけし
霊薬摂つて蒲の穂絮にくるまれよ　中村草田男
日あたれる蒲の白穂辺憩はんか　大野　林火
蒲の絮付けて因幡のけごろもよ　平畑　静塔
湿原の日は蒲の穂にとどまれり　宮下　翠舟
ぼく〳〵の蒲の穂絮の法師たち　八木林之助
呆けとぶ蒲の穂家を移らんか　佐野　美智
蒲の絮古き景色に飛びにけり　勝又　一透

芦の穂絮（あしのほわた）

芦の花は、花の下に白い絹毛が付いていて花より長く、この絹毛が風を受けて、種を飛びちらせる。晩秋に花穂が熟したときのことである。〈本意〉『改正月令博物筌』に、永禄年中まで日本には木綿もなく、真綿があるだけで、布に芦の穂絮を入れて木綿の代りにしたと記されている。これを穂入綿と言い、蒲団というのも、蒲の穂をあつめて作るからという。本来風に飛ぶ白い絮である。

行徳の里は芦の穂がくれかな　河東碧梧桐
芦の穂に家の灯つづる野末かな　富田　木歩
かたまりて露の穂絮やけふ飛ばん　石田　波郷
＊水の面にとまれる芦の穂絮かな　田中　菊坡
ふくれくる潮にとびつく芦の絮　森本　蒲城
芦の絮子の柔髪にやゝ寒し　細川　加賀
鮒釣に芦の穂絮の舞ひにけり　古川　芋蔓
芦の絮水にふれしがとび上る　栗津松彩子
芦の絮近江にそだち水の上　長谷川双魚
巫女ひとりゐる大宮の芦の絮　北山　春子

数珠玉（じゅずだま）　ずずこ　じゆずだま　たうむぎ

いね科の多年草で、高さ一メートル以上、大型である。水辺、湿地に育つ。葉はとうもろこしに似て小さく、もとのところは鞘になっている。秋に、葉のつけ根から柄が出て、その先に卵形のほうろう質のものがつくが、その中に雌花がかくれ、雄花の穂がつき出している。ほうろう質がかたくなったときには中の果実も熟している。色は黒や灰白色になる。この玉をあつめて数珠をつくる。中国から渡ってきた植物らしい。〈本意〉ずずこという玉がやはり焦点で、糸をとおして遊んだり、数珠にしたり、薬にしたりしてきた。しかしやはり名の示すように数珠のイメージのもっともつよい植物である。

数珠玉は刈り残されぬ土堤の腹　石塚　友二
数珠玉に水流れをり記憶失せ　木村　蕪城
数珠が玉つけそめたるや風の坂　北野　登
＊数珠玉のいつまで玉を生むかなし　田村　木国
枯れはてゝ数珠玉の実の白かりし　五十嵐播水
とりためて数珠玉の掌にあたたかし　西山　誠
日照雨して数珠玉は実のうらわかし　石田いづみ
数珠玉のまだ実の入らぬ青さかな　海老沢貴美

真菰の花（まこものはな）

秋に、茎の頂きに円錐状の花穂をつける。上部に雌花、下部に雄花がつく。実は熟すると、散るが、これが菰米（かつみ）で、救荒食物になる。〈本意〉古来はながつみがなにを指すかが問題になっており、芭蕉も『おくのほそ道』でかつみ、かつみとさがし歩いたが、まこもの花をさすという説が有力である。水辺にゆれるまこもの花は印象深く、群れて美しい。稲や芒に似た感じのもの。

＊筱をあぐる真菰の花をこぼしつつ　土山　紫牛　　真菰の穂水にひゞきて抜けにけり　山本　京童
菰の花先へ先へと水路あり　田中　紫江　　花真菰眉あげて見ることもなし　岸田　稚魚

葛（くず）　真葛　葛かづら　真葛原　葛の葉　葛の葉うら　葛の葉かへす

まめ科のつる性多年草。のびると木本性（もくほんせい）になる。つるをのばして樹にのぼり地をはい、一面葛でおおわれた真葛原は壮観である。つるは九メートルにも達し、太さは直径十センチにもなる。葉は小葉三枚が一本の柄についていて、裏は白いので、風がふくと裏葉が白く見える。白褐色の毛が生えているからである。茎は丈夫で綱の代りになり、根は葛粉、薬にする。〈本意〉秋風に裏葉をかえすなどと、風に合わされることが多い。また葛葉おつる、葛の花、葛の根を掘るなどが用いられ、恨む、帰る、這う、風さわぐなどが盛りこまれている。

葛の葉の吹きしづまれば静なり　高浜　虚子　　葛見むと来しにはあらず嵐めく　杉山　岳陽
葛の葉やひるがへる時音もなし　前田　普羅　　鱒池へ葛はちぎつて棄ててあり　細見　綾子
＊あなたなる夜雨の葛のあなたかな　芝　不器男　　葛の蔓ひたすら垂れて地を探す　沢木　欣一
葛垂れて吾子がをらねば我が引く　加藤　楸邨　　真葛原より少年が泳ぎ出づ　青柳志解樹
葛垂るる胸算用をたゝみ出づ　石田　波郷　　首塚の葛の葉引けば山動く　古舘　曹人
かくれゆく旅のごとしや葛の谿　能村登四郎　　さきを行く人かき消えし葛月夜　佐野　美智

葛の花（くずのはな）　葛の花残る

秋の七草の一つ。八月末ごろ、葉のつけ根から二十センチほどの花穂を出し、紫赤色の花をびっしりと付ける。花の一つ一つは蝶形花で、下から咲く。花のあと莢実ができる。豆科の植物。〈本意〉はびこる葉にかくれて、見えにくい花だが、花そのものは優艶な感じのもので、秋らしい花である。

抱一の観たるがごとく葛の花　富安　風生
わが行けば露とびかかる葛の花　橋本多佳子
三日居りて山霧のみの葛の花　水原秋桜子
葛の花葬られしごと峡に臥す　角川　源義
葛の花天の限りを雨音す　大野　林火
白昼の闇したがへて葛咲けり　松村　蒼石
＊葛咲くや嬬恋村の字（あざ）いくつ　石田　波郷
葛咲けり毛虫地に置く糞ゆたか　飯田　龍太
葛の花のにほひの風を過ぎて知る　篠原　梵
高館へ風吹き上ぐる葛の花　加藤知世子
花葛や巌におかれし願狐　篠原　鳳作
僧兵駈け下るまぼろし葛の花　広瀬　直人
葛の花くらく死にたく死にがたく　渡辺　白泉
追ふことは追はれゐること葛の花　小串　歌枝
山羊の子にやらんと引きて葛咲ける　皆吉　爽雨
天に葛飛び咲く赭き切通し　末次　雨城

郁子（むべ）　うべ　ときはあけび

常緑のつる草で、ときわあけびとも言う。あけびに似ている。葉は掌状で複葉。小葉は楕円形でなめらかであり、裏は色がうすい。漿果は卵円形で、五センチくらい。中には黒い種が多く、肉は白くてあまい。熟してもあけびのように裂けない。〈本意〉むべ、あけびは似たもので、野性味ある、風流な実のなる植物である。その風趣を賞でて、庭に植えたり盆栽にしたりする。

郁子垣をはなはだ低く秋の宿　富安　風生
よるべなき手のからみ合ふ郁子の蔓　本田あふひ

郁子の門くゞりてつねのごと帰る　長谷川素逝
＊駄馬に会ふことも旧道郁子垂れて　及川　貞
むべ熟す母故郷に永あそび　近藤馬込子
送り出て月下の郁子をとりくれて　加賀谷凡秋

藪枯らし（やぶからし）　びんばふかづら

ぶどう科の多年生つる草。藪、生垣など、どこにでも、つるでからまり、目だたずに繁茂している。葉は五つに分かれて鳥の足のようで、鋸歯がある。夏、花の枝を出し、緑色の花をたくさん咲かせる。花びらは四枚、中央に朱色の花盤がある。秋には黒く丸い実ができる。〈本意〉この植物が茂ると他の木が枯れるというので、藪枯らしと言い、そのため山が枯れて貧乏になるとのことで貧乏かずらとも言うので、目立たぬが、荒れた、貧乏神のように思われている植物である。

＊刎ねてゐる新月くらき藪からし　遠藤梧逸
藪からし振り捨て難く村に住む　百合山羽公
やぶからし己れも枯れてしまひけり　辻田克巳
藪からし花の傍若無人かな　上田きよ
青虫の肥えて露吸ふやぶからし　稲葉松影女
藪からし課税のごとく屋をかこむ　遠藤はつ
狂ひ泣く童女光れり藪からし　原　裕
藪からし石切の棲む石の谷　下田　稔
貧乏草長けてヘボンの邸趾とや　田中恵子
男の力だして引くべき藪からし　植田幸子

撫子（なでしこ）　大和撫子　唐（から）撫子　川原撫子　残り撫子

秋の七草の一つだが、七月頃には高原では盛んに咲くので、夏の季語とする立場もある。しかし、秋の感じの花である。川原などに多くかわらなでしこが植物名となる。やまとなでしこは、からなでしこ（せきちく）に対して言い、日本産の意味で、日本全国に生える。葉はほそく対生。花は五弁で、淡紅色。花びらは先が裂けて糸のようで美しい。二つずつ咲く。〈本意〉家経朝臣和歌序に、「鍾愛抽二衆草一、故曰二撫子一」とあり、可憐で、誰にでも愛されるため、母性愛に結びつけられて言われるようになった。また花が久しいので、常夏ともいわれる。和歌の例も多いが、俳句では、曾良の「かさねとは八重撫子の名成るべし」が知られる。

撫子や海の夜明の草の原　河東碧梧桐
慴ゑゐる撫子に水太く打つ　日野草城
撫子やただ滾々と川流る　山口青邨
撫子や吾子にちいさき友達出来　加倉井秋を
＊壺に挿して河原撫子かすかなり　田村木国
岬に咲く撫子は風強ひられて　秋元不死男
撫子や狂へば老も聖童女　福田蓼汀
撫子や雌伏のさまの日本海　池上樵人
撫子の径を下りきて海女となる　森本蒲城
なでしこや旅に来し子と馬籠の子　葭葉悦子

野菊（のぎく）　紺菊

のぎくという名の植物はなく、野生の菊という意味でのぎくという。秋に花が咲くものである。りゅうのうぎく・のじぎく・あぶらぎく・あわこがねぎく・のこんぎく・しろよめな・よめな・ゆうがぎくなどが含まれ、このうち、あわこがねぎくとのじぎくをのぎくと呼ぶことがある。白い花を咲かせるものが多いが、あわこがねぎくは黄色、のじぎくは白、ときに帯黄色で中心が黄色である。きく属、こんぎく属、よめな属などに属している。〈本意〉『滑稽雑談』に、「野菊は原野にきはめて多く、菊と異なるなし。ただし、葉薄くして多く尖り、花小にして蕊多く蜂窠の状のごとし。……大和本草に曰、野菊、秋、黄なる小花を開く。これ本邦にもとよりあり。菊は唐より来たる」とある。山野にあるさりげなく美しい花である。蕪村の「子狐のかくれ貌なる野菊かな」などが知られている。

秋天の下に野菊の花弁欠く　高浜　虚子
蝶々のおどろき発つや野菊の香　前田　普羅
＊頂上や殊に野菊の吹かれをり　原　石鼎
はなびらの欠けて久しき野菊かな　後藤　夜半
はれ〴〵とたとへば野菊濃きごとく　富安　風生
寺遺り野菊は思ふまゝに咲く　阿波野青畝
らんぼうに野菊をつんで未婚なり　秋元不死男
野菊折るふと美しき肩の線　加藤知世子
瞳を澄ますほどの風あり野紺菊　きくちつねこ
鍵つ子の鍵下げてゐる夕野菊　中村　明子
どの家も貧しき村の野菊かな　田中　青濤
疲れなば戻らむ病後野菊道　大竹きみ江

めはじき　益母草（やくもさう）　めはじきぐさ

しそ科の二年草。道ばたなどに自生している。一メートル半ほどの高さになる。茎は方形、下の方の葉は円く、上の方の葉は細長い。初秋、葉腋に、茎をかこんで紅紫色の唇形の花を咲かせる。めはじきと呼ぶのは、茎をみじかく切って、まぶたにはさみ、目をあかせて遊ぶためであり、やくもそうと呼ぶのは、乾燥して産前産後の薬にするためである。〈本意〉『滑稽雑談』に、「その功、婦人によろし。および、目を明らかに精を益す。ゆゑに、益母の称あり」と言い、子どもが目弾きをして遊ぶのも「目を明らかにする能あるゆゑにや」と言われている。少し特殊な薬草である。

＊めはじきの瞼ふさげば母がある　長谷川かな女
めはじきや恋のいろはの目をつくる　麻田　椎花
めはじきや疲れ寝の子の袂より　中尾東愁子
めはじきや独り身に似し独り旅　本多　静江

狗尾草（ゑのころぐさ）　ゑのこ草　犬子草（ゑのこぐさ）　紫狗尾草　金狗尾草　ねこじやらし

いね科の一年草で、どこにでも見られる。一般にねこじゃらしと呼ばれるもので、夏から秋に出る穂が、粟の穂のようで、垂れてゆれている。この穂が小犬の尾や小犬に似ていることから狗（えの）尾草（ころぐさ）と呼び、また、それで猫をじゃれさせるところからねこじゃらしと呼んだ。紫狗尾草は穂が紫に見える種類のものだが、金狗尾草は別の種類である。穂は黄褐色でまっすぐに立つ。〈本意〉「ゑのこ草おのがころころ穂に出でて秋おく露の玉宿るらむ」（『夫木和歌抄』）のように、穂のたのしげなかわいらしさは誰の目にも同じ印象で、調子づけてうたわれているが、形を小犬の尾にもたとえられ、また粟の穂に似るとも見られた。

ゑのこ草媚びて尾をふるあはれなり　富安　風生
＊猫ぢやらし触れてけものゝごと熱し　中村草田男
朔北やゑのころぐさも花痩せて　加藤　楸邨
父の背に睡りて垂らすねこじやらし　同
猫じやらし二人子の脛相似たり　石田　波郷
母死してえのころ草に劣るなり　斎藤　玄
雷逃ぐる悉く青ねこじやらし　清水　径子
夢いくつ見て男死ぬゐのこぐさ　能村登四郎
とほるたび抜くねこじやらし減りもせぬ　細川　加賀
狗尾草（ゑのころ）が寝墓磨きし風に枯る　貞好　莞二
ゑのころや地下には死者の円き背が　安部　保男
逆光のえのころ草やおびたゞし　川本　臥風
娘たち何でも笑ふゑのこ草　浦野　光枝
ゑのころ草抜きざま湧くよ女知恵　手塚　美佐

牛膝（ゐのこづち）　ふしだか　こまのひざ

ひゆ科の多年草。高さは六、七十センチ。茎は四角、葉は対生、楕円形、夏から秋に、花穂を出し、緑色の花をつけ、花のあと、とげのある実になって、ひとの衣服などに付きやすくなる。種がこのような形で散らばるのである。〈本意〉牛膝は漢名、いのこづちは実の形からついた名であろう。ふしだかは、枝のつく茎の節が赤く、高まっているのでいう別名。駒の膝が古名だが漢名を転じたものか。薬効があり、地下茎は婦人病、膝痛にきき、茎や葉は解毒に用いられるという。服につく実がやはり一番よく知られるイメージであろう。

いのこづちひとのししむらにもすがる　山口　誓子
ゐのこづち小犬もつけてゐたりけり　神山　杏雨
ゐのこづち友どち妻を肥らしめ　石田　波郷
ゐのこづち溺るゝごとく吾子転ぶ　西村　弥生
ゐのこづち剝いでは畳に並べゆく　加藤　楸邨
秋すでに人にすがらぬゐのこづち　石飛　如翠
*錦繡の夕日のそとのゐのこづち　百合山羽公
ゐのこづち梯子久しく使はぬかな　増山　美島
ゐのこづち夢の中までとりつかれ　村上喜久子
灯にこぼす飛鳥めぐりのゐのこづち　中条角次郎

藤袴（ふぢばかま）　蘭草（らんさう）　紫蘭　蘭　らん

きく科の多年草で、秋の七草の一つ。関東以西に見られる。高さは一メートルほど、秋頂上に藤色の花をひらく。花弁が筒形で、袴をはいたように見える。茎と葉はかわかすと芳香がある。〈本意〉古来、上品な花の印象とその香りが注目されたようで、『古今集』にも、「やどりせし人の形見か藤袴忘られがたき香に匂ひつつ」（貫之）がある。また日本ではこれを古くから蘭と呼んできており、もちろんそれは蘭科の蘭とは別のものである。漢名が蘭草で芳香があるところからきたのであろうか。

藤袴吾亦紅など名にめでて　高浜　虚子
藤袴白したそがれ野を出づる　三橋　鷹女

藤袴手に満ちたれど友来ずも　橋本多佳子
喪の列に入る順ありし藤袴　青木　綾子
幾代経し蔵の鋳かも藤袴　松井　葵紅
嵯峨なれや道すがらなる藤袴　宮本すま子
熔岩を置く小みちは濡るる藤袴　杉山　岳陽
ふぢばかま道ばたの海濁りをり　伊藤　東吉

藪虱（やぶじらみ）　草じらみ　竊衣（せつい）

せり科の二年草。道ばたに多い。六十センチほどの高さで、夏白い五弁花を笠状に咲かせるが、秋に小さな果実となり、道ゆく人の衣服にとりつく。これは果実の全面に堅い毛がついているためで、日本ではやぶじらみ、草じらみと言い、漢名でも竊衣（衣服を竊む（ぬす）、の意）と言う。〈本意〉名前にしらみとついているように、人の服にとりつくしつこさが一番の焦点である。種の散布の一方法ではあるが、うるさいものである。花には見所がなく、秋になってできる果実の方に特色があるので、秋の季題となった。

＊ふるさとのつきて離れぬ草じらみ　富安　風生
草じらみつけて女は楽しけれ　高野　素十
けふの日の終る着物に草虱　山口　誓子
母ねむる秋いくとせの草虱　阿波野青畝
随へり草虱つけし妻の肘　石田　波郷
過ぎし日をたづねあるけば草虱　遠藤　梧逸
藪虱女ばかりの行楽に　中川　宋淵
子どもらは犬のごとしや草虱　北　山河
草虱男のごときズボンにも　横山　白虹
草虱スカート好きてかくも附く　山口波津女
こちら向く馬の顔にも草じらみ　前田月日子
草虱生きものに附く生きるため　鷹羽　狩行
草虱母とあそびしひと日かな　細川　加賀
今生にわれを待ちゐし草虱　中尾寿美子
犬も子も何か不機嫌草じらみ　鈴木　伸子
草虱教師女の愚にかへる　高萩　正子

曼珠沙華（まんじゅしやげ） 彼岸花 死人花（しびと） 天涯花（ばな） 幽霊花 三昧花 捨子花 したまがり

ひがんばな科の多年生草本。地下に鱗茎があって、秋に花軸をのばし、その上に赤い花をいくつか輪状にひらく。花蓋が六片でそっており、雄しべ、雌しべが突き出している。妖麗である。葉は花がおわったあと、初冬の頃に線状に簇生、春に枯れる。有毒植物であるが、いまわしく忌みきらう人と美しいと見る人とがある。植物名はひがんばな。曼珠沙華は法華経から出たことばで赤いという意味。〈本意〉『滑稽雑談』に、「〈死人花〉とは、葉枯の花なれば、わかれの花となまりて死人花といふ。〈捨子花〉とは、葉々に別るるの謂なり。かやうに哀傷の名を転じて、その赤きを呼びて、〝まんじゆ沙花〟といふか」とある。墓地などに多く咲き、秋彼岸ごろ咲くので、よけいに忌みきらわれたわけである。

葬人の歯あらはに哭くや曼珠沙華　飯田　蛇笏
曼珠沙華消えたる茎のならびけり　後藤　夜半
考へても疲るゝばかり曼珠沙華　星野　立子
論理消え芸いま恐はし曼珠沙華　池内友次郎
*つきぬけて天上の紺曼珠沙華　山口　誓子
曼珠沙華南河内の明るさよ　日野　草城
火の渦のなかに火奔り曼珠沙華　大橋桜坡子
曼珠沙華落暉も蘂をひろげけり　中村草田男
四十路さながら雲多き午后曼珠沙華　同
まんじゆさげ暮れてそのさきもう見えぬ　大野　林火
曼珠沙華抱くほどとれど母恋し　中村　汀女
曼珠沙華髪を阿修羅に病めりけり　西本　一都
彼岸花鎮守の森の昏きより　中川　宋淵
曼珠沙華闇に描かば地獄変　福田　蓼汀
花嫁に百鬼夜行のまんじゆしやげ　加藤かけい
寂光といふあらば見せよ曼珠沙華　細見　綾子
空澄めば飛んで来て咲くよ曼珠沙華　及川　貞
曼珠沙華逃るるごとく野の列車　角川　源義
西国の畦曼珠沙華曼珠沙華　森　澄雄
曼珠沙華忘れゐるとも野に赤し　野沢　節子

曼珠沙華わが去りしあと消ゆるべし　同
曼珠沙華散るや赤きに耐へかねて　野見山朱鳥
曼珠沙華どれも腹出し秩父の子　金子兜太
墓掘りにある青天や曼珠沙華　鈴木草二露
曼珠沙華不思議は茎のみどりかな　長谷川双魚
曼珠沙華しんかんたるに旅二日　飴山実
この径は罠かも知れず曼珠沙華　植村通草
匂ひなく百姓通る曼珠沙華　梶井枯骨

桔梗（ききやう）　きちかう　ありのひふきぐさ　一重草（ひとへぐさ）　梗草（かうきう）

ききょう科の多年草で、秋の七草の一つ。秋、青みがかった紫色の花を咲かせる。形は鐘状。五裂して、形がよくととのっていて力づよい。白、紫白色、二重咲などがある。根は痰をとめる薬になる。『万葉集』にいうあさがおは、ききょうのこととされる。ありのひふきというのは、この花を蟻塚に入れると、紫の花弁が真紅に変色するからという。〈本意〉一茶に「きりきりしやんとしてさく桔梗かな」があるが、きっぱりとすがすがしい、力強さのある花である。

桔梗の紫さめし思ひかな　高浜虚子
仏性は白き桔梗にこそあらめ　夏目漱石
かたまりて咲きし桔梗のさびしさよ　久保田万太郎
桔梗の花の中よりくもの糸　高野素十
高原の曇れば黒き桔梗かな　相島虚吼
我が身いとしむ日の桔梗水換へる　富田木歩
霧風の底に日の澄む桔梗かな　金尾梅の門
桔梗の露きび〱とありにけり　川端茅舎
姨捨の畦の一本桔梗かな　西本一都
＊桔梗や男も汚れてはならず　石田波郷
桔梗のいまだ開かぬ夜明かな　中川宋淵
桔梗に子の笑ひごゑころころと　志摩芳次郎
桔梗や信こそ人の絆なれ　野見山朱鳥
桔梗やいつより過去となりにけむ　油布五線
かたまりて咲きても桔梗はさびしけれ　関根黄鶴亭
桔梗やおのれ惜しめといふことぞ　森澄雄
桔梗挿す壺の暗さをのぞいてから　桂信子
桔梗に牛のふぐりの露けしや　田中午次郎

千屈菜（みそはぎ）　聖霊花　水掛草　鼠尾草（みそはぎ）

みそはぎ科の多年草で湿地に自生している。高さ一メートルほどで、対生する葉の腋から枝を出し、梢の葉腋に穂状に花を咲かせる。紅紫色の六弁花である。これを盆花にし、束ねて聖霊棚に水をかけるのに使う。みそはぎの名はそれゆえ禊萩の意とも、水辺に生える萩に似た花の意ともいう。溝萩というのは誤り。〈本意〉『改正月令博物筌』に、「穂長くして、水をそそぐに便りあれば名づく。全躰熱を治し、渇をとどむると本草にも見えたり。渇をとどむるゆゑ、餓鬼に水を手向くるに用ゆるとぞ」とある。この盆花としてのイメージのつよい花である。

みそはぎや真菰編むなる庭の先　木津　柳芽
ながき穂の溝萩いつも濡るる役　同
＊みぞ萩のちる哀れさも見馴れたり　大貫　巴水
みそぎはぎ交ひのことなかりけり　星野麦丘人
溝萩やかがむになれし農婦の腰　能村登四郎
溝萩をつくづく見ても定年来る　嶋田　洋一

女郎花（をみなへし）　女郎花（ぢよらうくわ）　をみなめし　をみなべし　粟花　血目草（ちめぐさ）　竜芽（りようげ）　黄花（くわうくわ）

秋の七草の一つで、おみなえし科の多年草。茎は細長く一メートルぐらいになる。葉は対生して、下部は羽状複葉、上部は単葉である。八月、黄色の小さな花が頂上にかたまって咲く。一輪ずつ五裂して四本の雄しべ、一本の雌しべがある。粟のように小さい。女性のやさしさをおもわせるのでおみなといい、えし、めしは、粟の飯のようにこまかい花であるところからいう。〈本意〉『万葉集』にも「手に取れば袖さへ匂ふ女人部師（をみなへし）この白露に散らまく惜しも」とあり、その風情が詩歌のテーマになってきた。女性のやさしさ、なまめかしさを思わせる花である。小野頼風を愛した女が、頼風の心がわりを恨み、八幡川に身を投げて死ぬが、その衣が朽ちて、おみなえしとなったと伝説があり、謡曲「女郎花」にもなっている。女性の恨み、歎きをあらわす花ともいえる。芭蕉に「ひよろひよろと尚露けしやをみなへし」がある。

霧深き野のをみなへしここに挿す　山口　青邨　女郎花寺に嬰児の声すなり　高野　一荷
*をみなへし又きちかうと折りすすむ　同　女郎花揺れ合ふ霧の船つき場　岩城のり子
夕冷えの切石に置くをみなへし　日野　草城　をみなへしといへばこころやさしくなる　川崎　展宏
壺の花をみなめしよりほかは知らず　安住　敦　をみなへし又をとこへし旅たのし　鳴沢　富女
折りやすし男郎花よりをみなへし　稲垣きくの　わが丈を越え女郎花らしからぬ　中村　明子
昼の月くらげのごとしをみなへし　高橋　潤　女郎花月夜のねむり黄にまみれ　六角　文夫

男郎花（をとこへし）　をとこめし　茶（おほどち）の花　おほどち　敗醤（はいしやう）

おみなえしの仲間でよく似ている。おみなえし科の多年草である。花の色は白く、また茎や葉も太く大きく、毛が密生していて、たくましい。葉の裂片がおみなえしより白っぽく、丸い。

〈本意〉おみなえしの仲間だが、大柄であらいので、おとこおみなえしともいわれたようである。「男なへし」「男郎花（をとこをみなのはな）」ともいわれた。おみなえしに比べればたしかに男っぽい花である。『万葉集』にも「秋の野に今こそ行かめもののふのをとこをみなの花匂ひ見に」（家持）がある。

男郎花白きはものの哀れなり　内藤　鳴雪　暁やしらむといへば男郎花　松根東洋城
相逢うて相別るゝも男郎花　高浜　虚子　小笹吹く風のほとりや男郎花　北原　白秋

男郎花折らず女郎花のみ折りて　山口　青邨
藁屋一つ祈るかたちの男郎花　丸山　海道
山風に匂ひ持たざり男郎花　渡辺　桂子
男郎花遠方の風きくごとくなり　窪田　玲女
鉄路直に信濃追分のをとこへし　及川　貞
これやこの富士の裾野のをとこへし　村松ひろし
甲斐駒の雲にしづめり男郎花　渡辺　立男
不退転とは崖に咲くをとこへし　鷹羽　狩行

吾亦紅（われもこう）　吾木香（われもかう）　我毛香（われもかう）　地楡（ちゆ）　玉鼓

ばら科の多年草。葉は羽状複葉、花は枝先に玉のような形でつく。これは小さな花があつまったもの。一つ一つの花には花弁がなく、紫黒色の萼四片ででき、円筒状の下部に子房がある。小さい花柱と四つの雄しべがある。〈本意〉漢名の地楡は、葉が楡の葉に似ているところから付いたという。われもこうは和名だが、あて字で吾亦紅などと書く。葉に切れ込みがあって、葉や茎に香気があるために付いた名という。葉が枯れ落ちたあとも痩果が四角にのこっているのがあわれげな印象である。

吾も亦紅なりとひそやかに　高浜　虚子
拾ひたる石に色あり吾亦紅　長谷川かな女
山裾のありなしの日や吾亦紅　飯田　蛇笏
吾亦紅折らましものを霧こばむ　阿波野青畝
霧の中おのが身細き吾亦紅　橋本多佳子
*朱の帯生涯似合へ吾亦紅　殿村菟絲子
吾亦紅死を選びしが友の驕り　花田　春兆
吾亦紅霧が山越す音ならむ　篠田悌二郎
挿してその無口を愛し吾亦紅　遠藤　梧逸
吾亦紅死後も身近に母居給ふ　中村　契子

水引の花（みづひきのはな）　みづひきさう　金線草　金糸草

たで科の多年草。葉は卵形。八月頃、細い花梗をのばし、穂状に花をつける。この花は小さいが、四弁の花弁の上面三弁が赤く、下面一弁が白で、水引のように見えるのが名前のおこりである。花のあと実をむすぶ。金線草は漢名で、花茎が細いところから付いている。〈本意〉『和漢三才図会』に、俗称、本名いまだ詳らかならずとして、「紙撚(こより)彩色して、糸縄に代へて物を括る、水引と名づく」とある。花の色の紅白と、花茎の糸状のところが、この草の穂茎やや似たり、ゆゑに水引と名づく。そのイメージが焦点である。

＊木もれ日は移りやすけれ水引草　渡辺　水巴
水引はゆふぐれの花影さへなし　福島　小蕾
日の中の水引草は透けりけり　室生　犀星
水引のしなやかに灯を消しにけり　檜野　子草
水引草畳のつやにうつりけり　同
今年また水引草の咲くところ　原田　浜人
水引草目が合ひて猫立停る　石田　波郷
水引草空の蒼さの水掬ふ　石田あき子
水引の紅は見えねど壺に挿せり　高浜　年尾
水引を濡らす雨またほそきかな　秋間樵二郎

竜胆(りんだう)　笹竜胆　竜胆草(たつのいぐさ)　えやみ草　思ひ草

りんどう科の多年草。高さは三十センチから六十センチほど。茎は分かれず直立する。仲秋ごろ藍色の筒状の花をひらく。花冠は五裂していて、その間にも切れ込みがある。たくさんの種類があり、みやま・おやま・えぞ・つくし・あさま・こけ・はる・ふでなどで、おやまりんどうが普通りんどうと称せられるもの。ほかに春咲きりんどうもあり、はるりんどう・こけりんどう・ふでりんどうなどである。〈本意〉根がにがく、竜の胆のようだとして、竜胆と名づけられた。

この根は漢方で健胃剤とするもの。えやみ草、たつのいぐさ、おこりおとしなどの名は、ここから出ている。ささりんどうは葉の形からつけられている。『万葉集』に「道の辺の尾花が下の思ひ草今さらになどものか思はむ」とあり、『古今集』にも「秋の野の尾花にまじり咲く花の色にや恋ひん逢ふよしをなみ」とある、思い草、尾花にまじり咲く花を、定家は竜胆の花の霜枯れに残るを言う、とした。秋のさびしさの中の心残る花の印象であるが、今日ではむしろ、きりっとした、そして奥深い美しさが賞せられている。

*竜胆を畳に人のごとく置く　長谷川かな女
りんどうに旅をはるけき山河見ゆ　桂　樟蹊子
竜胆や成吉思汗塁と伝へたり　加藤　楸邨
蜂のゐてゆるるは摘まず濃りんだう　皆吉　爽雨
病む色ぞ霧が看とりの濃りんどう　秋元不死男
りんだうのひらかぬ紺を供ふなり　柴田白葉女
竜胆に霧ふる泉澄みにけり　西島　麦南
竜胆に遠きひかりの流れ雲　小口　雅広
りんどう咲く由々しきことは無きごとし　細見　綾子
龍胆の濃くて涼しさ濃かりけり　木村　滄雨

みせばや　たまのを

べんけいそう科の多年草。小豆島寒霞渓の岩壁に自生しているが、栽培種が普通で、はち植えにされ、石垣などに見られる。鉢をつって、垂れさがる茎をめでることがある。葉は厚く扇状、粉白色で、三枚ずつ輪生する。花は淡紅の小花があつまって茎の先に、まりのようになっている。それでたまのおという。花の一つ一つは小さい五弁花で、雄しべは十本である。〈本意〉だれに見せばやの意で、まことに優美な名前だが、植物そのものにそうした趣きがあるわけである。たまのお（玉の緒）の別名も同じように趣きがある。

*みせばやに凝る千万の霧雫　富安　風生
みせばやを愛でつゝ貧の日々なりき　斎木百合子
みせばやの珠なす花を机上にす　和地　清
みせばやを咲かせて村の床屋かな　古川　芋蔓

杜鵑草（ほととぎす）　ほととぎすさう

ゆり科の多年草で、崖に自生する。三十センチから七十センチの高さで、崖では垂れさがっている。葉は笹の葉のようで、先がまがっている。十月に葉のつけ根に花が二、三個ずつ咲く。百合を小さくしたようで、内側には紅紫色の斑点があり、美しい。名前はこの斑点が時鳥の胸の斑点に似ていることからついた。漢名油点草とするのは誤りである。ほととぎすそうというのも誤りで、ほととぎすとだけいう。〈本意〉『滑稽雑談』に、「茎ごとに小紫点多し、杜鵑の羽の文に似たり。しぼり染のごとし」とある。山や海の崖にあるのもほととぎすらしいかもしれない。

渓の湯の石段せまし油点草　田中　冬二
油点草藪の径は坂をなす　安田　万十
この山の時鳥草活け手桶古る　野沢　節子
ほととぎす草今日むなしき手をのべぬ　八木林之助
*紫の斑の賑しや杜鵑草　轡田　進
ほとゝぎす草群り咲ける淋しさよ　荒木　法子
ほととぎす草溢れ咲く中怕い顔　関根黄鶴亭
時鳥草三つ四つ母のうすまぶた　水谷　文子

松虫草（まつむしさう）　山蘿蔔（まつむしさう）　輪鋒菊

まつむしそう科の二年草。高原の湿ったところに生え、八月から花が咲く。茎の先に青紫の色に咲く。花のあつまったもので、外側は大型の青紫の花、内側は小型の淡い色の花である。花の形から輪鋒菊と呼ばれた。〈本意〉高原を飾る青紫の美しい花で、六十センチから九十センチの高さ。風にゆれて、何かを招くかのようである。

＊紫の泡を野に立て松虫草　長谷川かな女
松虫草霧らひながらに花明り　石塚　友二
恋の記憶藪へいざなふ松虫草　加藤知世子
霧ひかる松虫草の群落に　相馬　遷子

松虫草返り咲く日の湖淡し　堀口　星眠
松虫草雨の中より夕日さす　岡田　日郎
松虫草摘めば榛名の没日かな　田川　江道
空の色松虫草の花にあり　新村　寒花

露草　つゆくさ　月草　かま草　うつし草　蛍草　青花　ばうし花　百夜草

つゆくさ科の一年草。どこにでも生え、下部は地を這い、上部を斜めに立てている。茎には節があり、葉が互生している。花と見られるものは苞で、中に花梗が二本あり、上のものは雄花を一つつけるが、秋になると花をつけないので、一苞一花のように見える。花弁は、花青素を含み、花弁がうすいので、色素がすぐに出て、衣に染まりやすい。ただし、変化しやすい色素である。〈本意〉つゆ草というのは、露のおりている間に咲く花だからといい、露をふくむ花だからともいう。古名つきくさは、衣につけるとよく染まるのでいい、また月の光をあびて咲くからともいう。蛍草というのは蛍の光を思わせるためであろう。色染まる花ではあるが、うつろい易い花の色をもイメージしている。

ことごとくつゆくさ咲きて狐雨　飯田　蛇笏
＊露草の露千万の瞳かな　富安　風生

くきくきと折れ曲りけり蛍草　松本たかし
つゆくさの瑠璃はみこぼす耕馬かな　西島　麦南

露草の瑠璃いちめんの昼寝覚　木村　蕪城
露草をとればかたはの花なりき　油布　五線
そこしれぬなが雨となり蛍草　川上　梨屋
露草も露のちからの花ひらく　飯田　龍太
露草は江のほとりまで子の忌来る　国井香根子
露草や水に育ちて近江びと　渡辺すみ代

鳥兜（とりかぶと）　かぶとばな　かぶとぎく　やまかぶと　草烏頭（くさうず）　附子（ふし）

きんぽうげ科の多年草。著名な毒草であるが、観賞用に栽培されてきた。茎は一メートルの高さに直立、葉は掌状で裂け、互生している。秋、大きな濃紫色の花を集めて咲く。形は舞楽の伶人の鳥帽子に似ている。〈本意〉『滑稽雑談』に、「奥の夷は、鳥の羽の茎に附子といふ毒を塗りて、鎧のあき間をはかりて射るといへり。附子矢といふは、このことなり」とある。毒はよく知られていた。また花の形が、鳥兜に似ているので、そう名づけたといわれている。

北国はとりかぶとなど美しく　山口　青邨
とりかぶと紫紺に月を遠ざくる　長谷川かな女
*今生は病む生なりき鳥頭　石田　波郷
白露や花を尽くさぬ鳥かぶと　橋本多佳子
とりかぶと兜ゆるめて咲きほけぬ　角　松石
滝道やむらさきふかきとりかぶと　及川あまき
鳥かぶとすつくと故郷遙かなり　大野　悠子
鳥兜毒もちて海の青透けり　加倉井秋を
墓山の前に墓山鳥頭　橋本春燈花
岬まで濤は地に伏しとりかぶと　古舘　曹人

蓼の花（たでのはな）　蓼の穂　穂蓼　蓼紅葉

たで科の一年草。高さは六十センチから九十センチのものが多いが、ときには二メートル前後になる大型のものもある。花にははっきりした花弁がなく、萼片が赤白に美しい。たでといえば普通はやなぎたで（ほんたで、まてでともいう）を指すが、いぬたで・はなたで、さくらたで・ぼんとくたで・おおいぬたでなどを含めた総称と考えてよい。みぞそば・やのねぐさ・あきのうなぎつかみなども類似の花である。はなたでは赤のまんまに似ており、花がまばらである。淡紅色の花が梅の花のように咲く。さくらたでは、花が淡紅色で桜のように美しいという。花穂も長く、個々の花も大きく派手である。〈本意〉「我が宿の穂蓼古韓（ふるから）摘みはやし実になるまでに君をし待たん」（『万葉集』）「鷺の飛ぶ河辺の穂蓼紅に夕日さびしき秋の水かな」（衣笠内大臣、『新撰六帖』）などの歌がある。実になるまで待つと言って少女への恋の実りを待つに重ね、また秋のさびしい景物の一つにしている。花の可憐さ、にじむさびしさがポイントになっている。

*食べてゐる牛の口より蓼の花　高野　素十
沼風の仮借するなし蓼の花　石田　波郷
うつむきて歩く心や蓼の花　同
蓼紅き燈台下まで出羽の国　佐野まもる
ひと荒れに秋これよりぞ蓼の川　篠田悌二郎
径に沿ひ曲れば曲る蓼の川　石塚　友二
蓼あかし売るとき一寸豚拭かれ　能村登四郎
蓼咲くや墓石となりし遊女たち　大島　民郎

赤のまんま（あかのまんま）　赤のまま　犬蓼

たで科の一年草。いたるところに自生する。とがった細長い葉が互生している。花は夏から秋に咲くが、どちらかといえば秋の花といった方がよい。紅紫色の穂になって咲くが、花びらがなく蕚だけである。役に立たないたでということで犬蓼と名づけられたが、赤飯のような花なので、赤のまんまという。〈本意〉子どものままごとの赤飯によく使われるもので、それで俗称が決められている。ややメルヘン的な印象の花である。

日ねもすの埃のままの赤のまま　高浜　虚子
赤のまゝ妻逝きて今日は何日目　小川　千賀
*手にしたる赤のまんまを手向草　富安　風生
山羊の貌朝日うけをり赤のまま　坪野　文子
勝ち誇る子をみな逃げぬ赤のまま　中村草田男
赤のまま此処を墳墓の地とせむか　吉田　週歩
縄汽車のぶつかり歩く赤のまま　奥田　可児
ここになほ昔のこれり赤のまま　桜木　俊晃
犬蓼にある明るさよ野草園　青柳志解樹
出土土器散らばり乾き赤のまま　水田　三嬢

溝蕎麦　みぞそば　牛の額

たで科の一年草。水辺にあり、群生していることもある。三十センチから六十センチの高さで、茎や枝にとげがあり、ざらざらしている。葉はほこ形で、つけ根が左右にひろがり、牛の顔に見えるので、牛の額という名がある。秋に茎の上に枝を分け、淡紅、白、淡緑などの色の花を咲かせる。花には花弁がなく萼片だけで、色は萼片の色となる。多くあつまると、とても美しく見える。〈本意〉よく見ると可憐な美しい花だが、山野の水辺に多く、地味であまり目立たない。溝そば、一名牛の額の名も、そのことの反映であろう。

町中に溝蕎麦の堰く流あり　高浜　年尾
溝蕎麦の鳥の脚よりなほ繊き　永野　孫柳
みぞそばの水より道にはびこれる　星野　立子
みぞそばの花ごもり鳴る田水かな　鈴木　青園
*みぞそばのかくす一枚の橋わたる　山口　青邨
溝蕎麦や土橋明るく田をつなぐ　三輪千代子

茜草　あかね　あかねかづら

あかね科のつる性多年草で、山野に自生し、生垣にからんでいたりする。太いひげ状の根は黄赤色で、むかし染料を採って茜染めにした。茎は四稜になり、さかさとげがある。葉は一個所に四枚輪生しているようだが、二枚が正しく、他の二枚は托葉である。秋、円錐花序に小花があつまり、黄色の花冠になる。実は黒く球状である。〈本意〉黄赤色の根から染料を採ったので、あかねの名がある。赤い根ということで、茜の色は美しいイメージをかきたてる。

雨冷えの白花をつづり茜草　高槻　弘文　　茜草妓女の便りを読みかへす　同

＊茜草あかねを染めて花は黄に　野沢　純

烏瓜（からすうり）　王瓜（からすうり）　玉章（たまづさ）

うり科のつる性多年草。人家近くに自生して、木や竹にからみついている。葉は互生し瓜の葉に似ている。花のあと楕円形の青い実になり、秋から冬に朱紅色に熟して、つるからぶらさがっている。中に種があり、黒くてかまきりの頭のようであり、結び文にも似ているので、玉章としゃれていう。漢名で王瓜というのは誤り。〈本意〉朱紅色の実が枯れたつるから下っているのがもっとも印象的である。烏がついばんで中をからにすることから、烏瓜というのかもしれない。また種の形から玉章と呼ぶのはしゃれている。蓼太の「くれなゐもかくてはさびし烏瓜」はすぐれた句。

白き蔓白き枯葉の烏瓜　後藤　夜半　　ひたひたと跣足に来れば烏瓜　中村　汀女

提げ来るは柿にはあらず烏瓜　富安　風生　　＊烏瓜一つ見いでてあまたある　千代田葛彦

烏瓜炊ぎげむりのすいと伸び　阿波野青畝　　落日の落し子ここに烏瓜　但馬　美作

女らにかけこみ寺のからすうり　青木　綾子
聖母像の高さより烏瓜落とす　松本　正雄
烏瓜もてばモジリアニの女　有馬　朗人
烏瓜税につく嘘相似たり　川畑　火川
烏瓜いつか子ら家去る日来む　小林　広芝
霧ながら湖にうつりて烏瓜　佐野　良太

菱の実　ひしのみ

ひしは池や沼に生える水草で、夏に紅をおびた小さな花を咲かせるが、晩秋、堅い実をむすぶ。この実は菱形をしており、左右に角のような突起を出している。萼片四個のうち二個が退化した残りがこの角になる。この実を採取する船が菱採船、若い実は生で食べられるが、熟したものはゆでたり蒸したりして食べる。〈本意〉実の独特の形が注目される。角があって、菱形をしているところがおもしろい。今でも九州では、菱の実を売りに来るという。

菱採りしあとの菱の葉うらがへり　高浜　虚子
菱採りの深き茜に浸りゐる　鈴木　鵬于
菱の実を噛みをり遠き日が戻る　堺　八重野
ひし採女身投げの如くぬれもどり　古賀烏壽子
*菱採の籠をすすむる菱の上　三浦恒礼子
いつまでも菱取る舟の傾ける　京極　杞陽
菱の実や兄弟似たるまま老ゆる　庄中　健吉
菱採にひねもす鳥の渡りけり　後藤　暮汀
うごかざる水の月日の菱を採る　佐野　良太
菱は実にすこしいかつき佐賀ことば　成瀬桜桃子

水草紅葉　みづくさもみぢ

晩秋、ひしや浮きくさなどの水草が紅葉しやがて末枯れてくる。〈本意〉紅葉というと大げさなほどの色づきで、水の中だけに、おもむきが深く、秋の深まりが身にしみる。かもなどが、その水草の間に浮いていたりする。

＊萍のもみぢしてゐる木の間かな　山口　一秋　　みづうみや水草紅葉も枯れそめて　草間　時彦
睡蓮の一葉二葉のもみぢかな　菊地まさを　　水草紅葉沼のいろはにほへとかな　山田みづえ
濯ぎ女に萍紅葉しはじめぬ　加藤三七子　　紅葉して汝は何といふ水草ぞ　鷹羽　狩行

菱紅葉（ひしもみぢ）

晩秋、ひしの葉は赤く色づき、やがて枯れるが、枯れる前が美しい。群生しているのでなかなかにめざましい。〈本意〉晩秋に菱採船が出るが、その頃の菱の葉の紅葉で、水のつめたい反射の中、なかなかに趣きがふかまる。

＊菱の葉はみな三角にして紅葉　山口　青邨　　菱紅葉鶺鴒おりて水を浴ぶ　木津　柳芽
舩に菱の紅葉をかきよせぬ　丸井　籬外　　舩や菱の紅葉の流れゆく　山本　京童

茸（きのこ）

菌（きのこ）　たけ　くさびら　木茸（きのたけ）　榎茸（えのきたけ）　猪茸（ししたけ）　月夜茸　土菌（つちたけ）　楓茸（わらひたけ）

山野の林の中、木の根や幹、朽ち木、日当りのよい草原、路傍、海岸の砂地などにはえる。だいたいは傘の形をしていて、種類きわめて多く、形も色も多様である。大別して、食用きのこと毒きのこに分けられ、まつたけ・しいたけ・しめじ・はつたけ・きくらげは食用きのこ、つきよたけ・たまごてんぐたけ・わらいたけなどは毒きのこである。色の毒々しいものや、傘のうらの襞の乱れたものは危険という。きのこは傘のうらに胞子をつくり、これから菌糸ができて、ふえてゆくもので、普通の植物とちがう。秋にできるのが普通である。〈本意〉椎の木の下に椎たけ、榎の木の下に榎たけを生ずるように、きのことというのは、それぞれの木の下に生ずる子という意味である。秋のたのしい収穫として喜ぶ気持は古くからあり、『万葉集』にも、「高松のこの峰もせに笠立ちて盈ち盛りたる秋の香のよさ」と、香気を賞でている。「君見よや拾遺の茸の露五本」（蕪村）からも、松茸を見つけた喜びをよくあらわしている。

*爛々と昼の星見え菌生え　高浜　虚子
茸生えて人もすさめぬ静かな　長谷川零余子
くだかれし白き菌のおそろしき　前田　普羅
茸山の白犬下り来るに逢ふ　山口　誓子
菌山天の直下に飯を食ふ　同
食へぬ茸光り獣の道せまし　西東　三鬼
紅茸を怖れてわれを怖れずや　同
茸生ふ樹々の反照ふかまりぬ　山口　草堂
朽木に高く赤き菌の輝けり　原子　公平
こめかみ痛むまで隣席の茸匂ふ　殿村菟絲子
坊の子の鶏と遊べる干菌　米沢吾亦紅
貂達に夜々燃ゆるなり月夜茸　小林黒石礁
けむり茸踏む強力の腰つよし　同
茸籠に妻は一枚歯朶そへて　砂井斗志男

初茸　はつたけ

きのこの中で一番早く出るもので、秋、松林の中に生ずる。はつたけ科で、淡い赤褐色をしていて、もろく、傷つくと汁を出し、青緑色にかわる。中国地方では藍茸（あいたけ）と呼ぶ。傘の表面は少しへこみ、同心円状の模様がある。汁の実、菌飯にするが、淡泊で、美味。〈本意〉『滑稽雑談』に、「初茸、秋山野松樹ある地に生ず。味美、脆鬆にして毒なし。その裏、緑生色のごとし」とあり、特色を言うが、よい食用茸である。芭蕉にも「初茸やまだ日数経ぬ秋の露」の句がある。

初茸や秋すさまじき浅茅原　籾山　梓月　　戴ける初茸ぼんに砂を残し　小野　房子
初茸はわれを待つこともなくほうけ　山口　青邨　　初茸や若き松より日のもるる　奥寺　田守
＊初茸やこぼれ松葉の美しく　大宮澄川子　　橋立の初茸を獲したなごころ　鈴木　青園

松茸　まつたけ

まつたけ科のきのこで、赤松林に生える。日本の秋の味覚の最たるもので、日本のきのこの代表である。かおりよく、風味がよい。〈本意〉日本特産のきのこで、「匂い松茸、味しめじ」といわれるほど、香りがよい。『滑稽雑談』にも、「味、はなはだ香美、松気あり。山中の古松の樹下に生ず。松気を仮りて生ず。木茸中第一なり」とある。香美、松気が中心のきのこである。芭蕉にも「松茸や知らぬ木の葉のへばりつく」などの句がある。

＊鉄漿つけし松茸売はなつかしき　富安　風生　　松茸の傘が見事と裏返す　京極　杞陽
松茸や身体を張って云ふならば　秋元不死男　　松茸を貪りて酒を余したり　林原　耒井
荷札にも松茸の香の沁みし籠　新城　杏所　　松茸の一本に夕餉豊かなり　瀬戸みさえ

椎茸　しひたけ

まつたけ科のきのこで、天然のものは、しい、こなら、くり、くぬぎなどの枯れ木にできる。秋に多い。だが普通は、これらの木をほだ木として菌をうえつけ、人工栽培している。生でも、また干椎茸としても、さかんに食用とされるもので、食用きのこのナンバー・ワンである。〈本意〉『滑稽雑談』に、「松茸・椎蕈の二物、蕈類の上品とす。乾したるは、香多くしていよいよ佳なり。本草の香茸の類ならし」とある。松茸にやや劣るが、もっともよく用いられるきのこである。

椎茸を大笊に干し紅葉宿　大橋越央子
椎茸の木組の湿地女が抜け　村上　冬燕
干茸に時雨れぬ日とてなかりけり　松本たかし
重き闇椎茸は夜太りゐむ　草村　素子
*座敷にて椎茸干して山家かな　柿原　一如
椎茸の傘に林の雨はげし　山下　竹揺

占地（しめぢ）　湿地茸

まつたけ科のきのこ。十月半ば、松林や雑木林があるかわいた山地に生える。五本から十本くらいが固まって、十センチ足らずの高さにはえる。傘は小さくうすい鼠色、柄は下がふくれている。味がよく、味しめじという名がある。似たものに千本占地がある。湿地と書くが、湿ったところには生えない。〈本意〉かおりは松茸、味はしめじと言われて、味のよいきのこ。松茸に似て小さく、群れて生えるのが特色。一本しめじは危いという。

麁朶を負ひしめぢの籠をくくり下げ　高浜　虚子
*杣がさす鋭鎌の先のしめぢかな　皿井　旭川
塗盆に千本しめぢにぎはしや　島田　的浦
しめぢなます吾が晩年の見えてをり　草間　時彦

●補遺(1)〔行事〕

佞武多　ねぷた　金魚ねぷた　組みねぷた　扇ねぷた　ねぷた流す　跳ね人

青森県の津軽地方で八月一日から七日までおこなわれる民間行事で、灯籠のようなものに火をともし、町の中をねり歩くのである。この灯籠を青森の方ではねぶたと呼び、弘前の方ではねぷたという。大小いろいろの形があり、形によって金魚ねぶた、扇ねぶた、扇灯籠、組みねぶた（人形の形）などという。子どもは、青森で金魚ねぶたを、弘前では扇灯籠を持って歩くが、関心の的は組みねぶたで、高さ三メートル、幅六メートルほどの組みねぶたは、武者の奮戦場面などを竹の骨組みに和紙をはって極彩色に描き、中に灯をともして、見事な効果をあげる。この組みねぶたが七日間夕方に五、六十台動く。にない手、大太鼓、笛、跳ね人など百人以上が一台のねぶたのまわりをかこみ流れる。七日の夜には大船にねぶたを積み、海を漕ぎわたる。笛や太鼓が海上にひびき、秋のさびしさが濃い。もともとは禊祓いの行事で、眠り流し、ねぶり流しとして全国的におこなわれている。七日の未明に川に入っておこない、ねむの葉などで目をこすり、川の水にながす。〈本意〉みそぎばらいの行事だが、青森県で地方的に発達した民間行事となった。大きな組みねぶたの美しさが印象的な、秋のはじめの行事である。

＊はなやかにさびしねぶた祭のきのふすぎ　太田　鴻村
津軽の子瞳をかがやかす大ねぶた　山下　白嶺
通夜くらく津軽ねぶたの遠囃子　福田　柿郎
造り髪ゆれて恐ろし鬼佞武多　村上　三良

ねぶた太鼓打つ峯雲にとどくまで　椎名　書子
夕暮の空美しき佞武多かな　増田　義人
ねぶたゆく街に希望のあるごとく　和田　博雄
佞武多舟厄もろともに流さるゝ　柏木　農人

●補遺(2)〔行事〕

風の盆　雨の盆　おわら祭　八尾の廻り盆

富山県婦負郡八尾町でおこなわれる盆の行事である。毎年九月一日から三日まで、町じゅうの人が夜を徹して踊る。仕事を休んだ老若男女が、法被、綾蘭笠姿の若い男女を中心に、三味線・胡弓・笛・太鼓のはやしでゆっくりと町筋を踊ってゆく。電灯・万灯・幔幕で飾られた中で、踊るのは越中おわら節で、哀愁がこもり、壮観を呈する。〈本意〉稲の実るときに、台風の災厄がこぬよう、その災厄を踊りに巻き込んで送り払ってしまおうとする風祭が祖霊を祭る盆の行事と習合したもの。元禄十五年からはじまるという。

踊るなり紙も蚕も滅ぶれど　大野　林火
稲光西にしきりや風の盆　柏　禎
宵まではひぐらし囃し風の盆　西村　公鳳
しんがりは胡弓のをとこ風の盆　新田　祐久
母がゐて嫁がゐて越中風の盆　細見　綾子
井田川に夕日集めて風の盆　若島　風久
町裏に白き瀬波や風の盆　沢木　欣一
*風の盆踊衣裳に早稲のいろ　皆川　盤水
山垣の上の金星風の盆　上村　占魚
人混みのどこかに胡弓風の盆　川上　季石

●補遺(3)〔植物〕

蕎麦　そば

たで科の一年生作物。中央アジアの原産で、日本へは古くから渡来している。茎は六十センチほどで赤らみ、三角状の葉を互生する。花は白く小さく、初秋にたくさん房状になって葉腋や茎頂につく。実は三角卵形で、熟すると黒くなる。その実の胚乳から蕎麦粉をつくる。夏蕎麦と秋蕎麦があるが、蕎麦というときには、実った秋の蕎麦をさす。〈本意〉白い小さな花がさびしく美しく、また黒い三角の実が蕎麦粉となる胚乳をもち、どこかひなびた味のある植物である。

高原や粟の不作に蕎麦の出来　高浜　虚子
蕎麦架けて入日にとほき遠三河　太田　鴻村
蕎麦畑のなだれし空の高さかな　沢木　欣一
＊蕎麦を刈る天のもつともさみしき頃　児玉　南草

解説

たくさんの歳時記が作られ、利用されているが、歳時記の理想は、やはり一人の編者の手によって、一つの秩序ある調和のとれた季題宇宙をつくり出すことにあるのではないか。高浜虚子の、山本健吉の、中村汀女の、村山古郷の歳時記がすぐに頭にうかぶ。生活の中から生まれた歳時記をめざし、風雨や生活に特色を示した山本氏の歳時記などは、歳時記の一つの典型として、輝かしい存在感をもって私の裡(うち)にある。歳時記は、自然と生活にかかわる文化の総体なので、あとから作られるものは前のものを十分にとりこんで、しかも前のものになかった何かをつけ加えてゆくものであろう。山本氏の言われる季題・季語ピラミッド説を思い出せば、五つほどにすぎなかった季の詞が、和歌時代、連歌時代、俳諧時代、俳句時代と次第に数を増し、ピラミッド状につみあがってゆくのである。山本氏はそれらの季節をあらわす語のうち、美と公認されたものを季題と呼び、まだ公認されるまでにいたっていないものを季語と呼ばれた。このように幾時代もかけて、日本人が総がかりではぐくみ育ててきたものが季題の総体なのであり、その作業の進行は、今日でも明らかに眺められるのである。昭和時代、たとえば山口誓子の句集『凍港』の数々の新季題、「鰊群来」や「スケート場」など、中村草田男の「万緑」、加藤楸邨の「寒雷」を思い出してもそれはわかるし、また最近急に歳時記にとり入れられはじめた「牡丹焚火」などの季題もその例になる。『去来抄』に「古来の季ならずとも、季に然るべきものあらば撰み用ふべし」と言い、「季節のひとつも探し出したらんは、後世によき賜」という芭蕉のことばを紹介しているのも、そのことにつながる考え方であろう。新しい季題が見出されては、それが、大きな季題の伝統の中に組み込まれてゆく、それが歳時記に反映されるわけであり、歳時記は季題の不易流行の記録となるわけである。

私達は歳時記の季題を用いて、季節の事物をあらわしてゆく。そのことばを勝手気ままに作り出すことは許されていない。季題とその傍題の範囲の中から、ふさわしいことばを選んで一句をなしてゆくべきなのである。さらにその上で注意しなければならないことは、それぞれの季題には、歴史的に熟成されてきた本意（ほい）があることである。本意は本情、本性ともいうが、季題のことばの歴史的に定まってきた内容の領域をいうのである。よく言われることだが、「春雨」ということばを使ったときには、「をやみなく、いつまでも降りつづくやうにする」（『三冊子』）のが本意なのである。春雨といっても、現実には、大降りの激しい雨も、すぐやむ雨もあるだろう。しかしこのことばを用いたら、しとしと降りつづく雨をイメージしなければ本意にそむくことになるわけである。ことばの真実ということである。近代以後、写実的な態度が万能で、この点誤る危険があるので、本歳時記では、可能なかぎり各季題の本意をさがし求め、それを記すことにした。この点がこれまでの歳時記にない、一つの大きな特色となっているわけである。

本歳時記は私が一人で描き出した季題宇宙になるわけだが、そのとき私が求めた一つの構想があった。それは各季題に一句ずつの理想的な例句を選び出したいというものであった。一つの季題に対してさまざまな句が作られる。雪月花のような代表的な季題の場合には、句の数は無数といってよい。だから、その季題をもっともよくあらわす句は一つとは限るまい。だがそれをつきつめて一句にしぼってゆけば、その例句はその季題のぎりぎり絶対の一句ということになろう。私は、俳句を作る者が何よりも心がけねばならぬことは、新しい季題ばかりを求めすぎて、おちつきのない句におもむくより、古くより使われ、使いふるびた季題に新しい活力を与えてよみがえらせることだと思うのである。かつて安東次男氏は、季題は雪月花の三つぐらいで十分だ、それで千変万化、いかなる境地でも詠えねばと述べた。私のこの試みはそのこころにそそのかされ、動かされたものといってもよく、一季題一句の絶対的例句を求める志向を示している。その例句は、俳人たちがのりこえるべき、高度の目標だといえるであろう。

一人で作る歳時記の長所を述べ、また歳時記が時代から時代への蓄積の上に成り立つものであることをも述べた。その上に私が加えるべき小さな工夫のことも述べた。こうしたささやかな、しかし、私の体温のこもる仕事も、個人のものであってみれば、まことに貧しく、弱々しい。そうした点からいえば、やはり衆知を聚めた大歳時記の力はすばらしいものである。たとえ、統一感の上で欠けるところがあっても、その蓄積した情報量は抜群で、並の歳時記の及ぶところではない。そのような意味で、私は角川書店版の『大歳時記』五冊に、鬱然たる大宝庫を見出すのである。講談社版の『日本大歳時記』などは、整理されすぎて、この角川大歳時記には及ばないと思う。その専門家による雑多な解説、考証、数多い例句は、まことに貴重な宝の山であった。このおびただしい資料は大いに役立ったことを銘記しておきたい。平凡社版『俳句歳時記』もくわしく、文藝春秋版『最新俳句歳時記』とともに蒙をひらくに役立った。番町書房版『現代俳句歳時記』、講談社版『新編俳句歳時記』、明治書院版『新撰俳句歳時記』、実業之日本社版『現代俳句歳時記』、新潮文庫版『俳諧歳時記』、角川書店版『合本俳句歳時記』なども、つねに座右にあって、参照をおしまなかったよい仕事であった。これらの業績の上に立って、一項一項筆を進めるとき、私はいつも、伝統の先端に立って、それを一かじり、一かじり進めてゆく、栗鼠か何かのような気持をおぼえていた。

一九八九年一月六日

索　引

順序は新かなづかいによる。
（＊は本見出しを示す）

ま

み

む

編者
平井照敏（ひらい・しょうびん）
一九三二―二〇〇三年。東京生まれ。俳人、詩人、評論家、フランス文学者。青山学院女子短期大学名誉教授。句集に『猫町』『天上大風』『枯野』『牡丹焚火』『多磨』、評論集に『かな書きの詩』『虚子入門』、詩集に『エヴァの家族』など。

本書は、『改訂版　新歳時記　秋』（一九九六年一二月刊、河出文庫）を新装したものです。

新歳時記　秋　ポケット版

一九八九年　八月　四日　初版発行
一九九六年一二月一六日　改訂版初版発行
二〇一五年　二月二八日　復刻新版初版発行
二〇二一年　九月三〇日　軽装版初版発行
二〇二四年　二月一八日　ポケット版初版印刷
二〇二四年　二月二八日　ポケット版初版発行

編　者――平井照敏
装　丁――松田行正
発行者――小野寺優
発行所――株式会社河出書房新社
〒一五一-〇〇五一
東京都渋谷区千駄ヶ谷二-三二-二
電話〇三-三四〇四-八六一一（編集）
〇三-三四〇四-一二〇一（営業）
https://www.kawade.co.jp/

印刷・製本――中央精版印刷株式会社

Printed in Japan
ISBN978-4-309-03173-6